KB261025

메피스토펠레스와 양성인

Méphistophélès et l'androgyne
by Mircea Eliade

Copyright © Editions Gallimard, 1962
Korean Translation Copyright © MUNHAKDONGNE Publishing Corp., 2006

This Korean edition is published by arrangement with
Editions Gallimard through Sibylle Books Literary Agency.
All Rights Reserved.

이 책의 한국어판 저작권은 시빌 에이전시를 통해
Editions Gallimard와 독점 계약한 (주)문학동네에 있습니다.
저작권법에 의해 한국 내에서 보호를 받는 저작물이므로
무단 전재 및 무단 복제를 금합니다.

이 도서의 국립중앙도서관 출판시도서목록(CIP)은
e-CIP 홈페이지(http://www.nl.go.kr/cip.php)에서 이용하실 수 있습니다.
(CIP제어번호 : CIP2006000005)

메피스토펠레스와 양성인

미르체아 엘리아데 지음 | 최건원·임왕준 옮김

문학동네

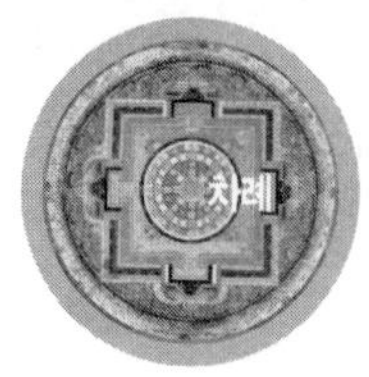

일러두기

1. 이 책은 Mircea Eliade의 *Méphistophélès et l'androgyne*(Gallimard, 1962)을 완역한 것이다.

2. 원주는 1), 2), 3) …으로, 역주는 *, **, *** …으로 표기하였다.

3. 독자의 이해를 돕기 위해 본문 중에 역자가 삽입한 부분은 〔 〕으로 표기하였다.

4. 제1장과 제2장은 최건원이, 제3장~제5장은 임왕준이 옮겼음을 밝혀둔다.

서론

화이트헤드(A. N. Whitehead)는 서양 철학사란 결국 플라톤 철학에 붙여진 일련의 각주에 지나지 않는다고 말했다. 이제 서양의 사유가 이 '영광스러운 고립'에 계속 안주할 수 있을지 의심스럽다. 그래서 현대는 그 이전 시대들과 아주 확연하게 구별된다. 즉 현대는 '미지의 것'과 '이방의 것' 그리고 그 세계들, 즉 낯설고 기이하며 이국적이거나 고대적인 우주와의 대결로 특징지어진다. 심층심리학이 발견한 것들과 유럽 이외의 민족 집단이 역사의 지평선 위로 떠오른 사건은, 닫혀 있던 서양의 의식의 장(場)에 '미지의 것'들이 침입했다는 선명한 흔적들이다.

벌써 여러 번 지적했듯이, 서양 세계는 이러한 발견과 만남들 이후에 근본적인 변화를 맞고 있다. 지난 세기 말엽부터 서양인들은 동양학자들의 연구 덕분에 기괴하고 신기한 아시아 문화와 사회에 점점 친숙해졌다. 다른 한편으로 현대 민족학자들은 어둡고 신비스러운 정신 세계들을 발견하였다. 이것들은 한때 레비브륄(Lévy-Bruhl)이 생각했던 것과는 달리 전(前)논리적인 정신 상태의 산물은 아니라고 밝혀졌지만, 여전히 서양인들에게 친숙한 문화 풍경과는 다른 기이한 것이었다.

그러나 심층심리학이야말로 최대의 미개지를 개척했으며, 가장 극적인 대결을 유발했다. 우리는 무의식의 발견을 르네상스 시대 항해상의 발견이나 망원경의 발명에 따른 천문학적 발견과 같은 반열에 올릴 수 있을 것이다. 왜냐하면 이 각각의 발견들은 우리가 그 존재조차 몰랐던 세계들을 밝혀낸 것이기 때문이다. 이들은 세계에 대한 관습적인 이미지를 부수고 그때까지 상상하지도 못했던 어떤 우주의 구조를 드러냄으로써, 일종의 '차원의 단절'을 이룩했다. 이러한 '차원의 단절들'은 많은 결과를 남겼다. 르네상스 시대의 천문·지리학적 발견은 단지 우주의 이미지와 공간의 개념만을 바꿔놓은 것이 아니다. 이들은 적어도 3세기 동안 서양의 과학적·경제적·정치적 패권을 보장해주었으며, 또한 동시에 숙명적으로 세계를 통합으로 인도하는 길을 열었다.

프로이트(Freud)가 찾아낸 것은 또다른 '창문'으로, 이것은 무의식에 잠겨 있는 세계들을 향하고 있다. 정신 분석의 기법은 새로운 형태의 명계 하강(冥界下降)을 시도했다. 융(Jung)이 집단 무의식의 존재를 밝혀냈을 때 이 태고의 보물들—즉 신화, 상징, 고대 인류가 남긴 그림들—에 대한 연구 방식은 해양학과 동굴학 기술들과 닮기 시작했다. 심해 잠수나 동굴 탐사가 지표면에서는 벌써 오래전에 사라진 원시적 생물들을 드러내 보여주었듯이, 정신 분석은 예전에는 연구할 수 없었던 여러 형태의 깊은 심리 생활을 보고해왔다. 동굴학은 생물학자들에게 제3기, 심지어 제2기의 생물들을 가져다 주었는데, 이것들은 화석화할 수 없는 원시적인 형태를 하고 있어서 흔적도 남기지 않고 지표에서 사라진 생물들이었다. 이 '살아 있는 화석들'을 발견한 덕분에 생명의 고대적 양태에 관한 지식은 현저하게 증가했다. 마찬가지로, 무의식의 어둠 속에 묻혀 있던 '살아 있는 화석들'인 심리 생활의 고대적 양태도 이제 심층심리학에서 고안한 기법들에 따라 연구 가능한 것이 되었다.

주목할 만한 사실은, 정신 분석학이 문화적인 결실을 보고 상징과 신화의 연구에 대한 관심이 증가한 시기와, 아시아가 역사에 개입하고 특히 '원시적인' 민족들이 정치적·정신적으로 각성한 시기가 대부분 일치한다는 것이다. 제2차 세계대전 이후로, '타자(他者)'와 '미지의 사람들'의 만남은 서양인들에게 역사적인 숙명이 되었다. 즉 몇 해 전부터 서양인들은 '이방인들'과의 대결이 무엇을 뜻하는지 점점 더 절감하고 있을 뿐만 아니라, 그들에게 지배당하는 일이 다가오고 있음을 깨닫게 되었다. 이는 서양인들이 노예가 되거나 박해받게 될 것이라는 뜻이 아니라, 그들이 비서양적인 '이방적' 정신성의 압력을 느끼게 되리라는 것이다. 문화들간의 만남 또는 충돌은 언제나 결국 정신성의, 그리고 종교들간의 만남이기 때문이다.

진정한 만남은 대화를 내포한다. 비유럽 문화의 대표자들과 의미 있는 대화를 이끌어내기 위해서는 이들 문화를 알고 이해해야만 한다. 현대사의 요청에 대한, 즉 서양이 '타자들'의 문화적 가치관과 대결할 운명에 놓여 있다(차라리 선고받았다고 말하고 싶은 유혹을 느낀다)는 사실에 대한 — 서양인들의 유일하게 지성적인 — 해답은 해석학이다. 그런데 바로 이 경우에 해석학은 종교사에서 가장 귀한 원군을 발견할 것이다. 그렇게 되겠지만, 종교사가 '총체적인 학문'이 되는 날이 오면, '무의식'의 세계와 서양 이외의 '이방' 세계를 분석하는 데는 가치관과 종교적 행위의 측면에서 보는 것이 가장 유리하다는 사실이 이해될 것이다.

우리는 아직 심리학자들과 고대적 사고의 탐색자들이 발견한 사실에 의해 만들어진 이 '창문들'이 비유럽 민족들이 역사에 대거 출현한 일과 대등한 것인지 아닌지를 명확히 파악하지 못했다. 그러므로 이는 (마치 르네상스 시대의 지리적·천문학적 발견의 경우가 그러했듯이) 과학적 지평의 엄청난 확대에 관련된 문제일 뿐만 아니라, 무엇보다도 먼저 '미지의 것들'을 만나는 경험에 관한 문제다. 그런데 '완전히 다른 것'과의 만남은 우리가 알지 못하는 사이에 종교적 구조의 경험을 촉발한다. 후세는 우리의 시대를 기독교의 승리에 따라 소멸되었던 '막연한 종교적 경험들'을 재발견한 첫 세대로 여길지 모른다. 무의식의 활동에 대한 매혹의 느낌이나 신화와 상징에 대한 관심, 이방과 원시·고대를 향한 열광, 그것이 내포하는 모든 상반된 감정을 동반하는 '타자'와의 만남, 이 모든 것이 언젠가는 새로운 유형의 종교성(religiosité)으로 생각될 수도 있을 것이다.

현재로서는 이 모든 요소들이 옛것의 재탕이 아닌 새로운 휴머니즘의 도약을 준비하고 있음을 우리는 예감한다. 왜냐하면 인간에 대한 총체적인 인식에 도달하기 위해서는 특히 동양학자와 민족학자·심층심리학자·종교사학자들의 연구를 이제 통합해야 하기 때문이다. 이 학자들이 끊임없이 밝혀온 것은 인간의 관심, 아시아인

과 '원시인'에게서 목격되는 그 수많은 상징과 신화·조상(彫像)·
기법들의 심리적 '진실'과 정신적 가치들이다. 이 인류의 자료들은
예전에는 마치 19세기의 박물학자가 곤충을 연구할 때처럼 초연하
고 냉정하게 연구되었다. 우리는 이제 이 자료들이 전형적인 인간
상황을 나타내고 있으며 정신사의 일부임을 자각하기 시작했다. 그
런데 전형적인 인간 상황의 의미를 파악하기 위한 적절한 방식은
박물학자의 '객관성'이 아니라 주석자와 해석자의 지적인 공감이
다. 방식 자체가 바뀌어야 했던 것이다. 극히 이상하거나 잘못된 행
동 양식도 인간적인 현상으로 간주되어야 하기 때문이다. 이를 동
물적인 현상이나 기형적인 경우로 간주한다면 그 의미를 이해하는
것은 불가능하다.

　상징이나 신화, 고대적인 행동 양식을 실존적 상황의 표현으로
간주하며 접근하는 것은 이미 이들이 지닌 인간의 존엄성과 철학적
의미를 인정하는 것이다. 이러한 태도는 19세기의 학자에게는 부조
리하고 우스꽝스러워 보였을 것이다. 그에게는 '야만성'이나 '원시
적인 우매성'은 인류의 발아 상태, 즉 '비문명적'인 상태를 나타낼
따름이었다.

　그러나 우리가 이미 말했듯이, 인간에 대한 더 정확한 인식에 도
달하기 위해서는 이제 19세기의 정신과 전혀 다른 정신 속에서 수
행된 이 연구의 결과들을 연결시키고 통합하는 일이 중요하다. 곧
서양은 비서양의 문화 세계를 알고 이해해야 할 뿐 아니라, 이들을
인간 정신사의 필요불가결한 일부로서 그 가치를 인정해주어야 할
것이다. 서양은 이제 이들을 더 이상 모범적인 인류 역사의 유치한
또는 그릇된 에피소드쯤으로 여기지 않게 될 것이다. 더 나아가서,

'타자들'과의 만남은 서양인들이 스스로를 더 잘 이해하도록 도와줄 것이다. 서양의 합리적인 전통과는 무관한 사고 방식을 바르게 이해하기 위한 노력, 즉 무엇보다 신화와 상징의 의미를 해독하려는 노력은 많은 것을 깨닫게 해주었다. 물론 심층심리학자들은 무의식의 역동성을 포착하기 위하여 상징의 구조와 신화의 각본 연구에 몰두했다. 그러나 상징에 의해 지배되고 신화에서 자양분을 얻고 있는 비서양 문화들과의 대결은 다른 수준에서 이루어져야 한다. 마치 한 개인의 꿈을 분석하여 심층 프시케(psyche)*에서 일어난 어떤 변화의 징후로 '환원'하듯이 이 문화들을 '분석'하는 것은 있을 수 없는 일이다. 이제부터 비서양 민족의 문화적 창조물들을 그 자체로 평가하면서, 호메로스의 세계나 이스라엘의 선지자들, 마이스터 에크하르트(Meister Eckhardt)의 신비 철학을 연구하는 열정으로 연구에 매진해야 한다. 다시 말해서 오세아니아나 아프리카의 상징과 신화·제의(祭儀)에 접근할 때도—다행히 이제 그런 조짐이 보이지만—서양의 문화적 창조물들을 대하는 것과 같은 존경심과 향학열을 간직해야 한다. 설혹 이 제의나 신화들이 때로 끔찍하거나 그릇된 측면을 드러낸다 하더라도, 그 때문에 다른 유형의 사회에 속하는, 그리고 서양 세계를 빚어낸 역사적 힘들과는 다른 역사적 힘에 의해 지탱되고 있는 인간들의 범렬적(範列的) 상황들에 대한 이들의 표현력이 퇴색하는 것은 아니다.

이미 말했듯이, '타자들'을 잘 이해하려는 의지는 서양의 의식을 크게 각성시킨다. 마치 반세기 전 이국적이고 원시적인 예술의 발

---

* 개인의 통일성을 이룬다고 여겨지는 심리 현상들의 총체.

견이 유럽 예술에 새로운 시각을 열어주었듯이, 만남은 철학의 문제 제기 방식(problématique)까지도 새롭게 변화시킬 수 있을 것이다. 예를 들어 상징들의 본성과 기능에 대한 깊은 연구는 서양 철학의 사유를 자극하고 그 지평을 넓혀줄 수 있으리라. 종교사학자들이 인간 실존의 구조, 시간성 속으로의 추락, 정신의 세계에 도달하기 전에 '죽음'을 체험해야 하는 필연성 등에 대한 '원시인들'과 동양인들의 과감한 개념을 부각시키기에 이르렀다는 것은 충격적이다. 우리는 여기에서 오늘날 서양 철학 연구의 핵심에 근접해 있는 사상들을 확인한다. 그리고 우리가 고대적이고 동양적인 종교 이데올로기에서 서양 '고전' 철학의 개념들과 비교될 만한 개념들을 재발견할 때에도 대결의 의미는 약화되지 않는다. 이 개념들은 같은 전제에서 파생된 것이 아니기 때문이다. 그래서 인도의 사상이나 어떤 '원시적' 신화들이 인간의 현 상황(condition)을 확립한 결정적인 행위가 태초에 일어났으며 따라서 본질이 인간의 현 상황에 선행한다고 주장할 때, 그들이 어떻게 이런 개념에 이르게 되었으며 그 이유가 무엇인지를 알아내는 것은 서양의 철학자나 신학자들에게 아주 흥미로운 일이 될 것이다.

무의식의 발견이 서양인들을 자신의 은밀하고 유충적(幼蟲的)인 개인의 '역사'와 대결하도록 강요했다면, 서양 이외의 문화들과의 만남은 그들이 인간 정신사 속으로 아주 깊이 파고들 것을, 그리고 아마도 이 역사를 자신의 일부로 받아들여야 함을 스스로에게 납득시킬 것을 요구할 것이다. 사실 벌써 제기되고 있고, 다음 세대의 연구자들에게는 더욱더 극적으로 날카롭게 제기될 문제는 이것이다. 인류의 정신사에서 아직 회수 가능한 모든 것을 어떤 방법으로 회수할 것인가? 이것은 다음 두 가지 이유 때문이다. ① 서양인이 무한정 자신의 중요한 일부와 절연된 채 살아갈 수는 없을 터인데, 그 일부는 서양인이 그 의미와 메시지를 해독할 수 없는 어떤 정신사의 단편들로 이루어져 있기 때문이다. ② 조만간에 '타자들'—전통 문화와 아시아와 '원시' 문화의 대표자들—과의 대화는 (사회적·경제적·정치적·의학적 현실 등에는 미치지 못하는) 오늘날의 경험적이고 실용적인 언어가 아닌, 인간적 현실과 정신적 가치들을 표현할 수 있는 문화적 언어로써 시작되어야 할 것이기 때문이다. 이런 대화는 불가피하다. 이는 역사의 숙명에 기록되어 있다. 현재의 의식 수준을 무한정 지속시킬 수 있으리라 믿는 것은 비극적인 순진함일 것이다.

이 작은 책에 모은 연구들은 몇몇 비유럽적인 종교적 행동 양식과 정신적 가치관을 이해하기 쉽게 전하려고 근심하는 한 종교사학자의 행보를 보여준다. 우리는, 그것이 연구를 밝혀줄 수 있는 비교항을 제시할 수 있는 모든 경우에, 서양의 전통에서 퍼올린 친근한 문화적 사건들을 인용하기를 주저하지 않았다. 이와 비슷한 대조들로 인해 미래의 새로운 휴머니즘의 전망이 드러날 것이다.

처음 네 장(章)은 1957년부터 1960년까지 아스코나(Ascona)에서 에라노스(Eranos) 연감을 위해 낭독한 것이다. 이들이 구어체인 까닭은 이 때문이다. 이들을 책으로 묶을 때 다시 손질하거나 내용을 보충하고 싶은 욕심은 컸지만 그렇게 하지 않았다. 이 작은 논술들이 제각각 책 한 권의 분량이 될 우려가 있었기 때문이다. 그래서 우리는 최근의 저서들에 대한 몇몇 참조를 덧붙이는 것으로 만족하기로 했다.

　박식하고 귀중한 친구인 장 구이야르 박사(Dr. Jean Gouillard)
가 다시 한 번 이 책의 좋은 프랑스어 표현을 위해 애써주었다. 이
자리를 빌려 깊은 감사의 뜻을 전한다.

1960년 11월, 시카고 대학교에서

미르체아 엘리아데

1
신비한 빛의 경험

어떤 꿈

19세기 중반, 서른두 살 된 어느 미국 상인이 이런 꿈을 꾸었다. "햇빛 비치는 어느 밝은 오후에, 저는 제 가게의 계산대 뒤에 있었죠. 눈 깜짝할 사이에 모든 것이 아주 캄캄한 밤보다, 광산 속보다 더 어두워졌습니다. 함께 이야기를 나누던 남자가 길거리로 달려나 갔습니다. 저도 그 사람을 따라 나갔습니다. 그렇게 어두운데도, 수천 수만의 사람들이 무슨 일인지 궁금해하면서 거리로 쏟아져나오 는 것을 알아볼 수 있었죠. 이때, 서남쪽 하늘 멀리에서 내 손바닥 크기쯤 되는 별만큼 찬란하게 밝은 빛이 보였어요. 그 빛은 순식간 에 커지는 듯하더니 어둠을 훤히 밝힐 만큼 다가왔어요. 남자 모자 만큼 커졌을 때, 빛은 12개의 더 작은 빛으로 갈라졌습니다. 그 한 가운데에는 더 큰 빛이 있었고, 이들 모두는 금세 더 커졌습니다.

순간 저는 이것이 그리스도의 강림이라는 것을 알았죠. 이런 생각을 하고 있을 때 서남쪽 하늘 전체가 빛나는 무리로 가득 찼는데, 그 중앙에는 그리스도가 12사도와 함께 계셨습니다. 이제 사방은 상상할 수도 없을 만큼 눈부시게 밝아졌고, 그들 빛나는 무리는 하늘의 정점으로 전진했습니다. 그때 저와 함께 이야기를 나누었던 남자가 이렇게 탄성을 질렀어요. '구세주이시다!' 그러면서 그는 자기 육신을 버리고 하늘로 올라갔습니다. 저는 제가 그와 같이 갈 만큼 착한 사람이 못 되는구나 하고 생각했죠. 그러고는 꿈에서 깨어났습니다."

너무나 깊은 인상을 받은 그는 며칠 동안 아무에게도 꿈 얘기를 하지 못했다. 그는 보름이 지난 뒤에야 아내에게 이 꿈을 고백하고, 뒤이어 다른 사람들에게도 말했다. 3년 뒤, 독실한 신앙 생활로 이름난 어떤 이가 그의 부인에게 이렇게 말했다. "당신 남편은 새로 태어났는데도 그걸 모르고 있어요. 그는 아직 눈을 뜨지 못한 영적인 어린아이지만 곧 스스로 깨닫게 될 겁니다." 실제로 그는 3주일 뒤 아내와 함께 뉴욕의 2번가를 걷다가 갑자기 탄성을 질렀다. "오! 나는 영원한 생명을 지녔소!" 그는 바로 그때 그리스도가 그의 안에서 막 부활했으며 '영원한 의식 속에 남아 있으리라는 것'을 느꼈다. 이 사건이 있은 지 3년 뒤, 많은 사람들과 함께 배를 타고 있을 때 그는 영적이고 정신적인 새로운 체험을 했다. 그의 영혼과 육체가 빛으로 넘치는 듯했던 것이다. 우리가 요약한 이 자서전적인 이야기에서 그는 이 생시의 경험들 때문에 꿈에서 겪은 첫 경험이 결코 퇴색되지는 않았다고 덧붙였다.[1]

이 자발적인 빛의 경험을 예로 들어 이야기를 시작한 것은 주로 다음 두 가지 이유 때문이다. ① 이는 자신의 일에 만족하고 있는 상인의 이야기이며, 준(準)신비적인 일루미네이션(illumination)*은 분명히 전혀 준비되어 있지 않았다. ② 그의 첫 빛의 경험은 꿈에서 일어났다. 그는 이 경험에서 깊은 인상을 받은 듯하나 그 의미를 깨닫지는 못했다. 다만 중대한 무엇인가가, 그의 구령(救靈)을 이끌어낼 무엇인가가 일어났다는 것을 느꼈다. 이것이 영적인 탄생의 문제라는 생각은 다른 사람이 그의 아내에게 말해준 것을 알게 된 연후에 찾아왔다. 다른 권위 있는 사람에게서 지침을 받은 뒤에야 그는 의식적으로 그리스도의 현존을 경험했고, 마침내 3년 뒤 그의 영혼과 육체가 그 속에 침잠하는 초자연적인 빛을 체험했던 것이다.[2]

심리학자라면 이 경험의 깊은 의미에 대해 여러 가지 재미있는 이야기를 할 수 있을 것이다. 종교사학자들 입장에서는 이 미국 상인의 경우가 스스로 무종교적이라고 믿는 — 또는 그러기를 원하는 — 현대인의 상황을 잘 보여주고 있다고 지적할 것이다. 현대인에게서 존재의 종교적인 감정은 억압되거나 심리 생활의 무의식권으로 숨어들었다. 그런데, 융(C. G. Jung) 교수가 말했듯이, 무의식은 언제나 종교적이다. 현대인의 종교적인 감정의 표면적 실종에 대해, 더 정확히 말하면 종교성이 프시케의 깊은 영역으로 사라진〔蝕〕 데 대

---

1) 이 자서전적인 짧은 글은 버크(R. M. Bucke)에 의해 출판되었다. *The Cosmic Consciousness* (Philadelphia, 1901), pp. 261~262. 꿈 속의 다른 몇몇 빛의 경험과 그 정신 분석학적인 해석을 보려면 C. G. Jung, *Psychology and Alchemy* (New York-London, 1953), pp. 86, 89, 165, 177 참조.

* 정신에서 발생하는 갑작스러운 빛. 기독교 신학에서는 신이 인간의 영혼에 퍼뜨리는 특별한 빛. 경우에 따라 계시 · 영감 · 깨달음으로 번역한다.

2) '3'이라는 숫자의 빈도에 주목하기 바란다.

해 길게 논의할 수도 있을 것이다. 그러나 이것은 우리의 주제를 넘어서는 문제이다.[3] 내 의도는 내면의 빛의 자발적인 경험(l'expérience spontanée)에 관한 설명을 전개하려는 것이다. 내가 방금 인용한 사례는 우리를 바로 문제의 핵심으로 이끈다. 우리는 방금—비록 꿈 속에서 일어난 일이긴 하지만—어떻게 빛과의 만남이 마침내 한 인간 존재를 근본적으로 변화시키면서 정신의 세계에 이르는 길을 열어주었는지를 보았다. 그런데 모든 초자연적인 빛의 경험은 다음과 같은 공통분모를 지닌다. 이런 경험을 겪은 사람은 존재론적인 변이(mutation ontologique)를 맞는다. 그는 다른 존재 방식을 획득하며, 정신의 세계로 접근할 수 있게 된다. 실제로 개인의 존재론적인 변이와, 이로 인해 이제 그가 접근하는 정신이 의미하는 바는 전혀 다른 문제가 되는데, 이는 나중에 다시 논의할 것이다. 지금으로서는 이 사실만을 기억해두자. 19세기의 극서인(極西人)에게서조차, 빛과의 만남은 새로운 영적인 탄생을 의미한다.

이 사례는 유별난 것이 아니다. 비슷한 경우가 많이 있으며 그 중 몇몇을 인용할 기회가 있을 것이다. 그러나 나는 지금 종교사학자로서 이 주제에 접근하고 있다. 따라서 다른 여러 종교적 전통에서 내면의 또는 초월적인 빛의 의미가 무엇인지를 먼저 알아보는 것이 중요하다. 이는 방대한 주제여서, 한계를 정할 수밖에 없다. 내적인 빛의 종교적 가치에 관한 훌륭한 연구에는 이런 경험의 모든 변이에 대한 면밀한 검토뿐만 아니라, 제의와 특히 '빛'에 대한 다양한 신화에 관한 논술이 포함되어야 할 것이다. 왜냐하면 신비적인 경

---

3) 『성(聖) 과 속(俗) *Das Heilige und das Profane*』(Rowohlt Deutsche Enzyklopädie, Hamburg, 1957) 참조.

험을 정당화하고 효력을 부여하는 것은 결국 종교적인 이데올로기이기 때문이다. 우리는 가능한 한, 주요 종교들에서 여러 빛의 경험의 이데올로기적인 맥락을 간략하게 상기시키고자 노력할 것이다. 그러나 많은 양상들이 묵과될 것이다. 우리는 '빛'의 신화나 태양의 신화, 제의의 불이나 등불을 언급하지 않을 것이다. 또한 달빛이나 번갯불의 종교적인 의미도 언급하지 않을 것이다. 그러나 이 모든 빛의 현현(顯現, épiphanie)이 우리의 주제에 매우 중요하다는 사실은 변함이 없다.

카우마네크

우리의 관심을 끄는 것은 특히 번갯불의 신화—아니, 차라리 형이상학—이다. 많은 종교에서 영적인 계시(illumination)의 순간성은 번갯불에 비유되었다. 더욱이 어둠을 찢는 벼락의 급작스러운 섬광은, 세상의 모습을 바꾸면서 영혼을 신성한 두려움으로 가득 채우는 무서운 신비(mysterium tremendum)로서의 가치를 부여받았다. 벼락을 맞아 죽은 사람은 뇌우의 신이 천국으로 데려간 것으로 간주되었으며, 그들의 유체는 성유골로 숭배받았다. 벼락을 맞고도 살아남은 사람은 완전히 바뀌었다. 그는 새로운 삶을 시작했으며, 새사람이 되었다. 벼락을 맞고도 살아남은 한 야쿠트(Ya-kut)인은, 신이 하늘에서 내려와 그의 육신을 산산조각 냈으며 다시 부활시켰다고 말했다. 이 입문적인 죽음과 부활에 뒤이어 그는 샤먼이 되었다. 그는 이렇게 덧붙였다. "이제 나는 온 사방 30베르스타*의 거리에서 일어나는 일들까지 볼 수 있다."[4] 이 순간적인 입문(initiation)의 예에서 특기할 만한 것은, 잘 알려진 죽음과 부활의 주제가 순간적인 일루미네이션의 모티프를 동반하고, 이로 인해 완성되고 있다는 사실이다. 번개의 눈부신 빛은 정신적인 변성을 일으키고 이로 인해 인간은 투시의 힘을 얻는다. '30베르스타의 거리를 본다'는 것은 투시력을 표현하기 위한 시베리아 샤머니즘의 전통적인 관용구다.

그런데 에스키모들에게 이 유형의 투시력은 '번갯불' 또는 '일루미네이션'(qaumanek)이라고 불리는 신비적 체험의 결과이며, 이것 없이는 그 누구도 샤먼이 될 수 없다. 라스무센(Rasmussen)이 수집한 이글룰리크(Iglulik) 에스키모 샤먼들의 이야기에 따르면, 카우마네크는 "샤먼이 불현듯 몸 속에서, 머릿속에서, 뇌수의 바로 한복판에서 느끼는 신비스러운 빛으로, 설명할 수 없는 등불이며, 어둠 속에서도 볼 수 있게 해주는 밝은 불빛이다. 문자 그대로, 그리고 비유적인 의미에서. 왜냐하면 이제 그는 심지어 눈을 감고서도 칠흑 같은 어둠을 꿰뚫어볼 수 있으며, 다른 사람들에게는 숨겨진 것들과 미래의 사건들을 볼 수 있기 때문이다. 이렇게 해서 샤먼은 앞날과 다른 이들의 비밀을 알 수 있는 것이다."[5]

초심자가 처음으로 이 신비한 빛을 체험할 때 그것은 "마치 그가 있는 오두막이 갑자기 솟아오르는 것과 같다. 그는 꼭 세상이 넓은

---

* 러시아의 이정(里程). 1베르스타는 약 1067미터.

4) C. W. Ksenofontov, *Legendy i raskazi o shamanach u jakutov, burjat i tungusov* (2ᵉ éd., Moskva, 1930), p. 76 이하.

5) Rasmussen, M. Eliade, 『샤머니즘 *Le Chamanisme*』(Paris, 1951), p. 69에서 재인용.

평원이기나 한 듯이 산들을 꿰뚫어 먼 곳을 보며, 그의 눈길은 대지의 끝에 닿는다. 그의 앞에는 더 이상 아무것도 감춰진 것이 없다. 그는 아주 멀리 볼 수 있을 뿐만 아니라, 멀리 이상한 지역에 잡혀 있거나 숨겨져 있거나, 사자(死者)의 나라에 끌려 올라갔거나 내려갔거나를 가리지 않고 납치당한 영혼들을 찾아낼 수 있다.”[6]

이 신비한 일루미네이션의 경험에서 중요한 사항들을 기억해두자. ①일루미네이션은 오랜 준비의 결과이지만, 언제나 '번갯불'처럼 느닷없이 찾아온다. ②이는 몸 전체에서, 특히 머릿속에서 느껴진 내적인 빛에 관한 문제다. ③처음으로 이를 체험할 때는 상승의 경험이 함께한다. ④여기에는 천리안과 투시력이 동시에 연관되어 있다. 샤먼은 어디든지 아주 멀리 보고, 보이지 않는 존재자들(병자의 영혼, 영신들)을 인지하며, 심지어 미래의 사건들까지 볼 수 있다.

카우마네크는 특유하게 샤먼적인 또다른 정신 훈련인, 골격(骨格) 상태로 환원된 자신의 육체를 관조하는 능력과 연관되어 있다는 사실을 덧붙이기로 하자. 이는 샤먼이, 잠시 보이지 않는 것을 '볼' 수 있음을 표현하는 다른 방식이다. 우리는 이를, 그가 엑스레이처럼 살을 뚫고 보거나, 먼 훗날 죽음 이후 그의 육체에 일어날 일을 본다고 이해할 수 있다. 어느 쪽이건 간에, 이 능력 또한 깨달음에 의해 가능해진 일종의 투시력이다. 이 점에 대해서는 강조하는 것이 좋겠다. 비록 내면의 빛으로서 체험되고 거의 물리적인 의미에서 발광(發光) 현상처럼 느껴진 것이지만, 일루미네이션은 에스키모 샤

---

6) Rasmussen, 같은 책, p. 71에서 재인용.

먼에게 초월지의 능력과 신비적인 범주의 지식을 부여한다.

'응고된 빛'

이 샤먼적 경험으로부터 내면의 빛에 대한 인도의 개념으로 넘어
가는 것은 마음이 끌리는 일일 것이다. 우리는 여기에서 빛의 경험
과 영지(靈知, gnose) 그리고 인간 조건의 초월 사이에서 맺어지는,
앞에서와 동일한 연대 관계를 만날 수 있을 것이다. 그러나 그 전에
잠시 멈추어 고대 사회에 관련된 다른 한 무리의 사실들, 특히 오스
트레일리아 주의(呪醫, medicine-man)들의 입문 의례를 살펴보고
자 한다. 이글룰리크 샤먼들의 '깨달음'에 비교될 만한 오스트레일
리아의 사례들을 나는 모르지만, 이러한 결여는 아마도 우리가 오
스트레일리아의 주의에 대해 잘 모르고 있다는 사실에 기인하는 것
같다. 그렇지만 우리가 오스트레일리아의 주의를 시베리아나 북극
의 샤먼과 비교하는 것은 정당하다. 이들 각자의 입문 의례가 많은
공통점을 지니고 있을 뿐 아니라, 모두 다음과 같은 서로 비슷한 초
심리학적 권능을 가진 것으로 인정받고 있다. 불 위를 걷고, 마음대
로 사라졌다 나타나고, 투시력이 있으며, 다른 이들의 생각을 읽을
수 있다……[7]
그런데 오스트레일리아 주의의 입문 제의에서 신비한 빛은 중요
한 역할을 한다. 오스트레일리아의 주의들은, 입문 의례의 지배자

---

7) A. P. Elkin, *Aboriginal Men of High Degree* (Sydney, 1946), p. 52 이하 참조.

인 바이아메(Baiame)*를, '두 눈에서 뿜어내는 빛을 제외하고는'[8] 다른 주술사들과 모든 면에서 비슷한 존재로 생각한다. 다시 말해서, 그들은 초자연적인 존재의 지위(condition)와 넘치도록 풍성한 빛 사이의 어떤 연관성을 느낀다. 바이아메는 젊은 후보자들에게 '성스럽고 강력한 물'을 뿌리면서 입문 의례를 실행하는데, 주의들에 따르면 이 물은 액화(液化)된 수정(水晶)이다.[9] 입문 의례에서 수정은 아주 중요한 역할을 한다. 신입자는 초자연적인 절대 존재에 의해 살해당하고, 여러 토막으로 잘려 수정으로 속이 채워지는 것으로 간주된다. 다시 살아나게 되면 그는 영신(靈神, esprit)을 볼 수 있으며, 다른 사람들의 생각을 읽고, 천상으로 날아가며, 자신을 안 보이게 할 수도 있다. 그의 육신, 특히 그의 머리가 품고 있는 수정들 덕분에 주의들은 나머지 사람들과 다른 존재 방식을 누린다. 수정이 이런 비범한 마력을 지닌 까닭은 그것이 천상에서 왔기 때문이다. 바이아메의 보좌는 수정으로 만들어져 있으며, 바이아메 자신이 이 보좌에서 떼어낸 조각들을 지상에 떨어뜨린다.[10] 달리 말하자면, 수정들은 하늘에서 떨어진 것으로 인정되었다. 수정은 이를테면 '응고된 빛'인 것이다.

　실제로 해양 다야크족(Dayak)은 수정을 '빛의 돌(pierres-lumière)'[11]이라고 부른다. 이 수정 속에 응고된 빛은 초자연적인

＊ 절대신.

8) Elkin, 같은 책, p. 96.

9) 같은 곳.

10) M. Eliade, 『샤머니즘』, p. 135 참조.

11) 같은 곳.

것으로 여겨진다. 이 응고된 빛은 주의들이 (예를 들어 병자의 영혼
이 덤불숲에서 길을 잃었거나 악마에게 납치되었을 때) 아주 먼 곳에
있는 영혼들까지 볼 수 있게 해준다. 또한 주의들은 수정 덕분에 천
상으로 날아갈 수 있는데, 이는 북아메리카에서도 확인된 믿음이
다.[12] 아주 먼 거리에서 보기, 천상으로 오르기, 영적인 존재자들(죽
은 자의 영혼, 악마들과 신들)을 보기―이는 결국, 주의는 이제 속인
들의 세계에 구속되지 않으며 우월한 존재들의 지위를 나누어 가지
고 있다는 말이 된다. 그는 입문적인 죽음으로써 이 특권적인 지위
를 얻는데, 이 죽음의 기간에 그는 응고된 빛으로 여겨지는 물질로
속이 채워진다. 그가 상징적으로 부활했을 때, 우리는 그가 내면적
으로 초자연적인 빛에 잠겨 있다고 말할 수 있을 것이다.

이처럼 우리는 오스트레일리아의 주의에게서도 에스키모 샤먼에
게서 마주쳤던 것과 같은―영적인 빛과 영지, 승천, 투시력, 초월
지의 능력 사이의―연대성을 찾아볼 수 있다. 그러나 우리가 관심
을 가지고 있는 요소인 영적인 빛은 전혀 다르게 가치가 부여되어
있다. 오스트레일리아의 신입자는 에스키모 샤먼의 카우마네크에
비견될 만한 일루미네이션을 경험하는 것으로 여겨지지 않는다. 그
는 초자연적인 빛을 수정의 형태로 직접 몸 속에 받는다. 그러므로
이는 빛의 신비적 체험이 아니라―그 동안에 초심자의 육신이 천
상적이고 신적인 빛의 상징인 수정들로 채워지는―입문적인 죽음
에 관한 문제다. 이 사례에서 우리는 무아적(無我的, extatique) 구
조의 제의와 마주친다. '죽임을 당하고' 여러 토막이 나기는 했지

---

12) 같은 곳 참조.

만, 초심자는 자신에게 일어나는 일을 본다. 그는 초자연적인 존재
들이 그의 몸을 수정으로 채우는 것을 보며, 그리고 되살아난 뒤에
는 에스키모 샤먼이 일루미네이션에 이어 얻는 것과 거의 같은 권
능을 얻는다. 강조된 것은 초자연적인 존재들에 의해 실행되는 제
의이다. 반면 에스키모 샤먼의 깨달음은 고독 속에서 그리고 오랜
수행의 결과로 얻어지는 경험이다. 그러나 다시 반복하자면, 이 두
유형의 입문 의례의 결과는 대등한 것으로 볼 수 있다. 에스키모 샤
먼과 오스트레일리아의 주의는 모두 새로운 사람으로, 초자연적인
방법으로 '보고', 알고 이해하며, 초인적인 일들을 할 수 있다.

인도: 빛과 아트만

　예상할 수 있는 일이긴 하지만, 인도의 종교와 철학에서 빛의 신비
주의는 훨씬 더 복잡하다. 우선 빛은 창조적이라는 근본 사상이 있다.
"빛은 낳게 하는 자이다(jyotir prajanaman)"는 『사타파타 브라흐마
나*Satapatha Brāhmana*』(VIII, 7, 2, 16~17)에 나오는 말이다. 빛은
"낳게 하는 힘이다"(*Taittiriya Samhitā*, VIII, 1, 1, 1). 이미 리그 베
다*(Rig Veda, I, 115, 1)는 태양이 모든 것의 생명이거나 아트만
(ātman, 我)이라고 단언했다. 여러 우파니샤드(Upaniṣads)**는 특
히 다음과 같은 주제에 집착한다. 존재는 순수한 빛에 의해 나타나

---

* 브라만교 최초의 성전이며 4베다 가운데 첫 문헌. 베다는 신들에 대한 찬가와 시편
등으로 이루어진 종교 문학이다.
** 베다에 관한 사변을 기록한 문헌들.

며, 인간은 초자연적인 빛의 경험에 의해 존재를 알게 된다. "이 하늘 위쪽에서, 모든 것의 위쪽에서, 더 높은 곳이 없는 가장 높은 세계에서 반짝이는 빛은 실로 인간의 내면(antah puruse)에서 반짝이는 것과 같은 빛이다"라고 『찬도기야 우파니샤드 *Chāndogya Upaniṣad*』(III, 13, 7)는 말한다.

내면의 빛과 우주 저편의 빛이 동일하다는 자각에는 잘 알려진 미세 생리학의 두 가지 현상이 수반된다—육신의 발열과 신비한 소리의 청취(같은 책, III, 13, 8). 이것이 우리에게 알려주는 바는, 아트만-브라만(ātman-brahman)*이 모두 빛으로서 같다는 깨달음은 단순히 형이상학적 인식 행위가 아니라, 인간이 그의 실존 체제를 거는 더 깊은 체험이라는 것이다. 무상(無上)의 영지는 존재 방식의 변화를 가져온다. 마치 『브라다라냐카 우파니샤드 *Brhadāranyaka Up.*』(I, 3, 28)에서 말하듯이, "비존재(asat)에서 존재(sat)로 저를 인도하시고, 어둠에서 빛으로 저를 인도하시고(tamaso mā jyotir gamaya), 죽음에서 불멸로 저를 인도하소서."

빛은 그러므로 존재와 불멸성과 동일하다. 『찬도기야 우파니샤드』(III, 17, 7)에는 리그 베다의 두 시구가 인용되어 있는데, 여기에서는 "하늘보다 더 높이 빛나는 빛"의 관조에 대해 말하면서 이렇게 덧붙인다. "어둠의 저편에 있는 (이) 지극히 높은 빛을 관조하면서 우리는 신 중의 신인 태양에 이른다……" 『브라다라냐카 우파니샤드』의 유명한 표현에 따르면(IV, 3, 7), 아트만은 인간의 심장에 '심장 속의 빛'(hrdy antarjyotih purusah)의 형태로 존재하는 자이다.

---

* 개아(個我)와 우주아(宇宙我).

"이 고요한 존재는 그의 육신에서 떠올라 지극히 높은 빛에 닿으면서, 그 고유의 모습으로 나타난다(svena rūpenābhinispadyate). 그가 바로 아트만이다. 그는 불멸이며, 두려움이 없는 자이며, 브라만이다. 참으로, 브라만의 이름은 진실한 자이다"(*Chāndogya Up.*, VIII, 3, 4).[13] 역시 『찬도기야 우파니샤드』에 따르면(VIII, 6, 5), 죽음의 순간에 영혼은 태양 광선에 의해 높은 곳으로 올라간다. 영혼은 '세계의 문'인 태양에 접근한다. 아는 자들은 들어갈 수 있으나, 모르는 자들에게 문은 닫혀 있다.

그러므로 이는 초월적이고 입문적인 범주의 학문이다. 이를 얻은 사람은 단지 지식만을 얻은 것이 아니라, 무엇보다도 먼저 새롭고 우월한 존재 방식을 얻은 것이기 때문이다. 깨달음은 급작스럽다. 깨달음이 번갯불에 비유되는 것은 이 때문이다. 우리는 다른 맥락에서 인도의 '돈오(頓悟, illumination instantanée)'[14]의 상징들을 분석한 바 있다. 부처 자신도 무시간적인 찰나 속에서 깨달음을 얻었다—여느 때처럼 명상으로 밤을 지새우고 난 새벽, 하늘로 눈길을 돌려 문득 새벽별을 보았을 때. 사람들은 이 새벽의 일루미네이션의 신비에 대해 수천 페이지의 글을 썼다. 대승 철학에서는, 달빛도 없는 새벽 하늘의 빛은 "보편적인 공(空)이라고 이름붙여진 청정한 빛"을 상징하기 위해 도래한 것이라고 말한다. 달리 말하자면, 모든

---

13) 상카라(Śankara : A.D. 700~750년. 힌두교의 대표적인 철학자—옮긴이)는, "그의 육신에서 떠올라(śarīrāl samutthaya)"를 "자아와 육신을 동일시하는 관념을 버리고"로 해석한다.

14) M. Eliade, 『이미지와 상징 *Images et Symboles. Essai sur le symbolisme magico-religieux*』(Paris, 1952), pp. 97, 106 참조.

속박에서 해탈한 자의 상황인 부처의 상태가, 고타마(Gautama)가
깨달음의 순간에 보았던 빛으로 상징되었다는 것이다. 이 빛은 '청
정'하고, '순수'한 것으로―즉 더러움이나 그늘이 없을 뿐만 아니
라, 어떠한 색채나 수식도 없는 것으로―묘사되어 있다. 이것이 이
빛이 '보편적인 공(空)'으로 명명된 이유인데, 왜냐하면 '공(空,
śunya)'은 바로 모든 속성과 특징이 없는 것이기 때문이다. 이것이
근원(Urgrund)이며, 궁극적 실재[최후의 진상]다. 우파니샤드에서
의 브라만-아트만의 동일성(범아일여梵我一如)의 자각처럼, 보편
적인 공의 이해는 번갯불에 비유할 수 있는 순간적인 행위이다. 칠
흑 같은 어둠의 장막을 갑자기 찢는 눈부신 섬광을 예비하는 것이
아무것도 없듯이, 명백히 아무것도 깨달음의 체험을 준비하는 것으
로는 보이지 않는다. 깨달음은 다른 좌표면에 속하며, 깨달음에 선
행하는 시간과 그 안에서 깨달음이 이루어지는 무시간적인 순간 사
이에는 연속성이 존재하지 않는다.

요가와 '신비스러운 빛들'

그러나 적어도 인도의 몇몇 학파에서는, 일루미네이션에 따라 이
루어지는 층위의 단절이 예감될 수 있다. 고행자는 긴 명상과 요가
(Yoga)를 통하여 준비를 갖추는데, 이 정신적인 여정에서 그는 간
혹 마지막 각성이 가까이 왔음을 알려주는 징후들을 만난다. 이 전
조들 가운데 여러 가지로 채색된 빛의 경험이 가장 중요하다. 『슈베
타슈바타라 우파니샤드 Śvetāśvatara Up.』(II, II)는, 요가 수행 중에

빛의 현현들을 통해서 드러나는 '브라만의 예비적 형태들(rūpāni purassarāni)'을 공들여 기술하고 있다. 안개, 연기, 태양, 불, 바람, 발광충(發光蟲), 번갯불 그리고 수정과 달[月].『만달라 브라흐마나 우파니샤드 *Mandala Brāhmana Up.*』(II, I)는 전혀 다른 목록을 남겼다. 별의 이미지, 다이아몬드 거울, 만월(滿月), 정오의 태양, 불꽃의 원, 수정, 검은 원, 점(點, bindu), 손가락(kalā), 별(naksatra), 그리고 또 태양, 등불, 눈[目], 눈부신 햇빛과 아홉 가지 보석들.[15]

이렇듯 일련의 빛의 경험에는 일정한 규칙이 없다. 게다가 빛의 현현들이 기술된 순서는 광도(光度)의 증가와도 일치하지 않는다. 『슈베타슈바타라 우파니샤드』에서는 달빛이 햇빛의 한참 뒤에 언급되었다. 『만달라 브라흐마나 우파니샤드』에 나오는 빛의 현현들의 연쇄는 더욱 당황스럽다. 우리가 보기에는 이것 또한, 이 빛이 자연계에 속하는 물리적인 빛이 아닌 신비적인 구조의 경험에 관련된 것이라는 증거다.

요가의 여러 유파들은 모두 내적인 빛의 현현에 대해 말한다. 비아사(Vyāsa)*는 『요가 수트라 *Yoga Sūtra*』(I, 36)**를 해설하면서 '심장의 연꽃'에 정신을 집중하라고 하는데, 이를 통해 수행자는 순

---

15) S. Radhakrishnan, *The Principal Upanisads* (New York, 1953), p. 721은 『랑카바타라 수트라 *Lankavatara Sūtra*』의 일부를 전재하고 있는데, 이에 따르면 요가 수행자는 수련 중에 "해나 달 또는 연꽃과 닮은 어떤 것이나 (지하의) 다른 세계의 형상이나, 천상의 불이나 이와 비슷한 것들의 갖가지 형상을 본다. 이 모든 것이 사라지면 이미지 없는 상태가 존재한다…… 이때 여러 부처들이 그들 나라들에서 와서는 그들의 불타는 듯한 뜨거운 손으로 요가 수행자의 머리를 만지게 된다."

* 인도의 전설적인 현자.

** 파탄잘리가 지었다는 요가의 기본 경전.

수한 빛의 체험에 이른다고 한다. 그는 다른 맥락에서는(III, I) 요가
수도자가 전념해야 할 대상들 가운데 하나로 '머리의 빛'을 언급한
다. 불교의 여러 경론(經論)은 빛의 징후가 명상의 성공에 아주 중
요한 것일 수 있음을 강조한다. 『스라바카부미 Sravakabhūmi』에서
말하기를, "빛의 징후를 꼭 잡고 있으라. 그 빛이 등불의 빛이건 작
열하는 불빛이건 태양의 둥근 빛이건 그것은 상관없느니!"[16]

    여러 요가 명상에서 이 빛의 징후들은 단지 출발점일 뿐이라는
것은 거론할 필요가 없다. 한 요가바차라론(traité yogāvacara)은
승려가 고행 중에 체험한 신비한 빛의 채색에 관해 자세히 적고 있
다. 이 요가바차라 입문서의 특색은 우주적 요소들에 대한 명상이
다. 여기에는 아주 많은 수련법이 열거되어 있다. 각각의 수련법은
3부로 되어 있으며, 각 부는 저마다 다른 색깔의 빛의 체험으로 구
분된다. 우리는 다른 곳에서 이 요가바차라론의 방식을 논의한 바
있으므로,[17] 재론할 필요는 없겠다. 다만 각 우주적 요소들의 궁극
적 구조의 통찰 — 요가적 명상에 따라 실현된 통찰 — 은 다른 색깔
의 빛의 체험으로 나타난다는 것만을 말해두기로 하자. 대승 교의
에서 우주적 요소들 — 온(蘊, skandha)이나 계(界, dhātu)* — 은
여래(如來, Tathāgatas)와 동일시된다는 사실을 상기할 때, 우리는
이 우주적 실체의 궁극적 구조 속으로의 침잠이 지닌 구원론적인

---

16) A. J. Wayman에 의해 인용된 필사본, "Notes on the Sanskrit term jñāna"(*Journal of the American Oriental Society*, vol. 75, 1955, pp. 253~268), p. 261, note.

17) M. Eliade, 『요가, 불멸성과 자유 *Le Yoga, Immortalité et Liberté*』(Paris, 1954), p. 198 이하 참조.

* 색(色, 모양) · 수(受, 받아들임) · 상(想) · 행(行) · 식(識)을 지칭하는 오온(五蘊)과, 육근(六根) · 육진(六塵) · 육식(六識)의 18계(界)를 말한다.

의미와 가치를 이해한다. 우주적 요소들을 요가적으로 명상하는 것은 여래들의 본질을 드러내는 것, 즉 해탈의 길을 나아가는 것이다. 그런데 여래들의 궁극적인 실재는 다른 색깔의 빛이다. "모든 여래들은 다섯 가지의 '빛'이다"[18]라고 찬드라키르티(Candrakirti)는 적고 있다. 뇌전(雷電, Vajradhara)의 초월적인 형태인 법계(法界, dharmadhātu)는 순수한 빛, 완전히 무색(無色)인 빛이다. 찬드라키르티는 이렇게 썼다. "법계는 밝은 빛이며, 요가의 정신 집중은 이를 지각하는 것이다."[19] 이는 곧 존재는 신비적 범주의 경험에 의해서만 이해될 수 있는 것이며, 존재의 이해는 절대적인 빛의 경험으로 나타난다는 것을 의미한다. 우리는 우파니샤드에서 브라만과 아트만이 빛과 동일시되었음을 기억하고 있다.

그러므로 우리는 범인도(汎印度)적인 관념을 다루고 있는 것인데, 이는 다음과 같이 요약될 수 있다. 순수 존재, 구경(究竟)의 실재는 특히 순수한 빛의 체험을 통해 알려질 수 있다. 우주적 발현의 과정은 결국 일련의 빛의 현현들로 이루어지며, 우주적 소멸은 이 다른 색깔 빛들의 현현을 반복한다. 『장아함경長阿含經, Dīghanikā-ya』(I, 2, 2)*에 기록된 한 전설에 따르면, 세상이 소멸되었을 때 살아남은 것은 아바사라(Abbassarā)라는 눈부시게 빛나는 존재들뿐이었다. 그들은 공기 같은 몸을 지니고 공중을 날아다녔으며, 그들 자신의 빛을 사방에 흩뿌리면서 무한히 오래 살았다. 죽음의 순간에

---

18) G. Tucci에 의해 인용된 글, "Some Glosses upon Guhyasamāja"(*Mémoires bouddhiques et chinoises*, vol. III, 1935, pp. 339~353), p. 348.

19) 같은 곳.

* 석가 시대의 생활상과 사상, 부처의 행적을 기록한 문서. 3부 34경.

도 역시 소우주 규모의 소멸이 일어났는데, 곧 보게 되듯이, 죽음의
과정은 정확히 말해 일련의 빛의 경험들로 이루어진다.

이 빛의 범인도적인 형이상학은 몇 가지 결과를 낳았는데, 그 중
특기할 만한 것은 다음과 같다. ①신성(神性, divinité)의 가장 적절
한 계시는 빛에 의해 실현된다. ②고도의 정신성(精神性)에 도달한
자들―즉 인도의 용어로 '해탈한 자' 또는 부처의 상태를 성취했
거나 이에 근접한 이들―역시 빛을 발할 수 있다. ③결국 우주생
성론(cosmogonie)은 어떤 빛의 현현과 동등한 것일 수 있다. 몇 가
지 예를 들어 이 각각의 결과들을 설명하기로 하자.

빛나는 신현(神現)

전형적인 신현(théophanie)은 눈부신 빛의 흐름을 이루는데,
『바가바드기타*Bhagavad-gītā*』*의 모든 독자들은 이를 알고 있다.
크리슈나(Krishna)가 아르주나(Arjuna)에게 본질적으로 불의 형태
인 그의 참모습을 드러내는 저 유명한 XI장을 상기해보자.

만약 수천 개의 태양이 하늘에서 모두 함께 그 빛을 뿌린다면
그것은 마치 고귀한 님의 이 빛과 같으리다.(XI, 12)
내게는 당신이 이렇게 보이오―누가 이전에 당신을 보았소?―

---

* 아르주나 공(公)과 비슈누 신(神)의 화신(化身)인 크리슈나가 전장에서 대화를 나누
는 형식으로 구성된 힌두 문학의 걸작. 바라타 왕조의 실록인 『마하바라타』 제4권 가
운데 일부.

사방이

마치 불꽃과 거대한 태양의 광명처럼 빛나고 있소.(17)

시작도 없으며, 가운데도 없고, 그 끝도 없이, 전능하며,

무한히 강하도다! 해와 달이 그대의 눈이며,

내게는 당신이 이렇게 보이오, 얼굴은 불로 찬란히 빛나고,

당신의 광채는 세상을 밝힌다오.(19)

당신은 구름에 닿고, 당신은 천 가지 색깔로 빛나며,

당신의 입은 크게 열리고, 당신의 커다란 두 눈은 뜨겁게 불타오!

치아들이 두드러진 당신의 두 입술은

마치 소멸의 불〔劫火〕과 같소.(24~25)

(실뱅 레비Sylvain Lévi 번역)

그러나 이 사례는 『마하바라타*Mahābhārata*』나 『푸라나 *Purā-na*』* 등에 나타난 무수한 빛나는 신현들 가운데 가장 널리 알려진 것일 따름이다. 『하리밤샤*Harivamśa*』에서는 크리슈나와 아르주나 그리고 한 브라만이 함께한 북해(北海)를 향한 여행에 대해 이야기한다. 크리슈나는 파도에게 물러설 것을 명하고, 이들 셋은 마치 두 물벽〔水壁〕 사이를 지나듯이 대양을 건넌다. 이들은 장엄한 산맥 앞에 이르는데, 크리슈나의 명령에 산맥은 사라진다. 마침내 안개의 나라에 도착하자 말들은 멈춘다. 크리슈나가 법륜(法輪, cakra)으로 안개를 치자 안개는 흩어진다. 그러자 아르주나와 브라만은 엄청나게 밝은 빛을 보게 되는데, 마침내 크리슈나는 여기에 녹아든

---

* 각종 신화나 전설 등을 광범위하게 수록한 힌두 문학.

다. 나중에 크리슈나는 아르주나에게 이 빛이 자신의 진정한 자아
였음을 밝힌다.[20]

　『마하바라타』제XII권에서 비슈누(Vishnu)[*]는 태양 수천 개의 광
휘에 비견될 만한 광채 속에서 발현한다. 기록은 다음과 같이 이어
진다. "이 빛을 뚫고 들어감으로써, 요가의 가르침을 받은 사람들은
최후의 해탈에 도달한다."[21] 같은 제XII권에는 수미산(須彌山,
Meru)[**] 북쪽 나라에 살던 세 현자에 대한 이야기가 나오는데, 이
들은 나라야나(Nārāyana)[***]의 참모습을 보기 위해 천 년 동안이나
고행했다. 하늘에서 소리가 들려 이들에게, 우유의 대양(l'Océan
de Lait) 북쪽에 있는, 인도 신화상의 신비한 '하얀 섬' 슈베타드비
파(Śvetadvīpa)에 가라고 명령했는데, 이 상징법〔섬〕은 빛의 형이
상학과 구원론적인 영지에 동시에 연관되어 있다. 현자들은 슈베타
드비파에 이르렀지만, 나라야나에서 뿜어나오는 빛으로 인해 눈을
뜰 수가 없었다. 그래서 다시 백 년 동안 고행한 끝에야 달처럼 하
얀 사람들이 보이기 시작했다. "이들 각자의 빛은 마치 우주의 붕괴
가 다가오는 순간에 태양이 보여주는 찬란한 광채와 흡사한 것이었
다"고 책은 자세히 적고 있다. 갑자기, 세 현자는 수천 개 태양의 광
휘에 비견될 만한 빛을 보게 된다. 나라야나의 현현이었다. 슈베타

---

20) *Harivaṃśa* 169(2, 186~188); *Mahābhārata*, XII, 333, 10; XIII, 14, 382~383
참조. 또한 W. E. Clark, "Sakadvīpa and Śvetavīpa"(*Journal of American Oriental
Society*, 39, 1919, pp. 202~242), p. 226 이하 참조.

[*] 힌두교 주신의 하나. 세계의 보존자이며 법(法, dharma)의 재건자로 숭배받는다.

21) *Mahābhārata*, XII, 336, 39~40.

[**] 세계의 중심축에 위치한 산.

[***] 비슈누의 또다른 이름.

드비파의 모든 사람들이 이 빛으로 달려왔으며 무릎을 꿇고 기도함
으로써 이 빛을 경배했다.[22]

이 마지막 사례는 두 겹의 사실을 보여준다. '빛'은 신성(神性)의
본질 자체이며, 또한 신비적으로 완벽한 존재들 역시 빛을 발한다.
슈베타드비파의 이미지[23]는 빛과 정신적인 완전함의 동일성을 확
인해준다. 이 나라는 완전한 사람들이 살고 있기에 '하얗다'. 우리
는 인도-유럽 전승의 다른 '하얀 섬들'—레우케(Leukè), 애벌론
(Avalon)[*]—을 상기해보는 것만으로도 초월적인 지역, 범속한 지
리에 속하지 않는 나라들의 신화가 초월과 완전성·신성(神聖)을
상징하는, 흰색에 부여된 신비적 가치와 연관되어 있음을 깨달을
수 있다.

불교

우리는 불교에서도 이와 비슷한 사상들을 만난다. 『장아함경』에
서 부처 자신의 말에 따르면, 브라마 발현의 전조는 "솟아오르는 빛
과 빛나는 영광이다."[24] 중국의 한 경(經)의 주장에 따르면, "색계
(色界, Rūpaloka)[**]에서 신들(=Devas)은 명상을 실행하고 모든

---

22) *Mahābhārata*, XII, 336; W. E. Clark, 앞의 책, p. 233 이하.

23) 이 문제에 관해서는 M. Eliade, 『샤머니즘』, p. 367 이하; 『요가』, p. 397 참조.

* 아서 왕 이야기에 나오는 전설의 섬.

24) *Dīghanikāya*, XIX, 15(*Dialogues of Buddha*, II, p. 264).

** 삼계(三界)의 하나. 욕계에서 벗어난 깨끗한 물질의 세계를 이른다. 선정(禪定)을 닦

불순한 욕망을 제거한 덕분에, '불빛'(agnidhātu samadhi)이라는 이름으로 알려진 (일종의) 삼매에 들게 되고 그들의 육신은 해와 달보다 더 영광스러워진다. 이 특별한 영광은 그들 마음이 순수하므로 얻어진 결과다."[25] 『아비달마구사론阿毘達磨俱舍論』에 따르면, 브라마 계급의 신들은 은처럼 하얀 반면, 색계에 속하는 신들은 노란 흰색이다.[26] 다른 불교 경문에 따르면, 18계급의 신들은 몸이 모두 은빛으로 빛나며, 황금처럼 노란 궁전에서 살고 있다.[27]

말할 것도 없이, 부처는 빛을 발하는 것으로 여겨진다. 아마라바티(Amarāvati)를 보면 그는 불의 원기둥으로 나타나 있다. 한 설법을 마친 뒤, 부처는 이렇게 말한다. "나는 불꽃이 되었고 공중을 날아 일곱 종려나무의 높이에까지 이르렀다"(『장아함경』, III, 27). 여기에는 인간의 조건을 넘어서는 두 이미지—불의 찬란함('연소')과 상승—가 결합되어 사용되었다. 부처의 광채는 많은 글에서 거의 상투적인 문구가 되었다(*Divyāvadāna*, 46~47, 75; *Dhammapāda*, XXVI, 51 등 참조). 간다라파의 조상(彫像)들은 부처의 몸, 특히 양 어깨에서 나오는 불꽃을 형상화했다.[28] 중앙아시아의 프레스코 벽화들에서는 부처들뿐만 아니라 아라한(阿羅漢)들 역시

은 사람이 가는 곳으로, 무색계(無色界)의 아래, 욕계(欲界)의 위에 있는 중간 세계다.

25) S. Beal, *A Catena of Buddhist Scriptures from the Chinese* (London, 1871), p. 87.

26) 같은 책, p. 88.

27) 같은 책, p. 97.

28) B. Rowland, Jr., "The Iconography of the Flame Halo"(*The Bulletin of the Fogg Museum of Art*, XI, 1949, pp. 10~16) 참조. 전람회 카탈로그 *L'Arte del Gandhāra in Pakistan* (Roma, 1958), pl. III에서 다른 간다라 조상〔佛像〕 참조.

양 어깨에서 여러 빛깔의 불꽃이 나오는 것으로 표현되어 있다. 어떤 부처들은 공중을 나는 모습으로 형상화되어 있는데, 이는 불꽃을 날개와 혼동하게 할 여지를 준다.[29]

이 빛은 요가적인 본질의 것이라고, 즉 무애(無碍)의 초월적인 상태의 시험적 성취에서 결과한 것이라고 많은 글들은 주장한다. 『방광대장엄경 方廣大莊嚴經, *Lalitavistara*』에서 말하기를, 부처가 삼매(三昧)에 들면 "'무상혜(無上慧)의 빛의 장식'(jnanalokalanakram nama raṣmih)이라고 명명된 빛이 두개골의 돌기(usnīsa)의 출구〔정수리〕에서 나와 머리 위에서 일렁인다."[30] 이 때문에 부처의 그림과 조각들은 부처의 머리 위를 불꽃으로 표현하고 있다. 쿠마라스와미(A. K. Coomaraswamy)는 『묘법연화경 妙法蓮華經』의 다음과 같은 의문을 상기시킨다. "어떤 분별지(分別智, jnāna)로 인해 여래(如來)의 두개골의 돌기는 빛나고 있습니까?" 그리고 그는 『바가바드기타』(XIV, Ⅱ)에서 그 답을 발견한다. "분별지가 있으면 육신의 구멍들에서 빛을 내뿜는다."[31] 그러므로 육신의 광휘는 모든 제약된 상태를 초월한 징후다. 신과 인간들, 부처들은 삼매에 들었을 때, 즉 그

---

29) 이란〔페르시아〕-헬레니즘(irano-hellénistique) 혼합 양식의 도상(圖像, iconographie)들을 보면, 어깨에서 나오는 불꽃은 어떤 신들과 쿠샨(Kushana) 왕조 군주들의 특성이었다. Ugo Monneret de Villard, "Le monete dei Kushana e l'Impero romano"(*Orientalia*, XVII, 1948), p. 217 ; A. C. Soper, "Aspects of Light Symbolisme in Gandhāran Sculpture"(*Artibus Asiae*, XII, 1949), p. 269 참조. 간다라 미술가들이 이 상징법을 부처에게 적용해 그 광채를 조형적으로 표현했을 가능성이 있다. 그러나 인간의 조건을 넘어선 자들의 '불타는 찬란함'은 범인도적인 사상이다.

30) *Lalitavistara*, I(éd. Lefmann, 1902, p. 3); Ananda K. Coomaraswamy, "Līlā"(*Journal of American Oriental Society*, 1941, pp. 98~101), p. 100 참조.

31) A. K. Coomaraswamy, "Līlā," p. 100.

들이 궁극적인 실재, 절대 존재에 동화되었을 때 빛을 발한다. 중국 불교에서 형성된 전승에 따르면, 각 부처가 탄생할 때는 다섯 가지 빛이 빛나고 그의 시신에서는 불꽃이 솟구친다.[32] 그리고 각 부처는 그 미간의 털 한 타래로 우주 전체를 밝힐 수 있다.[33] 우리는 무한한 빛의 부처인 아미타불(阿彌陀佛, Amitā)이 정토종(淨土宗)의 중심에 있으며, 이 신비적인 종파가 빛의 경험을 극히 중시한다는 것을 알고 있다.[34]

우리의 연구에 중요한 또다른 신비적인 주제는, 부처가 한 동굴에서 명상하고 있을 때 이루어진 인드라*의 방문이다(*Indrāśaila-guha*). 이 신화에 따르면, 인드라는 한 무리의 신을 이끌고 하늘에서 마가다(Magadha)로 내려왔다. 이곳에서는 여래가 베디야카(Vediyakā) 산의 한 동굴에서 선정(禪定)에 들어 있었다. 한 간다르바(Gandharva, 乾達縛〔樂神〕)의 노랫소리에 깨어난 부처는 신통력으로 동굴을 넓혀 모든 손님이 들어오게 하여 친절히 맞이한다. 눈부신 빛이 동굴을 밝혔다. 『장아함경』 삭카 질문 경(Sakka Panha Sutta)에 따르면 빛은 신들에게서 나온 것이지만, 다른 출전들

---

32) E. J. Eitel, *Handbook of Chinese Buddhism* (2ᵉ éd., London, 1888), pp. 136 a, 138 b 참조.

33) 같은 책, p. 188 b 참조. 아슈바고샤(Aśvagosha)는 부처의 탄생을 이미 온 누리를 비추는 위풍당당한 해돋이에 비유하고 있다(*Buddhacarita*, I, 28, etc.). 부처의 전설에서 태양의 상징 체계에 대해서는 B. Rowland, Jr., "Buddha and the Sun God" (*Zalmoxis*, I, 1938, pp. 69~84) 참조.

34) T. Richards, *The New Testament of Higher Buddhism* (Edinburgh, 1910), pp. 55, 140 이하 등 참조: H. de Lubac, *Amida* (Paris, 1955), 여러 곳.

* 전형적인 아리아인의 호전적인 신으로, 천둥과 번개를 무기로 사용한다. 베다 시대에는 신들의 우두머리였으나, 후기 힌두교에서는 그 역할이 축소된다.

(*Dīrghānana-Sūtra*, X 등)에서는 이 빛을 부처의 '불타는 법열(法悅)'에 의한 것이라고 설명한다.

'인드라의 방문'은, 팔리어나 산스크리트로 기록된 고전적인 부처의 전기에는 언급되어 있지 않다. 그러나 이 일화는 간다라와 중앙아시아 미술에서 중요한 자리를 차지한다.[35] 이 신화적 주제는 한 석굴에서의 그리스도 탄생과 동방박사들(Rois Mages〔마법왕들〕)의 방문이라는 전설(63쪽 이하 참조)과 대응된다. 모느레 드 빌라르가 지적했듯이,[36] 이 두 전설은 구세주를 경배하러 석굴에 들어가는 한 신들의 왕(인드라) 또는 '왕들, 왕자들'에 대해 진술하고 있는데, 석굴은 이들의 방문 중에 기적같이 밝아진다. 이 신화적 주제는 확실히 인도-이란-헬레니즘 혼합 문화보다 오래된 것이다. 이는 태초의 동굴로부터의 태양신의 당당한 출현과 관련이 있다.

우리는 이제 우주생성론과 빛의 형이상학 사이의 관계에 대해 몇 마디 해야 할 것 같다. 우리는 대승 불교가 여래들을 우주적 원소들(界, skandha)과 동일시하며, 이들을 빛나는 존재자로 여긴다는 것을 보았다. 이 대담한 존재론은 모든 불교 사상사를 셈에 넣지 않고는 진정으로 이해될 수 없다. 그러나 이와 비슷한 사상들, 적어도 빛의 발현으로서의 우주 발생이라는 이 장대한 개념의 예감은, 더

---

35) 이 문제는 A. C. Soper에 의해 충분히 연구되었다. A. C. Soper, "Aspects of Light Symbolisme in Gandhāran Sculpture"(*Artibus Asiae*, XII, 1949, pp. 252~283, 314~330; XIII, 1950, pp. 63~85). 저자는 미트라(Mithra: 인도-이란 신화에 나오는 빛의 신—옮긴이)의 영향을 시사한다(p. 259 이하).

36) Ugo Monneret de Villard, "Le Leggende Orientali sui Magi Evanglici"(*Studi e Testi*, 163, Città del Vaticano, 1952), pp. 59~60.

앞선 시기에도 이미 존재했다는 것이 입증될 수 있을 듯하다. 쿠마라스와미는 '유희(遊戱, jeu)', 특히 우주적 유희를 뜻하는 līlā라는 산스크리트를 그 어근인 lelāy, 즉 '활활 타오르다' '반짝이다' '빛나다'와 비교했다. 이 lelāy라는 동사는 불과 빛 또는 정신이라는 개념을 담을 수 있다.[37] 그러므로 인도의 사상은, 신의 유희로 이해된 우주의 창조와 불꽃의 유희인 강렬한 불빛 사이의 어떤 관계를 느꼈던 것처럼 보인다. 신의 춤[舞]으로서의 우주 창조의 이미지를 불꽃의 춤의 이미지와 결합시킬 수 있었던 이유는, 명백히, 불꽃이 이미 신성(神性)의 대표적인 현현으로 여겨졌기 때문이다. 우리가 이제까지 인용한 인도의 실례들을 생각해보면, 이런 결론은 이론의 여지가 없는 듯하다.[38] 그러므로 인도에서 불꽃과 빛은 우주 창조와 우주의 본질 자체를 상징하는데, 이는 우주가 바로 신성의 자유로운 발현, 결국 신의 '유희'이기 때문이다.

마야(māyā, 虛幻)를 중심으로 구체화된, 일련의 상응하는 이미지와 개념들은 다음과 같은 시각을 드러낸다. 우주 창조는 신의 유희이고 신기루이며, 신에 의해 마술적으로 투사된 환상(幻相, illusion)이다. 마야의 관념이 인도의 존재론과 구원론의 발달에서 큰 비중을 차지했었다는 것은 이미 알려져 있다. 덜 강조되었던 점은, 마야의 장막을 찢고 우주적 환상의 비밀을 꿰뚫는 것은 무엇보다도 먼저 '유희'의—즉 신성의 자유롭고 자발적인 활동의—성격을

---

37) A. K. Coomaraswamy, "Līlā," p. 100.

38) 쿠마라스와미는 이것이 단지 인도만의 개념이 아니라는 것을 보여주기 위해 사도행전 2: 3~4(성령이 사도들에게 불꽃 형상으로 나타나는 곳)을 인용한다(같은 책, p. 101).

이해하는 것, 그리고 그 결과로 신의 행위를 모방하고 자유에 접근하는 것과 대등하다는 것이다.

인도 사상의 역설은, 자유의 관념이 너무도 마야—즉 환상과 예속—의 관념과 얽혀 있는 까닭에 먼길을 돌아 이를 찾아야 한다는 것이다. 실제로, 마야—신의 '유희'—의 깊은 의미를 꿰뚫은 자는 이미 해방의 길에 들어선 자이다.

빛과 중음(中陰)

대승 불교에서 청정한 빛(투휘광체透輝光體)은 궁극적 실재와 열반적 의식(conscience nirvanique)을 함께 상징한다. 모든 사람은 죽음의 순간에 잠시 동안 이 청정한 빛과 대면한다. 요가 수행자들은 삼매에 들었을 때, 그리고 부처들은 끊임없이 이를 체험한다.[39] 죽음은 우주적 소멸의 과정을 구성하는데, 이는 육신이 흙으로 돌아간다는 의미에서가 아니라, 우주적 원소들이 점진적으로 서로에게 녹아든다는 의미에서 그러하다. 원소인 흙[地]은 원소인 물[水]에 '흘러' 들어가고, 물은 불[火]에 흘러들어가는 식으로. 한 우주적 원소의 각 융합은 명백히 새로운 퇴행이며, 이 과정의 끝에서 살아 있는 사람을 형성하고 있던 우주는 소멸한다—마치 대순환(mahā-yuga)의 끝에 우주가 소멸하듯이. 각 퇴행은 죽어가는 사람에 의해

---

39) W. Y. Evans-Wentz, *Tibetan Yoga and Secret Doctrines* (Oxford, 1935), pp. 166, 223 이하 등 참조.

생리적으로 느껴진다. 예를 들어 원소인 흙이 원소인 물에 녹아들면, 육체는 그 지주(문자 그대로는 그의 '받침목'), 즉 그 결집력을 잃는다.[40] 그는 마치 꼭두각시처럼 해체된다(제4장 참조).

소멸의 과정이 완결되면, 죽어가는 자는 달빛과 같은 빛을 인지하게 되고, 이어서 햇빛과 같은 빛을 본 뒤 어둠 속으로 빠져든다. 그러고는 눈부신 빛에 의해 급작스럽게 깨어난다.[41] 이것이 자신의 고유 자아와의 만남으로, 이는 범인도적인 교의에 따라, 궁극적인 실재이며 절대 존재다. 『티베트 사자死者의 서書』(중음천도밀법中陰薦度密法)는 이 빛을 '순수한 진리'라 명명하고, "섬세하고 찬란하고 빛나며, 눈부시고 영광스러우며, 휘황함 속에 공포심을 주는" 것으로 묘사한다. 책은 망자(亡者)에게 명한다. "주눅들거나 두려워 마라. 이는 그대 참된 본성의 광휘이니 이를 올바로 인식하라!" 순간 이 빛의 중심으로부터 수천 개의 천둥소리를 합친 듯한 굉음이 울려나온다. "이는 그대의 실재 자아의 본성의 소리다"라고 책은 명시한다. "두려워하지 마라! …… 그대는 이미 혈육(血肉)으로 된 육신을 갖고 있지 않다. 어떠한 소리나 빛이나 광선도 그대에게 해를 입힐 수 없나니. 그대는 죽을 수 없다. 이 환각들이 그대 자신의 사고 형태라는 것을 알기만 하면 되느니라. 이 모든 것이 중음(中陰, bardo)*임을 인식하라."[42]

---

40) 같은 책, p. 235.

41) 같은 곳; Evans-Wentz, *The Tibetan Book of the Dead* (Oxford, 1927), p. 102 이하도 참조하라.

* 죽음에서 생에 이르는 사이의 형체 없는 중간 상태. 대개 49일간 지속된다.

42) Evans-Wentz, *The Tibetan Book of the Dead*, p. 104.

그러나 대부분의 인간들이 그러하듯이, 망자는 이 충고를 실천하지 못한다. 업력(業力)에 묶인 그는 중음의 특징적인 발현들의 순환 과정 속에 힘없이 이끌려든다. 죽은 지 나흘째 되는 날, 망자는 여러 광선과 신을 보리라는 통지를 받는다. "하늘은 온통 짙은 푸른색으로 보일 것이오." 망자는 흰색의 바가반 비로자나(Bhagavān Vairocana)를 보게 되고 곧 그 중심으로부터 법계의 지혜(법계체성지法界體性智)가 나타나는데, 이 역시 흰색이며, 빛나고 투명하며 폭발적인, 너무도 강렬하여 마주 볼 수 없는 빛이다. "동시에, 신들에게서 나오는 우중충한 백색광이 그대의 이마를 때릴 것이오." 악업(惡業)의 힘으로 인해 망자는 찬란한 법계의 빛을 두려워하고 우중충한 신들[천상계]의 백색광에 애착을 갖게 될 것이다. 그러나 책은, 망자가 신들의 광선에 집착하여 결국 윤회육도(輪廻六道)의 소용돌이에 휘말리지 말고 생각을 비로자나불에 몰두하라고 격려한다. 이리하여 망자는 마침내 ― 무지갯빛 후광(halo) 속에서 ― 비로자나의 품속으로 녹아들고, 삼보가카야(Sambhoga-kāya, 報身)의 중심에서 부처의 상태를 얻는다.[43]

망자는 이후로도 엿새 동안 ― 해탈과 부처의 본질로의 동화를 의미하는 ― 순수한 빛들과, 어떤 형태로든 내생(來生), 즉 지상으로의 귀환을 상징하는 불순한 빛들 사이에서 선택의 기회를 갖게 될 것이다. 그는 청백색 빛들 다음으로 노란빛, 붉은빛, 초록빛을 보게 되고, 마지막으로 모든 빛을 함께 보게 된다.[44]

---

43) 같은 책, p. 105 이하.

44) 같은 책, pp. 110~130; 또한 pp. 173~177과 *Tibetan Yoga and Secret Doctrines*, p. 237 이하 참조.

　이 극히 중요한 책을 그에 걸맞게 논평하는 것은 우리에게는 불가능한 일이다. 연구에 직접 관련된 몇 가지 고찰로 논의를 한정할 수밖에 없겠다. 방금 전에 보았듯이 모든 인간은 죽음의 순간에 해탈에 이를 수 있는 기회를 맞는다. 해탈을 위해서는 그가 이 순간에 체험하는 청정한 빛 속에서 자신을 알아보기만 하면 된다. 인도의 모든 사상에서―모든 사람이 그 행위의 과실을 수확하리라는―업(業)이 지닌 중요성을 알고 있는 이들에게 이는 언뜻 모순되는 듯이 보인다. 무명(無明) 속에 사는 인간의 행위들은 업을 이루는데, 이를 죽음의 순간에 소멸시키는 것은 불가능하다. 그러나 실제로 모든 일은 업의 법칙에 따라 진행된다. 무지한 혼은 순수한 빛의 부름을 외면하고, 하등한 존재 방식을 뜻하는 오염된 빛에 이끌리게 되기 때문이다. 반대로, 생전에 요가를 수행한 사람들은 청정한 빛 속에서 자신을 인식할 수 있으며, 따라서 부처의 본질로 녹아든다.

　그러므로 죽음의 순간에 대면하는 빛은 여러 우파니샤드에서 아트만과 동일시되는 바로 그 내면의 빛이다. 생전에 이 빛에 접근하는 것은, 요가 수련이나 영지에 의해 정신적으로 준비된 사람들에게만 가능하다. 자세히 살펴보면 죽음의 순간에도 같은 상황이 반복된다. 빛은 모두에게 드러나지만, 입문자들만이 이를 수락하고 받아들인다. 사실 이 『사자의 서』는 임종시와 그후의 며칠 동안 라마승이 망자에게 읽어주는 책으로, 이 높은 목소리의 낭송은 마지막 호소가 된다. 그러나 스스로의 운명을 결정하는 것은 언제나 망자 자신이다. 바로 그가 청정한 빛을 선택할 의지와 내생의 유혹에 저항할 힘을 지녀야 한다. 다시 말해서, 죽음은 새로운 입문의 기회를 주지만, 이 입문 역시 다른 입문들과 마찬가지로 대결하고 극복해야 할 일련의 시련을 포함하고 있다. 사후(死後)의 빛의 경험은 최후의, 그리고 아마도 가장 어려운 입문적 시련일 것이다.

빛과 마이투나

탄트리즘(tantrisme)*은 내적인 빛을 체험하는 또 한 가지의 가능성을 알고 있는데, 이는 마이투나(maithuna) 중에, 즉 샤크티(Śakti)**의 현신인 젊은 여자(mudrā)와 제의적인 교접을 갖는 중에 일어난다. 이것이 속된 행위가 아니라 신의 '유희'를 모방하는 의례라는 것을 분명히 인식해야 하는데, 이는 행위가 정액의 방출로 끝나서는 안 되기 때문이다.[45] 찬드라키르티와 츠옹 카파(Ts'on Kapa)는, 가장 중요한 등급의 탄트라 경전 가운데 하나인 『비밀집회 탄트라*Guhyasamàja Tantra*』를 해석하면서 다음과 같은 세목(細目)을 강조한다. 마이투나 동안에 실행되는 것은 신비적 범주의 교접(samāpatti)이며 연후에 이 한 쌍은 열반적 의식(意識)을 얻는다. 보디치타(bodhicitta), 즉 '각성된 사고'라 명명된 이 열반적 의식은, 인간에게는 머리끝에서 내려와 생식 기관들을 오색 빛의 분출로 채우는 한 방울, 즉 빈두(bindu)에 의해 나타난다―그리고

* 탄트라 불교, 즉 밀교(密教)와 탄트라 힌두교의 통칭. 또는 이 양자의 근원으로 추정되는 고대 인도의 사상 · 제의 등을 이르는 말.

** 힌두교 최고의 여신, 또는 시바의 배우자.

45) 마이투나의 이데올로기와 기법 · 역사에 대해서는 M. Eliade, 『요가』, p. 256 이하, p. 395 이하 참조.

어떤 의미에서는 빈두와 동일하다. 찬드라키르티는 이렇게 지시한다. "교접 중에는 금강저(金剛杵, vajra)와 연꽃(padma)의 내면에 오색 빛이 충만한 것으로 명상해야 한다." [46]

이 '방울'은 열반적 의식과 동일하며, 그래서 머리 꼭대기에서 형성되는 것으로 여겨지는데, 이곳은 일반적으로 내면의 빛이 체험되는 곳이다. 때문에 이 '방울'은 열반적 의식의 청정한 빛인 것이다. 그러나 탄트리즘의 보디치타는 동시에 정액의 본질과 동일시된다. 이 역설적인 과정을 더 잘 이해하려면, 우리는 인도의 미세 생리학의 세부를 깊이 다루어야 한다. 이 사실만은 기억해두자. 열반적 의식은 절대적인 빛의 경험이며, 그러나 이것이 마이투나에 의해 얻어질 때는 생리 현상의 가장 깊은 곳까지 침투할 수 있으며, 정액의 본질 자체에서 신적인 빛, 세상을 창조한 원초적인 광휘를 드러낼 수 있다. 대승 교의에서 이 신비한 빛과 정액의 본질의 동일시는 부조리한 것이 아니었는데, 왜냐하면 우주적 원소들과 여래들, 모든 존재들의 근원과 각성된 의식의 양태, 이 모든 것이 결국 원초적 빛에 의해 이루어졌기 때문이다.

이 빛의 형이상학과 빛의 구제론은 아마 길고도 오래된 범인도적 전통과 관련이 있을 것이다. 그러나 투치(G. Tucci) 교수가 지적했듯이, 『비밀집회 탄트라』와 특히 찬드라키르티와 츠옹 카파의 주석들은 마니교(Manichaeisme)와 너무도 비슷하여 이란의 영향을 받았을 가능성을 배제하기 어렵다. [47] 특히 마니교적 우주론과 구원론

---

46) G. Tucci, *Some Glosses upon Guhyasamāja*, p. 349에서 재인용.

47) 같은 책, p. 349 이하 참조.

에서 중요한 역할을 하는 빛나는 다섯 원소와, 인간의 신적인 부분인 보디치타가 정액과 동일시되었다는 사실을 생각해볼 때 더욱 그러하다.

인간-빛에 관한 티베트의 신화들

인간과 세계의 기원에 관한 티베트의 몇몇 신화도 이란의 영향을 받았음직하다. 이 신화들 가운데 하나는, 원초적 공(空, Vide)에서 한 줄기 푸른빛이 뻗쳐나가 알〔卵〕 하나를 낳았고, 여기에서 우주가 형성되었다는 것이다. 다른 한 신화가 자세히 전하는 바에 따르면, 하얀빛이 알 하나를 낳고 여기에서 최초의 사람이 나왔다. 마지막으로 세번째 신화는 다른 이야기를 전한다. 공(空)에서 원초적인 존재가 태어났고, 그가 '빛'을 비추었다.[48]

이제 알 수 있듯이, 이 신화들에 따르면 원초적 인간과 우주가 빛에서 태어났을 뿐만 아니라, 근본적으로 빛으로 이루어져 있다. 또 다른 신화는 어떻게 인간-빛으로부터 현재의 인간으로 변이가 이루어졌는지 설명한다. 태초에는 인간들에게 성별이 없었고 성적인 욕구도 없었다. 그들은 스스로 빛을 품었고 밝게 빛났다. 해와 달은 존재하지 않았다. 성적 본능이 깨어났을 때 생식기가 나타났다. 그러자 인간 속의 빛이 꺼지고, 해와 달이 하늘에 나타났다.[49] 한 티베

---

48) G. Tucci, *Tibetan painted scrolls* (Roma, 1949), vol. II, Appendice I, p. 709 이하 ; Mathias Hermanns, *Mythen und Mysterien, Magie und Religion der Tibeter* (Köln, 1956), p. 14 이하 참조.

트 승려가 헤르만스(Mathias Hermanns) 신부에게 보충 설명을 덧붙였다. 태초에 인간은 이렇게 번식했다. 남성의 몸에서 뻗어나간 빛이 여성의 모태에 침투하여 이를 비추고 수태시켰다. 단지 보기만 해도 성적 본능은 충족되었다. 그러나 인간은 타락하여 손으로 서로를 만지기 시작했고, 마침내 성교를 발견했다.[50]

이 믿음에 따르면, 빛과 성(性)은 적대적인 두 원리다. 둘 중 하나가 우세하면 다른 하나는 나타날 수 없으며, 그 역도 그러하다. 아마 여기에서 우리가 앞서 분석한 탄트리즘 제의의 설명을 찾아야 할 것 같다. 성의 출현이 빛을 사라지게 한다면, 빛은 성의 본질 자체에, 즉 정액에 숨을 수밖에 없다. 사람이 여느 동물처럼 본능에 눈먼 성행위를 계속하는 한 빛은 숨겨져 있다. 그러나 깨달음과 영지 그리고 지복(至福)이 복합된 경험 속에서 교접이 제의 또는 신적인 '유희'가 되면, 즉 사정을 억제함으로써 성행위의 생물학적 목적성을 소멸시키면 빛이 드러난다. 이런 각도에서 살펴보면 마이투나는, 인간이 빛나는 존재였고 빛에 의해 대를 잇던 태초의 상황을 복

<hr>

49) M. Hermanns, "Schöpfungs- und Abstammungsmythen der Tibeter"(*Anthropos*, 41~44, 1946~1949), p. 279 이하 ; Id., *Mythen und Mysterien*, p. 16.

50) M. Hermanns, *Mythen und Mysterien*, p. 16. 몽골인들에게서도 이와 비슷한 사상을 찾아볼 수 있다. 신들은 포옹이나 웃음, 악수로 사랑을 한다. A. Schiefer, *Mélanges asiatiques*, I. p. 396 참조. 그러나 이 관념은 티베트에서 기원한 듯하다. M. Hermanns, 같은 책, p. 29 참조. *l'Apokryphon de Jean*과 다른 그노시스파 책들 중에서 아담-빛(l'Adam-Lumière)에 관해서는 J. Doresse, *Les livres secrets des gnostiques d'Égypte*, I, p. 255 이하, 88(Codex de Bruce), 190(제목이 달려 있지 않은 Révélation ; 특히 Pistis Sophia에 할애한 부분), 217(Sagesse de Jésus) ; E. S. Drower, *The Secret Adam, A Study of Nasoraean Gnosis* (Oxford, 1960), pp. 72, 75와 여러 곳 참조.

원하려는 절망적인 노력처럼 보인다.

아마도 찬드라키르티와 츠옹 카파가 해석한 『비밀집회 탄트라』는 의식적으로 이 목표를 제시하지는 않은 듯하다. 마이투나 중에 체험하는 빛은 영지와 열반적 의식의 청정한 빛이며, 이는 이 대담한 수련을 정당화하기에 충분한 근거가 된다. 한편, 빛을 발하는 원초적 인간과 탄트리즘적 · 연금술적 이데올로기와 기술들에 결부되어 있는 일군의 신앙은, 육신 속에서 불멸성을 실현한 유가사(瑜伽師)들에 대해 이야기한다. 이 요가 수행자들은 죽지 않으며, '무지개-육신' '천상의 육신' '정신-육신' '순수한 빛의 육신' 또는 '신의 육신'이라고 명명된 육신을 입고 하늘로 사라진다.[51] 우리는 여기에서 원초적 인간의 — 즉 빛으로 이루어진 인간의 — 천체적 육신(corps astral)이라는 관념을 재확인할 수 있다.[52]

신비한 빛의 인도적 체험

전체적으로 조망해보면, 인도와 인도-티베트의 불교에서 발견되는 내적인 빛의 여러 상이한 가치 부여와 체험들은 완벽하게 연결된 하나의 시스템에 통합될 수 있다. 빛의 체험은 참으로 궁극적인 실재와의 만남을 뜻한다. 그래서 인간은 자아(ātman)를 깨달을 때, 또는 인생이나 우주적 원소의 본질을 간파했을 때, 또는 임종시에

---

51) M. Eliade, 『요가』, p. 282 이하, p. 312 이하 참조.

52) M. Hermanns, *Mythen und Mysterien*, p. 42 참조.

내면의 빛을 발견하는 것이다. 이 모든 상황에서 환상과 무지의 장막은 찢긴다. 인간은 갑자기 순수한 빛에 눈멀게 된다. 즉 존재에 잠겨든다. 어떤 관점에서는 속세, 제약된 세계는 초월되고, 정신은 존재와 성(聖)의 차원인 절대적 차원에 이른다. 브라만과 부처는 성스러움과 존재, 최고 실재의 표징이다. 인도의 사유는 존재와 성(聖) 그리고 현실을 의식하는 행위로서의 신비주의적 지식을 동일시한다. 때문에 사람이 빛을 만나는 것은—여러 우파니샤드나 불교에서처럼—존재에 대해 명상하거나, 어떤 형태의 요가나 신비적 교파에서처럼 스스로 성스러움을 밝히려 시도할 때이다. 존재가 성스러움과 동일시된 이상, 신들은 필연적으로 빛을 발하거나 빛나는 현현을 통해 그 찬미자들 앞에 나타난다. 그러나 범속한 인간의 조건을 특징짓는 조건 체계를 소멸시키면, 다시 말해 최고의 지식을 얻고 자유의 차원에 이르면 인간들 역시 빛을 발한다. 인도의 사유에서 자유는 지식과 결부된다. 아는 자, 존재의 범속한 구조들을 밝혀낸 자는 해방된 자이며, 더 이상 우주적 법칙의 제약을 받지 않는다. 그는 이제 신의 자발성을 누리며, 인간 꼭두각시처럼 인과율(因果律)에 따라 움직이는 대신 신들처럼—또는 불꽃처럼—'즐긴다'.

　이제 결론을 내려보자. 인도의 사유에서 신비스럽게 포착된 빛은, 이 세계로부터, 제약된 범속한 세상으로부터 초월하는 징후이며, 다른 실존의 차원에 순수한 존재와 신의 차원, 무상(無上)의 지식과 절대 자유의 차원에 도달했음을 나타내는 징후들이다. 이는 진정한 의미에서 궁극적 실재(眞實法界)를 깨달은 증표이며, 여기에는 모든 수식어가 배제된다. 이러한 연유로 궁극적 실재는 폭발적인 하얀빛으로 체험되며, 인간은 눈먼 채로 그 빛 속으로 들어가 마침내 사라지며, 흔적도 없이 녹아버리는 것이다. 왜냐하면 흔적이란 개인의 사적인 역사에, 즉 덧없고, 근본적으로는 비현실적인 사건들의 기억에 결부된 것이기 때문이다. 이 모든 요소는 존재와 무관하다. 빛을 만나고 그 안에서 자신을 알아본 이는 우리가 생각할 수도 없는 존재 방식에 이른다. 우리가 이해할 수 있는 것이라곤 그가 우리의 세상에서는 영원히 죽었다는 것이며, 어떠한 후생의 다른 모든 세상에서도 그러하다는 것이다.

중국의 기법

중국으로 건너가보면, 빛의 경험은 그곳에서도 역시 범속한 조건의 극복을 예고한다. 장자(莊子)는 이렇게 말했다. "큰 평온함에 이른 자는 하늘의 빛을 발한다. 이 천광(天光)을 밝혀낸 자는 내면의 인간(실재의 자아)을 본다. 이 정신적인 수련을 통해서만 사람이 영원성에 닿을 수 있다"(『남화경 南華經』, 23편). 빛과의 만남은 스스로 찾아올 수도 있고, 오랜 고행의 결과일 수도 있다. 명조(明朝, 15세기) 때의 한 제자가, 동굴에서 30년 동안 명상하던 스승의 문하에 들었다. 어느 날 밤 산길을 걷고 있던 제자는 "그의 몸 안을 도는 번갯불을 느꼈고, 그의 머리 꼭대기에서 우르릉 울리는 천둥소리를 들었다." 산과 시냇물, 세상과 자아가 사라졌다. 이 경험은 "5인치의 향불이 타는 만큼의 시간 동안 지속되었다." 그는 곧 자신이 전혀 다른 사람이 되었으며, 스스로의 빛에 의해 정화되었음을 느꼈다. 스승이 후에 설명하기를, 30년 동안의 명상 생활 중에 그도 꽤 자주 이를 체험했으나, 더 이상 대수롭게 생각지 않는 법을 터득했다고 했다. 더욱이 그는 이 신비한 빛조차 무시해야 한다고 가르쳤다.[53]

이 사례에서 보면, 내적인 빛의 체험은 차원의 단절을 알려주지만 반드시―인도에서처럼―궁극적인 실재와의 만남을 의미하지는 않는다. 그러나 현학(玄學, néo-taoïsme)*에서 만들어진―또는 체계화된―어떤 심리-생리학적 기법들은 내면의 다양한 빛들의 실험을 중시했다. 일군의 수련법은 요가와의 어떤 유사점들을 보여주면서, 날숨[吐氣] 마시기라는 것을 추구했다. 이 수련법은 날숨에 대해 묵상하여 그 색깔들을 보기에 이르고, 이 순간 날숨을 들이마시는 것으로 이루어진다. 수련자는 날숨이 기본적인 네 방향과 중심에서―즉 우주 전체에서― 온 듯이 가시화하고는, 이를 삼켜서 몸 안에 스며들게 한다. 이렇게 해서 생명의 본질이며 불멸성의 종자(種子)인 우주적 에너지가 육신의 내부를 채워 빛나게 하고 변환시킨다. 왜냐하면 도교(道敎)의 이상은 해탈이 아니라 찬란하고 무한한 생명이며, 우주의 리듬에 완벽하게 통합된 실존의 지복이기 때문이다.

이 채색된 날숨을 마시는 방법은 태양의 날숨을 마시는 더 오래된 기법에서 파생된 듯이 보인다. 현학의 한 논설[54]에 따르면, "새

---

53) Chung-Yuan Chang, "An Introduction to taoist Yoga"(*Review of Religion*, 1956, pp. 131~148), pp. 146~147 참조.

* 위진(魏晋) 청담지사(淸談之士)들의 학문으로, 노장사상(老莊思想)인 도가(道家)를 종지(宗旨)로 삼았으나 그 이해가 얕고 혼란스러워, 신도가(新道家)라는 펑유란(馮友蘭)의 작명은 오해를 부를 소지가 있다.

벽(3시~5시)에, 태양이 떠오를 때, 앉거나 서거나 간에, (그러나) 생생한 붉은빛 훈륜으로 변하는 녹색 광채, 신비스럽게 불타는 영상에 정신을 집중한 채, 아홉 번 이를 갈고(고치叩齒), 마음속으로부터 진주처럼 빛나는 태양의 날숨(houen)을 부른다. 그리고 눈을 꼭 감고는, 태양에 있는 오색이 훈륜으로 퍼져 온통 육신에 닿아 아래로는 두 발까지, 위로는 머리 꼭대기까지 이르도록 명상한다. 더 나아가, 빛나는 구름 가운데에 눈동자와 비슷한 자줏빛 날숨이 있게 한다……"

태양의 날숨 대신 그 이미지를 흡수해도 같은 결과에 이를 수 있다. 정사각형이나 원 안에 태양을 뜻하는 글자[日]를 쓰고, "매일 아침, 동쪽을 향해서 왼손으로 종이를 든 채 정신을 집중하여, 종이가 빛나는 태양 자체가 되게 한다. 종이를 삼키고 이를 심장에 머물게 한다."[55] 마지막으로 다른 한 과정은, 자정에 "태양이 입을 통해 심장으로 들어가, 심장이 태양만큼이나 밝게 빛나도록 전체 심장의 내부를 밝히는 것에 대해 [명상하는 것으로] 한동안 그들을 놓아두어 심장이 뜨거워지는 것을 느끼는 것이다."[56] 이 마지막 사례에서 진짜 태양은 더 이상 아무런 역할도 하지 못하지만, 그 이미지는 내면화되고 심장에 투사되어 내면의 빛을 일깨운다. 다른 글은 의미심장한 세부 묘사를 덧붙인다. 심장의 중심에 있는—붉고 동전 크기만 한—태양의 원반을 가시화한 뒤, 이 이미지가 온몸을 순환하

---

54) Henri Maspéro가 발췌, 번역한 "Les procédés de 'Nourrir le Principe vital' dans la religion taoïste"(*Journal Asiatique*, 1937, pp. 177~252, 353~430), p. 374.
55) 같은 곳.
56) 같은 책, p. 375.

도록 한다.[57]

황금꽃의 비밀

   육신 내부를 이미지가 순환하게 만든다는 이런 비유는 도교 신봉자들이 내면의 빛을 순환시키는 데 사용한 방법들과 비교해보면 더 쉽게 이해된다. 이 방법들은 빌헬름(R. Wilhelm)이 번역하고 융이 해설한 현학의 한 논설인 『황금꽃의 비밀 *Le Mystère de la Fleur d'Or*』[58]에서 설명되고 있다. 이 책은 꽤 잘 알려져 있다. 그러므로 우리의 주제에 유용한 몇 가지 측면만 집중적으로 논의할 것이다.

   "생명의 본질은 눈에 보이지 않는다. 그것은 심장의 빛에 담겨 있다. 심장의 빛은 보이지 않는다. 그것은 두 눈에 담겨 있다."[59] 그러므로 두 눈은 내면을 응시하도록 단련되어야 한다. 약간 요가적인 방식으로 명상하면(왜냐하면 호흡을 조절해야 하기 때문에), 눈꺼풀이 내려온다—이때 눈은 더 이상 외부를 향하지 않고 내부의 공간을 환히 밝힌다. 바로 이때 빛을 발견하는 것이다.[60] 다른 수련법은 두 눈 사이의 공간에 생각을 집중하는 것으로, 이는 빛이 육신 깊은 곳까지 침투할 수 있게 한다.[61] 본질적인 것은 빛의 발견도 아니며,

---

57) 같은 책, p. 376.

58) 우리는 영역판을 사용했다. R. Wilhelm et C. G. Jung, *The Secret of the Golden Flower* (New York, 1931).

59) 같은 책, p. 23.

60) 같은 책, pp. 40, 43.

이를 육신 내부에서 순환시키는 것도 아니다. 여러 가지 방법이 소개되어 있으나, 가장 중요한 것은 책에서 '역행적인 운동' '물살을 거슬러 걷기'라고 하는 방법인 것 같다. 이 심리-생리적인 수련 덕분에 생각들은 천상적 의식의 장소, 하늘의 심장에 모이며—여기에서는 빛이 군림한다.[62]

탄트리즘의 기법인 울타-사다나(ulta-sadhana)[63] (문자 그대로 '물살을 거슬러 걷기')와 도교의 방법론인 '근본으로 돌아가기'[64]와의 유사점을 동시에 보여주고 있는 이 방법을 여기에서 설명하기란 불가능하다. 다만 이 수련의 결과로 내면의 빛이 순환하며, 이 빛이 충분히 오랫동안 원을 그리며 움직이게 놓아두면 빛은 결정(結晶)된다는 것, 즉 '본연의 정신-육체'[65]라 불리는 것을 낳는다는 것만을 주목하자. 빛의 순환은 육신의 내부에서 '참된 정액'을 생산하는데, 이는 태아(聖胎)로 탈바꿈한다. 꼬박 1년 동안 이를 분명히 연금술적인 방법에 따라(왜냐하면 책은 불(火)을 암시하고 있으므로) 따뜻이 하고 양육하면서 담가두면, 태아는 성숙한다.[66] 즉 새로운 존재가 태어나게 된다.

다른 구절이 명시하는 바에 따르면, 빛을 원형으로 순환시키면 하늘과 땅으로 상징되는 우주적 권능의 결정체를 정액 형태로 얻는데,

---

61) 같은 책, p. 40.

62) 같은 책, p. 24 이하 참조.

63) M. Eliade, 『요가』, p. 315 참조.

64) M. Eliade, 『대장장이와 연금술사 *Forgerons et Alchimistes*』 (Paris, 1956), p. 129 이하 참조.

65) *The Secret of the Golden Flower*, p. 24.

66) 같은 책, p. 26.

100일 뒤 빛의 한가운데서 '진주-정액'이 태어난다.[67] 빛의 결정화를 암시하기 위해 여러 이미지들이 사용된다. 봉오리를 맺고는 활짝 피어나는 황금꽃, 발육하여 태아가 되는 정액 그리고 진주. 우주론, 발생학 그리고 연금술적인 상징들이 수렴되고 완결된다. 그 마지막 결과는 황금꽃과 동일시된 불사약(不死藥)이다.

그런데 황금꽃의 개화(開花)는 빛의 체험에 의해 알려진다. "마음이 고요해지면 두 눈의 빛이 불타오르기 시작하여, 앞에 놓인 모든 것이 마치 구름 속에 들어간 것처럼 빛나게 된다. 눈을 뜨고 육신을 찾으려 하면 아무것도 찾을 수 없다. 이를 다음과 같이 이른다. '빈방에 빛이 일어난다[虛室生白].' 이는 아주 좋은 징조[吉祥]다. 또는 앉아서 명상에 들 때, 육신이 옥이나 비단처럼 밝게 빛나게 된다. 계속 앉아 있는 것이 어려운 듯이 보인다. 수도자는 마치 위로 들어올려지는 느낌을 받는다. 이를 이르기를 '신령이 나타나 밀어올린다'고 한다. 시간이 흐르면서 체험은 더욱 강렬해져, 실제로 위로 떠오른다."[68]

이 책들은 우리의 간략한 설명에 담기에는 너무 복잡하다. 그러나 우리의 주된 관심사는 빛의 경험이다. 도교적 환경에서는 이 경험이 어떻게 가치 부여되었을까? 특기할 만한 사실은 이 기법들이 신의 도움이나 그 존재조차 상정하고 있지 않다는 사실이다. 빛은 자연적으로 인간의 내면에, 그의 심장에 있다. 인간은 신비적인 우

---

67) 같은 책, p. 34 이하 참조.

68) 같은 책, p. 56. 빛을 거짓 체험할 위험도 있는데, 이는 『황금꽃의 비밀』의 주석에 나오듯 '명상한다'고 믿으면서 실제로는 '환상(幻想)'에 빠지는 것이다. 같은 책, p. 53 참조.

주-생리적인 과정에 의해 이를 깨우고 순환시키게 된다. 다시 말해서 생명과 육신의 불멸의 비밀은 우주의 구조 자체에 새겨져 있으며, 따라서 모든 인간, 즉 소우주의 구조에도 기록되어 있다. 주안점은 형이상학적 지식이나 신비적인 관조가 아니라 실천에 놓인다. 그러나 도교에서 실천이란 그 자체로 신비다. 왜냐하면 이는 범속한 의미의 노력이나 의지 · 기술이 아니라, 긴 문명화의 과정에서 잃어버린 원초적 자발성의 회복에 관한 문제이기 때문이다. 관건은 자연적 지혜의 재발견이며, 이는 즉 본능에 그리고 '신비적 공감'이라 부를 수 있는 것에 속한다. 이 신비적 공감 덕분에 성인(聖人)은 그 존재의 가장 깊은 곳에서 무의식적으로 우주적 리듬과의 조화를 소생시킨다.

이란

빌헬름이 이미 주목했듯이, 『황금꽃의 비밀』에서 빛이 중요한 역할을 한다는 사실은 페르시아를 떠올리게 한다.[69] 또한 우리는 이미 위에서, 최초의 사람에 대한 티베트 신화를 논의하면서 이에 대한 이란의 영향을 확인했다.[70] 우리는 중앙아시아와 극동아시아에 미

---

69) 같은 책, p. 10에서 P. Y. Saeki, *The Nestorian Monument in China*(2ᵉ éd., London, 1928)를 인용. 이 저자는 '금단교(金丹敎, religion de l'Elixir doré de la Vie)' (*Chin Tan Chiao*)가 네스토리우스 교파(nestorianisme : 예수의 신적 속성과 인간적 속성의 분리를 믿는 기독교의 이단. 콘스탄티노플의 초기 주교인 네스토리우스가 창시하여 12세기에 전성, 중앙아시아와 인도를 거쳐 중국에까지 포교했다—옮긴이)에서 기원했다는 의견을 제시하였다.

친 이란의 영향이라는 지극히 복잡한 문제에는 접근하지 않을 것이다. 그러나 다음만은 알아두자. ①아시아에서 발견되는 모든 형태의 이원론과 대립 관계를 이란 기원으로 돌려서는 안 된다.[71] ②순수한 영(靈) 또는 존재를 빛과 동일시하는 모든 관념을 이란의 영향 탓으로 설명해서도 안 된다. 우리는 인도에서, 이미 브라흐마나와 우파니샤드들의 시대에, 존재와 정신을 빛에 견주는 것을 보았다. 그러나 이란인들의 사색은 빛에다가 창조주이자 유일신인 아후라 마즈다(Ahura Mazdah)뿐만 아니라 창조와 생명의 본질을 포함시키면서, 다른 곳에서 유례를 찾을 수 없는 빛-어둠의 대결을 만들어냈다. 여러 차례의 에라노스 발표회에서 앙리 코르뱅(Henry Corbin)이 조로아스터교(배화교)와 이스마엘교*의 영지(gnose)에서 보이는 빛의 신학의 다양한 측면과 함의들을 훌륭하게 설명해주었기에, 그 연구 결과를 다시 소개할 필요는 없을 것 같다.[72]

다만 조로아스터교가 정신-빛의 동일 실체성(consubstantialité)을 표현하기 위하여 사용한 몇몇 이미지가 인도, 특히 불교의 그림

---

70) G. Tucci, *Tibetan painted scrolls*, vol. II, p. 730 이하. M. Hermanns에 따르면, 본교(bon: 티베트의 토착 종교—옮긴이) 신화들의 이원적 구조는 이란에서 기원한다. *Mythen und Mysterien*, p. 338 이하 참조.

71) P. Joseph Henninger, "L'Adversaire du Dieu bon chez les primitifs"(*Satan, Études Carmélitaines*, XXVII, Paris, 1948, pp. 107~119)에서 미개인들의 '이원론'의 몇몇 사례를 발견할 수 있다. 또한 Hermann Baumann, *Das doppelte Geschlecht* (Berlin, 1955), p. 229 이하와 Ugo Bianchi, *Il dualismo religioso* (Roma, 1958), p. 57 이하 참조.

* 이슬람교 시아파의 지파.

72) 특히 "Terre céleste et Corps de Réssurection d'après quelques traditions iraniennes"(*Eranos-Jahrbuch*, 1953, vol. XXIII, pp. 151~250) 참조.

들을 연상시킨다는 것만은 명심하자. 『덴카르트 *Denkart*』는 차라투스트라(Zarathustra)가 태어나기 3일 전부터 어머니의 뱃속에서 뿜어낸 광채는 매우 강렬하여, 아버지의 도시 전체를 밝혔다고 강조한다.[73] 여기에서 지혜와 신성함, 요컨대 순수한 정신성(精神性)은—마치 인도에서처럼—극히 밝은 빛에 의해 상징되었다. 그리고 우파니샤드 교의가 아트만을 내면의 빛에 견주었듯이, 『대(大)분다히슌 *Grand Bundahišn*)』의 한 장(章)에 따르면, 영혼은 크바르나(xvarnah)[74]와 '영광의 빛' '오르마즈드(Ohrmazd)의 창조를 그 시초에 이루는 순수한 발광'[75]과 동일하다. 그러나 인도와는 달리, 고대 이란의 내적인 빛의 체험에 관해서는 비교적 알려진 것이 적다.[76]

이란인들이 빛의 현현들을 주시했으며, 무엇보다도 먼저 초자연

---

73) *Denkart*(조로아스터교의 백과사전. 아홉 권으로 이루어져 있으나 I · II권과 III권의 일부는 유실되었으며, VII권에 조로아스터[이란어로는 차라투스트라]의 전기가 포함되었다—옮긴이), V, 2, 2; VII, 2, 56~58.

74) Schaeder가 이미 이들을 비교했다. R. Reitzenstein et H. H. Schaeder, *Studien zum antiken Synkretismus aus Iran und Griechenland* (Leipzig, 1926), p. 230, note 1; H. Corbin, *Terre céleste*, p. 110 참조.

75) H. Corbin, 같은 책, p. 109.

76) 조로아스터교의 영원한 빛에 관해서는 R. C. Zaehner가 번역 · 주해한 *Zurvan. A zoroastrian Dilemma* (Oxford, 1955), p. 199 이하(le IIIe chapitre du *Grand Bundahišn*), p. 210 이하, p. 389 이하와 여러 곳 참조. 마니교에서의 빛의 신학에 대해서는 A. V. Williams Jackson이 주해한 *Researches in Manichaeisme* (New York, 1932), p. 8 이하와 pp. 177, 183, 191, 216 등 참조. 또한 Geo Widengren, *The Great Vohu Manah and the Apostle of God* (Uppsala, 1945), p. 27 이하; H. -Ch. Puech, *Le Manichéisme* (Paris, 1949), p. 74 이하와 notes 285 이하(p. 159 이하)를 볼 것.

적인 별의 출현을 우주의 지배자나 구세주의 탄생을 알리는 특별한 징후로 생각한 것은 분명한 듯이 보인다. 또한 미래 세계의 왕-구속자(救贖者)의 탄생은 동굴에서 이루어질 것이기 때문에,[77] 별이나 빛의 기둥이 동굴 위에서 빛날 것이다. 기독교도들이 파르티아(Parthia)인들*에게서 우주의 지배자-구속자의 탄생 이미지들을 빌려 그리스도에게 적용했다는 것은 있을 법한 일이다(Widengren, 같은 책, p. 70 참조). 성탄의 장소를 동굴로 기록한 가장 오래된 기독교 원전은 야고보의 원(原)복음서(Protévangile de Jacques, XVIII, 1 이하), 순교자 유스티누스(Justinus)와 오리게네스(Origenes)의 글들이다.[78] 유스티누스는, "악마에게 떠밀려 그들이 동굴(speleum)이라고 부르는 장소에서 입문 의례를 행한다"[79]는 미트라(Mithra) 비의의 입문자들을 비난한다. 이 비난은 기독교도들이 이미 2세기에 미트라의 동굴과 베들레헴 동굴의 유사성을 알아차렸다는 것을 입증한다.

그러나 기독교 신앙과 성화(聖畵)에서 중요한 역할을 한 것은 특히 동굴 위에서 빛나는 별과 빛이었다. 그런데 모느레 드 빌라르와 비덴그렌이 최근에 보여주었듯이, 이 모티프는 거의 분명히 이란의

---

77) 이 문제에 대해서는 Geo Widengren, "Iranisch-semitische Kulturebegegnung in parthischer Zeit"(*Arbeitsgemeinschaft für Forschung der Landes Nordrhein-Westfalen*, Heft 70, Köln und Opladen, 1960), p. 62 이하 참조. 이는 결국 미트라(Mithra) 숭배에 속하는 한 신화-제의적 각본에 관한 것이다.

* 카스피 해 동남방의 반(半)유목민으로, 이란에서 기원한다.

78) Ugo Monneret de Villard, *Le Leggende Orientali sui Magi evangelici*, p. 63.

79) *Justin le Martyr, Dialogue avec Tryphon*, ch. LXXVIII, etc, Monneret de Villard, p. 63에서 재인용.

모티프다. 원복음서(XIX, 2)는 베들레헴의 동굴을 가득 채웠던 눈부신 빛에 대해 이야기한다. 빛이 서서히 사라지면서 아기 예수가 나타났다. 이는 빛이 예수와 실체적으로 동일하거나 예수의 현현들 가운데 하나였다는 것을 의미한다.

그러나 전설에—아마도 이란 기원의—새로운 요소를 도입한 사람은 「마태오의 복음서」 미완편(Opus imperfectum in Matthaeum, Patr. Gr., LVII, col. 637~638)을 쓴 익명의 저자다. 그에 따르면, 승리의 산(Mont des Victoires) 근방에 열두 마법왕(동방박사)이 살고 있었다. 이들은 메시아의 도래에 관한 셋(Seth)*의 비밀 계시를 알고 있었으며, 그래서 해마다 산에 올라 샘과 나무들이 있는 동굴로 갔다. 그곳에서 그는 낮은 목소리로 사흘 동안 기도하면서, 별이 나타나기를 기다렸다. 별은 드디어 어린아이 형태로 나타나서, 이들에게 유대 지방으로 가라고 명했다. 마법왕들은 별의 인도를 받으며 2년 동안 여행했다. 고향에 돌아온 이들은 그들이 목격한 놀라운 사건에 대해 말했다. 그리고 부활 이후 사도 토마(Thomas)가 그들의 나라에 이르자 세례받기를 청하였다(Monneret de Villard, p. 22 이하).

이 전설은 매우 시사적인 몇몇 전개와 함께—오랫동안 텔 아마르의 위(僞)디오니시오스(Pseudo-Denys de Tell Mahre)라고 알려졌던 시리아의 책인—『주크닌의 연대기 *Chronique de Zuqnīn*』에 다시 등장한다. 『주크닌의 연대기』는 774~775년에 끝나지만, 그 원형은(또한 Opus imperfectum의 원형이 그렇듯이) 6세기 말 이

---

* 아담의 셋째 아들.

전에 성립되었음이 분명하다(Monneret de Villard, p. 52). 우리의
관심을 끄는 대목을 요약하면 다음과 같다. 메시아의 도래에 관해
아담(Adam)이 말해준 모든 것을 한 권의 책에 기록한 다음, 셋은
이를 신비한 보물의 동굴에 안치했다. 셋은 그의 아들들에게 이 비
밀의 내용을 일러주고는, 매달 산을 올라 동굴에 들어가라고 엄명
했다. '왕들의 아들 왕들'인 쉬르(Shyr)의 열두 '현자-왕들'은 아담
의 예언이 성취되기를 기다리면서, 제의적인 등산을 충실히 수행했
다. 그러던 어느 날, 그들은 형언할 수 없는 빛의 기둥과, 그 꼭대기
에서 몇 개의 태양도 압도할 만큼 밝게 빛나는 별을 보았다. 별은
보물의 동굴로 들어왔고, 동굴은 눈부시게 밝아졌다. 한 목소리가
왕들을 불렀다. 동굴에 들어간 왕들은 빛에 잠시 눈이 멀었고 무릎
을 꿇었다. 잠시 후 빛이 모여들어 초라한 작은 사람의 모습으로 나
타나더니, 하늘의 아버지가 그를 보냈다고 말했다. 그는 왕들에게
그들의 조상이 동굴에 안치한 보물을 가지고 갈릴리로 떠날 것을
권했다. 왕들은 빛의 인도를 받아 베들레헴에 이른다. 그들은 거기
에서 보물의 동굴과 비슷한 동굴을 발견한다. 그리고 기적은 반복
된다. 빛줄기가 보이고 별이 내려와 동굴로 들어간다. 한 목소리의
부름을 받은 왕들은 굴로 들어간다. 이들은 영광의 아기 앞에 엎드
려 그 발치에 왕관을 내려놓는다. 예수는 이들을 "영원한 태초의 빛
을 볼 자격이 있는" "무상(無上)의 빛의 동방의 아들"로서 경의를
표했다. 이러는 동안에 석굴은 완전히 밝아졌다. '빛의 아들'인 아
기 예수는 이들을 "빛을 받은 이들, 그래서 완전한 빛을 받을 자격
이 있는 이들"이라 부르며 오래 이야기했다. 왕들은 귀로에 올랐다.
첫 휴식 때 준비한 음식을 먹으면서 이들은 다시 빛의 체험을 겪는

다. 이들 중 하나는 '세상에 유례가 없는 큰 빛'을 본다. 다른 하나
는 '태양의 광채를 어둡게 하는 별'을 본다…… 고향에 돌아온 왕
들은 그들이 본 것을 이야기한다. 후에 사도 유다 토마가 쉬르에 이
르러 신앙을 퍼뜨린다. 왕들은 세례를 받고, 이때 빛의 아기가 하늘
에서 내려와 이들에게 말을 건넨다.[80]

이 장황하고 어설픈 설화에서 우리의 주제에 직결된 모티프만을
살펴보자. ① 모두가 다 형언할 수 없는 빛으로서의 예수의 수태를
반영하는, 빛나는 현현들(빛의 기둥, 별, 빛나는 아기, 눈멀게 하는 빛
등)이 주조를 이룬다. ② 동굴에서의 성탄. ③ 연대기에서 쉬르라
칭하는 지방은 차라투스트라의 탄생지인 쉬즈(Shyz)의 잘못된 명
칭이다.[81] 그러므로 '승리의 산'은 쉬즈 지방에 위치한다.[82] ④ 이
'승리의 산'은 이란의 우주산(宇宙山)인 하라 바르자이티(Hara
Barzaiti), 즉 하늘과 땅을 연결하는 세계의 축(Axis Mundi)의 복사
판인 듯하다.[83] 그러므로 셋이 메시아의 왕림에 관한 예언을 감춘
곳은 '세계의 중심'이며, 여기가 별이 우주의 지배자-구속자의 탄
생을 알린 곳이다. 이란 전승에 따르면 성산(聖山) 위로 빛나는 크

---

80) U. Monneret de Villard, pp. 27~29에서 G. Levi Della Vida의 이탈리아어 번
역 ; J. -B. Chabot의 라틴어 번역, *Chronicon Pseudo-Dionysianum vulgo dictum*
(Scriptori Syri, Ser. III, t, I, Louvain, 1949), pp. 45~70.

81) G. Widengren, 앞의 책, p. 79.

82) L. -I. Ringbom, *Graltempel und Paradies. Beziehungen zwischen Iran und
Europa im Mittelalter* (Stockholm, 1951), p. 243 이하.

83) 이 상징 체계에 대해서는 M. Eliade, 『영원한 회귀의 신화*Le Mythe de l'Éternel
Retour*』, p. 32 이하 ; 『이미지와 상징』, p. 52 이하 ; "Centre du Monde, Temple,
Maison" (in *Le Symbolisme Cosmique des Monuments religieux,* Rome, 1957, pp.
57~82)을 볼 것.

바르나는 차라투스트라의 정액에서 기적적으로 탄생한 구속자인 사오시얀트(Saoshyant)를 고지하는 징후다. 마지막으로 승리의 산으로의 주기적인 등반이라는 상징법을 주목해두자. 종말론적인 빛이 처음 드러나는 것은 '세계의 중심'에서다.

이 모든 요소는 우주의 지배자-구속자라는 매우 이란화된 거대한 통합주의적 신화의 필요불가결한 일부를 이룬다. 이 신화는 어떤 형태로건 후기 유대교와 기독교에 영향을 미쳤을 것이다. 물론 이 종교 사상들의 일부는 미트라 숭배와 이란-셈(irano-sémite)의 혼합 종교(諸敎統合, syncrétisme)보다 앞선다. 하나만 예를 들자면, 유대 전승에서 메시아는 산의 정상에 나타날 것이다.[84] 그런데 이 사상은 '북방'에 위치한 신성한 산인 시온(Sion)의 이미지에서 파생한 것으로(예를 들어 시편 48 : 3 참조), 이는 가나안인들이 가지고 있던 개념이며[85] 바빌로니아인들에게도 알려져 있었다. 고대 근동의 종교들은 거의 일률적으로 하나의 신화-제의적 각본 속에 다음의 요소들을 연결시킨다. 우주산 ― '천국' ― 최고신의 궁전이나 우주 지배자(구속자)의 탄생지 ― 새 군주의 즉위를 통해 이루어지는 세계의 구원(우주적 재생).

우리의 관심을 끄는 것은, 우주 지배자-구속자의 성탄(Nativité)에 관한 이란의 표현들이 빛과 별과 동굴의 이미지들에 의해 지배되고 있으며, 대중적인 기독교 신앙들에 의해 차용되고 구상된 것

---

84) Harald Riesenfeld, *Jésus transfiguré* (Lund, 1941), p. 221 이하 참조.

85) 우가리트(Ugarit : 지중해 동쪽의 고대 도시―옮긴이)에서는 사판(Sapān) 산 또는 바알 사판(Ba'al Sapān) 산에 대해 이야기하는데, 바알(Ba'al) 신은 이곳에서 옥좌에 앉아 신과 인간들의 왕이 되었다.

이 바로 이 이미지들이라는 사실이다.

구약 성서와 유대교

유대교와 헬레니즘적 혼합 종교, 영지 그리고 기독교에서의 빛에 대한 종교적 가치 부여와, 다양한 빛의 신비적 체험들을 차례로 살펴보는 것은 가능한 일이다. 주제가 방대하고 요약이나 빠른 개관에 적합지 않다는 점은 차치하고라도 이미 이 주제는 많은 학자들에 의해 폭넓게 연구되어 있다. 구약 성서와 유대교에 관해서는 스베레 알렌(Sverre Aalen)이 그의 저서 『구약 성서와 후기 유대교, 랍비 교리에서의 '빛'과 '어둠'의 개념 *Die Begriffe 'Licht' und 'Finsternis' im Alten Testament, im Spätjudentum und im Rabbinismus*』(Oslo, 1951)에서 구성한 문서들을 참조하는 것으로 충분하다.[86] 필론(Philon)*과 헬레니즘적 유대교에서의 신성한 빛의 신비적인 체험에 관해서는 굿이너프(E. Goodenough) 교수의 저서 『빛, 빛에 의한. 헬레니즘적 유대교의 신비적 복음서 *By Light, Light. The Mystic Gospel of Hellenistic Judaism*』(New Haven, 1935)를, 고전 시대 말기의 빛의 상징주의와 관련해서는 불트만(R. Bultmann)의 연구 『고대에서의 빛의 상징론 이야기 *Geschichte*

---

86) A. M. Gierlich, "Der Lichtgedanke in den Psalmen. Eine terminologisch-exegetische Studie" (*Freiburger Theologische Studien*, H. 56, Freiburg im Breisgau, 1940)도 참조할 것.

* 그리스어를 사용한 유대 철학자로, 헬레니즘 유대주의를 대표하는 가장 중요한 인물.

der Lichtsymbolik im Altertum』[87]를, 유대인의 빛의 축제인 하누카
(Hanouca)에 대해서는 랜킨(O. S. Rankin)과 모겐스턴(J. Mor-
genstern)·베르블로브스키(Werblowsky)의 최근 연구들[88]을, 『그
리스도의 빛과 건강한 태양 *Lumen Christi et Sol Salutis*』의 상징주
의에 관해서는 될거(F. J. Dölger)의 연구들[89]을 참조한다. 이 밖에
도 리스트는 길게 이어진다. 우리는 이제 특별히 복잡한 종교적 풍
토에 들어가는데, 빛의 다양한 상징 체계와 신비적 경험들 사이의
모든 비교는 그 미묘한 차이를 참작해야만 유용한 것이 된다. 문화
적 비환원성과 종교적 이데올로기의 분기(分岐)들뿐만 아니라 숱
한 수렴과 혼합 종교주의도 고려해야 한다.

---

87) *Philologus*, XCVII, 1948, p. 1 이하.

88) O. S. Rankin, *The Origins of the Festival of Hanukkah, the jewish New Age
Festival* (Edinburgh, 1930) ; id., "The Festival of Hanukkah"(S. H. Hooke가 편집
한 *The Labyrinthe* 중에서, London, 1935, pp. 159~209) ; J. Morgenstern, "The
Chanukkah Festival of the Calendar of Ancient Israel"(*Hebrew Union College
Annual*, XX, 1947, p. 1 이하 ; XXI, 1948, p. 365 이하) ; R. J. Zwi Werblowsky,
"Hanouca et Noël ou Judaïsme et Christianisme"(*Revue de l'Histoire des
Religions*, janvier-mars 1954, pp. 30~68). 또한 Sverre Aalen, 앞의 책, p. 130 이
하 참조.

89) F. J. Dölger, *Sol Salutis* (Münster i. W., 1920 ; 2ᵉ éd., 같은 도시, 1925) ; id.,
"Lumen Christi. Untersuchungen zum abendlichen Licht-Segen in Antike und
Christentum Die Deo-gratis-Lampen von Selinunt in Sizilien und Curcul in
Numidien"(*Antike und Christentum*, V, 1936, pp. 1~43) ; 또한 "Die Sonne der
Gerechtigkeit und der Schwarze : eine religionsgeschichtliche Studie zum
Taufgelöbnis"(*Liturgiegeschichtliche Forschungen*, II, Münster, 1918) 참조. 또한
H. Rahner, "Das christliche Mysterium von Sonne und Mond"(*Eranos-Jahrbuch*,
1943, vol. X, pp. 305~404) 참조. 특히 p. 352 이하 ; G. Widengren, *Iranische-
semitische Kulturbegegnung*, p. 56 이하 참조.

이 문제를 전체적으로 다룬다는 것은 생각할 수 없는 일이다. 그러므로 몇 가지만 언급하기로 하자. 예를 들면 구약 성서에서 빛은 신과 동일하지 않으며 신적인 권능으로 여겨지지 않는다. 빛은 야훼에 의해 창조되었는데 이는 태양의 빛이 아니며, 태양은 넷째 날에 창조되었다.[90] 다른 한편, 우리는 야훼와 밤〔夜〕 또는 태초의 대양(大洋)과의 투쟁을 이원론적으로 해석해서도 안 된다. 암흑은 엄청난 물이나 용(龍)처럼 카오스(Chaos)의 힘을 상징하며, 야훼의 전투는 실은 우주 개벽의 행위이다. 더욱이 암흑이 태초의 대양이나 용과 연합하거나 연대하는 경우는 극히 드물다.[91] 이란에서와는 달리, 암흑은 신의 적대자가 아니다. 구약 성서의 탁월한 독창성은 야훼가 근본적으로 우주적 신성함을 초월한다는 것이다. 유대교에서 빛은—그 고유한 존재 방식을 통해—성령과 영적인 삶의 유사물이기 때문에 신성시되었을 따름이다. 빛은 신의 피조물이기 때문에 숭앙되었다. 필론에게 빛은 성령과 동일시되지만, 빛이 이런 특권을 얻은 것은 오로지 그것이 신으로부터 직접 흘러나오기 때문이다.[92]

---

90) H. G. May, *The Creation of Light in Genesis*, I, 3~5(*Journal of Biblical Literature*, vol. 58, 1939, p. 203 이하)와 특히 Sverre Aalen, *Die Begriffe 'Licht' und 'Finsternis' im Alten Testament*, p. 14 이하 참조.

91) Gunkel에 반(反)하여 S. Aalen, 앞의 책, p. 12 이하 참조.

92) E. R. Goodenough, *By Light, Light*, p. 7 이하 참조. (필론에 의해 신과 동일시된) '신의 빛'의 신비적 체험에 관해서는 같은 책, p. 146 이하, p. 166 이하 참조.

세례와 예수의 거룩한 변모

두 개의 다른 일신교인 기독교와 이슬람교는 유사한 신학적 입장을 취했다. 그러나 우리의 관심사는 신학이 아니라 무엇보다도 먼저 내적인 빛의 체험이므로, 원시 기독교에서 이것이 어떻게 알려지고 가치가 부여되었는지를 살펴보자. 기독교 신비의 본질적인 순간들 가운데 하나는 신의 빛이 현현한 때로, 예수의 거룩한 변모(Transfiguration)가 그것이다. 신비한 빛은 또한 기독교의 중요한 성사(聖事)인 세례에도 내포되어 있다.

물론 세례의 상징법은 극도로 풍부하고 복합적이지만, 빛과 불의 요소들이 아주 중요한 역할을 맡는다. 유스티누스, 나지안주스의 그레고리우스, 그리고 다른 교부들은 세례를 '일루미네이션'(photismós)이라고 불렀다. 이들은 물론 「히브리 성서」의 두 구절(6 : 4, 10 : 32)에서 그들의 근거를 찾고 있는데, 이 구절들은 기독교의 신비에 입문한 자들, 즉 세례받은 이들(왜냐하면 고대 시리아 역譯에는 이렇게 되어 있기 때문에)을 포티스텐테스(photisthén-tes), 즉 '빛을 받은 이들(illuminés)'이라고 지칭하고 있다. 이미 2세기에 유스티누스(*Dial.*, 88)는 한 전설을 언급하고 있는데, 이에 따르면, 예수가 세례를 받을 때 "요르단 강에서 불길이 일었다."[93] 일군의 신앙과 상징 · 제의가 불의 세례라는 개념을 중심으로 구체화되었다.[94] 성령은 불꽃처럼 형상화된다. 성화(聖化)는 불이나 타오르는 불길의 이미지로 표현된다. 우리는 여기에서 다음과 같은

---

93) H. Usener, *Das Weihnachtsfest* (2ᵉ éd, Bonn, 1911), p. 62 이하 참조.

94) C. M. Edsman, *Le baptême de feu* (Uppsala-Leipzig, 1940), p. 182 이하 참조.

신앙의 교의적인 원천들 중 하나를 본다. 영적인 완전함—즉 신성함—은 영혼으로 하여금 그리스도의 빛의 육신을 볼 수 있게 해줄 뿐만 아니라, 그 스스로도 외적인 현상을 동반한다. 성자의 육신은 빛을 방사하거나 타오르는 불처럼 빛난다.

이 신앙의 또다른 원천은, 명백히 (후에 타보르 산과 동일시된[95]) 산 위에서의 그리스도의 거룩한 변모(顯聖容)다. 예수의 모든 행적이 기독교도들의 모범이 된 때문에, 현성용의 신비도 또한 영적인 완벽성의 초월적인 모범을 세웠다. 성자는 그리스도를 모방함으로써, 신의 은총에 의해 바로 현생에서부터 거룩하게 변모될 자격이 있다. 적어도 동방 교회는 타보르 산의 신비를 이렇게 이해했다. 현성용이 모든 신비주의와 신적인 빛의 기독교 신학의 기초를 이루는 까닭에, 이것이 유대교에서는 어떤 방향으로 기대되고 예감되었는지 알아보는 것은 흥미로운 일일 것이다.

하랄트 리젠펠트는 그의 저서 『거룩하게 변모된 예수 *Jésus transfiguré*』(Lund, 1947)에서 이 신비의 유대적인 배경을 부각시킨다. 그의 해석 가운데 일부, 특히 이스라엘인의 왕위(王位)의 문화적 측면을 다룬 해석은 논란을 불러일으켰다. 그러나 이는 우리의 연구에 직접적인 영향을 미치지 않는다. 현성용의 유대적 배경에서 주

---

95) 복음서들은 '높은 산'(마태오, 17:1; 마르코, 9:2) 또는 '성산(聖山)'(루가, 9:28)에 대해 말한다. 타보르 산에 관해서는 판관기(判官記) 4:6 이하; 시편 89:13; 히브리 성서(Hennecke, p. 54) 참조. 뒤에 나오는 타보르 산에 관한 고증(시메온·헤시카슴 등)은 Max Pulver, "Die Lichterfahrung im Johannes-Evangelium, im Corpus Hermeticum, in der Gnosis und in der Ostkirche"(*Eranos-Jahrbuch*, 1944, vol. X, pp. 253~296), p. 288 이하에서 찾을 것.

목할 점들은 다음과 같다. ①빛의 관념은 신의 '영광'이라는 개념에 포괄되어 있고, 야훼를 만난다는 것은 영광의 빛에 침투한다는 것이다. ②아담은 빛나는 존재로 창조되었으나, 원죄가 그의 영광을 상실케 했다. ③언젠가 영광은 메시아와 함께 다시 출현하여 태양처럼 빛날 것인데, 이는 메시아가 빛이며 빛을 가져오기 때문이다. ④다음에 올 세상에서 의로운 자들의 얼굴은 빛을 내뿜는데, 빛은 새로워진 미래 세계의 특징적인 징후다. ⑤모세가 시나이 산을 내려올 때(「출애굽기」, 34 : 29 이하) 그의 얼굴에 빛나던 광채는, 아론(Aaron)과 민족 전체를 질겁하게 했다.[96]

예수의 거룩한 변모의 구약적 · 메시아적인 맥락을 부각시키는 것은 중요한 일이다. 이렇게 해서 우리는 원시 기독교의 뿌리를 더욱 잘 이해하게 된다. 그러나 자세히 살펴보면, 타보르 산의 신비에 함축된 구약적 · 메시아적 이데올로기는, 이스라엘의 종교적 경험과 그리고 어느 정도는 근동의 원시적 종교사와 역사적으로 잘 융합되어 있기는 하지만, 다른 종교적 풍토들과도 근본적으로 다른 것은 아니다. 우리가 이미 보았듯이, 빛이 신성(神性)의 전형적인 현현이라는 것은 인도의 신학들에서는 틀에 박힌 생각이다. 빛나는 아담은 이란과 인도-티베트의 최초의 빛의 인간에 비교될 수 있다. 마찬가지로, 영적인 완벽성을 구현한 자, 또는 신을 정면으로 응시하는 은총을 입은 자의 광채는 인도에서도 자주 발견되는 모티프다.

이 점은 확인하고 넘어가자. 문제가 되는 것은 완벽한 등가성이

---

96) H. Riesenfeld, *Jésus transfiguré*, p. 98 이하, p. 110 이하 등.

나 종교적인 내용, 이데올로기 형식의 동일성이 아니라 유사성과 대등함, 대칭 관계다. 결국 모든 것은 빛의 신비적 체험에 부여된 신학적·형이상학적 가치에 달려 있으며 우리는 곧 한 종교, 즉 기독교 안에서도 이 가치 부여가 상이하며 모순된다는 것을 알게 된다. 그러나 아시아 종교들의 조상(彫像)과 상징, 심지어 이데올로기조차도 대표적인 계시 종교인 유대 일신교의, 따라서 기독교의 그것들과 만나고 대칭된다는 것 또한 중요한 사실이다. 이런 관찰은 신비적 체험 자체의 어떤 일치에 더하여 이 신비적 체험을 표현하기 위해 사용된 이미지와 상징들 사이에 참된 등가성이 존재하는 것은 아닐까 하는 추정으로 우리를 이끌어간다. 차이점이 명확해지고 단절이 드러나는 것은 주로 신비적 체험의 개념화 과정에서부터다.

'불타는' 수도사들

우리는 이 비교 조사의 몇몇 결론에서 다시 이 문제를 다룰 것이다. 당장은 기독교의 사건들에 대한 분석을 계속하기로 하자. 원시 기독교 문학과 교부 신학의 이미지와 용어들은 제쳐두자. 다른 종교들에서와 마찬가지로, 먼저 관심을 끄는 것은 두 범주의 사건들이다. 하나는 빛의 주관적인 체험이며, 다른 하나는 객관적인 현상들, 즉 다른 사람들에 의해 객관적으로 인지된 빛이다. 세례를 받고 '빛이 났다면', 성령이 불의 현현으로서 가시화되었다면, 타보르산에서 사도들에게 목격된 현성용의 빛이 그리스도의 신성의, 눈에 보이는 형태라면, 완벽한 기독교 신비 생활 역시 빛의 현상을 보여주는 것이 논리적이리라. 이런 결론은 이집트의 구도자들에게는 지극히 당연한 것이었다. 『천국의 책 Le Livre du Paradis』의 한 수도사는 "은총의 빛으로 반짝였다."[97] 조제프 수도원장은 사람이 불처럼 완전히 타오르기 전에는 수도사가 될 수 없다고 선언했다. 어느 날, 한 수도사가 사막에 있던 아르센 수도원장을 방문하여 창문으로 그의 독방을 언뜻 보았을 때, 그것은 "마치 불과 같았다."[98] 수도사가 빛을 발하는 것은 주로 기도하고 있을 때다. 피센티우스(Pisentius)가 기도에 몰입해 있는 동안, 방 전체가 밝혀졌다.[99] 은자들이 기도하던 곳의 위로는 장려한 빛의 기둥이 보였다. 당시의 금욕적 문학에서는, 모든 완벽한 인간은 불기둥으로 간주되었다 — 이러한 이미지는, 영지적이고 금욕적인 글들에서 많이 나타나는, 불기둥의 형태로 이루어지는 신현이나 그리스도의 현현을 상기해보면 그 진정한 의미가 드러난다. 한번은 조제프 원장이 두 손을 하늘로 뻗었을 때, 손가락들이 마치 열 개의 횃불처럼 타올랐다. 그는 수도사들 중하나에게 이렇게 말을 건넸다. "네가 이를 원한다면, 완전히 불처럼 되어라!"[100]

스키토폴리스의 키릴루스가 그의 저서 『성 사바스*의 일생 Vie de

---

97) Wallis Budge, *The Book of Paradise*, I-II(London, 1904), p. 1009 ; C. -M. Edsman, *Le baptême de feu*, p. 155.

98) P. G., t. LXV, col. 229 C(Budge, 같은 책, p. 950, n° 440 ; Edsman, 같은 책, p. 156 참조) ; P. G., t. LXV, col. 95 C (Budge, 같은 책, p. 798, n° 611 ; Edsman, 같은 책).

99) C. -M. Edsman, 같은 책, p. 162.

100) 같은 책, pp. 157, 159 이하.

Saint Sabas』에서 진술한 바에 따르면, 유스티니아누스 황제는 (530년) "노인(당시 사바스의 나이는 아흔 살이 넘었다)이 머리에 쓰고 있는 왕관 주위에서 번쩍이며 빛나는 신의 은총을 보았는데, 이것이 햇살을 뿌렸다."[101] 시조에스 수도원장이 임종을 맞아 신부들이 그 주위에 앉았을 때, "그의 얼굴이 태양처럼 빛나기 시작했다. 그는 신부들에게 말했다. '지금 안토니오 수도원장이 오신다.' 잠시 후 다시 말했다. '이제는 예언자들의 코러스다.' 그리고 그의 얼굴은 더 한층 밝아졌다. 다시 말하기를, '이제 사도들의 코러스다.' 다시 한 번 그의 얼굴은 광채를 더했다." 마침내 시조에스는 "숨을 거두었는데, 이는 마치 번개와 같았다."[102]

더 이상 사례를 나열하는 것은 무의미할 것이다. 다만 기독교의 한 지파인 메살리안파(Messaliens)가 신비한 빛에 몹시도 열광한 나머지, 빛의 도시 예루살렘이나 주 예수의 영광의 옷을 환시(幻視)할 수 있는 능력으로 영혼의 완벽성 등급을 평가하기에 이르렀었다는 것만을 덧붙이기로 하자. 이러한 열광은 일부 정통 신학자들로 하여금 신비적인 빛의 체험을 경계하지 않을 수 없게 했다.

---

* 439~532. 수도 공동체인 '마르 사바의 그레이트 로라(Great Laura of Mar Sabba)'의 창시자. 사막의 은수자였으나 현실 문제에도 개입하여 사마리아인의 봉기에서 주민들을 보호했으며, 예루살렘 총대주교의 자격으로 아나스타시우스 1세, 유스티니아누스 1세를 만나 부당한 세금의 폐지를 협상했다.

101) *Vita S. Sabae*, éd. E. Schwartz, p. 173 ; J. Lemaître, *Dictionnaire de Spritualité* (1952), col. 1850.

102) P. G., 65, 396 *bc* ; J. Lemaître, 같은 책.

팔라마스와 타보르 산의 빛

14세기에, 칼라브리아*의 수도승 바를람(Barlaam)은 아토스(Athos) 산의 헤시카스파(hésychastes)**를 메살리아니즘이라고 비난했다. 더욱이 이는 피조물이 아닌 빛(Lumière incréée)을 누리고 있다는 그들 자신의 주장에 근거한 것이었다. 그러나 이 칼라브리아의 수도사는 간접적으로 이 동방의 신비 신학에 크게 공헌했다. 왜냐하면 이 비판이 콘스탄티노플 공의회(1341년)에서, 테살로니카의 대주교이며 대신학자였던 그레고리우스 팔라마스(Gregorius Palamas)***로 하여금 아토스 산의 헤시카스파를 변호하고, 타보르 산의 빛을 중심으로 하는 온전한 신비 신학을 구상할 기회를 주었기 때문이다.

신의 빛과 신의 영광에 관한 언급이 성서에 가득하며, 신 자신이 빛이라고 명명되었다는 것을 제시하는 것은 팔라마스에게 어려운 일이 아니었다. 더욱이 그에게는—사막의 교부들부터 신(新)신학자 시메온(Syméon le Nouveau Théologien)에 이르는—방대한 양의 금욕적이고 신비로운 저서들이 있었으며, 여기에서 성령에 의한 신성화와 은총의 가시적인 발현이 창조되지 않은 빛의 지각이나 빛의 방사에 의해 판별된다는 것을 보여주었다. 블라디미르 로스키

---

* 이탈리아 남부의 지방.

** 끊임없는 기도를 통하여 신의 정적(靜寂)인 헤시카슴을 추구하는 그리스 정교의 한 교파. 이 기도에서 육체는 영혼만큼 중요한 요소로, 눈을 신체의 중심에 고정하여 정신을 집중하고 기도는 호흡에 결부시켜야 한다.

*** 본래 아토스 산의 수도사였다.

에 따르면, 팔라마스에게 "신의 빛은 신비적 체험에 의해 알려진 것 (소여所與)이다. 이는 신성의 가시적인 특성이며, 그 안에서 신이 마음을 정화한 자들에게 자신의 뜻을 전하고 자신을 드러내는 에너 지다."[103] 이 신적이고 신성화하는 빛은 은총이다. 예수의 거룩한 변모는 명백히 팔라마스 신학의 중심적인 신비다. 바를람과의 논쟁 은 특히 다음 문제에 집중되어 있다. 현성용의 빛은 피조물인가 피 조물이 아닌가? 대다수의 교부들은 사도들이 목격한 빛이 창조된 것이 아닌 신적인 것이라고 생각했으며, 팔라마스는 이 점을 자세 히 설명하려고 애썼다.[104] 그에게 이 빛은 그 속성상 신에게 고유한 것으로, 시간과 공간의 밖에 존재하며, 구약의 신현들에서 가시화 된 것이다. 타보르 산상에서 예수에게는 어떠한 변화도 없었다— 단지 사도들만이 변했다. 이들은—신의 은총에 의해—예수를 있 는 그대로의 모습으로, 눈부신 신의 빛에 싸인 채로 볼 수 있는 능 력을 받았다. 이는 아담이 타락하기 이전에 지니고 있던 능력이며, 종말론적 미래에 사람이 회복하게 될 능력이다. 이것은 신을 그 창 조되지 않은 빛 속에서 인지하는 것이 시작과 끝, 역사 이전의 낙원 과 역사를 끝맺을 종말(eschaton)의 완벽성에 결부되어 있음을 뜻 한다. 그러나 스스로를 신의 왕국에 합당하게 만든 이들은 그때부 터 피조물이 아닌 빛을 보는 즐거움을 누린다. 마치 타보르 산상의

---

103) Vladimir Lossky, "La Théologie de la Lumière chez saint Grégoire Palamas de Thessalonique"(*Dieu Vivant*, I, 1945, pp. 93~118), p. 107. 또한 같은 저자의 *Essai sur la théologie de l'Église d'Orient* (Paris, 1944), 특히 p. 214 이하 참조. Jean Meyendorff, *Saint Grégoire Palamas et la mystique orthodoxe* (Paris, 1959), p. 88 이하를 볼 것.

104) V. Lossky, "La Théologie de la Lumière," p. 110 이하.

사도들처럼.

다른 한편으로 이집트 수도승들의 전통을 설명하면서 팔라마스는 창조되지 않은 빛을 보는 성자는 외면적인 발광성(發光性)을 지닌다고 단언했다. "신의 에너지를 함께 나누는 자는……어떤 의미에서 그 자신도 빛(lumière)이 된다. 그는 빛(Lumière)에 결합되며, 빛과 함께 이 은총을 받지 못한 이들에게 감추어진 모든 것을 명철하게 응시한다."[105]

팔라마스는 특히 신(新)신학자 시메온의 신비적 경험에 자신의 근거를 두었다. 니케타스 스테타토스(Nicétas Stéthatos)에 의해 씌어진 『시메온의 일생 *Vie de Syméon*』에는 이 경험에 대한 특별히 정밀한 묘사들이 있다. "어느 날 밤 그는 기도 중이었고 그의 맑아진 지성이 최초의 지성에 결합했을 때 높은 곳에서 빛이 보였는데, 이 빛은 갑자기 하늘 높은 곳에서 그에게로 광명을 던졌다. 이는 순수하고 엄청난 빛으로, 모든 것을 밝히고 대낮과 같은 광채를 만들어냈다. 이 빛에 의해 역시 빛나게 된 그에게는 그가 있던 독방을 포함한 집 전체가 사라져 눈 깜짝할 사이에 무(無)로 가버린 듯했고, 자신은 허공에 뜬 채 스스로의 육신을 완전히 잊었다……" 또한 번은, "높은 곳에서 오로라의 빛과 같은 것이 빛나기 시작했다. …… 빛은 점점 강해져 점점 더 대기를 빛나게 했고, 그는 자신이 육체와 더불어 지상의 것들에서 빠져나온 듯한 느낌을 받았다. 이 빛이 계속 밝아져 그의 머리 위에서 정오의 태양처럼 빛나게 되었

---

105) *Sermon pour la fête de la Présentation au Temple de la Sainte Vierge*, Lossky 번역, 같은 책, p. 110.

을 때, 그는 자신이 빛의 중심에 있으며, 아주 가까이에서부터 온몸에 밀려드는 다사로움으로 인해 자신이 즐거움과 눈물로 뒤범벅되어 있음을 알아차렸다. 그는 이 빛이 믿을 수 없는 방식으로 그의 살에 결합하고 차차 그의 사지에 침투하는 것을 보았다…… 그는 빛이 마침내 온몸에, 그리고 심장과 내장에 밀려들어 육신을 온통 불과 빛이 되도록 하는 것을 보았다. 그리고 마치 이전에 집을 그렇게 했듯이, 이제 빛은 그에게 육신의 형태와 자세, 밀도, 외모의 느낌을 상실케 했다.”[106]

이런 개념은 오늘날까지도 정교회에 보존되어 있다. 유명한 사로프의 성 세라핌(19세기 초)을 신체 발광의 예로 살펴보자. 훗날 성인의 ‘계시’를 기록한 한 제자가 전하는 바에 따르면, 한번은 너무도 밝게 빛나는 성자를 쳐다볼 수가 없었다. 그는 성자에게 외쳤다. “당신을 볼 수가 없습니다, 신부님. 당신의 두 눈은 번갯불을 뿌리고, 당신의 얼굴은 태양보다 눈부셔서 당신을 쳐다볼 수가 없습니다.” 그러자 세라핌은 기도하기 시작했고 제자는 그를 응시할 수 있었다. “나는 그를 보고는 경건한 두려움에 사로잡혔다. 태양의 한복판에서, 정오의 눈부신 햇살의 광채에 싸여 당신에게 말하는 사람의 얼굴을 상상해보라. 당신은 그의 입술이 움직이는 것과 그의 눈빛이 바뀌는 것을 보며, 그의 음성을 듣는다. 당신의 어깨를 잡는 그의 손길은 느껴지지만, 그의 손이나 육신은 보이지 않는다—다만 사방 몇 길에 퍼지는 반짝이는 빛만이 그 광휘로, 눈 덮

---

106) *Vie de Syméon le Nouveau Théologien*, n° 5, pp. 8~10, n° 60, pp. 94~95, J. Lemaître에 의해 인용된 글, 앞의 책, col. 1852, 1853.

인 들판과 끊임없이 내리는 하얀 눈송이들을 밝힐 뿐……"[107] 성
세라핌의 제자의 경험을 『바가바드기타』 XI장에 나오는 크리슈나
의 현현에 대한 아르주나의 이야기와 대조하는 것은 매우 흥미로
울 것이다.

또한 사로프의 성 세라핌과 동시대 인물인 스리 라마크리슈나가
때때로 빛을 발했으며, 마치 불꽃에 에워싸인 듯했다는 것을 상기
해보자. "그의 육신은 꿈에서 본 육신만큼 가볍고, 훨씬 더 높아 보
였다. 더 밝아지면서 그의 갈색 육신은 아주 환한 색을 띠었다……
의복의 황토색이 육신의 광채와 뒤섞여 마치 불꽃에 에워싸인 듯
했다"(Saradananda, *Sri Ramakrishna, the Great Master*, 영역본,
제2판, p. 825).

빛의 신비주의

신비한 빛의 현상학적 연구에서 또한 고려해야 할 것들은 다음과
같다. 다마스쿠스로 가던 사도 바울로(Paul)를 눈부시게 한 빛과 십
자가의 요한(Jean de la Croix)의 다양한 빛의 체험들, 대문자로
'불'이라고 씌어진 파스칼(Pascal)의 유명하고 신비로운 종이, 접시
에서 반사된 햇빛이 야기한 야콥 뵈메(Jakob Böhme)의 무아경,
모든 신비를 이해한 것처럼 완벽한 지적 일루미네이션의 연속, 카

---

107) *Révélation de Saint Séraphim de Sarov*, Lossky에 의해 번역된 일부분, 앞의 책,
pp. 111~112. 성자들의 광휘에 관해서는 O. Leroy가 구성한 중요한 기록 *La
splendeur corporelle des saints* (Paris, 1936) 참조.

프리의 카르멜회 수녀 세라피나 디 디오(Serafina di Dio, 1699년 사망) 존자(尊者)의 것처럼 덜 알려진 숱한 경험들. 영성체 후의 또는 기도 중의 그녀 얼굴은 불꽃처럼 찬연히 빛났으며 두 눈은 마치 불처럼 섬광을 뿜었다.[108]

루됭의 불행한 신부 수린(Surin)의 경험조차도 고려되어야 한다. 악마들의 소행으로 그토록 오랫동안 고난을 겪은 그는 생의 마지막에 이르러 지복의 몇 시간을 경험한다. 어느 날 정원에서 산책을 하고 있을 때 햇빛이 아주 강렬해졌는데, 무척 밝으면서도 무척 아늑해서, 그는 마치 천국을 산책하는 기분이었다.[109] 또한 못지않게 의미심장한 것으로, 이슬람 신비주의에서 지크르(dhikr)*의 다양한 국면들에 수반되는 빛나는 환영들(visions)이 있다. 마음의 지크르 단계에서 고행자의 내면의 눈에 연속적으로 포착되는 일곱 가지 '채색된 빛'이나,[110] 내밀한 지크르 동안에 도달하게 되는—신의 빛이며 꺼지지 않는—솟아나오는 빛이 그것이다.[111] 이 두 지크르

---

108) Montague Sumners, *The physical phenomena of Mysticism*(second impression, London, 1950), p. 71 참조.

109) Aldous Huxley, *The Devils of Loudun* (1952), p. 305 참조.

* 신의 이름 등을 반복함으로써 정신적 성숙에 도달하기 위해 암송하는 기도문. 규정된 자세와 호흡이 요구된다.

110) Louis Gardet, "La mention du nom divin(dhikr) dans la mystique musulmane"(*Revue Thomiste*, 1952, pp. 641~679; 1953, pp. 197~213), 특히 1952, p. 669 이하. '빛나는 일곱 덮개'에 관해서는 L. Massignon, *Recueil de textes inédits concernant la mystique en pays d'Islam* (Paris, 1929), p. 143과 note 1 참조(Alā al Dawla Simnānī에 관해, n. 1336, 그리고 그는 "근대 수도회의 주요 전형을 묘사한 최초의 신비 작가다. 세심하게 무아경 속에서 엿본 색색의 빛을 분류하고, 지크르의 다양한 방식을 시험한다").

111) "지크르의 불은 꺼지지 않으며, 그 빛은 사라지지 않는다…… 너는 항상 올라가

는 모두 외면적인 발광을 동반할 수 있다.

자발적인 빛의 경험들

이제 빛을 포함한 종교적인 체험 사례들을 마무리해야 할 것 같다. 종교와 무관하거나 신비적 삶과 신학에 거의 무지한 사람들의 몇몇 재미있는 사례를 인용해보자. 즉 이 연구의 처음에 그 내적인 모험을 살펴보았던 미국 상인의 정신적인 지평으로 되돌아가자. 특히 교훈적인 경우로 당대에 아주 유명했던 캐나다의 정신과 의사 버크(R. M. Bucke, 1837~1902) 박사의 예를 들 수 있다. 그는 온타리오 주 웨스턴 대학교의 신경정신과 과장이었으며, 1890년에는 미주 심리의학회(American Medico-Psychological Association)의 회장으로 선출되었다. 서른다섯 살에 그는 우리가 곧 다루게 될 기이한 경험을 하게 되는데, 이것이 생에 대한 그의 견해를 근본적으로 변화시킨다. 죽기 얼마 전에야 출판한 『우주적 의식 *Cosmic Consciousness*』은 윌리엄 제임스(William James)에 의해 '심리학에 대한 중요한 공헌'으로 평가받았다. 버크 박사는 자신이 '우주적 의식'이라고 이름붙인 의식의 상층면에 도달할 수 있는 사람들이 있다고 생각했는데, 그에게는 이 의식의 실재성이 주관적인 빛의

는 빛들과 내려가는 빛들을 본다. 네 주위에 있는 불들은 밝고 아주 뜨거우며 불길을 내뿜는다"(Ibn 'Atâ' Allâh, Gardet에 의해 인용, 앞의 책, p. 677). "바로 이 단계에서 지크르의 효과는 비잔틴 전승의 위대한 계시들과 대응될 수 있을 것이다. 곧바로 개념화에서의 큰 차이점을 보여주면서"(Gardet, 같은 곳).

체험에 의해 가장 잘 입증되는 듯이 보였다. 그의 저서는 부처와 성 바울로의 경험에서 그와 동시대 경험에 이르는 방대한 양의 유사한 체험을 보고하고 있다. 그 분석과 해석은 흥미로울 것이 없지만 문헌 자료들은 소중하다. 숱한 미공개 체험들, 특히 동시대인들에게서 수집한 것들이 수록되어 있다.

버크 박사는 어느 봄날 밤 자신에게 닥친 일을 3인칭으로 서술했다. 친구들과 함께—워즈워스와 셸리, 키츠, 특히 휘트먼의—시를 읽으며 파티를 즐긴 뒤 자정에 빠져나온 그는 승합마차를 타고 오랜 드라이브를 했다(일은 영국에서 일어났다). "그는 거의 수동적인, 고요한 기쁨을 누리고 있었다. 갑자기, 예고도 없이, 그는 불꽃 색깔의 구름에 파묻혔다. 순간 그는 불, 대도시의 돌발적인 화재를 떠올렸다—그러나 곧 그는 빛이 자신의 내면에 있다는 것을 알아차렸다. 그 즉시 고양된 감정이 그를 감쌌는데, 이는 엄청난 기쁨의 감정이었으며, 여기에 형언할 수 없는 지적 계시가 수반되고 또 뒤를 이었다. 그의 머릿속에는 브라만의 찬란함을 지닌 순간적인 번갯불이 일렁이고 있었는데, 이 불은 그뒤로 그의 일생을 밝힌다. 브라만의 지복 한 방울이 심장 위로 떨어져, 천국의 뒷맛을 그에게 영원히 남긴다…… 그는 보고, 알았다. 우주는 죽은 물질이 아니라, 살아 있는 현존이다. 인간의 영혼은 불멸이며……, 세상의 근본 원리는 우리가 사랑이라 부르는 것이고, 길게 보면 각자의 행복은 절대적으로 보장된 것이다. 그는 단 몇 초의 계시에서 그후의 몇 달, 심지어 몇 년의 연구에서보다 더 많이 배웠으며, 어떤 연구도 가르쳐줄 수 없었을 많은 것을 배웠다." [112]

버크 박사는 나머지 생애에서 더 이상 비슷한 체험을 하지는 못했다고 덧붙였다. 그의 결론은 다음과 같다. 우주적 의식의 실현은 불꽃이나 장밋빛 구름에 잠기는 감각을 통해, 더 정확히 말해 마음 자체가 구름이나 안개로 가득 찬 감각을 통해 나타난다. 이 감각에는 기쁨과 신뢰, 승리와 '구원'의 감정이 곁들여진다. 이 경험에는 동시에 또는 바로 직후에, 형언할 수 없는 지적 계시가 수반된다. 이 계시의 찰나성은, 밤이 감추고 있는 풍경을 그 빛으로 밝히는, 한밤중의 눈부신 번갯불 이외에는 달리 견줄 것이 없다.[113]

이 경험에 대해 할 수 있는 말은 많을 것이다. 몇 가지 지적만으로 제한해보자. ①내적인 빛은 먼저 외부에서 온 것처럼 지각되었다. ②이 빛의 주관적인 성격을 이해하고 나서야 버크 박사는 형언할 수 없는 지복을 맛보았으며, 그가 머릿속에 일렁이는 번갯불에 비유한 지적 영감을 얻었다. ③이 일루미네이션은 결정적으로 그의 삶을 바꾸어놓았으며, 새로운 정신적 탄생을 불러왔다. 유형학 상으로 볼 때 이 경험은 에스키모 샤먼의 계시에 접근시킬 수 있는 것이며, 어느 정도까지는 아트만의 자발적 발현(autorévélation)에 도 견줄 수 있겠다. 휘트먼의 친구이자 찬미자인 버크 박사는 '우주적 의식'과 '브라만의 찬란함'에 대해 말한다. 여기에 바로 자신의 이데올로기에 종속된, 소급된 개념화가 있다. 체험의 초(超)개인적이며 자비로운 특성은 차라리 불교적인 분위기를 연상시킨다. 융파의 심리학자나 가톨릭 신학자라면 자기(Soi) 획득의 문제라고 할 것이다. 그러나 근본적인 것은, 우리 견해로는, 이 내적인 빛의 체험 덕분에 버크 박사는 그 존재 여부도 생각지 못했던 정신 세계에

---

112) R. M. Bucke, *The Cosmic Consciousness*, pp. 7~8.

113) 같은 책, pp. 60~62.

도달했으며, 이 초월적인 세상에 대한 접근은, 그에게는 새로운 생명의 시작(incipit vita nova)이었다는 점이다.

버크 박사가 약자로 A. J. S.라고만 밝힌 한 여자의 경우도 역시 흥미롭다. 그녀는 어릴 때 추락 사고로 척추를 다쳤다. 노래에 대단한 재능이 있는 그녀는 예술가가 되기 위해 노력했지만, 육체적인 허약함이 큰 장애물이었다. 결혼 후 그녀는 신경 쇠약에 걸렸으며, 모든 치료에도 불구하고 건강이 위험할 정도로 나빠지기 시작했다. 척추의 고통이 너무 심해져서 전혀 잠을 이룰 수 없었으며, 어쩔 수 없이 요양원으로 이송되었다. 회복될 기미는 전무했고, 그녀는 자살할 기회만을 노렸다─그때 이 일이 일어났다. 어느 날, 침대에 누워 있던 그녀는 갑자기 큰 평온함을 느꼈다. "나는 잠이 들었다가 몇 시간 뒤 일렁이는 빛 속에서 깨어났다. 불안했다. 그런데 끊임없이 이런 말이 들리는 듯했다. '조용히, 진정하세요!' 그것이 목소리였는지는 모르겠지만, 나는 단어들을 또렷이 그리고 분명하게 들었다…… 내 생각으로는 꽤 오랫동안 이런 상태로 있었다. 그러고는 점점 다시 어둠에 파묻혔다."

그날 밤 이후로 그녀의 건강은 갑자기 좋아졌다. 그녀는 정신적으로도 육체적으로도 아주 튼튼해졌으며, 생활 방식도 바뀌었다. 그때까지 그녀는 많은 사람들 사이의 부산함을 좋아했는데, 이제는 고요한 내면 생활과 몇 안 되는 친구들과의 교유를 선호하게 되었다. 그녀는 자신이 다른 이들을 치유할 수 있는 능력이 있다는 것을 알게 되었다. 만지거나 때로는 응시하는 것만으로도 불면으로 고통받는 이들을 재울 수 있었다. 그녀는 스물네 살에 이 빛을 보았으며, 나머지 생애에 두 번을 더 보게 되었다. 그 중 한 번은 남편이 곁에 있었다. 그녀는 남편에게 빛이 보이는지 물었으나 그는 아무것도 보지 못했다. 버크 박사에게 보낸 자전적 이야기에서 그녀는 "이 경험 중에, 그리고 빛의 현존 직후에 계시된 것은……" 언어로 표현할 수 없었노라고 밝혔다. "마치 내면에서 보는 듯했으며, 아마도 조화(harmonie)라는 말이 내가 본 것의 일부를 나타낼 수 있을 것이다." 그녀는 덧붙인다. "빛에 뒤이은 정신적 경험은 본질적으로 언제나 같다. 그것은 인간을 스스로에게 드러내고, 그들이 '현생(現生)'이라고 부르는 것에서 무엇인가 살 만한 가치가 있는 것을 찾고자 하는 이들을 도우려는 치열한 욕구다."[114)

이 체험에서 주목할 만한 점은 무종교적인 분위기뿐만 아니라, 특히 그 현대적인— '인도적(humanitariste)'이라고 할 수 있을—성격인 듯하다. 실제로 빛에는 무서운 데가 없었으며, 아주 인간적인 목소리는 초월적인 메시지 대신 단순히 진정할 것을 권했다. 거의 기적적인 빠른 회복 역시 새로운 생의 출발이지만, 이 두번째 탄생의 결실은 인간적인 활동의 범주에 국한되었다. 이 젊은 여자는 치유의 능력, 특히 불면증을 고치는 능력을 얻었으며, 계시의 정신적인 메시지는 사람들이 인생에서 의미를 찾도록 도우려는 욕구였다.

빛과 시간

이제 우리 시대의 체험 이야기로, 『명상록*Contemplations*』의 저

자인 빌름후르스트(W. L. Wilmhurst)가 마을의 성당에서 「테 데움 Te Deum」 합창을 듣는 중에 겪은 일이다. 그는 그의 옆, "측랑 바닥의 틈에서 푸르스름한 연기가 새어나오는 것을" 주의 깊게 보았다. "더 자세히 살펴본 나는 그것이 연기가 아니라 더 엷고 더 포착할 수 없는 그 무엇이라는 것을 알았다 ― 스스로 빛을 내는 부드러운 안개로, 보랏빛이었으며, 어떤 물리적인 연무(煙霧)와도 다른 것이었다…… 착시 현상이거나 환각이라고 생각한 나는 측랑을 따라 더 멀리로 눈을 돌렸으나, 거기에도 똑같은 섬세한 안개가 있었다…… 나는 이 안개가 성당의 벽과 지붕에 가로막히지 않고 그것들을 넘어서 퍼져가는 놀라운 사실을 알아차렸다. 나는 벽을 통해서 그 너머에 있는 풍경을 볼 수 있었다…… 나는 내 몸의 모든 부분을 동시에 볼 수 있었는데, 단지 눈으로만 본 것은 아니었다. 이 강렬한 인지 능력에도 불구하고 주위의 물리적 환경과의 접촉은 여전했으며, 감각 능력들과의 단절도 없었다…… 나는 무어라 할 수 없는 행복과 평안을 느꼈다. 바로 그 순간, 나와 주변을 감싸고 있던 푸르고 빛나는 안개는 금빛 후광으로, 형언할 수 없는 빛으로 바뀌었다…… 이제 보니 보랏빛 안개는 금색 빛의 베일이거나 가장자리인 것 같았고, 금색 빛은 중심의 거대하고 밝은 구체(球體)에서 나오고 있었다…… 그러나 가장 경탄스러웠던 것은 그 광선들과 일렁이는 빛들, 그 넓은 범위의 광구(光球)와 중심의 커다란 구체까지도 살아 있는 존재들의 형체로 충만해 있다는 것이었다…… 단 하나의 조화로운 유기체가 전 공간을 가득 채우고 있었으나, 이 유기체는 무한히 많은 개별 존재들로 이루어져 있었다…… 게다가 나는 내가 있던 성당에서 수십억의 이 존재들을 보았다. 그들은 나

와 다른 사람들을 거침없이 관통해서 들어가고 통과했다······ 하늘
의 군대는 인간들의 집회를 마치 작은 숲을 헤치는 바람처럼 통과
했다······" 115)

우리는 여기에서 이 놀라운 이야기의 단편들의 번역을 마치고자
한다. 이어지는 상태들은 차라리 일반적으로 신비 경험의 현상학에
서 관심을 가질 만한 것들이다. 이 경험에서 특이한 것은 그것이 급
작스럽지 않게, 시간의 경과와 함께 전개되었다는 점이다. 자발적
인 일루미네이션 대신 연기와 비슷한 푸르스름한 안개에서 보랏빛
증기로, 그리고 마지막으로 눈부신 금색 빛으로 이행이 이루어진
다. 환영은 변모되고 끊임없이 속성을 바꾼다. 처음에는 보라색 빛
으로 가득한 공간이 사방으로 펼쳐지고, 저자는 사방으로, 벽을 통
해서, 성당과 마을의 저편을 본다. 이 경험 이후에 그는 말로 표현
할 수 없는 행복과 평온을 누린다. 바로 이 정신적인 고요함의 상태
에서 빛은 금색이 되고, 그는 중심의 구체를 보며, 연이어 수십억의
정신적인 존재들을 발견한다.

뒤를 잇는 다른 환상(vision)에서는 시간과 공간에 속한 모든 것
이 의식에서 사라지고 '형언할 수 없고 영원한 것들'만이 남는다.
그리고 의식은 "그 마지막 한계에서 도약하여 형체 없고 창조되지
않은 것들의 영역으로 넘어간다." 이제 그에게는 더 이상 주위의 물
리적 세계에 대한 의식이 남아 있지 않다. 이러한 황홀경은 잠깐 지
속되었을 뿐인데, 왜냐하면 그가 정신을 차렸을 때, 「테 데움」은 아

<hr>

115) W. L. Wilmhurst, *Contemplations*, p. 142 이하 ; R. C. Johnson, *The Imprisoned Splendour* (New York, 1953), pp. 306~307.

직 끝나지 않았기 때문이다. 이로써 우리는 한 유형의 환상에서 다른 유형을 향한, 물리적인 빛의 감지에서 시간과 공간 너머의 초월적인 순수 세계의 인지를 향한 이행이 매우 빠르다는 것을 알 수 있겠다. 이는 마치 여러 단계를 생략하는, 가속된 신비적 입문 과정과 같다.

더 간략하지만 비슷한 경험을 워너 앨런(Warner Allen)의 『무시간적 순간The Timeless Moment』(1946)에서 볼 수 있다. 이 일은 베토벤의 교향곡 제7번의 연속되는 두 음조 사이에서 일어났으나, 음악을 듣는 것과 의식상의 충돌은 없었다. 다음은 앨런의 진술이다. "나는 눈을 감고, 은색 빛이 다른 곳보다 더 밝은 중심의 초점을 가진 원의 형태를 갖추는 것을 바라보았다. 원은 멀리 떨어진 태양에서 나오는 빛의 터널 형태가 되었으며, 그 끝은 자아의 중심(the heart of the Self)으로 통했다. 나는 빠르고 부드럽게 터널에 의해 인도되었고, 앞으로 나아감에 따라 빛은 은색에서 금색으로 변했다. 나는 무한한 권능의 바다에서 힘을 끌어다 쓰는 인상을 받았으며, 평온함이 점점 더 커지는 것을 느꼈다. 빛은 더 밝아졌지만, 전혀 눈부시거나 불안스럽지 않았다. 나는 시간과 운동이 더 이상 존재하지 않는 지점에 도달했…… 나는 우주의 빛에, 인식 자체에 의해 불처럼 빛나는 실재(Réalité)에 흡수되었으나, 여전히 하나였고 나 자신이었다. 마치 수은 한 방울처럼 전체에 흡수되었으나 사막의 모래알처럼 분리되어 있었다. 이해력을 능가하는 평온함과 고동치는 창조의 에너지가 중심에 있었는데……, 여기에서는 모든 상반된 것들이 화합을 이루었다." [116)

이 체험은 우선 형이상학적 범주의 관심을 유발한다. 체험은 우리에게 시간의 안과 밖에 동시에 존재하는 방식의 역설을, 일종의 대립의 합일(coincidentia oppositorum)을 드러낸다. 저자는 스스로 자신이라는 의식을 가지고 있으면서도 전체 속에 흡수되어 개인적인 의식과 초개인적인 의식을 함께 누리며, 동시에 존재론적 중심, 상반된 것들이 화합되는 곳인 근원을 계시받게 되었다. 이 계시의 서두는—자아를 멀리 떨어진 태양과 이어주는 빛의 터널은—제대로 연구될 가치가 있을 것이다. 그러나 세심한 관찰자이며 조예가 깊은 저자의 것이기에, 특히 교훈적인 글 하나를 어서 전해주었으면 싶다. 케이프타운 대학교의 수학 교수인 화이트먼(C. H. M. Whiteman)은 형이상학과 동서양의 신비 신학에 친숙하며, 다양한 초심리 상태들에 관한 상당한 양의 개인적인 관찰 기록을 보유하고 있다.[117]

---

116) Warner Allen, *The Timeless Moment* (London, 1946), pp. 30~33 ; R. C. Johnson, 앞의 책, pp. 309~310. 특히 흥미로운 내적인 빛의 체험들을 찾을 수 있는 곳은 Bucke, 앞의 책, pp. 267~273 ; Johnson, 같은 책, p. 302(Payne과 Bendit에 따르면 *The Psychic Sense*, London, 1943, pp. 183~184).

117) 그는 자신의 연구 "The Process of Separation and Return in experiences fully 'out of the body'"(*Proceedings, Society for Psychical Research*, May 1956, pp. 240~274)에서 이 경험들 가운데 몇 개와 그에 대한 해석을 발표했다. 이 '육체 밖의' 경험 중 일부는 빛의 체험을 포함한다. 예를 들어 그가 열두 살에 인(燐)을 가지고 실험하다가 사고를 당했을 때, 그는 "침실의 빛이 밝아지면서 꿈과 같아지고, 그 즉시로 귀가 먹는 것"을 관찰했다(같은 책, p. 248). 한 꿈에서 그는 육체에서 분리되어 아주 멀리 실려가는 것을 느끼면서 장려한 궁전인지 사원인지를 보았는데, 그 꼭대기의 큰 창문에서는 강한 빛이 흘러나오고 있었다. 잠시 후 그는 지적인 범주의 이해력을 얻었다—그리고 더 강한 빛에 감싸인 것을 느꼈다. 마흔세 살에 꾼 다른 꿈에서 그는 자기가 육신을 떠나 큰 정원으로 들어가는 것을 보았다. "빛의 광채는 대단한 것이었다"(p. 252). 한 환상에서 그는 꿈에 가까운 상태로 터널을 지나가는 듯했는데, 반대편으

다음은 그가 스물여덟에 겪은 일이다. 한밤중에, 그러나 잠들지 않은 상태에서, 그는 자기가 육체에서 '분리되어' 재빨리 높이 오르는 것을 보았다. "갑자기, 아무 변화도 없이, 두 눈이 열렸다. 높은 곳과 내 앞에, 그러나 내 안에, 내 주위에, 나의 것인, 원형적(原型的)인 빛의 찬란함이 있었다. 아무것도 더 참으로 빛일 수 없었다. 이는 다른 빛이 빛일 수 있게 하는 빛이기 때문이다. 이는 평범하고 물리적인 빛이 아닌 생명 자체를 창조하는 빛으로, 사랑과 이해가 넘쳐흐르며, 그 실체(substance)로써 다른 모든 생명을 낳게 하였다…… (주의: 분석의 다음 부분은 우리의 주제와 직접적인 연관이 없으므로 제쳐두기로 한다.) 그때 시선을 돌리지 않고 볼 수 있는 한도 안에서 멀리 저 밑으로 지구의 표면 같은 것이 나타났다. 그러나 이는 잠시 지속되었을 뿐으로, 영혼이 올라와 있는 엄청난 높이와 그것이 태양의 곁에 있음을 분명히 보여주기 위한 전형적인 광경이었던 셈이다.

원천을 어떻게 묘사할 수 있을까? 그 방향을 어떻게 표현할까? 위로 그리고 앞으로 향하기는 했지만, 이는 기하학적이고 다른 무엇과의 관계에 따라 설정되는 그런 방향이 아니라, 그 고유한 원형적 본성에 따른 절대적인 방향이었다. 그것은 생명(vie)과 진리(vérité)의 모든 관념의 원천(source)이기에, 참생명(Vie)과 대진리(Vérité)의 원천(Source)이었다 — 그런데도 공간에 분명하게 나타나 있었다.

로 빠져나오자, 빛에 잠긴, 햇빛이 비치는 풍경이 그를 맞이했다(p. 254). 마흔세 살 때의 꿈에서 그는 갑자기 영적인 성격의 섬광을 의식하게 되었다(p. 259). 다른 기회에 그는 물리계의 빛과 다른 세계의 빛을 분간할 수 있게 된 것 같았다(p. 266).

그런데 갑자기, 전혀 방향도 바꾸지 않고, 빛이 단 한 곳만을 드러내 보였다. 그리고 이곳에 열둘(Douze)의 관념이 있었다. 셀 수 있거나 낱낱으로 나눌 수 있는 '열둘'은 아니지만, 열둘이라는 모든 개념들에 들어가는 열둘의 관념이었다. 신성(神性)의 밖에서는 이해될 수 없는 것이었다. 그리고 바로 이 빛을 가로질러 통과하여……, 나는 하느님 아버지의 원형적 관념에 이르렀다. 그러나 그때 이해력과 순종이 바래기 시작하고, 알지 못하는 사이에 정신의 어둠이 자리잡았는데, 이는 자아의 잠식에 기인한 것이었다. 나는 잠시 낮은 곳에서 일곱이라는 관념의 표상을 본 듯했다. 이것은 객관적인 것이었을까 아니면 상상력이 암시한 것일까? 분간할 수 없었다. 곧 의식은 다시 육체에 자리를 잡았다."[118]

우리는 이미 미국 상인의 꿈에서 마주쳤던 12라는 숫자가 다시 등장하는 이 체험으로 논의의 끝을 맺고자 한다. 체험담의 엄밀함과 풍성함은 주목할 만하다. 우리는 저자가 수학자이며, 철학책과 신학책들을 읽었다는 것을 알 수 있다. 그가 빛의 인지(認知), 빛의 원천의 방향, 생명과 진리의 관념들의 원천에 대해 진술한 바는, 비슷한 경험담들에서 나타나는 부정확함과 막연함이 무엇보다도 그 저자들의 철학적 소양의 결핍 때문이라는 생각이 들게 한다. 누군가가 '묘사가 불가능한' 또는 이해력을 넘어서는 것이라고 제시하는 것은 그 체험의 내용뿐만 아니라 저자의 철학적 무능에도 기인하는 것이다. 지금까지 인용한 현대의 사례들과는 달리, 이는 철학

---

118) J. H. M. Whiteman, "The Vision of Archetypal Light" (*Review of Religion*, 18, 1954, pp. 145~162), pp. 153~154.

자인 신자의 체험이다. 이는 신앙과 종교 철학에 의해 영적으로 준비되었으며, '몸 밖으로 나간' 수많은 체험을 통해 노련해진 사람의 무아경(無我境, l'extase)에 관한 것이다. 그렇기 때문에 저자가 밝히는 바에 따르면, 신의 빛과의 만남은—예를 들어 버크 박사의 경우와는 달리—그의 인생에서 단절이 아니었다. 만남은 그의 신앙을 더 깊게 하고 철학적으로 밝혀주었던 것이다.

마지막 고찰

우리는 이제 막 거의 전 세계에 걸쳐 여러 종교들, 심지어 비종교적인 이데올로기들과 연관된 빛의 신앙과 체험들을 검토했다.[119] 이제 이 체험들이 어디까지 비슷한지, 서로 얼마나 구별되는지를 살펴보자.

우선 중요한 것은, 주관적인 빛과 다른 사람들에 의해 객관적으로 인지된 빛의 현상의 구분이다. 인도와 이란 그리고 기독교 전통에서 이 두 범주의 체험은 연대되어 있다. 그리고 이 연대성의 증빙 자료로 제시된 것들은 근본적으로는 흡사하다. 신성(인도에서는 존재)은 빛이거나 빛을 내뿜기 때문에, 현자들(인도)이나 신비한 결합(unio mystica)에 이른 자들은 빛을 방사한다(『바가바드기타』, 박티 bhakti; 샤머니즘).

---

119) 소책자 *Le Ciel et la Terre* (프랑스어 번역판, Monaco, 1956)에서 헉슬리(Aldous Huxley)는 환시적이고 예술적인 경험에서 순수하고 밝은 색들의 역할을 보여주었다.

주관적인 빛의 체험의 형태학은 극히 방대하다. 그러나 자주 나타나는 어떤 유형들은 하나씩 분리할 수 있다.

①너무도 폭발적이어서, 어떤 의미에서는 주위의 세계를 소멸시키는 빛이 있다—이를 본 자들은 눈이 먼다. 예를 들면 이는 다마스쿠스로 가던 사도 바울로의 체험이며, 다른 뭇 성자들의 체험이다—또는 어느 정도는, 『바가바드기타』의 아르주나의 체험이다.

②세계를 소멸시키지 않고 변모시키는 빛이 있다. 초자연적인 아주 강렬한 빛의 체험으로, 이 빛은 물질의 깊은 곳까지 비추지만 형체들은 보존한다. 일종의 천국의 빛으로, 세계를 그 최초의 완전했던 모습으로 드러낸다—또는 유대-기독교 전통에서, 아담의 타락 이전의 모습으로 드러낸다. 기독교와 비기독교의 신비한 빛의 체험 가운데 대다수가 이 범주에 들어간다.

③앞의 유형의 체험에 가까운 것으로, 에스키모 샤먼의 일루미네이션(카우마네크)이 있다. 이는 샤먼으로 하여금 아주 먼 거리를 볼 수 있게 해주는 동시에, 영적인 존재자들(entités)을 인지할 수 있게 한다. 이렇게 말해도 될지 모르겠지만, 망막 외적인 시각, 이것은 아주 멀리 보는 것뿐만 아니라 동시에 사방을 보는 것을 가능하게 하며, 영적인 존재들의 임재(臨在)도 밝혀낸다. 마지막으로 육체의 궁극적인 구조의 폭로, 이것은 아찔한 이해력의 증대를 뜻한다. 그리고 여기에 체험 중에 신비적으로 인지된 다양한 우주들 간의 차이점을 덧붙여야 한다. 이 우주의 구조는 자연적 우주의 구조와 동일하지만, 이제는 참으로 이해하게 된 우주라는 점만이 다른 것 같다—또한 이 우주는 깨어 있는 지성이 접근할 수 없는 그러한 구조를 드러낸다.

④ 또한 찰나적인 체험과 점진적으로 인지된 다양한 유형의 빛도 구분해야 한다. 증가하는 빛의 강도에 따라 깊은 평온함의 감정이나 영혼의 불멸성에 대한 확신, 또는 초자연적인 범주의 이해력이 수반된다.

⑤ 마지막으로 구분해야 할 것은 인격신의 왕림으로 드러나는 빛과 비인격적인 신성함을 드러내는 빛이다. 세계, 생명, 인간, 실재의 신성성(神聖性)—그리고 신의 작품으로서의 우주를 정관(靜觀)할 때 거기에서 발견되는 신성성이다.

빛의 체험은 그 속성과 강도가 어떠하든 간에 언제나 종교적인 체험으로 발전한다는 것은 강조될 필요가 있다. 우리가 인용한 모든 유형의 빛의 체험에는 다음과 같은 공통분모가 있다. 이 경험들은 인간을 그의 속된 세계나 역사적 상황에서 끌어내어 질적으로 다른 우주에 던져놓는데, 이는 초월적이고 신성한, 전혀 다른 세계다. 이 신성하고 초월적인 우주의 구조는 각 문화와 종교에 따라 달라지며, 우리는 혼란을 일소하기 위해 이 점을 충분히 설명했다. 그리고 이 구조들에는 하나의 공통요소가 있다. 빛과의 대면에 의해 발견되는 우주는, 그것이 정신적인 본질의 것이라는, 즉 정신을 가진 자들만이 도달할 수 있는 것이라는 사실로 인해 속된 우주와 대립된다—또는 이를 초월한다. 빛의 체험이 주체(sujet)를 정신의 세계로 열어놓으면서, 주체의 존재론적 지위를 근본적으로 바꾼다는 것은 이미 되풀이하여 지적한 바이다. 인류 역사상 정신의 세계를 구상하고 가치를 부여하는 방식이 무수히 많았다는 것은 틀림없는 사실이다. 달리 무슨 방도가 있었으랴. 모든 개념화는 어쩔 수 없이 언어에 못박혀 있고, 따라서 문화와 역사에 매여 있는 것이다.

혹자는 초자연적인 빛의 의미는 그를 경험하는 영혼에 직접 전달된
것이라고 말할지도 모른다. 그러나 이 의미는 기존의 이데올로기와
통합되지 않고는 의식에 완전히 도달하지 못한다. 역설적인 것은
빛의 의미가 결국 개인의 발견물이라는 것이며, 다른 한편으로 각
자는 정신적으로 또 문화적으로 발견할 준비가 되어 있던 것을 발
견한다는 것이다. 그러나 근본적인 것으로 보이는 다음의 사실에는
변함이 없다. 그후의 이데올로기적 통합이 어떤 것이든 간에, 빛과
의 만남은 주체의 실존에 단절을 야기한다. 만남은 그에게 정신과
신성, 자유의 세계를—한마디로 신의 작품으로서의 실존을, 또는
신의 현존에 의해 신성화된 세계를—밝혀준다. 또는 이전보다 더
선명히 드러낸다.

(1957)

2
메피스토펠레스와 양성인
또는 총체성의 신비

메피스토펠레스의 '공감'

20년 전쯤 발자크(Balzac)의 『세라피타*Séraphita*』를 읽은 뒤 우연히 『파우스트*Faust*』의 「천상의 서막」[*]을 다시 읽다가, 나는 이 두 작품 사이에서 일종의 대칭 관계를 언뜻 보았다고 생각했으나 그게 무엇인지는 이끌어내지 못했다. 「천상의 서막」에서 나를 매혹시키면서 혼란스럽게 한 것은 신이 메피스토펠레스에게 보여주는 너그러움, 아니 차라리 공감(sympathie)이었다. "모든 부정적인 영들 중에서" 하고 신은 말한다.

---

[*] 『파우스트』의 도입부. 천상에서 하느님을 만난 메피스토펠레스는 파우스트 박사를 악의 길로 인도하겠다고 내기를 건다.

모든 부정적인 영들 중에서,

내게 가장 짐스럽지 않은 것이 장난꾼이다.

사람의 활동은 자칫 풀어지기 쉽고,

인간들은 걸핏하면 아주 쉬기를 즐긴다.

그래서 나는, 찌르고 자극하며 악마로서 일해야 하는,

이 친구를 기꺼이(gern) 그들에게 붙인다.[1]

더욱이 공감(호감)은 상호적이다. 천국이 닫히고 대천사들이 사라지자, 혼자 남은 메피스토펠레스는 때로는 그도 역시 기꺼이 하느님을 만난다고 자인한다. "때때로 나는 기꺼이 영감님을 만나지……(Von Zeit zu Zeit seh' ich den Alten gern……)"

괴테의 『파우스트』에서는 단 한 단어도 우연히 쓰이지 않았다는 것은 이미 알려져 있다. 그러므로 부사인—한 번은 신이, 다른 한 번은 메피스토펠레스가 말한—'기꺼이(gern)'의 반복은 의미가 있는 것으로 생각된다. 모순되게도, 신과 부정적인 영(靈) 사이에 예기치 못한 '공감'이 있었던 것이다.

물론 괴테의 작품 전체를 놓고 보면, 이 '공감'은 이해될 만하다. 메피스토펠레스는 인간의 활동을 자극한다. 괴테에게 악과 오류는 생산적이다. 메피스토펠레스는 호문쿨루스(Homunculus)에게 "오류를 범하지 않는다면, 이해할 수 없을 것이다"라고 말한다(v. 7847). "우리는 모순으로 인해 비옥해진다"고 괴테는 1827년 3월 28일 에커만(Eckermann)과의 대화에서 속내를 털어놓았다. 『금언

---

1) Henri Lichtenberger 번역(Paris, 1932).

록*Maximen*』(n° 85)에서 그는 이렇게 썼다. "하나의 오류가 꼭 하나의 진실만큼이나 우리를 움직이고 행동을 유발할 수 있음을 우리는 때때로 이해한다." 그리고 더 명확하게 "대자연은 오류에 대해 근심하지 않는다. 자연은 스스로 이를 수정하며, 이 모든 것들로 인해 어떤 일이 벌어질 것인지 생각해보지 않는다."

괴테가 구상한 메피스토펠레스는 항의하고 부정(否定)하는 영이며, 특히 삶의 흐름을 멎게 하고 일의 진행을 방해하는 영이다. 메피스토펠레스의 행위는 신(神)을 거역하는 것이 아니라 생(生)을 거스르는 것이다. 메피스토펠레스는 "모든 방해의 아버지다"(『파우스트』, v. 6209). 그가 파우스트에게 요구하는 것은 멈추라는 것이다. "어쨌든 멈춰라!(Verweile doch!)"는 특히 메피스토펠레스를 연상시키는 문구다. 메피스토펠레스는 파우스트가 멈추는 순간 그 영혼을 잃으리라는 것을 안다. 그런데 멈춤은 창조주에 대한 부정이 아니라, 생명에 대한 부정이다. 메피스토펠레스는 신에게 직접 대항하는 것이 아니라, 그의 중요한 창조물인 생을 방해한다. 운동과 생명 대신 휴식과 정지, 죽음을 강요하려고 애쓴다. 바뀌고 변화하지 않는 것은 부패하고 사라지기 때문이다. 이 '삶 속의 죽음'은 정신적인 불모성으로 나타난다. 이는 결국 영벌(永罰)이다. 자신의 가장 깊은 곳에서 생명의 뿌리를 말라 죽도록 방치한 자는 부정적인 영의 수중으로 떨어진다. 생에 대한 죄는 구원에 대한 죄라고 괴테는 암시한다.

이미 지적했듯이 메피스토펠레스는 수단과 방법을 가리지 않고 생의 흐름을 방해하지만, 생을 자극한다. 그는 선(善)에 대항하여 싸우지만 결국 선을 행한다. 생을 부정하는 이 악마는, 그럼에도 불구하고 신의 협조자인 것이다. 이 때문에 신성한 예지력을 지닌 신은 기꺼이 그를 인간의 친구로 붙여준다.

괴테가 악과 오류를 인간의 삶에뿐만 아니라, 그가 '하나−전체(Tout−Un)'라고 불렀던 우주에도 필요한 것이라고 생각했다는 것을 보여주는 글들은 쉽게 찾을 수 있다. 물론 우리는 이 내재주의적(immanentiste) 형이상학의 원천을 잘 알고 있다. 조르다노 브루노(Giordano Bruno), 야콥 뵈메, 스베덴보리(Swedenborg)*. 그러나 원천에 대한 연구가 창조주와 메피스토펠레스의 '공감'을 더 잘 이해할 수 있는 최선의 방법은 아닌 것 같았다. 게다가 나는 거기에서 『파우스트』에 대한 해설이나 괴테의 사상사에 대한 기여를 보지 못했다. 나는 이 분야의 연구에는 전혀 능력이 없었다. 내 관심을 끈 것은 「천상의 서막」에서 묘사된 '신비'를, 유사한 '신비'를 포함하는 어떤 전통적인 개념들과 비교하는 것이었다.

성찰에 질서를 부여하기 위해서 나는 「신의 양극성La Polarité divine」이라는 제목으로 작은 논문을 썼다. 글을 써내려가면서야 나는 어째서 『파우스트』의 「천상의 서막」과 발자크의 『세라피타』 사이에서 대칭 관계를 느꼈는지 이해했다. 두 작품 모두에서, 대립의 합일과 총체성(totalité)이라는 '신비들'이 문제인 것이다. 이 신비는 신과 메피스토펠레스를 잇는 '공감'에서는 잘 보이지 않지만, 발자크가 스베덴보리에게서 빌려온 양성인(兩性人, l'androgyne)의 신화에서는 완벽하게 알아볼 수 있다. 나는 곧 양성인의 신화들에 대

---

* 1688~1772. 스웨덴의 과학철학자이며 접신론자. 과학적 인식과 초감각적 현실의 계시적인 인식을 구분, 후에 영국과 미국에서 성공한 신비 교파의 창시자가 되었다. 발자크 외에 보들레르 · 에머슨 · 예이츠 등에게도 큰 영향을 미쳤다.

한 또다른 논문을 발표했으며, 이 모든 글들을 1942년 『재통합의 신화 *Le Mythe de la Réintégration*』라는 작은 책으로 묶었다.

오늘 이 자리에서 젊은 시절의 이 책에서 검토된 주제를 전부 다시 다룰 생각은 없다. 다만 니콜라우스 쿠사누스(Nicolaus Cusanus)가 이름붙인 대립의 합일(coincidentia oppositorum)―총체성의 신비, 상반되는 것들의 결합―을 내포하는 몇 개의 신화와 제의, 전통적인 이론들을 소개하고자 한다. 우리는 대립의 합일이 니콜라우스 쿠사누스에게는 가장 완벽에 가까운 신에 대한 정의(定義)였음을 알고 있다.[2] 우리는 또한 위(僞)디오니시오스 아레오파기타의 책이 그의 영감의 원천 가운데 하나라는 것을 알고 있다. 위디오니시오스가 말했듯이, 상반되는 것들이 신에게서 결합되는 것은 하나의 신비였다. 그러나 우리가 논의하려는 것은 이러한 신학적·형이상학적 사색이 아니다. 이는 물론 이들이 서양 철학사에서 큰 가치가 없다는 말이 아니다. 다만 오늘날 우리가 특히 관심을 기울여야 할 것은 철학의 선사(先史), 사유의 체계화 이전 단계인 듯하다.

나는 또한 카를 융의 작업에서 총체성〔全一性〕이 중요하다는 것도 다시 강조하지 않겠다. 우리는 다만 융이 자기(自己)의 총체성과 그리스도의 이중 속성의 신비를 지칭하기 위해 대립의 합일, 대립의 복합체(complexio oppositorum), 상반의 재결합(réuinon des opposés), 결합의 신비(mysterium coniunctionis) 등의 용어를 빈

---

2) 헤라클레이토스는 이미 이렇게 말했다(프랑스어 번역, 67, Hippolyte, *Ref.*, IX, 10, 8). "신은 낮과 밤이며, 여름과 겨울, 전쟁과 평화, 배부름과 굶주림이다. 다시 말해서, 모든 대립되는 것들이다"(C. S. Kirk et J. E. Raven, *The Presocratic Philosophers*, Cambridge, 1957, p. 191 이하의 원문과 해설 참조).

번히 사용했다는 것을 상기하기만 하면 된다. 융에 따르면 개성화의 과정은 본질적으로 일종의 대립의 합일로, 이는 자기가 의식 전체와 무의식의 내용들을 포함하기 때문이다. 전체 심리 활동의 궁극적 목적인 대립의 합일에 관한 가장 완전한 융의 이론적 구상은 『전이(轉移)의 심리학*Psychologie der Übertragung*』과 『결합의 신비*Mysterium Coniunctionis*』에서 찾아볼 수 있다.[3]

대립의 합일의 선사(先史)

종교사학자가 그 속에서 대립의 합일 또는 총체성의 신비를 포착할 수 있는 것들로는 궁극적 실재, 신성의 근원과 관계된 상징·이론·신앙들이 있으며, 또한 창조를 태초의 단일체의 분열 때문이라고 설명하는 우주생성론과 인간적 행동 방식의 뒤집기와 가치관의 혼란을 추구하는 혼음난무적(混淫亂舞的) 제의, 상반되는 것들의 신비한 결합 기법, 양성인의 신화와 양성화(兩性化) 제의 등이 있다.

---

3) C. G. Jung, *Die Psychologie der Übertragung* (Zürich, 1946); R. F. C. Hull에 의한 영역판은 *Psychology of the Transference*, dans *The Practice of Psychotherapy*: The Collected Works of C. G. Jung, vol. 16, New York, 1954, pp. 163~321; Id., *Mysterium Coniunctionis. Untersuchung über die Trennung und Zusammensetzung der seelischen Gegensätze in der Alchemie*, I-II(Zürich, 1955~1956). 우리는 다음 몇 페이지에서 '심리적 총체성(totalité psychiques)'에 대한 융의 개념을 언급하지 않았다. 이 점 오해가 없기를 바란다. 악(惡)의 실재에 관한 융의 견해는 열띤 논쟁들을 불러일으켰다. 예컨대 H. L. Philip, *Jung and the problem of Evil* (New York, 1959); Victor White, *Soul and Psyche* (London, 1960), 특히 p. 141 참조.

일반적으로 말해서 이 모든 신화와 제의·신앙의 목적은 사람들에게 다음을 상기시키는 것이다. 궁극적 실재, 성(聖)과 신성(神性)은 그들의 이성적 이해력을 넘어선다. 원인(Grund)은 신비와 역설로서만 파악될 수 있다. 신의 완벽성은 품성과 미덕의 합계로서가 아니라, 선과 악을 초월한 절대 자유로 생각되어야 한다. 신성하고 절대적·초월적인 것들이 인간적·상대적·직접적인 것들과 질적으로 구별되는 이유는 그들이 특정한 존재 양태를 이루거나 우발적인 상황을 만들지 않기 때문이다. 요컨대 대립의 합일을 내포한 신화·제의·이론들이 사람들에게 가르치는 것은, 신이나 궁극적 실재를 이해하는 최선의 방도는 신성을 직접적인 경험과 관련지어 생각하거나 상상하기를 한순간만이라도 포기하는 데 있다는 것이다. 직접적인 경험은 단편들과 긴장 관계밖에는 인지하지 못한다.

이는 사람들이 제의적으로 행하거나 신화적으로 생각할 때, 그들이 무엇을 하는지 반드시 의식하고 있다는 말은 아니다. 물론 어떤 문화들에서, 특정한 역사적 시기에 특정한 범주의 사람들은 대립의 합일이 함축한 형이상학적 의미들을 분명히 이해하고 받아들였다. 우리가 잠시 후에 제시할 인도의 사례들은 이런 자각을 완벽하게 보여준다. 그러나 우리의 자료들 중 대부분은 이 범주에 들지 않는다. 예를 들어, 신과 사탄 또는 성자와 마녀의 혈연 관계에 관한 신화와 전설들이 있는데, 이 신화들은 학문에서 나온 것들조차도 대단한 대중적 인기를 누렸다. 이것은 이 신화들이, 악의 존재라는 신비와 신의 창조의 결함(imperfection)이라는 신비를 꿰뚫어보려는 막연한 욕망에 부응했음을 입증한다. 물론 이 신화와 전설들은, 이것을 듣고 퍼뜨린 양치기와 농부들에게는 철학적이거나 신학적인 주제가 되지 못했다. 그러나 그렇다고 해서 이것들이 단지 심심풀이나 여흥에 불과했다고 말할 수는 없다. 종교적인 민속은 언제나 교훈을 내포한다. 이런 신화나 전설을 들을 때는 인간의 전 존재가 참여하며, 의식적이건 아니건 간에 메시지는 결국 언제나 판독되고 흡수된다.

한 사례가 우리가 방금 말한 것을 훌륭하게 보여주면서 우리를 문제의 핵심으로 이끈다. 그것은 이란의 주르반교(Zurvanism)의 근본 개념으로, 이에 따르면 오르마즈드(Ohrmazd)와 아리만(Ahriman)이 모두 무한한 시간의 신인 주르반(Zurvan)에게서 나왔으리라는 것이다. 우리는 여기에서 이원론을 극복하고 세계를 설명하는 하나의 원리를 세우려는 이란 신학상 최고의 노력을 본다. 주르반교의 기원에 대해 어떻게 생각하건 간에 한 가지 사실은 확실하다. 그 근본 교의(敎義)는 신학과 철학에 능숙한 사람들에 의해 생각되고 구상되었다.

그런데 중요한 것은 이와 비슷한 교의가 남동유럽의 종교적 민속에서 발견된다는 것이다. 루마니아의 몇몇 신앙과 속담의 사례에서 신과 사탄은 형제다.[4] 이는 서로 다르지만 연관된 두 주제 — 그리스도와 사탄이 형제 관계라는 영지주의적 신화와, 신과 악마가 협력한다는, 더 나아가서는 준(準)형제 관계라는 고대 신화 — 가 융합된 경우다. 후자의 신화적 모티프는 잠시 뒤에 살펴보기로 하자. 전자에 해당하는 신화는 보고밀파(Bogomiles)에서 발견된

---

4) Zane이 수집하고 발간한 속담들; M. Eliade, 『종교사 개론〔종교형태론〕 *Traité d'Histoire des Religions*』(Paris, 1949); 3e éd., 1959, p. 356 참조.

다. 유티미우스 지가베누스(Euthymius Zigabenus)가 전하는 바에 따르면, 보고밀파는 사타나엘(Satanaël)이 신의 첫째 아들이며 그리스도는 둘째 아들이라고 믿었다.[5] 에비온파(Ébionites)도 역시 그리스도-사탄의 형제 관계를 신앙했는데, 이로 미루어보면 이러한 개념이 유대-기독교계에서 순환했었다고 추정할 수 있겠다.[6] 그러나 보고밀파의 이러한 신앙은 이란에서 유래된 것이 거의 틀림없는데, 왜냐하면 주르반교의 전승에서도 역시 아리만이 장자(長子)로 여겨졌기 때문이다.[7]

그러나 그리스도와 사탄의 혈연 관계나 신과 악마의 우정에서 우리의 관심을 끄는 것은 이런 신앙들의 기원 문제가 아니다. 강조되어야 할 것은, 이와 비슷한 신화들이 근동이나 동유럽의 민중 속에서 이전 세기까지 지속적으로 유전(流轉)했었다는 사실이다. 이는 이 신화와 전설들이 민중의 어떤 욕망에 부응했다는 증거이다. 역시 선과 악의 대표자들의 혈연 관계를 그린 것으로, 한 성자와 그의 누이이자 아이들을 유괴하고 살해하는 마녀의 투쟁을 중심으로 구체화된 전설들의 한 계통이 있다. 에티오피아판 전설들에 따르면 성자의 이름은 수스니오스(Susnyos)이며 그의 누이는 우에르젤리

---

5) Euthymius Zigabenus, *Panoplia*, P. G., vol. 130, col. 1290.

6) R. Schaerf, *Die Gestalt des Satans im Alten Testament*, in C. G. Jung, *Symbolik des Geistes* (Zürich, 1948), p. 252, n. 60 참조.

7) R. C. Zaehner, *Zurvan. A zoroastrian Dilemma* (Oxford, 1955), p. 419 이하 참조. 야쿠트의 한 신화에서는, 그리스도가 세상을 만들고, 사탄은 자기가 형이라고 말한다(W. Schmidt, *Ursprung der Gottesidee*, vol. XII, Münster i. W., 1995, p. 34 참조). 이는 거의 분명하게—악한 영이 선한 영의 맏형이라는—더 오래된 이론을 기독교화한 것이다.

아(Uerzelia)라고 불린다. 성자는 예수에게 자신의 누이를 때려눕
힐 수 있는 힘을 달라고 간청한다. 결국 수스니오스는 마녀를 창으
로 찔러 죽인다.[8] 이 경우는, 적대적인 형제라는 아주 오래된 신화
가 재해석되고 기독교화된 것이다. 성자와 마녀가 남매 관계로 간
주된 사실은, 신화적 줄거리 짜기가 선과 악의 혈연 관계라는 전형
적인 이미지를 여러 수준에서 그리고 다양한 맥락에 따라 재생산한
다는 것을 입증한다.

신-악마의 협력과 우주생성론적 잠수

신과 악마의 협력, 나아가 우정의 모티프가 특히 분명하게 나타
나는 곳은 아주 널리 알려진 한 유형의 우주 생성 신화이며,[9] 이 신
화들은 다음과 같이 요약될 수 있다. 태초에는 물밖에 없었으며, 물
위에는 하느님과 악마가 거닐고 있었다. 하느님은 악마에게 대양
(大洋)의 바닥으로 내려가 세상을 만들 약간의 진흙을 가져오라고
명한다. 나는 여기에서 이 우주생성론적 잠수에 딸린 여러 이야기
들과 창조 작업에 악마가 협조함으로써 생긴 일들은 언급하지 않겠

---

8) M. Eliade, 「귀신학 단평Notes de démonologie」(*Zalmoxis*, I, 1938, pp.
197~203)을 볼 것 ; Id.,『재통합의 신화』, p. 56 이하. 전설은 아마도 이란에서 기원
한 듯하다. H. A. Winkler, *Salomo und die Kârina* (Stuttgart, 1931), p. 154 참조;
Erik Peterson, *Eis Theos* (Göttingen, 1926), p. 122.

9) 이 신화가 제기하는 몇 가지 문제는 그냥 지나치기로 한다. 여기에서 우리가 관심
을 기울여야 할 유일한 측면은 세계를 창조하는 데 신과 악마가 협력한다는 주제이며,
게다가 이는 신화의 가장 오래된 이본(異本)들에서는 찾아볼 수 없는 주제다.

다.[10] 우리의 관심을 끄는 것은 중앙아시아와 유럽 동남부의 이본 (異本)들뿐으로, 이들은 신-악마의 혈연 관계나 신과 악마가 함께 영원하다는 사실, 또는 악마의 도움을 받지 않고는 세계를 완성할 수 없는 신의 무력함을 앞에 내세운다.

예를 들어 러시아의 한 신화는 신도 악마도 창조되지 않았으며, 이들은 시간이 시작될 때부터 함께 존재했었다고 주장한다.[11] 반대로, 남부 알타이인(Altaïques méridionaux), 아바칸-카트즈인 (Abakan-Katzines)과 모르도바인(Mordvins)의 신화들에 따르면, 악마는 신에 의해 창조되었다.[12] 그러나 시사적인 것은 그 창조의 방식이다. 신은 말하자면 자신의 실체로써 악마를 만들었기 때문이다. 모르도바인들의 이야기는 이러하다. 하느님은 암초 위에 홀로 있었다. "내게 형제가 있다면 세상을 만들리라!" 하면서 하느님은 물 위에 가래침을 뱉었다. 그 침에서 산(山)이 생겼다. 하느님이 이를 칼로 가르자 산에서 악마(사탄)가 나왔다. 악마는 나타나자마자 하느님에게 형제가 되어 세상을 함께 창조하자고 제안했다. 하느님이 대답하기를, "우리는 형제가 아니라 친구가 될 것이다." 그러고는 함께 세계를 창조했다.[13]

---

10) 이에 관한 핵심적인 문건들을 찾을 수 있는 곳은 다음과 같다. O. Daehnhardt, *Natursagen*, I (Leipzig-Berlin, 1907), pp. 1~89 ; Wilhelm Schmidt, *Ursprung der Gottesidee*, vol. XII, pp. 9~173 ; M. Eliade, "Preistoria unui motiv folkloric românesc"(*Buletinul Bibliotecii Române din Freiburg*, vol. III, 1955~1956, pp. 41~54).

11) Daehnhardt, 앞의 책, p. 338 이하.

12) W. Schmidt, 앞의 책, pp. 129~130.

13) Daehnhardt, 앞의 책, p. 61 이하, p. 101 이하 ; U. Harva, *Die religiösen Vorstellungen der Mordwinen* (Helsinky, 1954), pp. 134~135.

트란실바니아 보헤미아인들(Tsiganes de la Transylvanie)의 이 본에서는 신이 고독으로 인해 괴로워한다. 그는 목소리를 높여 어떻게 세상을 만드는지, 또 왜 세상을 만들어야 하는지 모르겠다고 고백한다. 그러면서 그는 지팡이를 던졌고 ― 바로 여기에서 악마가 나왔다.[14] 핀란드판 신화에서 신은 수면에 비친 자신을 응시하다가 거기에서 자기 얼굴의 반영을 발견하고는, 그에게 어떻게 세상을 만드는지를 묻는다.[15] 그러나 악마에게 호의적인 역할, 따져보면 창조자로서의 역할을 인정하는 것은 특히 불가리아의 전설들이다. 그 전설들 중 하나에 따르면, 하느님은 홀로 산책하고 있었다. 그는 자신의 그림자를 인지하고 소리쳤다. "일어나라 친구여!" 사탄은 그림자에서 일어나 그에게 우주를 그들 둘이 나누자고 요청했다. 땅은 그에게, 하늘은 신에게, 산 자들은 신에게, 죽은 자들은 그에게 속하는 것으로 하자는 것이었다. 이들은 그 같은 내용의 계약을 맺었다.[16] 불가리아의 다른 전설들은 '신의 우매함'이라 부를 수 있는 것을 부각시킨다. 땅을 만들고 나서야 물을 위한 자리가 없다는 것을 알아차린 하느님은 이 우주 창조의 문제점을 어떻게 해결해야 할지 몰라, 사탄에게 전쟁의 천사를 보내어 조언을 구한다.[17]

우주 창조 신화의 어떤 이본들에서(알타이-키지인Altaï-kiži, 부랴트인Bouriates, 보굴인Vogouls, 트란실바니아 보헤미아인), 신은

---

14) Daehnhardt, 앞의 책, p. 34 이하.

15) W. Schmidt, 앞의 책, p. 49.

16) Daehnhardt, 앞의 책, p. 44 ; W. Schmidt, 같은 책, p. 123.

17) A. Strauss, *Die Bulgren* (Leipzig, 1898), p. 6 이하 ; Daehnhardt, 같은 책, p. 2 이하. '신의 우매함'은 세상을 완성하고 난 창조주의 '피로'의 신화적 표현이다.

세계를 창조할 수 없음을 스스로 인정한다[18] — 그리고 악마에게 도움을 청한다. 신이 우주 창조에 관해 무력하다는 이 모티프는 신이 악마의 기원에 대해 무지하다는 다른 주제와 연관된다. 그러나 이 무지는 여러 신화에서 각각 다르게 해석된다. 어떤 경우(알타이-키지인, 동부 야쿠트인, 보굴인, 부코비나인Bucovine), 악마가 어디에서 왔는지 모른다는 사실은 신의 무능과 무력함을 더욱 명백하게 드러낸다. 이 신화의 다른 판들에서는(모르도바인, 보헤미아인, 부코비나인, 우크라이나인Ukraine)[19] 신이 우주 창조의 능력은 보여주지만, 악마의 기원에 대해서는 여전히 무지하다. 이는 신이 악(惡)의 기원과 무관함을 주장하는 또 하나의 방식이다. 그는 악마가 어디에서 오는지 모르며, 따라서 세상의 악의 존재에는 책임이 없다. 요컨대, 이것은 악이 존재한다는 사실과 신을 분리하고자 하는 필사적인 노력이다. 이것은 더 오래된 신화적 주제가 도덕적으로 재해석된 것이다. 위구르나 터키-몽골의 어떤 이본들에서 악마가 신의 가래침으로부터 태어났다는 사실이, 신과의 준(準)동일 실체성의 증거가 아니라 그의 열등함의 명백한 증거로 생각되는 것[20]도 정확히 이런 경우로 볼 수 있다.

이 모든 신화와 전설들은 훨씬 더 자세하게 분석될 가치가 있으나, 우리가 여기에서는 시도할 수 없는 일이다.[21] 벌써 오래 전에 이

---

18) W. Schmidt, 앞의 책, pp. 136~137 참조.

19) 같은 책, p. 126.

20) 같은 책, p. 127 ; 북미 신화들에서 나타나는 동일한 모티프에 관해서는 W. Schmidt, *Ursprung*, vol. VI, p. 38 이하 참조.

21) 우리의 논술 「루마니아 민속학적 주제의 선사시대Preistoria unui motiv folkloric românesc」와 준비 중인 연구 「동남유럽의 민속과 아시아의 신화Folklore sud-est-

슬람화 또는 기독교화된 중앙아시아인과 유럽인들이 종교적 민속의 차원에서는, 여전히 악마에게 단지 세계 창조에서의 역할뿐만 아니라―이는 악의 기원에 대한 설명의 필요성 때문이라고 이해할 수 있다―, 고독에서 탈출하려는 신의 욕망에 의해 태어난 친구로서 신의 곁에 자리를 만들어줄 필요를 느꼈다는 것을 확인한 것으로 우리는 만족한다. 이 민속 창작물이 이단에서, 달리 말하자면 학자들에게서 유래한 것인지 아닌지는 우리에게는 별로 중요하지 않다. 중요한 것은 이런 신화와 전설들이 민중 사이를 돌아다녔으며 어느 정도 인기를 누리기까지 했다는 사실인데, 이들이 반이교적인 교회의 십자군 원정 이후에도 7, 8세기나 살아남았다는 것이 그 증거다. 요컨대, 이 신화와 전설들은 기독교에 의해 '비이교화(非異教化)'되고 동화된 다른 신화적 재료들과 같은 자격을 지닌 기독교 민속의 일부다. 우리에게 중요한 것은 민중이 다음과 같은 점들을 즐겨 상상했다는 것이다―신의 고독과 악마와의 우의: 악마는 하인, 협력자, 심지어 최고 조언자의 역까지 맡는다. 악마의 신성한 기원: 신의 가래침은 어쨌든 신성한 가래침이기 때문이다. 마지막으로, 신과 악마 사이의 모종의 '공감': 이는 창조주와 메피스토펠레스 사이의 '공감'을 연상시킨다.

　다시 한 번 말하자면 이 모든 것은 민속에, 즉 고대적이면서 현대적이고, 이교적이면서도 기독교적인, 믿음과 신화와 비체계적인 개념들의 방대한 저장고에 속한다. 이와 비슷한 주제들이 인도의 구도자와 현자, 신비주의자들의 명상의 소재로 사용되었음을 확인하

europée et mythology asiatiques」를 볼 것.

는 것은 더욱 의미 있는 일이다. 그러나 인도로 방향을 돌리면 장식은 완전히 바뀐다.

데바와 아수라

인도는 궁극의 실재, 다수성과 이질성의 장막에 의해 가려진 유일자(l'Être-Un)의 문제에 사로잡혔었다. 우파니샤드들에서는 이 궁극의 실재를 브라만-아트만과 동일시했다. 후에 여러 철학 체계는, 다수성을―베단타(Vedānta)처럼―우주적 환상(幻相) 즉 마야에 의해 설명하거나, 상키야(Sāmkhya)나 요가처럼, 끊임없이 움직이고 변모하면서 인간에게 해방을 찾도록 자극하는 물질의 역동성에 의해 설명했다. 그러나 우리에게 더 중요한 것은 체계화 이전 단계의 인도 사상이다. 여러 베다나 브라흐마나에서, 유일한 실재라는 교의는 신화와 상징들에 함축되어 있다. 베다의 신화나 종교는 언뜻 보기에 역설적인 상황을 제시한다. 먼저 데바(Deva)와 아수라(Asura), 즉 신과 악마, 빛의 권능과 어둠의 권능 사이의 구분과 대립·갈등이 있다. 리그 베다 가운데 상당 부분이 우두머리 신인 인드라가 용 브리트라(Vritra)와 아수라들과 싸워 이긴 여러 전투에 할애되었다. 그러나 다른 한편으로, 많은 신화들은 데바와 아수라 사이의 동일 실체성 또는 형제 관계를 부각시킨다. 베다의 교의는 다음과 같은 이중적인 관점을 설정하려고 노력하는 인상을 준다. 데바와 아수라는 눈 앞에 펼쳐진 직접적인 현실에서는 본성이 다르고 서로 싸우도록 운명지어진 불구대천의 원수이지만, 태초, 즉 천

지 창조 이전이나 세상이 현재 모습을 갖추기 이전에는 동일 실체
적인〔피를 나눈〕관계였다.[22]

실제로 그들은 프라자파티(Prajāpati)*나 트바스트리(Tvastri)의
자식들이다. 그러니까 한 아버지에게서 나온 형제들인 것이다. 아디
티야들(Adityas)은—즉 아디티(Aditi)의 아들들인 여러 '태양'
은—본래 뱀이었다. 낡은 껍데기를 벗은 뒤에야—이는 그들이 불
멸성을 획득했다는 것을 뜻한다('그들은 죽음을 정복했다')—그들
은 신, 즉 데바가 되었다(*Pancavimśa Brāhmana*, XXV, 15, 4). 베
다 시대의 인도에서 허물을 벗는다는 것은, 다른 많은 전승에서처
럼, '늙은이'에서 해방되어 젊음을 되찾거나 더 우월한 존재 방식에
도달하는 것이다. 이 이미지는 베다의 여러 글에 무수히 등장한다.
놀라운 일은 이 파충류적인 행태가 신들에게 특유하게 존재한다는
것이다. 『사타파타 브라흐마나』(II, 3 ; I, 3 그리고 6)에 따르면, 태양
은 새벽에 일어나면서 "밤으로부터 해방된다…… 마치 아히(Ahi,
뱀)가 그 허물에서 해방되듯이." 마찬가지로 소마(Soma) 신은 "마
치 아히처럼 그의 낡은 허물 밖으로 기어나온다."[23] 동물의 가죽을

---

22) 쿠마라스와미(Ananda K. Coomaraswamy)는 여러 출판물에서 이 문제를 논의했
다. 특히 "Angel and Titan: An Essay in Vedic Ontology," *Journal of the American
Oriental Society*, 55, 1935, pp. 373~419 ; Id, "The Darker Side of Dawn,"
Smithsonian Miscellaneous Collections, vol. 94, Number I, Washington, 1935 ; Id.,
"Atmayajña : Self-Sacrifice," *Harvard Journal of Asiatic Studies*, 6, 1942, pp.
358~398. 쿠마라스와미에게는 형이상학적 체계화가 지나치다는 문제가 있다. 이론
적인 정연함을 반드시 체계적인 성찰의 결과라고 생각해서는 안 된다. 이론적인 정연
함은 이미 이미지와 상징의 단계에서 꼭 필요하며, 신화적 사유의 필요불가결한 일부
를 이룬다.

* 산스크리트로 조물주라는 뜻. 베다 시대의 창조신 가운데 하나.

벗고 그 밖으로 기어나오는 행위에는 중요한 제의적인 역할이 있다. 이를 행하는 자는 그의 세속적인 조건과 죄악·늙음에서 해방되는 것으로 간주된다. 소마 신은 단지 신화적 뱀인 아히처럼 행동하기만 하는 것이 아니다. 『사타파타 브라흐마나』는 그를 태초의 용 브리트라와 문자 그대로 동일시한다.[24]

　신과 대표적인 용의 이 역설적인 동일시는 예외적인 사건이 아니다. 이미 리그 베다에서 아그니(Agni)는 '아수라 사제'(VII, 30, 3), 태양은 '데바의 아수라 사제'(VIII, 101, 12)라고 지칭되었다. 다시 말해서 신들은 아수라, 즉 비신(非神)이 될 수 있다. 또는 될 수 있었다. 불과 화덕의 신인 아그니는 특별히 빛나는 신이지만, 지하 암흑의 상징이며 브리트라와 대등한 뱀인 아히 부드냐(Ahi Budhnya)와 동일 실체적이다. 리그 베다(I, 79, 1)에서는 아그니를 '사나운 뱀'이라고 불렀다. 『아이타레야 브라흐마나 Aitareya Brāhmana』(III, 36)는 아히 부드냐는 보이지 않는 방식으로(parokṣena), 아그니 가르하파티야(Agni Gārhapatya)는 보이는 방식으로(pratyak-ṣa) 존재한다고 주장한다. 다시 말해서, 뱀은 불의 한 잠재태(潛在態)이며, 어둠은 발현되지 않은 빛이다. 『바자사네이 삼피타 Vājasaneyi Samphitā』(V. 33)는 아히 부드냐와 태양(Aja Ekapad)을 동일시한다.[25]

　아그니의 뱀으로서의 본질에 관한 사색은 아마도 불의 탄생 이미

---

23) *Rig Veda*, IX, 86, 44 ; 그 밖의 고증은 Coomaraswamy, *Angel and Titan*, p. 405 참조.

24) "소마는 브리트라였다", *Śatapatha Brāhmana*, III, 4, 3, 13 ; III, 9, 4, 2 ; IV, 4, 3, 4.

25) 이 모티프에 대해서는 Coomaraswamy, 앞의 책, p. 395와 note 30 참조.

지에서 나왔을 것이다. 불은 마치 명부(冥府)의 모태에서 나오듯이 어둠이나 불투명한 물질에서 '태어나며', 뱀처럼 기어간다. 리그 베다(IV, 1, 11~12)에 따르면, 점화되는 불은―"그의 땅에서 태어날 때"―마치 똬리를 튼 뱀처럼 "머리도 발도 없이 그 양 끝을 감춘다(guhamāno antā)."[26] 다시 말해서 불은 일종의 오우로보로스(Ouroboros)*로, 즉 극단들의 결합과 태초의 총체성이라는 이미지로 제시된다. 인도에서 발들을 머리에서 분리하는 행위가 상징하는 것은 최초의 단일성을 토막내기, 즉 그러므로 천지 창조다. 리그 베다(X, 90, 14)가 전하는 우주생성론에 따르면, 천지 창조는 거인 푸루샤(Puruṣa)의 발과 머리를 분리함으로써 시작되었다. 아그니의―뱀이면서 신이라는―이중 속성의 역설은 불의 종교적인 양면성에서도 나타난다. 리그 베다(X, 16, 9 등)에 따르면 불은 인간을 집어삼키는 힘으로, 어떻게든 피해야 할 대상이다. 그러나 다른 한편으로는 신들의 사자(使者, dūta)로, 인간의 친구(mitra)이자 손님(atithi)이다.

브리트라와 바루나

신성(神性)의 양면성은 인류의 종교사 전체에서 발견되는 주제

---

26) 오로라의 뱀과 같은 특성에 관해서는 Coomaraswamy, "The Darker Side of Dawn," p. 7과 여러 곳 참조.

* 자신의 꼬리를 먹으면서 스스로를 재생하는 상징적인 뱀의 그림으로, 고대 이집트와 그리스의 문양.

다. 신성함은 인간을 매혹하고 두렵게 한다. 신들은 호의적이면서도 무시무시하다. 인도의 신들은 우아하고 상냥한 형상 곁에 '무서운 형상'(krodha murti)을 하고 있다. 이것이 그의 무섭고 위협적이며 성난 모습이다. 바루나(Varuna)는 특히 매력적이고 두려운 신이다. 숱한 베다의 글들은 '바루나의 올가미'[27]에 대해 이야기하며, 가장 흔한 기도 중의 하나는 "바루나에게서 해방되기를" 기원하는 것이다(예를 들어 리그 베다, X, 97, 16 등). 그럼에도 불구하고 한 신도는 소리친다. "내가 바루나와 함께할 수 있는 날은 언제일까?"(리그 베다, VII, 86, 2). 바루나도 또한 뱀 아히와 용 브리트라와 동일시된다.[28] 『아타르바 베다*Atharva Veda*』(XII, 3, 57)에서 바루나는 '살무사'라고 불린다. 브리트라와 바루나라는 이름은 아마도 같은 어원에서 나왔을 것이다.[29] 더욱이 브리트라와 바루나 사이에는 어떤 구조적인 상응 관계가 있다. 바루나의 '밤의' 측면은 그가 물의 신이 되는 것을 가능하게 했고, 물을 '멈추거나 가두는' 브리트라와 가깝게 했다.[30] 바루나에게는 '악마적인' 일면이 있는데, 마치 브리트라가 산골짜기에 물을 막아 가두듯이, 멀리에서 사람을 '묶고' 마비시키는 무서운 마법사인 그는 생명을 꺼뜨리고 우주를 다시 카오스에 빠뜨리겠다고 위협한다. 그러나 이 뱀의 모습과 '악마적인' 속성들을 우주적 신이며 세계의 지배자이고 '수천의 눈'을 가진 밤하늘의 신 바루나의 본성에 포함시켜서는 안 된다.[31] 그러나 모

---

27) M. Eliade, 『이미지와 상징』, p. 124 참조.

28) 쿠마라스와미가 수집한 인용문들을 볼 것. *Angel and Titan*, p. 391, note.

29) 『이미지와 상징』, p. 128 참조 ; *Angel and Titan*, p. 391도 볼 것.

30) 이 주제에 관해서는 『이미지와 상징』, p. 128 이하 참조.

든 위대한 신들과 마찬가지로, 바루나는 양면적인 신이다―인도의
사상은 고심 끝에 이 양면성을 일종의 신적인 이중 단일성 또는 대
립의 합일로 해석했다.

세계와 생명과 정신의 단일한 근원에 이르고자 하는 인도 사상의
노력은 특히 뱀 같은 괴물인 브리트라에 대해서도 성공적이었다.
브리트라는 어둠 · 무기력 · 정지와 함께 잠재성 · 무형성(無形性) ·
불분명함의 상징, 즉 한마디로 카오스의 상징이다. 인드라와, 신들
의 전형적인 적대자인 브리트라의 갈등은 베다 신화에서 큰 역할을
한다. 용과 신 또는 태양의 영웅의 싸움은 고대 근동과 그리스, 고
대 게르만의 신화들에서 모두 발견되는, 극히 널리 분포된 신화적
모티프임을 우리는 안다. 이 모티프는, 어둠의 상징인 뱀과 태양의
새인 독수리의 투쟁이라는 형태로는 중앙아시아와 북아시아에서
인도네시아까지 널리 퍼져 있다.[32] 용과 우두머리 신의 적대 관계는
여러 가지 해석을 가능케 한다. 여기에서는 이 전형적인 신화의 여
러 좌표면들을 검토하지 않는다. 다만 인도에서 인드라의 승리는

---

31) 바루나에 관해서는 M. Eliade, 『종교사 개론』, p. 70 이하, p. 365 이하 참조. 이미
조르주 뒤메질(Georges Dumézil)의 훌륭한 연구에 의해 밝혀진 바 있는 미트라와 바
루나의 서로 다르지만 상보적(相補的)인 기능들에 관해서는 재론하지 않겠다. *Mitra-
Varuna* (Paris, 1940) ; 2ᵉ éd., 1950 ; *Jupiter, Mars, Quirinus* (Paris, 1941) 등 참조.
다만 형이상학적 사변에서 바루나는 발현되지 않은 것, 잠재적이고 영원한 것과 동일
시되며, 미트라는 발현된 것과 동일시된다는 사실은 기억해두자(이는 이미 리그 베다,
I, 164, 38에 나온다). 훗날 브라만의 두 양상―아파라(apara)와 파라(para), '낮은
것'과 '높은 것', 보이는 것과 보이지 않는 것, 발현된 것과 발현되지 않은 것―은 명
상가들에 의해 총체적 현실의 양태를 파악하기 위해 사용되었다.
32) 이 모티프에 관해서는 현재 준비하고 있는 M. Eliade, 『독수리와 뱀 *L'Aigle et le
Serpent*』을 참조할 것.

우주론적인 의미를 지니고 있음을 상기하자. 브리트라가 가둔 물을
풀어줌으로써 인드라는 세계를 구한다. 즉 신화적인 표현으로 바꾸
자면, 세계를 다시 창조한다.

그런데 놀라운 것은 이 위험한 적이 어떻게 보면 인드라의 한 '형
제'라는 사실인데, 브리트라도 또한 인드라의 '아버지'인 트바스트
리에 의해 창조되었던 것이다. 실제로 신화에 따르면, 트바스트리
는 소마(soma)* 희생제에 그의 아들 인드라를 부르는 것을 깜빡 잊
고 말았다. 그러나 인드라는 희생제에 잠입하여 소마를 강탈해 마
셨다. 격노한 아버지는 남아 있는 신의 음료를 불 위에 뿌리면서 외
쳤다. "스스로를 인드라의 적이라고 믿고 그리 되어라!" 불 위에 쏟
아진 이 남은 소마에서 브리트라가 태어났다.[33] 그가 곧 아그니와
소마 신을 삼켜버리자 다른 신들은 질겁했다. 트바스트리 자신도
몹시 놀란 나머지 그의 무기인 벼락을 인드라에게 내줌으로써 결국
그에게 최후의 승리를 안겨주게 된다.

이 전투의 모든 단계를 설명하지는 않겠다. 어떤 원전들에 따르
면,[34] 하늘과 땅은 브리트라의 육신으로 만들어졌다 — 이는 마치
메소포타미아 신화에서 마르두크가 티아마트의 찢겨진 몸으로 하
늘과 땅을 창조한 것과 같다. 『사타파타 브라흐마나』(I, 6, 3)는
아주 의미심장한 이야기를 전한다. 패배한 브리트라는 인드라에

---

* 환각 작용이 있는 소마라는 식물의 즙으로, 신들의 음료수.

33) *Taittirīya Samhitā*, II, 4, 12와 5, 1 이하 ; *Kauśitaki Brāhmana*, XV, 2~3 참조 ;
또한 A. K. Coomaraswamy, *Angel and Titan*, p. 385 참조. 브리트라의 형제인 비슈
바루파(Viśvarūpa)가 '신들의 사제'로 불린 것을 상기하라(*Taitt. Samh.*, II, 5, 1).

34) 예를 들어 *Pancavimśa Brāhmana*, XVIII, 9, 6 ; Coomaraswamy, 앞의 책, p.
386, note 18 참조.

게 이렇게 말한다. "나를 치지 마시오. 이제 당신은 내가 그러했던 자가 되었으니!" 그러고는 자신을 두 토막으로 자르라고 청하자, 인드라는 이를 행한다. 소마가 들어 있는 부분으로 달을 창조한 인드라는 그 나머지, 즉 신성함이 없는 부분으로 사람들의 내장을 만들었다. 때문에 이렇게들 말하는 것이다. "브리트라는 우리들 안에 있다!"[35]

결론적으로 이 신화들과 그 신학적인 해석은, 덜 분명하기 때문에 잘 알려지지 않은 신의 역사의 한 양상을 드러낸다. 이는 입문자들, 즉 전통을 알고 교의를 이해하는 자들만이 알 수 있는 신의 '비밀스러운 역사'에 관한 것이라고도 말할 수 있겠다. 베다의 '비밀 역사'는 한편으로 데바와 아수라들의 형제 관계, 즉 이 두 계급의 초인적인 존재들이 단 하나의 동일한 근원에서 나왔다는 사실을 밝혀준다. 다른 한편으로는, 너그럽고 무섭게, 창조적이며 파괴적으로, 태양이자 뱀으로(즉 발현하고 잠재하며), 차례로 또는 동시에 그 모습을 드러내는, 신성(神性)의 심층 구조에 존재하는 대립의 합일을 밝힌다. 우리는 여기에서 세계를 설명하는 단일한 원리를 찾아내어 대립이 해소되고 갈등이 사라지는 한 관점에 이르고자 하는 인도 정신의 노력을 확인한다. 전통적인 형이상학은 다만 베다와 브라흐마나들에서 이미 초안이 잡힌 이 총체적 현실의 개념을 완성하고 체계화할 따름이다. 이 하계에서 모순되고, 불완전하며, 나쁘고, '악마적인' 등등의 것은 실재의 부정적인 양상이라고 설명되었

---

35) 이는 명백히 창자가 뱀의 모습을 하고 있음을 암시한다. 그러나 이 이미지는 음식과 소화의 신비적인 가치, 그리고 따라서 인간 속에 잠자고 있는 신성한 힘들에 대한 사색의 출발점이 되었다.

다. 데바와 아수라는 동일한 신적 권능의 연속된 순간이거나 그의
상호보완적인 양태라고 생각되었다.

두 좌표면

이는 물론 초월적이고 무시간적인 관점에서만 진실이다. 인간의
직접적인 체험, 구체적이고 역사적인 삶에서는 데바들은 아수라들
과 대립하며, 인간은 선을 추구하고 악과 싸워야 한다. 영원에서 진실
인 것이 반드시 시간 속에서도 진실인 것은 아니다. 세상은 원초적인 단일
성의 파괴에 연이어 존재하게 된 것이다. 세계의 존재, 그리고 세계
내의 존재는 빛과 어둠의 분리, 선과 악의 구분, 선택과 긴장을 전제
로 한다. 그러나 인도에서 우주는 실재의 모범적인 최상의 방식으
로 여겨지지 않으며, 세계 내에서의 존재도 최고선(summum bo-
num)으로 간주되지 않는다. 우주나 우주 내에서의 실존은 모두 특
수한 상황들이다 — 그리고 특수한 상황은 절대 존재의 엄청난 풍요
로움을 다 소진할 수 없다. 우리가 이미 알고 있듯이, 인도 정신의
이상은 지반 묵타(jivan mukta)* 곧 '삶 속에서 자유로운 자', 즉
세계 안에 살면서도 세계의 구조에 얽매이지 않는 자, 더 이상 '조
건 속에' 들지 않고, 여러 글에서 말하듯 '마음대로 자유롭게 움직
이는'(kamacarin) 자이다. 지반 묵타는 시간 속과 영원 속에 동시

---

* 깨달음을 얻은 성자를 지칭한다. jivan은 살아 있는 사람을 뜻하고, mukta는 자유로
움을 뜻한다.

에 존재한다. 그의 실존은 이해나 상상이 불가능한 대립의 합일을 이룬다는 점에서 역설적이다.

상반되는 것들을 넘어서려는 인간의 노력은 그가 직접적이고 개별적인 상황을 벗어나 초(超)주관적인(trans-subjective) 관점으로 올라서도록, 바꾸어 말하면 형이상학적인 인식에 도달하도록 이끌어준다. 인간은, 직접적인 경험에서는 상반되는 것들의 쌍들로 이루어진다. 더 자세히 살펴보자. 인간은 단지 좋은 것과 싫은 것, 기쁨과 고통, 우정과 서먹함을 구분할 뿐만 아니라 이 대립들이 절대(絕對)에서도 여전히 유효하다고 믿게끔 되어 있다. 다시 말해서, 사람이 세상 속에 살고 있다는 단순한 사실로 인해, 그가 함몰되어 있는 직접적인 현실을 특징짓는 바로 그 대립의 쌍들이 궁극적인 실재마저도 규정하게 되는 것이다. 인도의 신화와 제의·사색들은 세상의 이러한 직접적인 경험이 형이상학적으로도 유효한, 말하자면 궁극적 실재를 반영하고 있는 지식이라고 간주하려는 인간적 경향을 뒤흔든다. 우리가 이미 알고 있듯이, 상반을 넘어서는 것은 인도 정신의 중심 사상이다. 베단타(Vedānta)의 가르침처럼 철학적인 사변이나 정관에 의해, 또는 요가에서 권하듯 심리-생리적 기법이나 명상에 의해 인간은 대립을 초월하며, 여기에 더하여 자신의 육체와 정신 속에서 대립의 합일을 실현하기에 이른다.

우리는 나중에 다시 인도의 몇몇 통합의 방법들을 살펴볼 것이다. 일단, 다른 모든 전통 문화에서처럼 인도에서도 근본적인 진리들은 그 표현을 위해 각기 다른 좌표면에 맞는 고유한 방식들이 사용되어야 한다는 제약에도 불구하고 모든 지식 수준의 사람들에게 공표되었다는 것만을 언급해두자. 우파니샤드나 철학 체계들에서 분명하게 설명되고 조목조목 진술된 원리들은 민중 신앙과 종교적 민속에서도 다시 발견된다. 예를 들어 중세 비슈누 신앙의 어떤 글들에서, 우두머리 악마인 브리트라가 브라만, 모범적인 전사, 심지어 성자가 되는 것을 확인하는 것은 의미 있는 일이다.[36] 시타(Sītā)를 사로잡아 실론으로 데려갔던 악마 라바나(Rāvana) 역시 어린이를 위한 마법 치료서인 『쿠마라탄트라*Kumāratantra*』의 저자로 간주된다. 악마 퇴치 처방과 제의를 담고 있는 책의 저자가 악마라니! 여신 하리티(Hārītī)가 아이들을 잡아먹을 수 있는 권리를 얻은 것도 전생에 많은 공덕을 쌓았기 때문이라고들 한다.[37]

그리고 이는 예외적인 사건이 아니다. 많은 악마들이 그들이 전생에 행한 선행을 통해 악마의 위세를 획득했다고 알려져 있다. 다시 말해서, 선은 악을 행하는 데 이용될 수 있다. 고행을 통해서, 악마적인 존재는 악을 행할 수 있는 자유를 얻는다. 고행은 마법의 힘을 비축하게 해주며, 이 힘은 '도덕적' 가치를 가리지 않고 어떤 행동이든 가능하게 한다. 이 모든 예들은 선과 악은 겉모습의 세계, 통속적이고 무지한 삶 속에서만 의미를 지닌다는 인도의 근본 교의의 특수하고 민중적인 삽화들일 따름이다. 초월적인 관점에서 보면, 선과 악은 다른 모든 대립의 쌍—더위-추위, 유쾌-불쾌, 장(長)-단(短), 가시(可視)-비가시(非可視) 등등—만큼이나 헛되고 상대적이다.

우리가 이제껏 언급한 모든 신화와 제의·신앙은 모두 다음과 같

---

36) M. Eliade, "Notes de démonologie"(*Zalmoxis*, I, 1938, pp. 197~203), p. 201 이하 참조.

37) "Notes de démonologie," p. 201 참조.

은 근본적인 견해를 피력한다. 이들은 모두 인간에게 그가 자연히 하게 되어 있는 행동을 바꾸도록, 또한 직접적인 경험과 초보적인 논리가 보여주는 것을 생각으로써 거부하도록 강제한다. 요컨대, 인간이 그의 통속적이고 무지한 상태, 인간의 조건 속에 있지 않게—있을 수 없게—되도록 강제한다. 다시 말해서, 이 신화들과 그 해석학은 입문적인 기능을 지닌다. 우리는 전통 사회의 입문 의례가 청소년으로 하여금 성인의 책임을 지도록 준비시킨다는 것을, 즉 그를 종교 생활과 정신의 가치들로 안내한다는 것을 알고 있다. 입문 의례 덕분에 청소년은 그때까지 접근할 수 없었던 초개인적인 (trans-personnelle) 인식에 이른다.[38] 그런데 우리가 이제 막 보았듯이, 인도의 대립의 합일 신화들은 이에 대해 명상하는 자들이 직접적인 경험의 영역을 초월하여 현실의 이해하기 어려운 차원을 간파하도록 도와준다.

통합의 신화와 제의

방금 설명한 사례들은 인도 정신사에서는 드물지 않다. 이미 언급했듯이 통합하고 통일하고 총괄하는 것, 한마디로 상반을 없애고 단편들을 병합하는 것은, 인도에서는 정신의 왕도(王道)다. 이 것은 희생제에 관한 브라만교의 개념에서 이미 명백하다. 인도-아리안의 원시사와 베다 시대에 희생제의 역할이 어떠했건 간에, 브

---

38) 입문 의례의 기능과 형태에 관해서는 M. Eliade, 『신비한 탄생 *Naissances mystiques*』(Paris, 1959) 참조.

라흐마나들부터는 희생제가 주로 태초의 단일성을 복원하는 수단이 되었음은 명백하다. 실제로 희생제에서는 프라자파티의 떨어진 사지를 모으는데, 이는 시간의 시초에 희생된 신적 존재를 재구성하여 그의 육신에서 세상이 다시 태어날 수 있게 하기 위해서다. 희생제의 본질적인 기능은 저 유명한 순간(in illo tempore)에 조각난 것을 다시 합치는 일(samdhā)이다. 프라자파티의 상징적인 재조립과 함께 제의 집행자 자신에게도 재통일의 과정이 진행된다. 제의적으로 프라자파티의 파편을 모으면서 제관(祭官)도 스스로를 '다시 조립한다'(samharati). 즉 자신의 진정한 자아의 통일성을 융합하려고 노력한다. 아난다 쿠마라스와미가 말했듯이, 통합과 자기 자신이 되는 행위에 해당하는 것은 죽음과 재생 그리고 결혼이다.[39] 이 때문에 인도 희생제의 상징법은 극히 복합적이다. 우리는 우주론적 · 성적(性的) · 입문적인 상징들을 함께 다루어야 한다.

탁월한 통합의 수단으로서 고안된 희생제는, 다른 많은 사례들과 함께, 대립을 초월하여 총체적 현실에 이르고자 하는 인도 정신의 억제할 수 없는 갈망을 잘 보여준다. 이후의 인도 정신성의 역사는 거의 유일하게 이 방향으로만 발전했다. 이는 왜 인도 정신이 역사에 가치를 부여하기를 거부했으며, 왜 전통 인도에 역사 의식이 없었는지를 특히 잘 설명해준다. 총체적 현실에 비하면 우리의 세계사라는 것도 장대한 우주극(宇宙劇)의 특정한 한순간에 지나지 않기 때문이다. 다시 강조하지만, 인도는, 그 존재론에 비추어 특수한 상황의 덧없는 양상에 불과했던 것에 과도한 의미를 부여하기

---

39) *Atmayajña: Self-Sacrifice*, p. 388 참조. 희생제를 이용한 제관의 '재조립'에 관해서는 같은 책, p. 372 참조.

를 거부했다. 우리가 오늘날 '역사 속의 인간 상황'이라고 부르는 것에.

19세기의 양성인

『세라피타』는 아마도 발자크의 환상 소설 가운데 가장 매력적인 작품일 것이다. 이것은 그가 빠져 있던 스베덴보리의 이론들 때문이 아니라, 고대 인류학의 한 근본적인 주제에 비길 데 없는 광채를 부여하는 데 성공했기 때문이다. 그 주제는 완전한 인간의 모범적인 이미지로 생각된 양성인이다. 소설의 배경과 주제를 떠올려보자. 슈트롬피오르(Stromfjord)의 피오르 근처, 야르비스(Jarvis) 마을 언저리의 한 성(城)에는 유동적이며 우수에 찬 아름다움을 지닌 이상한 사람이 살고 있었다. 발자크의 어떤 인물들처럼 그도 역시 엄청난 '비밀', 헤아릴 수 없는 '신비'를 지닌 듯이 보였다. 그러나 이번에는 보트랭(Vautrin)*의 비밀과는 다른 종류의 '비밀'이다. 『세라피타』의 주인공은 자신의 운명에 찢기고 사회와 갈등을 빚는 인물이 아니다. 그는 다른 사람들과 질적으로 다른 존재이며, 그의 '신비'는 과거의 어두운 사건들이 아니라 그의 고유한 존재 방식의 구조에 결부된다. 이 신비한 인물은 미나(Minna)와 서로 사랑한다. 그녀는 그를 남자인 세라피투스(Séraphitus)로 본다. 또한 빌프레

---

* 발자크의 『인간 희극』에 등장하는 탈출한 도형수. 모든 사람을 상대로 한 도박을 즐기며, 라스티냐크 등의 젊은이를 지배하고 변신을 거듭하면서 권력욕을 실현한다.

트(Wilfred)도 그를 사랑하는데, 그의 눈에 비치는 것은 여자인 세라피타이다.

이 완벽한 양성인은 스베덴보리의 제자들이었던 부모에게서 태어났다. 피오르를 떠난 적이 없으며, 책도 전혀 읽지 않았고, 학자들과 이야기하거나 예술을 연마하지도 않았지만, 세라피투스-세라피타는 대단한 박식함과 인간을 뛰어넘는 정신 능력을 보여주었다. 발자크는 병적인 순진함으로 이 양성인의 자질과 고독한 생활, 명상의 법열에 대해 써내려갔다. 이 모든 것은 분명히 스베덴보리의 교리에 근거하는데, 소설은 특히 스베덴보리의 완전한 인간에 관한 이론들을 제시하고 설명하기 위한 것이었기 때문이다. 그러나 발자크의 양성인은 거의 지상에 속하지 않는다. 그의 정신적인 삶은 온전히 하늘로 향한다. 세라피투스-세라피타는 오직 스스로를 정화하기 위해—그리고 사랑하기 위해—살고 있다. 발자크가 비록 내놓고 말하지는 않지만, 우리는 세라피투스-세라피타가 사랑을 알기 전에는 지상을 떠날 수 없음을 이해한다. 이는 최후의 그리고 가장 고귀한 완전함일 것이다. 반대 성(性)의 두 존재를 실제로 그리고 함께 사랑하는 것. 이는 물론 천사 같은(séraphique) 사랑이지만, 그렇다고 해서 추상적이고 일반적인 사랑은 아니다. 발자크의 양성인은 분명히 개별적인 두 인간을 사랑한다. 따라서 그는 구체적인 현실 속에, 삶 속에 남아 있는 것이다. 그는 이곳 지상에서는 천사가 아니다. 그는 완전한 인간, 즉 '총체적 인간'이다.

『세라피타』는 양성인의 신화를 중심 모티프로 삼은 유럽 문학작품으로는 마지막 대작이다. 19세기의 다른 작가들이 다시 이 주제를 다루었지만, 그 작품들은 신통치 않거나 아니면 참으로 치졸하다. '라틴풍 데카당스(La décadence latine)'라고 이름붙여진 20권의 소설 시리즈 가운데 제8권인 펠라당(Sar Péladan, 1891)의 『양성인 L'Androgyne』으로 호기심을 달래보자. 펠라당은 1910년 『양성인에 관하여 De l'androgyne』('관념과 형상Les idées et les formes' 시리즈)라는 소책자에서 다시 이 주제를 다루었는데, 막연한 정보와 착오에도 불구하고 전혀 가치가 없는 것은 아니다. 오늘날에는 아무도 감히 읽으려 하지 않는 사르 펠라당의 작품들은 그 전체가 다 양성인의 모티프에 지배되고 있는 듯하다. 아나톨 프랑스(Anatole France)에 따르면 "그는 자웅동체인(hermaphrodite)*의 관념에 사로잡혀 있으며, 그의 모든 작품은 여기에서 영감을 얻는다." 그러나 사르 펠라당의 모든 작품은—당대의 규범인 스윈번(Swinburne)·보들레르(Baudelaire)·위스망스(Huysmans)의 작품들도 그러했듯이—『세라피타』와는 전혀 다른 분위기에서 전개되었다. 펠라당의 주인공들은 관능성에서 '완벽하다'. 19세기 후반 들어 '완벽한 인간'의 형이상학적 의미는 훼손되다가 마침내 소멸되었다.

프랑스와 영국의 퇴폐주의는 산발적으로 다시 양성인이라는 주제를 다루었지만,[40] 그것은 언제나 병적이거나 (예를 들어 알레스터 크롤리Aleister Crawley처럼) 악마적인 자웅동체성(hermaphrodit-isme)에 관한 것이었다. 유럽의 커다란 정신적인 위기 때에는 언제

---

* 자세히 구분하자면 'androgyne'은 이성의 특징을 지닌 남자나 여자를 뜻하며, 'hermaphrodite'는 정소와 난소를 모두 지닌 해부학적인 양성인을 뜻한다. 우리말의 남녀추니라든가 어지자지·반음양(半陰陽)에는 아직 이러한 구분이 없는 듯하여 'androgyne'은 양성인으로, 'hermaphrodite'는 자웅동체인으로 번역한다.

40) 이 운동에 관해서는 Mario Praz, *La carne, la morte e il diavolo nella letteratura romantica* (Milano-Roma, 1930) 참조.

126

나 그랬듯이, 다시 한 번 상징의 타락이 있었던 것이다. 정신이 더 이상 상징의 형이상학적 의미를 파악할 수 없을 때, 상징은 점점 더 조악한 차원에서 이해된다. 퇴폐주의 작가들은 양성인을 두 성이 해부학적·생리학적으로 한몸에 공존하는 자웅동체인으로만 이해했다. 이는 두 성의 융합에 의한 충만함이 아니라, 여분의 색정적인 가능성을 의미한다. 성의 융합이 낳게 될 극성(極性) 없는 새로운 의식을 가진 새 유형의 인간이 아니라, 활동적인 두 성의 공존으로 인한 이른바 관능적인 완전성이 문제인 것이다.

자웅동체인에 대한 이러한 개념은 고전 시대의 어떤 조각 작품들의 세밀한 관찰에서 힘을 얻었을 것이 거의 분명하다. 그러나 퇴폐주의 작가들이 몰랐던 것은, 고전 시대의 자웅동체인은 사람들이 제의를 통하여 정신적으로 구현하고자 했던 이상적인 상황을 표현했었다는 것이다. 그러나 만일 어떤 아기가 태어날 때 자웅동체성의 징후를 보이면 그 아기는 부모들에 의해 죽임을 당했다. 다시 말해서, 구체적이고 해부학적인 자웅동체인은 대자연의 착오이거나 신들의 분노의 징후로 여겨졌으므로 즉시 제거되었다. 다만 제의적인 양성인만이 귀감이 되었는데, 이는 해부학적 기관들의 누적 때문이 아니라, 그가 상징적으로 두 성에 연관된 마법-종교적인 권능의 총체를 지녔기 때문이었다.

독일 낭만주의

펠라당의 이상과 노발리스(Novalis)의 이상 사이의 거리를 알아차리기 위해서는 독일 낭만파를 살펴보는 것으로 충분하다. 독일의 낭만주의 작가들에게 양성인은 미래의 완전한 인간형일 것이다.[41] 노발리스의 친구이며 저명한 의사인 리터(Ritter)는 그의 저서 『젊은 물리학자들의 유고 단편집 *Fragmente aus dem Nachlass eines jungen Physikers*』에서 온전한 양성인 철학의 초안을 펼쳐보였다. 리터에게 미래의 인간은 그리스도와 똑같이 양성인일 것이었다. "이브는 여자의 도움 없이 남자에 의해 태어났다. 그리스도는 남자의 도움 없이 여자에 의해 태어났다. 양자로부터 양성인이 태어날 것이다. 남편과 아내는 하나의·동일한 광채 속에서 함께 융합될 것이다." 그래서 태어나는 육신은 불멸일 것이다. 미래의 새로운 인류에 대해 기술하면서 리터는 연금술의 용어를 사용했는데, 이는 독일 낭만파가 양성인의 신화를 되살리는 원천 가운데 하나가 연금술이었다는 단서가 된다.

훔볼트(Wilhelm von Humboldt)는 젊은 시절의 글 「남성적이면서 여성적인 형상에 관하여 Über die männliche und weibliche Form」에서 같은 주제에 몰두했는데, 여기에서 그는 주로 신적인 양성성을 다루었다. 이는 고대적이고 아주 널리 퍼져 있는 주제로, 우리도 나중에 다루게 될 것이다. 슐레겔(Friedrich Schlegel)도 역시 「디오티마*에 관하여 Über die Diotima」라는 시론에서, 교육과 현대

---

41) 다음 이야기를 위해서 Fr. Giese, *Der romantische Charakter*, Bd. I: *Die Entwicklung des androgynen Problems in der Frühromantik* (Langensalza, 1919)를 볼 것. 또한 M. Eliade, 『재통합의 신화』, p. 76 이하 ; Ronald D. Gray, *Goethe the Alchemist* (Cambridge, 1952), ch. X(Male and Female) 참조.
* 플라톤의 『향연』에 나오는 여자 이름.

의 관습에 따라 사람들이 순전히 남성적이거나 여성적인 특성을 강조하게 되는 것을 비판하면서, 양성인의 이상을 구상했다. 그의 견해에 따르면, 인류가 지향해야 할 목표는 양성성을 획득할 때까지 점진적으로 두 성을 재통합하는 것이기 때문이다.

그러나 낭만주의 작가들 중에서 양성인의 문제를 중시한 인물은 바더(Franz von Baader)였다. 바더에게 양성인은 시간의 시초에 있었으며, 또한 시간의 끝에 다시 나타날 그런 존재였다. 그의 영감의 주 원천은 야콥 뵈메였다. 그는 뵈메에게서 아담의 최초의 추락, 즉 천상의 배필이 그에게서 떨어져나가는 동안 아담이 빠져 있던 잠에 대한 생각을 빌렸다. 그러나 그리스도의 은총으로 인간은 다시 천사와 같은 양성인이 될 것이다. 바더는 말하기를 "성례(聖禮)로서의 혼례의 목적은, 그렇게 되겠지만, 인간의 천상적이며 천사적인 이미지를 복원하는 것이다." 성적인 사랑은 생식의 본능과 혼동되어서는 안 된다. 그 참된 기능은 "남자와 여자로 하여금 완전한 인간의 이미지, 즉 본래의 신적 이미지에 내적으로 통합되도록 돕는 것이다."[42] 바더는 "원죄를 인간의 분열로, 구원과 부활을 인간의 재통합으로" 제시하는 신학이 다른 신학들에 대해 승리할 것이라는 견해를 피력했다.[43]

독일 낭만주의에서 양성인에 대한 이러한 새로운 가치 부여의 원천들을 찾기 위해서는 야콥 뵈메와 17세기의 다른 접신론자들, 특

---

42) *Gesammelte Werke*, III, p. 309. Ernst Benz가 그의 선집 *Adam. Der Mythus des Urmenschen* (München, 1955), p. 221 이하에 옮겨 실음.

43) *Gesammelte Werke*, III, p. 306 ; Benz, 같은 책, p. 219. 또한 E. Susini, *Franz von Baader et le romantisme mystique* (Paris, 1942)를 볼 것.

히 기히텔(J. G. Gichtel)과 아르놀트(Gottfried Arnold)의 의견들을 검토해야만 할 것이다. 해설을 붙인 벤츠(E. Benz) 교수의 선집 『아담. 인류 시조의 신화*Adam. Der Mythus des Urmenschen*』 (München, 1955) 덕분에 작업에 많은 시간이 필요하지는 않을 것이다. 뵈메에게 아담의 잠은 최초의 타락[원죄]이다. 아담은 신의 세계에서 멀어져 자연에 잠겨 있다고 '상상했으며', 바로 이 때문에 그는 타락하여 지상의 존재가 되었다. 성의 출현은 이 첫 원죄의 직접적인 결과다. 뵈메의 어떤 계승자들에 따르면, 동물들의 짝짓기를 본 아담이 욕망 때문에 마음이 흔들렸으며, 신은 최악의 상황을 피하기 위해 그에게 성을 주었다.[44] 뵈메와 기히텔 그리고 다른 접신론자들의 또다른 근본 사상은, 순결한 성처녀 소피아(Sophia)가 본래 최초의 사람 속에 있었다는 것이다. 그는 성처녀를 지배하려 했고, 그녀는 그에게서 떨어져나왔다. 아르놀트에 따르면, 최초의 존재로 하여금 이 '신비한 배우자'를 잃어버리게 한 것은 육체적 욕구다. 그러나 오늘날의 타락한 상태에서조차도, 한 남자가 한 여자를 사랑할 때면 그는 여전히 은밀하게 이 천상의 성처녀를 원한다.[45] 뵈메는 아담의 양성적 속성의 분리를 그리스도의 십자가형과 비교했다.[46]

야콥 뵈메가 양성인의 관념을 빌려온 곳은 아마도 히브리 신비

---

44) E. Benz, 같은 책, p. 60 이하, p. 67 이하, p. 110. 또한 J. Evola, *La Metafisica del Sesso* (Roma, 1958), p. 272 참조.

45) E. Benz, 같은 책, p. 125 이하, p. 129 등 ; J. Evola, 같은 책, p. 273.

46) *Der Weg zu Christo*, Hermann Baumann에 의해 *Das doppelte Geschlecht* (Berlin, 1955), p. 175에 인용.

철학(Kabbale)이 아닌 연금술이며, 더욱이 그는 연금술의 용어를 사용한다.[47] 실제로 화금석(化金石, Pierre Philosophale)의 여러 이름 가운데 하나는 바로 레비스(Rebis), 즉 '이중 존재'(문자 그대로는 '두 가지 것') 또는 연금술적 양성인이었다. 레비스는 해와 달의 결합, 연금술 용어로는 유황과 수은의 결합에 따라 탄생했다.[48] 카를 융의 근본적인 연구들[49]이 나온 마당에 연금술 작업(opus alchymicum)에서 양성인의 중요성은 다시 강조할 필요도 없을 것이다.

양성인의 신화

우리의 의도는 르네상스와 중세, 고전 시대 양성인의 교의의 역사

---

47) J. Evola, 앞의 책, p. 271 참조. 또한 A. Koyré, *La philosophie de Jacob Bœhme* (Paris, 1929), p. 225를 볼 것.

48) Michael Meier, 1687가 규정하고 John Read, *Prelude to chemistry* (London, 1959), p. 239에 인용된 레비스의 정의 참조. 또한 Carbonelli, *Sulle fonti storiche della chimica* (Roma, 1925), p. 17의 미간행 사본에 나온 양성인에 대한 묘사 참조.

49) 특히 *Psychologie der Übertragung*, 여러 곳 참조 ; *Mysterium Coniunctionis*, II, 특히 p. 224 이하. 또한 John Read, 앞의 책, pl. XVI, LX 등. 『재통합의 신화』, p. 82 이하 참조. 양성인은 현대의 신학 사상에도 계속해서 영향을 미치고 있다는 이야기를 덧붙이기로 하자. 예를 들어 가톨릭 신학자인 Georg Koepgen의 저서 *Die Gnosis des Christentums* (Salzburg, 1939)에서는 그리스도와 교회 그리고 사제들 모두를 양성인으로 간주한다(p. 316 이하 ; Jung, *Myst. Conj.*, II, 130 이하). N. Berdjaev에게도 역시 미래의 완전한 인간은, 그리스도가 그러했듯이, 양성인일 것이다(*The Meaning of the Creative Act*, 1916, 영역판, 1955, p. 187 ; 또한 Donald A. Lowrie, *Revellions Prophet. A Life of Nicolai Berdjaev*, New York, 1960, p. 75 이하 참조).

를 요약하는 것이 아니다. 그러므로 에브레오(Leone Ebreo)가 그의 『사랑에 관한 대화편*Dialoghi d'Amore*』에서 플라톤의 양성인의 신화와, 최초의 인간의 양분이라고 해석된 타락의 성서적 전통을 결부시키려고 노력했다는 것을 상기시키는 것으로 우리는 만족한다.[50] 에리우게나(J. S. Ériugena)는 이와는 다르지만 역시 인간의 원초적 단일성에 초점을 맞춘 교의를 지지했는데, 더욱이 그가 영감을 얻은 것은 증거자 막시무스(Maximus the Confessor)에게서였다. 에리우게나에게 성의 분리는 우주적인 과정의 일부였다. 실체의 분열은 하느님에게서 시작되어 차차 인간의 본성에까지 미쳤고, 인간은 남성과 여성으로 분리되었다. 때문에 실체의 결합은 인간에게서 시작되어, 신을 포함한 존재의 모든 영역에서 새로이 완성되어야 한다. 신에게는 더 이상 분열이 존재하지 않는데, 왜냐하면 신은 전체이며 하나이기 때문이다. 에리우게나에 따르면 성의 분리는 원죄의 결과였고, 이는 인간의 재통합으로 끝날 것이며, 지상의 권역과 천국의 종말론적 결합이 그 뒤를 이을 것이다. 그리스도는 이러한 최후의 재통합을 미리 실현했다. 에리우게나는 증거자 막시무스를 인용했는데, 이에 따르면 그리스도는 자신의 고유한 본성 속에 두 성을 통합했다. "그가 비록 남성으로 태어나 남성으로 죽었지만" 부활할 때는 "남성도 여성도 아니었기"[51] 때문이다.

여러 미드라쉼(midrashim)*에서도 역시 아담이 양성인이었다고

---

50) Leone Ebreo, *Dialoghi d'Amore*, éd. Caramella(Bari, 1929), p. 417 이하 ; E. Benz, 앞의 책, p. 31 이하.

51) *De divisionibus Naturae*, II, 4 ; II, 8, 12, 14 ; Ebola, 앞의 책, p. 180에 인용된 글들.

소개하고 있음을 상기하자. 『베레시트 라바*Bereshit rabba*』에 따르면, "아담과 이브는 등과 등을 맞대고 만들어졌으며, 양 어깨가 붙어 있었다. 신이 도끼로 한 번 내려쳐 이를 가름으로써 둘을 분리했다. 다른 책들은 또다른 견해를 전한다. 첫번째 사람(아담)은 그 오른쪽이 남자였고 왼쪽은 여자였다. 그러나 신은 그를 두 개의 반쪽으로 쪼개었다."[52] 그러나 양성인의 관념에 그 교의의 핵심적인 자리를 내준 것은 어떤 기독교 영지주의 교파들이었다. 성 히폴리투스(Hippolitus)가 전하는 바에 따르면,[53] 마법사 시몬(Simone le Mage)은 최초의 영을 아르세노텔리스(arsénothélys), 즉 '남성-여성'이라고 명명했다. 나센파(Naassènes)[54]도 역시 천상의 인간인 아다마스(Adamas)를 아르세노텔리스라고 생각했다. 지상의 아담은 천상적 원형의 이미지에 지나지 않았다. 그러므로 그도 역시 양성인이었다. 인간이 아담의 후손이라는 사실로 인해 아르세노텔리스는 모든 개개인에게 잠재되어 있으며, 자신에게서 이 양성성을 재발견하는 것이 바로 정신적 완성이다. 최고의 정신인 로고스(Logos) 역시 양성적이었다. 그리고 "영적인 현실과 동물적이고 물질적인 현실과의" 최후의 재통합은 "단 한 사람, 마리아의 아들 예수에게서 이루어질 것이었다"(*Refutatio*, V, 6). 나센파에 따르면 우주극은 다음의 세 요소로 구성된다. ① 신적이고 보편적인 총체

---

* 유대교의 성서 주석서.

52) M. Eliade, 『종교사 개론』, p. 361에 인용된 글들. 또한 『재통합의 신화』, p. 90 이하를 볼 것.

53) *Refutatio omn. haer.*, VI, 18.

54) *Refutatio*, V, I-II. M. Eliade, 『재통합의 신화』, p. 86 이하 참조.

로서 이미 존재하는 로고스, ② 창조의 분할과 고통을 초래하는 타락, ③ 오늘날의 우주를 구성하는 무한한 단편들을 그의 단일성 속에 재통합할 구세주의 왕림. 나센파에게 양성성은 장대한 우주적 총체화 과정의 한 계기이다.

최근 케노보스키온(Chenoboskion)*에서 두 필사본이 발견된 『복자 에우그노스토스의 편지*Épître d'Eugnoste le Bienheureux*』에 따르면, 하느님 아버지는 자신에게서 한 양성적인 인간을 생산했다. 이 인간을 그의 소피아와 결합하여 양성적인 아들을 낳게 했다. "이 아들이 최초의 생식자인 아버지, 사람의 아들이며 또한 빛의 아담이라고도 불린다. …… 그는 그의 소피아와 결합하여 양성적인 큰 빛을 만들었는데, 이는 남자 이름으로는 만물의 창조자인 구세주이고, 여자 이름으로는 모든 것의 생식자인 소피아이며 피스티스(Pistis)라고도 불린다. 이 마지막 존재자들(entités)이 양성적이고 영적인 다른 여섯 쌍을 낳았으며, 이들은 다시 72명, 그리고 360명의 다른 존재자들을 낳았다……"[55] 이렇듯 이는 양성인 아버지에서 출발하여 낮아지는(자가생식하는 아버지가 있는 '중심'에서 멀어지는) 각 단계마다 반복되는 행렬이다.

양성성은 『토마의 복음서*Évangile de Thomas*』에서도 발견되는데, 이 책은 정확히 영지주의 작품은 아니지만, 초기 기독교의 신비

---

* 테베 근처에 있던 이집트의 고대 도시.

55) J. Doresse, *Les livres secrets des gnostiques d'Égypte*, vol. I(Paris, 1958), p. 211. *Épître d'Eugnoste le Bienheureux*의 주요 내용은 케노보스키온의 다른 영지주의 설화인―그 두번째 편집본이 이미 베를린 사본(codex)에 들어 있었던―*Sophia de Jésus*에서 찾아볼 수 있다. Doresse, I, p. 215 이하 참조.

적인 분위기를 증언한다. 더욱이 개작되고 재해석된 이 작품은 초기 영지주의자들 사이에서 꽤 인기를 누렸으며, 케노보스키온의 영지파 도서관 장서에도 사이드어(dialecte sa'idique) 번역본이 들어 있었다. 『토마의 복음서』에서, 예수는 사도들을 향하여 이렇게 말한다. "너희가 두 '존재'를 하나로 만들고, 안을 바깥처럼 그리고 바깥을 안처럼, 높은 곳을 낮은 곳처럼 만들 때! 그리고 너희가 남성과 여성을 단 하나로 만들어, 남성이 더 이상 남성이 아니고 여성이 더 이상 여성이 아닐 때, 그때에는 너희가 왕국에 들리라."[56] 다른 로기온(logion)*에 따르면(Nr. 106, ed. Puech; n. 103 Grant), 예수가 말했다. "너희가 둘을 하나 되게 하면, 너희는 사람의 아들이 되어 너희가 말하기를 '산이여 움직여라!' 하면 산이 움직일 것이다"(Doresse, II, p. 109, n. 110). '하나가 되다' 라는 표현은 이 밖에도 세 차례 더 언급된다(log. 4 Puech; 3 Grant; 10 Grant, 11 Puech; 24 Grant, 23 Puech). 도레스는 신약 중에서 몇 군데 대응되는 곳을 지적한다(요한, 17, 11; 20~23; 로마서, 12, 4~5; I 고린도, 12, 27 등). 특히 중요한 곳은 갈라디아(Galate), 3, 28이다. "더 이상 유대인도 그리스인도, 노예도 자유인도, 남자도 여자도 없다. 너희 모두는 예수 그리스도 안에서 하나일 따름이기 때문이다." 이 단일성은 이브의 창조 이전, '사람'이 남자도 여자도 아니었던 때인 최초의 창조기의 단일성이다(Grant, p. 144). 『필립의 복음서

---

56) Doresse, 같은 책, vol. II(1959), p. 95; A. Guillaumont, H. -Ch. Puech 등, *L'Évangile selon Thomas* (1959), log. 17~18; Robert M. Grant, *The Secret sayings of Jesus* (New York, 1960), p. 143 이하.

* 예수의 말씀.

Évangile de Philippe』(케노보스키온 사본 X)에 따르면, 성의 분리—아담의 육신에서 분리된 이브의 창조—는 죽음의 근원이었다. "그리스도께서는 이처럼 시초에 '분리된' 것을 바로잡고 새로이 이 둘을 합치고자 오셨다. 분리되어 있었기에 죽은 자들, 그리스도는 그들을 다시 결합하여 생명을 돌려주실 것이다!"(Doresse, II, p. 157).

다른 문서들에도 왕국(Royaume)의 징후로서의 성의 재결합에 대한 비슷한 구절들이 들어 있다. "언제 왕국이 올 것이냐는 누군가의 질문을 받고 주께서 친히 답하셨다. '둘이 하나가 되고, 밖이 안과 같이 되고, 남자가 여자와 더불어 남자도 여자도 아니게 될 때'"(*IIᵉ Épître de Clément,* Doresse, II, p. 157에서 인용). 아마도『클레멘스의 편지 *Épître de Clément*』인용문의 원천이었을『이집트인들의 복음서 *Évangile selon les Égyptiens*』에서 알렉산드리아의 클레멘스는 다음 한 구절을 남겨놓았다. "주께서 말씀하신 일들을 언제나 알 수 있겠느냐는 살로메(Salomé)의 물음에 주께서 답하셨다. '너희가 수치심의 옷을 발로 짓밟을 때, 둘이 하나가 될 때, 그리고 남자가 여자와 더불어 남자도 여자도 아니게 될 때'"(*Stromates*, III, 13, 92 ; Doresse, II, 158).

지금 이 자리는 '완전한 인간'의 신적인 총체성과 양성성에 관한 영지주의나 의사(擬似)영지주의의 이러한 관용적 표현들의 기원을 논하기에 적합치 않다. 우리는 영지주의의 기원이 극히 잡다함을 알고 있다. 유대의 영지 이외에도 최초의 아담과 소피아에 대한 사변들이 있으며, 여기에서 신플라톤 학파나 신피타고라스 학파의 교의와 동방, 특히 이란의 영향을 찾아볼 수 있다. 그러나 우리가 보았듯이, 이미 사도 바울로와 요한의 복음서는 영적인 완벽함의 특성 가운데 하나로 양성성을 꼽고 있었다. 실제로, '남성이면서 여성'이 된다거나 '남성도 여성도' 아니라는 것들은 언어가 메타노이아(métanoia) 곧 '전환(conversion)', 즉 가치관의 총체적 전도(顚倒)를 기술하기 위해 고심한 조형적인 표현들이다. 다시 어린아이가 된다, 다시 태어난다, 또는 '좁은 문'을 통과한다 등도 역시 '남성이면서 여성'이라는 것만큼이나 역설적이다.

물론 그리스에서도 비슷한 개념들이 유통되었다. 『향연』(189E~193D)에서 플라톤은 최초의 인간을 구형(球形)의 양성적인 존재로 묘사했다. 우리의 연구와 관련하여 흥미로운 사실은, 플라톤의 형이상학적 사변이나 알렉산드리아의 필론의 신학, 그리고 신플라톤 학파나 신피타고라스 학파의 접신론자들과 헤르메스 트리메지스트(Hermès Trismégiste) 또는 포이만드레스(Poimandres)를 내세우는 연금술사들, 그리고 숱한 기독교 영지주의자들이 인간의 완전성을 틈없는 하나의 단일성으로 상상했었다는 것이다. 그런데 이 완전성은 신의, 즉 전체-하나(Tout-Un)의 완전성의 반영일 따름이었다. 『완전한 담화 *Discours parfait*』에서 헤르메스*는 아스클레피오스(Asklepios)에게 이렇게 밝힌다. "신은 이름이 없거나 오히려 모든 이름을 지니는데, 왜냐하면 그는 하나이면서 전체이기 때문이다. 두 성의 비옥함으로 무한히 가득한 그는 언제나 자신이 계획한 모든

---

* 로마의 메르쿠리우스에 해당하는 그리스의 신. 헬레니즘 시대에 이르러 모든 학문을 창시한 이집트의 왕으로 여겨졌으며, 연금술(Hermétisme)의 어원이 되었다. 그가 아프로디테에게서 얻은 아들인 헤르마프로디토스는 한 님프와 결합, 양성인이 되어 자웅동체인(Hermaphrodite)의 어원이 되었다.

것을 낳는다.

　—오! 세 배나 가장 위대하신 분(Trismégiste)이여, 신이 양성을 지닌다고 말씀하셨습니까?

　—그렇다, 아스클레피오스여. 그리고 신만이 아니라 모든 동물과 식물들도 그러하다……" [57]

신의 양성성

　모든 존재의 원본이며 근원인 신의 양성성이라는 관념의 필연적인 결과로서의 보편적인 양성성이라는 관념이 우리의 연구를 밝혀줄 수 있다. 왜냐하면 결국 이와 같은 개념이 전제로 하는 것은 완벽성, 즉 절대 존재는 일종의 단일성-전체성이라는 관념이기 때문이다. 특별하게 존재하는 모든 것은 총체적이어야 하며, 모든 차원과 모든 맥락에서 대립의 합일을 포괄해야 한다. 이는 신들의 양성성이나 상징적인 양성화(兩性化) 제의들에서뿐만 아니라, 우주를 잉태한 알[卵]이나 구형의 최초의 총체성으로부터 세상이 나왔다고 설명하는 우주생성론들에서도 입증된다. 우리는 단지 지중해 세계와 고대 근동에서뿐만 아니라, 이국적이고 고대적인 다른 숱한 문화들에서도 유사한 관념과 상징과 제의들과 마주친다. 이처럼 광범위한 전파는 이 신화들이 신성과 분할되지 않은 총체성으로서의 궁극적 실재에 관한 흡족한 이미지를 제시했으며, 동시에 인간들로

---

57) *Corpus Hermeticum*, II, 20, 21 ; Festugière 번역.

하여금 재통합의 신비적 제의나 비법들을 통해서 이 완전함에 다가서도록 고무했기 때문이라고밖에는 설명될 수 없다.

몇 가지 사례가 이 종교 현상을 더 잘 이해하도록 도와줄 것이다. 가장 오래된 그리스의 신통기(神統記, théogonie)에 따르면, 중성이거나 여성인 신적 존재들이 혼자서 자식을 생산한다. 이러한 단성 생식은 양성성을 뜻한다. 헤시오도스가 전하는 전승에 따르면(Théogonie, 124 이하), 카오스(중성)는 에레베(Érébé, 중성)와 밤(여성)을 낳았다. 대지는 홀로 별이 가득한 하늘을 낳았다. 이들이 바로 모든 권능, 따라서 모든 대립의 쌍―카오스와 형상, 어둠과 빛, 잠재와 발현, 남성과 여성 등―을 품고 있는 신화적 주문(呪文)들이다. 창조적 권능의 대표적 표출로서의 양성성은 신의 특권에 속한다. 헤라는 홀로 헤파이스토스와 티페를 낳았으며, 이 "혼인의 여신은 첫눈에 양성인처럼 보인다."[58]

카리아(Caria)*의 라브란다(Labranda)에서는, "가슴에 삼각형으로 배열된 여섯 개의 유방을 가진"[59] 수염 난 제우스를 숭배했다. 남자다운 영웅의 전형인 헤라클레스도 옴팔레(Omphale)**와 옷을 바꿔 입었다. 고대 중부 이탈리아의 헤라클레스 빅토르(Herakles Victor) 비밀 제의에서는 신과 입문자들이 모두 여자 옷차림을 했다. 마리 델쿠르가 잘 지적했듯이, 이 제의는 "인간의 건강과

---

58) Marie Delcourt, *Hermaphrodite. Mythes et rites de la bisexualité dans l'Antiquité classique* (Paris, 1958), p. 29.

* 고대 아나톨리아 남서부에 있던 지역.

59) Marie Delcourt, 같은 책, p. 30.

** 리디아의 전설적인 여왕. 살인을 저지른 헤라클레스는 그녀의 노예이자 남편이 된다.

젊음, 기력과 수명을 증진하며, 그리고 아마도 일종의 영생까지 부여한다"[60]고 생각되었다.

키프로스 섬에서는 아프로디토스라고 이름붙여진 수염 난 아프로디테*를, 그리고 이탈리아에서는 대머리 비너스를 숭배했다. 디오니소스(바쿠스)는 그야말로 양성적인 신이다. 아이스킬로스의 한 단장(短章, fragment 61)에서, 디오니소스를 본 어떤 사람이 이렇게 외친다. "어디에서 오는가, 남자-여자여, 당신의 조국은 어디인가? 그리고 이 옷은 무엇인가?"[61] 본래 디오니소스는 건장하고 수염이 났으며, 그 이중 속성으로 인해 두 배나 힘이 센 존재로 생각되었다. 후에 헬레니즘 시대에 이르러서야 예술이 그를 여성적인 남자로 만들었다.[62] 우리는 혼합 종교의 다른 양성신들, 예를 들어 프리지아의 대모신(大母神)과 그녀가 낳은 양성적인 존재들인 아그디티스(Agditis)와 미제(Misé) 등은 거론하지 않을 것이다. 고대인들이 헤르마프로디토스라고 불렀던 신은 꽤 늦게, 즉 3, 4세기경에나 일정한 모습을 갖추게 되었는데, 제법 복잡한 그의 이야기[63]

---

60) 같은 책, p. 36.

* 로마 신화의 베누스(비너스)에 해당.

61) 같은 책, p. 40에서 Marie Delcourt가 인용한 글.

62) "예술은 그에게서 이중 속성의 상징이었던 의상, 즉 사프란(선황)색 베일과 허리띠, 황금관을 벗긴다. 예술은 그를 나체로 만들면서 남성성은 온전하게 보존하지만, 그 남성성이 돋보이게 하기에는 그를 너무도 연약하게 묘사했다. 오비디우스(Métam., IV, 20)와 세네카(Œdipe, 408)는 그에게 '처녀의 얼굴'을 부여했는데, 그를 힘차게 수염 난 모습으로 그렸던 고대 화가들이 이를 알았다면 무척 놀라워했을 것이다"(Marie Delcourt, Hermaphrodite, pp. 42~43). 디오니소스의 양성성에 관해서는 또한 Karl Lehmann-Hartleben et E. C. Olsen, Dionysiac Sarcophagi in Baltimore (Baltimore, 1942), p. 34 이하와 note 89에 인용된 참고문헌들을 볼 것.

는 우리 연구에는 별로 중요하지 않다.

　우리는 또한 다른 종교의 양성신들[64]에 대해서도 언급하지 않을 것이다. 그 수는 엄청나다. 그들은―예를 들어 고대 게르만이나 고대 근동, 이란, 인도, 중국, 인도네시아 등의―복잡하고 발전된 종교들에서뿐만 아니라, 아프리카나 아메리카 · 멜라네시아 · 오스트레일리아 · 폴리네시아의 고대적 문화를 지닌 민족들에서도 발견된다.[65] 농경과 풍요의 신들 대부분은 양성적이거나 양성성의 흔적을 지닌다. "혹은 신이, 혹은 여신이(Sive deus sis, sive dea)"라고 고대 로마인들은 농경신들에 대해 말했다. 그리고 제의적 주문인 혹은 남자 혹은 여자(sive mas sive femina)는 기도 중에 빈번히 되풀이되었다. 어떤 경우(예를 들어 에스토니아인들) 농경신들은 한 해에는 남성으로, 그 이듬해에는 여성으로 여겨졌다.[66] 그러나 가장

-----

63) 이 이야기는 Marie Delcourt의 충실한 한 장(章)에서 찾아볼 수 있다. p. 65 이하.

64) M. Eliade, 『재통합의 신화』, p. 99 이하 ; 『종교사 개론』, p. 359 이하 참조.

65) Hermann Baumann, *Das doppelte Geschlecht*, pp. 129~249에서 아주 많은 참고자료들을 찾을 수 있다. 우리는 여기에서 방대한 연대학의 문제에는 접근하지 않을 것이다. H. Baumann은 신의 양성성이 분명하게 나타나는 것은 거석 문화부터라는 견해를 제시한다(또한 *Revue d'Histoire des Religions*, 1958, pp. 89~92에 나온 우리의 의견도 참조할 것). 구석기 시대의 어떤 우상들에 대한 L. F. Zotz의 양성적인 해석(*Bull. Soc. Préh. Franc.*, 48, 1951, p. 333 이하)은 H. Breuil(같은 책, 49, 1952, p. 25)과 K. J. Narr(*Anthropos*, 50, 1955, p. 543 이하)에 의해 부정되었다. 그러나 이는 반드시 원시인들이 신의 양성성 개념을 알지 못했음을 뜻하는 것은 아니다(예를 들어 Clyde Kluckhohn, in *Myth and Mythmaking*, edited by Henry A. Murray, New York, 1960, p. 52를 볼 것). 다시 한 번 강조하지만, 고대 문화의 수준에서 '총체성'은 여성적-남성적, 가시적-비가시적, 하늘-땅, 빛-어둠 등 어떠한 대립쌍에 의해서도 표현될 수 있다.

66) M. Eliade, 『종교사 개론』, p. 359 참조.

흥미로운 사실은 특히 남성적이거나 여성적인 신들이 양성적이라는 것인데, 이는 누가 특별하게 무엇인가가 되기 위해서는 그와 동시에 대립되는 것이—더 정확히 말해서, 동시에 다른 많은 것들이—되지 않으면 안 된다는 전통 개념을 생각해보면 이해될 수 있는 일이다.

이란의 무한한 시간의 신인 주르반은 양성적이었으며, 중국의 최고신이었던 빛과 어둠도 역시 그러했다.[67] 이 두 가지 예는 양성성이 '총체성'의 전형적인 방식이었음을 분명히 드러낸다. 왜냐하면, 우리가 이미 살펴보았듯이, 주르반은 선과 악의 쌍둥이 신인 오르마즈드와 아리만의 아버지이며, 빛과 어둠은 중국과 인도에서는 궁극적 실재의 발현되거나 잠재된 양태들을 상징하기 때문이다.

수많은 신들이 "아버지이자 어머니"라고 불렸다.[68] 이는 그들의 완전함이나 자가생식의 가능성을 암시하면서 그들의 창조적 권능을 나타내는 것이었다. 또한 몇몇의 "짝을 이루는 신들"은 처음에는 하나였던 양성적인 신들을 후대에 분리한 것이거나, 그 속성들을 개별화한 것일 수 있다. 왜냐하면 양성성은 모든 가능성이 거기에 결집된 본래의 총체성의 특징이며, 여러 전승에서 나타나듯이 인류의 신화적 조상인 최초의 인간도 역시 양성인으로 여겨졌기 때문이다. 우리는 이미 앞에서 아담의 예를 보았다. 게르만 신화의 최초의 인간인 투이스토(Tuisto) 역시 양성인이었다. 그의 이름은 어

---

67) 같은 책, p. 360.

68) Alfred Bertholet, *Das Geschlecht der Gottheit* (Tübingen, 1934), p. 19 참조.

원적으로 노르웨이 고어의 tvistre('양분된')나 베다의 dvis, 라틴어의 bis 등과 연관된다.[69] 어떤 전승들에서는 신화적인 양성인 선조가 쌍둥이 한 쌍으로 대체되었다. 인도의 야마(Yama)와 그 누이인 야미(Yami), 이란의 이마(Yima)와 이마그(Yimagh).

제의적인 양성화

신과 최초의 인간의 양성성에 관한 이 모든 신화는 인간 행위의 모범적인 전형을 드러낸다. 그래서 양성성은 제의를 통해 상징적으로 재현되었다. 이 제의적인 양성화의 목적은 여러 가지이며, 형태도 극히 복잡하다. 여기에서 이에 관한 연구를 시작한다는 것은 불가능한 일이다. 우리는 다만 많은 미개한 민족들의 성인식이 후보자의 예비적인 양성화 과정을 내포하고 있다는 사실만을 상기시키고자 한다. 비록 아직 충분히 설명되지는 않았지만 가장 잘 알려져 있는 사례는 오스트레일리아의 일부 부족이 행하는 입문적 하단 절개로, 이는 후보자에게 상징적으로 여성의 성기를 만들어주는 것이다.[70] 다른 여러 미개한 민족들도 그렇지만, 오스트레일리아인들이 성인식을 치르기 이전의 사람을 성별이 없는 것으로 간주하고, 성별을 얻는 것이 성인식의 여러 결과 중 하나라는 사실로 미루어볼 때, 이 제의의 깊은 의미는 다음과 같다. 두 성기의 공존, 즉 양성성

---

69) M. Eliade, 『재통합의 신화』, p. 92 참조.

70) 이 문제에 관해서는 M. Eliade, 『신비한 탄생』, p. 62 이하를 볼 것.

을 체험하기 전까지는 성적으로 성숙한 남자가 될 수 없다. 다시 말하자면, 인간은 총체적인 존재 방식을 체험하기 전에는 특수하고 명확한 존재 방식에 도달할 수 없다.

입문적 양성성은 오스트레일리아인들의 경우처럼 꼭 수술을 통해서만 얻을 수 있는 것은 아니다. 남자아이에게 여자아이의 옷을 입히거나 또는 그 반대로 여자아이에게 남장을 시킴으로써 입문적 양성성을 나타내는 경우도 드물지 않다. 이러한 풍습은 아프리카나 폴리네시아의 일부 부족에게서 발견된다.[71] 또한 여러 성인식에서 찾아볼 수 있는 제의적인 나체도 상징적인 양성화 과정으로 의심해 볼 수 있을 것이다. 마찬가지로, 다양한 입문 제의에서 동성애가 행해지는 것도 아마 입문 과정을 밟는 신입자는 양성을 겸하고 있다는 믿음에 기인하는 듯하다.

남장이나 여장을 시키는 것은 고대 그리스에서도 흔한 풍속이었다. 플루타르코스는 그가 기이하게 생각한 몇 가지 관습을 기록에 남겼다. "스파르타에서는 새 신부의 치장을 맡은 이가 신부의 머리를 짧게 깎은 뒤에, 남자의 옷과 신발을 걸치고 캄캄한 방에 있는 침대에 홀로 누워 있게 한다. 그러면 신랑이 은밀하게 신부를 찾아온다"(Plutarque, *Lycurgue*, 15). "아르고스에서는 신부가 첫날밤에 가짜 수염을 붙인다"(Plutarque, *Vertue des femmes*, p. 245). "코스 섬에서는 오히려 신랑이 여장을 하고 신부를 맞아들인다"(Plutarque, 58, *Question grecque*).[72] 이 모든 경우에 남장이나 여장은 혼인을 위한 관습이었다. 그런데 알다시피 고대 그리스에서는 혼례를 치르기 직

---

71) H. Baumann, 앞의 책, pp. 57~58 ; M. Eliade, 『신비한 탄생』, p. 64.

72) Marie Delcourt, *Hermaphrodite*, p. 7.

전에 성인식을 거행했다. 아테네의 오스코포리아(Oschophoria) 축
제*에서도 옷을 바꿔 입기가 행해졌다. 이 축제에는 "남자 성인식
의 흔적과 포도 수확 축제 그리고 테세우스의 귀환 기념제가 뒤섞
여 있다. 이들이 이처럼 잘 융합된 이유는, 장메르(H. Jeanmaire)
가 지적했듯이 "테세우스의 전설 자체가 이미 수련(修練)이라는 사
회적 제의에 그 뿌리를 두고 있으며, 이 전설은—적어도 그 일부
는—수련에 대한 해설이기 때문이다."[73]

그리스에서는 이처럼 성인식의 옷 바꿔 입기 흔적 이외에도, 사
모스 섬의 헤라 여신 축제 등 여러 디오니소스적 축제에서 옷을 바
꿔 입는 분장이 성행했다.[74] 옷 바꿔 입기는 사육제나 유럽의 봄 축
제에서도 크게 성행했으며, 이는 인도나 페르시아 그리고 아시아
여러 지역의 다양한 농경 축제에서도 마찬가지였다.[75] 이 점을 고려
해보면 이 의식의 주요한 역할을 이해할 수 있다. 그것은 결국 자신
의 밖으로 나와서 역사적으로 한정된 특정한 상황을 초월해 초인간
적이며 초역사적인 근원적 상황을 되찾으려는 것인데, 왜냐하면 이
것은 인간 사회가 형성되기 이전의 상황이기 때문이다. 또한 이것
은 역사적이며 세속적인 시간 속에서는 지탱할 수 없는 역설적인

---

* 디오니소스와 아테네 · 테세우스에게 바친 축제.

73) 같은 책, pp. 15~16.

74) 같은 책, p. 18 이하 참조.

75) M. Eliade, 『종교사 개론』, p. 362 참조. 결혼식에서 의상의 변천에 대해서는 E.
Samter, *Geburt, Hochzeit und Tod* (Berlin, 1911), p. 92 이하 참조. 이 문제에 대해
서는 W. Mannhardt, *Der Baumkultus der Germanen und ihre Nachbarstämme*
(Berlin, 1875), p. 200, p. 480 이하; J. J. Meyer, *Trilogie altindischer Mächte und
Feste der Vegetation* (Zürich-Leipzig, 1937), I, pp. 76, 86, 88 이하 참조.

상황이다. 그러나 비록 순간적이나마, 성스러움과 권능의 순수한 근원인 원초적 충일함을 주기적으로 회복시키는 것은 중요한 일이다.

제의적인 복식(服飾)의 변화는 행동의 상징적인 전도(轉倒)나 통음난무의 광란 그리고 농신제 기간의 방종에 구실을 제공한다. 성별에 따라 정해진 대로 의복을 입지 않는 것은 결과적으로 규칙과 복식 관습의 중단이라는 의미를 낳는다. 옷을 통해 보여주는 행동의 전도는 모든 통음난무의 제의적 특징이 그렇듯, 총체적인 가치의 혼란을 야기한다. 형태적으로 볼 때, 여성과 남성 사이의 전도나 상징적인 양성은 제의적인 통음난무와 유사한 가치가 있다. 이런 각각의 경우에서 우리는 제의적인 '총체화', 상반된 요소들의 재통합, 원초적인 불가분성(不可分性)으로의 퇴행을 확인할 수 있다. 결국 이것은 '원초적 혼돈'의 상징적인 복원, 천지 창조 이전에 존재했던 분화되지 않은 세계의 총체성을 의미하며, 이런 불가분성으로의 복귀는 지고한 재탄생, 힘의 엄청난 증대로 해석할 수 있다. 바로 그것이 첫 농작물을 수확했을 때나 새해를 맞았을 때 제의적인 통음난무가 벌어지는 이유 가운데 하나다. 첫번째 경우에서 통음난무는 농사의 풍성함을 보장해주는 역할을 하고, 두번째 경우에서는 천지 창조 이전에 존재했던 힘, 우주를 탄생시킨 그 무한한 힘을 얻어 창조 이전의 혼돈 상태로 복귀하는 것을 상징한다. 새로 시작하고 있는 한 해는 창조의 과정에 있는 세계에 상응하기 때문이다.[76]

---

76) 이 주제에 대해서는 M. Eliade, 『영원한 회귀의 신화』(Paris, 1949), p. 83 참조.

원초적 총체성

따라서 상징적인 양성겸유(兩性兼有)나 주신제를 통한 총체화의
제의들은 나름대로 다양한 의미가 있음을 알 수 있다. 그들은 공통
적으로 시작을 성공적인 것으로 만들려는 목적을 담고 있다. 그것이
입문식의 의미를 지닌 성적·문화적 삶의 시작이든, 새해나 봄의
시작이든, 또는 새로운 농작물의 수확이 상징하는 '시작'이든 모두
마찬가지다. 전통적인 사회에 속한 인간에게 가장 대표적인 '시작'
이 바로 우주 생성이라는 사실을 감안한다면, 입문식이나 농신제·
주신제에서 우주 생성을 상징하는 요소들이 등장하는 이유를 이해
할 수 있을 것이다. 뭔가를 '시작한다'는 것은 결국 그것을 창조한
다는 것을 뜻하고, 따라서 잠재되어 있던 엄청난 양의 성스러운 힘
을 사용한다는 것을 뜻한다. 인류의 조상이라 할 수 있는 원초적 양
성인의 신화나 우주 생성의 신화 사이에 존재하는 구조적 유사성도
그런 맥락에서 이해할 수 있을 것이다. 이 두 개의 신화는 모두 태
초에(in illo tempore) 아직 분화되지 않았던 총체가 존재하다가,
세계와 인간의 탄생을 위해 분할되고 분리되었음을 암시한다. 원초
적 양성인, 특히 플라톤이 묘사했던 구형(球形) 양성인은 우주적인
차원에서 우주 생성적 알(卵)이나 인간-우주의 형태를 가진 원초
적 거인에 상응하는 것이다.

결국, 대부분의 우주 생성 신화들에서 원초적 상태— '카오스'—
는 분절된 형태가 없는 총체적이고 동질적인 덩어리로 묘사되거나
하늘과 땅이 결합된 알 모양의 구(球) 또는 거인의 모습 등으로 그
려지고 있다.[77] 이 모든 신화에서 천지 창조는 알을 두 쪽으로 가르

거나—각각 하늘과 땅에 해당한다—, 거인을 조각 내거나, 또는 하나의 덩어리를 쪼갬으로써 이루어진다.

그러니까 우주의 차원에서든 인간의 차원에서든, 태초에는 잠재성을 가진 충만 상태가 존재했다는 것이다. 그렇지만 수많은 신화와 다양한 제의들이 '시작'에 집착을 보이는 현상은 다른 각도에서 해석해볼 수 있다. 왜냐하면 비록 여러 수준에서 이루어지고 있긴 하지만, 통합과 총체화의 경향은 다양한 방법을 통해 표현되고 서로 다른 목적을 추구하고 있다는 것을 확인할 수 있기 때문이다. 상반된 요소들의 재통합이나 대립성의 소멸은 제의적인 통음난무에서뿐만 아니라 입문적인 양성겸유화에서도 발견할 수 있지만, 그것들이 실현되는 차원은 동일하지 않다. 양극 원칙의 재통합은 요가의 기법에서, 특히 탄트라 요가 기법에서도 발견할 수 있다. 이 경우에도 '통일성-총체성'을 획득하려는 시도가 이루어지지만, 그 실제적인 경험은 여러 수준에서 동시에 펼쳐지고 최후의 통합은 초월적인 최종 단계에서만 확인할 수 있다. 다시 말해서, 제의적 통음난무나 양성겸유화 또는 우주 생성 이전의 혼돈으로의 회귀와 같은 어두운 경험의 차원에서 우리는 '하나-전체'로 돌아가려는 정신의 경향과 구조적으로 비교 가능한 재통합과 통일성의 경향을 발견할 수 있다. 정신의 행태에 부합하려는 삶의 이러한 모순적인 경향을 강조할 필요는 없다.[78] 그러나 모든 신화와 제의와 신비적 기법들이 절대적인

---

77) M. Eliade, 「우주 생성 신화의 구조와 기능Structure et fonction du mythe cosmogonique」(*La Naissance du Monde*, Paris, 1959, pp. 471~495) 참조.

78) 이 문제에 대해서는 상승의 상징성에 대해 피력한 M. Eliade, 『신화, 꿈, 신비 *Mythes, rêves et mystères*』(Paris, 1957), p. 133 이하 참조.

대립의 합일을 포함하고 있다면, 그리고 구조적인 관점에서 우주 생성적인 알이 제의적 통음난무나 양성겸유화 또는 지반 묵타의 상태에 상응하는 것이라면, 통일-총체는 통음난무적인 제의에 참여하는 경우와 요가를 통해 대립성을 소멸시키는 경우에서 동일한 의미를 지니지 않는다.

이제 소개할 몇 가지 사례는 이러한 관점의 다양성과 분야의 차이점을 잘 설명해줄 것이다. 우리는 그리스 시대에 양성인이 제의적으로만 받아들여졌을 뿐, 현실에서는 암수한몸의 징후를 가진 아이는 태어나자마자 부모에 의해 죽임을 당했다는 사실을 얘기한 바 있다. 따라서 이런 경우 해부학적-생리적인 현실과 제의적 현실 사이에는 어떤 혼란도 없었음을 알 수 있다. 시베리아 샤머니즘의 경우, 샤먼은 상징적으로 남성과 여성을 동시에 포함하고 있다. 남자인 샤먼은 여자의 행동을 모방하기도 하고, 옷을 여성적인 상징물들로 장식하기도 한다. 양성이 제의적으로 그리고 구체적으로 검증된 샤머니즘의 경우를 찾아볼 수도 있다. 그런 경우 샤먼은 실제로 여자인 것처럼 행동하고, 여성의 옷을 입으며, 때로는 남편을 얻기도 한다.[79] 이러한 제의적인 양성―또는 무성(無性)―은 영성(靈性)이나 신통(神通) 또는 정령(精靈)을 나타내는 징후이며, 동시에 성스러운 힘의 원천을 상징하기도 한다. 그것은 샤먼이 자신의 존재 안에서 상반된 원칙을 결합하고 있기 때문이다. 자신의 몸을 통해 신과 결합한 샤먼은 하늘과 땅의 결합을 상징적으로 복원하고, 따라

---

79) M. Eliade, 『샤머니즘과 엑스터시의 고대 기법Le Chamanism et les techniques archaïques de l'extase』(Paris, 1951), p. 233 이하 참조.

서 신과 인간 사이의 대화를 가능하게 한다.[80] 이러한 양성은 제의
적이고 몰아적인 상태의 경험으로, 세속적 인간의 한계를 초월하기
위한 필수적인 조건으로 작용한다.

그러나 샤머니즘의 일부 의례가 보여주는 이러한 비상식적인 면
모 때문에 무성이나 양성의 최종 목적과 신학적 당위성이 바로 인간
의 변화에 있다는 기본적인 시각을 흐리게 해서는 안 될 것이다. 우
리가 때로 샤먼에게서 생리적인 변화를 포함한 다른 여러 가지 수
단의 변화를 확인한다고 해서, 그것이 우리 연구에 어떤 변화를 주
는 것은 아니다. 종교사에서는 오로지 제의적인 경로나 신비주의적
인 경로를 통해서만 접근할 수 있는 영적인 존재 방식을 생리적 경
험의 수준에서 획득하려고 애쓰는 경우들처럼, 여러 측면이 혼합되
는 사례들을 발견할 수 있다.

그런 경우는 시베리아와 인도네시아의 샤먼들에게서도 흔히 발
견할 수 있다. 그들은 제의적인 양성겸유를 구체적으로 체험하기
위해 성적으로 도치된 행동 양식을 보여준다. 그런 사례들이, 샤먼
이 사용하는 방법을 몰랐거나 또는 그 영적인 의미를 망각했을 수
도 있는 신비스러운 인도의 기술이 고의적으로 왜곡된 경우이든,
아니면 훼손된 경우이든, 그것은 별로 중요하지 않다. 중요한 것은
샤머니즘에서의 제의적인 양성겸유화가, 특히 그것이 비상식적인
형태로 행해질 때, 생리적이고 실질적인 수단을 통해 인간 존재의
모순적인 총체성에 도달하려는 절망적인 노력을 보여주고 있다는

---

80) 예를 들면 응가주 다야크족(Ngadju Dayak) 샤머니즘의 경우가 그렇다. M.
Eliade, 『샤머니즘』, p. 317 이하 참조.

점이다. 달리 말하면, 이런 경우에도 추구하는 목적과 그 목적에 도달하기 위해 사용하는 수단은 분명히 구분되어야 한다는 것이다. 수단은 아주 단순한 것일 수도 있고, 때로 유치하고 엉뚱한 것일 수도 있다. 그런 경우, 구체적이고 직접적인 의미에서 상반된 요소들을 통합하고, 인간적인 것도 초인간적인 것도 아닌 존재 양식을 획득하게 된다. 그러나 수단이 부적절함에도 불구하고 추구하는 목적은 언제나 그 가치를 보존하고 있다. 그와 비슷한 목적을 가려낼 수 있는 가장 좋은 본보기는 요가-탄트라의 기법일 것이다. 그러나 그것이 전혀 다른 차원의 체험이라는 점을 고려한다면, 그에 내포되어 있는 철학을 환기하는 것으로 충분할 것이다.

탄트라의 교리와 기법

탄트라의 형이상학에서 절대적 현실인 단일한 근원은 그 자체에 절대적인 상태의 통일성(advaja)에 재통합된 모든 이원성과 양극성을 내포하고 있다.[81] 천지 창조는 원초적인 통일성의 붕괴와, 시바와 샤크티가 상징하는 두 개의 대척적인 원칙으로의 분리를 의미한다. 주어진 조건 속에서 살아야 하는 모든 존재는 이원적인 상태를 내포하고 있으므로 고통이나 미망이나 '노예 상태'의 대상이 될 수밖에 없다. 이처럼 탄트라의 궁극적인 목적은 대척적인 두 개의 원칙—시바와 샤크티—을 자신의 몸 안에서 통합하는 것이다. 뱀의

---

81) M. Eliade, 『요가, 불멸성과 자유』, p. 211 이하 참조.

형상(kuṇḍalinī)을 하고 기둥 밑부분에서 잠들어 있던 샤크티가 요가의 기법에 의해 깨어나, 중간 통로(suṣumnā)를 타고 올라가 범륜(cakra)을 지나 시바가 살고 있는 정수리(sahasrāra)에 도달하여 그와 결합한다. 요가 수행자의 몸 안에서 이루어지는 이러한 신적인 결합은 그를 일종의 '양성인'으로 만들어놓는다. 하지만 '양성겸유화'는 상반된 요소의 재통합을 향하는 전체적인 과정의 일면에 불과하다는 사실을 간과해서는 안 될 것이다. 사실, 탄트라 경전에서는 결합해야 할 수많은 '상반된 요소들'에 대해 말하고 있다. 태양과 달, 두 개의 신비주의적 줄기인 이다(idā)와 핀갈라(piṅgalā) — 게다가 이 둘은 모두 별을 상징한다 —, 두 개의 상반된 숨결인 프라나(prāna)와 아파나(apāna)의 결합, 그리고 특히 지혜를 상징하는 프라즈냐(prajñā)와 그에 도달하는 수단인 우파야(upāya), 공(空)을 의미하는 순야(śūnya)와 공감을 뜻하는 카루나(karuṇā)의 결합이 그것이다. 『헤바즈라 탄트라Hevajra Tantra』*에서는 여성적인 요소가 남성적인 원칙으로 전환할 때 "하나가-된-둘"의 상태에 대해서 얘기하고 있다(II, IV, 40~47 ; éd. Snellgrove, p. 24 이하). 더구나 이러한 상반된 요소들의 결합은 부처가 "삼사라(samsāra) 밖에서는 니르바나(nirvāna)도 없다"고 말했던 것처럼, 삼사라와 니르바나의 모순적인 공존에 상응하기도 한다(Hevajra Tantra, II, IV, 32).

---

* 무상유가(無上瑜伽) 탄트라 가운데 하나. 송나라의 호법(護法)이 『대비공지금강대교왕의궤경』이라는 제목으로 한역(漢譯)하였다. 원본은 전하지 않고 요약본만 티베트 대장경 속에 전한다. 본래는 32편 50만 송(頌)으로 이루어져 있었다고 하나, 현존하는 것은 750송뿐이다.

이 모든 것은 삶과 의식의 모든 차원에서 이루어지는 대립의 합일 문제다. 그것은 대립성을 결합함으로써 이원성의 경험이 소멸되고 현상적인 세계를 초월할 수 있음을 보여준다. 요가 수행자는 사마라사(samarasa : 희열의 정체)라는 어휘가 지칭하는 자유와 초월의 상태에 접근할 수 있으며, 완벽한 통일성을 경험한다. 탄트라의 일부 교파에서는 사마라사에 도달하기 위한 방법으로 인간 존재의 기본적인 세 가지 기능, 즉 호흡과 사정과 사고를 '정지' 또는 '부동화(不動化)'하며, 특히 제의적으로 행하는 성적 결합을 의미하는 마이투나를 실행한다.[82] 상반된 요소들의 통합이란 마음과 육체에 관계된 모든 과정과 심리적이고 정신적인 모든 흐름을 멈추는 것을 뜻한다. 유체적 기능들의 부동화는 인간의 조건을 극복하고 초월적인 차원으로 들어갔다는 것을 뜻하는 징후다.

상반된 요소의 결합을 표현하기 위해 사용하는 신적 우주(hiéro-cosmique)의 상징에 주목해보자. 요가 수행자는 그 상동적인 관계에서 볼 때, 우주이면서 동시에 신전이다. 그는 자신의 몸을 통해서 시바와 샤크티를 구현하며, 아울러 이 원형적인 쌍에 귀속시킬 수 있는 다른 모든 신성의 화신이 된다. 탄트라 요가의 사다나(sādha-na)에서 기본적인 두 단계는, ① 심신의 경험을 '우주화'하는 과정과 ② 우주의 소멸, 즉 원초적 통일성이 천지 창조의 행위에 의해 붕괴되지 않았을 때 본래 상황으로의 상징적인 회귀 과정으로 구성되어 있다. 달리 말하면, 탄트라 요가를 통한 해탈과 절대적 자유가 주는 지고의 행복은 천지 창조 이전에 존재했던 충만의 상태에 상

---

82) 『요가』, p. 255 이하 참조.

응하는 것이다. 어떤 관점에서 볼 때, 사마라사가 이루어지는 동안 탄트라에 의해 실현된 모순적인 상태는 제의적 '통음난무'와 우주 발생 이전의 어둠에 비교할 수 있다. 각각의 상태에서 '형태'는 다시 재통합되고, 긴장과 상반된 요소들은 소멸한다. 하지만 이 유사성은 오직 형식적인 것일 뿐, 요가 수행자는 세계를 초월하면서 태아 상태의 존재가 가졌던 그 지고의 행복을 되찾을 수는 없다는 것은 분명하다. 이 모든 통합과 총체화의 상징성은 요가 수행자가 우주적 리듬과 법칙에 구속되는 것이 아니며, 이제 그에게는 더 이상 우주가 존재하지 않고, 그 우주 생성 이전의 시간외적 순간에 성공적으로 자리잡고 있음을 뜻한다.

우주를 소멸시킨다는 것은, 모든 구속적인 상황을 초월하고 비(非)이원성과 완벽한 자유에 도달하는 것을 말한다. 고전적 요가에서 "사마디(samādhi)*를 통한 원초적 비이원성의 회복은 원초적 상황(사물-주체의 관계에서 현실의 이분화가 일어나기 전에 존재했던 상황을 말한다)과 비교해볼 때 통일성과 지고의 행복에 대한 자각이라는 새로운 요소가 유입되는 것이다." '근원으로의 회귀'가 있지만, '삶으로부터의 해방'이 자유와 초월적 의식의 차원으로 충만해진 근원적인 상황을 회복한다는 차이점이 있다. 다른 말로 표현하자면, 요가 수행자는 자동적으로 '주어져 있는' 상황을 획득하는 것이 아니라, 이전에 없었던 그리고 모순적인 존재 양식을 복원한 다음 근원적인 충만을 재통합하는 것이다. 그것은 우주에서도 삶에서도

---

* 일반적으로 삼매(三昧)라고 하는 명상의 깊은 단계를 지칭한다. 분명한 의식을 가지고 진아를 체험하거나, 명상의 대상에 강렬하게 집중하여 몰입해 있는 상태를 뜻한다.

'신화적 신성'(devas)에서도 찾아볼 수 없는, 오직 지고의 존재 이슈바라(Ishvara)에게서만 존재하는 자유에 대한 의식이다.[83]

무조건(無條件)을 실현한 자 지반 묵타의 모순적 상태—이를 사마디, 묵티, 니르바나, 사마라사 등 어떤 어휘로 표현하든 간에—, 상상이 불가능한 그 상태가 상반된 이미지와 상징들로 암시되었다는 것은 흥미로운 일이다. 다시 말해서, 한편으로는 순수한 자발성이나 자유를 상징하는 이미지들이 있고(지반 묵타는 카마카린ka-macarin, 즉 '의지로 움직이는 사람'이고, 그래서 사람들은 그가 '허공을 날 수 있다'[84]고 말한다), 다른 한편으로는 절대적 부동성, 모든 운동의 결정적인 정지, 모든 운동성의 고착을 상징하는 이미지들이 존재한다.[85] 이처럼 상반된 이미지들이 공존하는 이유는 "삶으로부터 해방"된다는 모순적인 상황에서 찾을 수 있을 것이다. 왜냐하면 비록 그가 우주의 법칙에 구속되지 않고, 따라서 더 이상 우주에 속하지 않는다 하더라도 결국 그는 여전히 우주 안에서 존재하기 때문이다. 고정성과 총체화의 이미지들은 조건지어진 모든 상황으로부터의 초월을 표현한다. 왜냐하면 조건의 체계인 우주는 바로 잠

---

83) 『요가』, p. 111 참조. 도가의 수련 기법에 대해서도 이와 비슷한 얘기를 할 수 있을 것이다. 도는 우주의 삼계(하늘, 땅, 지하 세계)가 발원하는, 형태가 만들어지기 이전의 총체성을 뜻한다. 그렇지만 도의 지혜를 깨닫는 것은 전범적인 인간의 상황을 실현하거나, 세상을 떠나 우주의 두 지역 사이에 있는 중간적인 상황을 실현하는 것과 같다. 이 점에 대해서는 Carl Hentze, *Bronzegerät, Kultbauten, Religion im ältesten China der Shanzeit* (Anvers, 1951), p. 192 이하와 *Critique*, n° 83, avril 1954, p. 323 이하 참조.

84) 『신화, 꿈, 신비』, p. 146 이하 참조.

85) 서양의 연금술에서 가장 많이 사용되는 것은 '수은이 응고'하는 이미지다.

재성과 지속적인 운동과 상반된 요소들 사이의 긴장을 통해 결정되기 때문이다. 운동이 없거나 상반된 요소들 사이의 긴장으로 인한 붕괴가 없다는 것은 우주 안에서 존재하지 않는다는 것과 다름없기 때문이다. 그렇지만 또 한편으로, 대립하는 요소들에 의해 조건지어지지 않는다는 것은 절대적 자유, 완벽한 자발성을 의미하는 것과 다름없다 — 그리고 이러한 자유를 표현하는 것으로 운동이나 놀이, 상이한 장소에서의 동시적 존재나 비상(飛翔)과 같은 이미지보다 더 적절한 것은 없다.

결국 이 모두가 초월적인 상황에 관련된 것이지만, 사실 그런 상황을 상상한다는 것 자체가 불가능한 일이기 때문에 그것을 상반되거나 모순적인 이미지들을 통해 표현하고 있는 것이다. 우주에 대해서 또는 역사적으로 상상할 수 없는 상황을 표현하려고 할 때, 언제나 대립의 합일이라는 표현을 사용하는 것도 그런 이유일 것이다. 시간과 역사가 끝난다는 종말론적 징후의 대표적인 경우를 보면, 사자 옆에 양이 누워 있고, 어린이는 독사와 함께 놀고 있다. 갈등이, 다시 말해서 상반된 요소들이 사라지고 천국이 찾아온 것이다. 이러한 종말론적 이미지는 엄밀한 문자적 의미에서 대립의 합일이라는 것이 반드시 '총체화'를 포함하는 것은 아니라는 사실을 입증해준다. 그것은 세계가 천국 같은 상태로 돌아간다는 모순적인 회귀를 의미할 수도 있다. 양과 사자와 어린이와 독사가 존재한다는 것은 세계가 바로 저기에 있고 그것은 생성된 우주이지 원초적 혼돈이 아니라는 사실을 말하고 있는 것이다. 하지만 양이 사자 곁에서 쉬고 있고 어린이가 독사 옆에서 잠들어 있다는 것은, 그것이 우리가 살고 있는 세계가 아니라 천국이라는 것을 의미한다. 간단히 말해서,

그것은 모순의 세계다. 왜냐하면 그것은 우주 전체를 특징짓는 긴장과 갈등이 사라진 세계이기 때문이다. 그와 마찬가지로, 경외성서*(베드로서, 빌립보서, 토마의 복음서 등)에서는 왕국의 모습이나 메시아의 도래가 실현한 우주적 변혁을 묘사할 때 그런 모순적인 이미지들을 사용한다. "밖을 안처럼 하라" "위를 아래처럼 하라" "처음을 마지막으로 하라" "오른편을 왼편처럼 하라"와 같은 문장들(Doresse, 앞의 책, vol. II, p. 158 이하, p. 207 이하 참조)은 그리스도가 행한 총체적인 가치와 방향의 전도를 의미한다. 그런 이미지들이 인간의 양성겸유나 어린이와 같은 상태로의 회귀 같은 이미지와 동시에 사용되었다는 점에 주목해야 할 것이다. 각각의 이미지는 '세속적' 우주가 순수하게 정신적인 본질의 세계, 규칙과 조건에서 해방된 전혀 다른 세계로 신비스럽게 대체되었다는 점을 강조하고 있다.

대립의 합일의 의미

대립의 합일, 상반된 요소들의 결합, 부분들의 총체화를 다소 선명하게 포함하고 있는 이 모든 신화와 상징과 제의와 신비주의적 기법과 전설과 신앙들은 과연 우리에게 무엇을 시사하고 있는 것일까? 무엇보다도 인간이 처해 있는 상황에 대해서, 그리고 이른바

---

* 외전이라고도 하며, 성서의 정전(正典)을 편집할 때 선정에서 제외된 여러 가지 문서를 가리킨다.

인간의 조건이라는 것에 대해서 품고 있는 뿌리 깊은 불만을 드러내고 있다고 보아야 할 것이다. 인간은 누구나 고립되고 분리되었다고 느낀다. 하지만 그 분리의 본질이 어떤 것인지를 완벽하게 의식하기란 쉬운 일이 아니다. 왜냐하면 자신과는 완전히 다른, 아주 강한 그 '무엇'으로부터 떨어져나왔다는 것을 느낄 뿐이기 때문이다. 또한 시간 속에 위치시킬 수도 없고 정의할 수도 없으며 정확하게 기억할 수는 없지만 자신의 존재 깊은 곳에 기억을 간직하고 있는, 그런 옛날의 어떤 '상태'로부터 분리되었다는 것만을 느끼기 때문이다. 그것은 시간도 역사도 존재하기 이전의 원초적인 상태를 말한다. 그는 자신으로부터 그리고 세계로부터 단절되었다고 느낀다. 그것은 '추락'을 뜻한다. 유대교나 기독교적인 의미에서의 추락은 아니더라도, 그것은 분명 하나의 추락임에 틀림없다. 왜냐하면 인간이라는 존재에게는 그것이 하나의 치명적인 재난으로, 세계라는 구조 안에서 존재론적인 변화로 받아들여지기 때문이다. 어떤 관점에서 보면, 대립의 합일을 포함한 수많은 신앙은 실낙원에 대한 향수를 드러내고 있다고 봐야 할 것이다. 상반된 요소들이 대립 없이 공존하고, 다양성이 신비로운 통일성의 여러 가지 측면을 구성하고 있는 그런 천국의 모순적인 상태에 대한 향수를 느끼는 것이다.

그것은 결국, 인간으로 하여금 대립적인 요소들을 유일한 현실의 상호보완적인 다양한 측면으로 이해하도록 만드는 통일성을 다시 회복하려는 욕구다. 상반된 요소들을 초월해야 할 필요성에 따라 시작된 존재론적인 경험들로부터, 신학적이고 철학적인 최초의 사유들이 형성된 것이다. 철학의 대표적인 개념이 되기 전, 단일성·

통일성 · 총체성과 같은 것들은 신화와 신앙을 통해 드러나고 제의와 신비주의적인 기술을 통해 고양된 향수(鄕愁)였다. 체계 이전의 사고에서 총체성의 신비는 상반된 요소들이 소멸하고, 악이 선을 인도하며, 악마들이 신의 어두운 모습으로 나타나는 그런 관점에 도달하려는 노력으로 풀이될 수 있을 것이다. 고대의 주제와 모티프들이 오늘날의 민속에도 여전히 남아 있고 몽환과 상상의 세계에서 끊임없이 등장한다는 사실은 총체성의 신비가 인간 드라마의 한 부분을 이루고 있다는 것을 증명한다. 그것은 다양한 모습으로 모든 수준의 문화적 삶—신비주의적 신학과 철학뿐만 아니라 인류에게서 공통적으로 발견할 수 있는 신화와 민속, 현대인들의 꿈과 환상 그리고 예술적 창작물 등—에 개입하고 있다.[86]

86) 그렇지만 대립의 합일이라는 표현이 모든 경우에 동일한 가치를 갖고 있지는 않다는 사실을 밝히는 것은 중요한 일이다. 상반된 요소들을 초월한다고 해서 항상 같은 존재 양식에 도달하는 것은 아니다. 예를 들어, 정신적인 양성겸유와 통음난무를 통한 '성적인 혼란' 사이에서도, 그리고 형체도 없거나 유충 같은 상태로의 퇴화와 '천국적인' 자발성과 자유 사이에서도 그렇듯, 언제나 차이점이 존재하게 마련이다. 지금까지 우리가 언급했던 제의와 신화 · 상징에서 공통으로 발견할 수 있는 요소가 있으니, 그것은 바로 조건지어진 체계를 붕괴하고, '총체적인' 존재 양식에 도달하기 위해 개별적인 상황을 초월하려는 계속적인 시도다. 그러나 문화적 맥락에 따르는 이 '총체성'은 원초적인 불가분성일 수도 있고(예를 들면 '통음난무'나 '혼돈'), 지반 묵타의 상황일 수도 있으며, 자신의 영혼에서 왕국을 발견한 자의 자유나 지고의 행복일 수도 있다. 우리가 살펴본 각각의 경우에서 상반된 요소들의 소멸이 어떤 종류의 '초월'로 인도하는지를 설명하려면 이 책에서 더 많은 지면을 할애해야 할 것이다. 한편, 상반된 요소들을 극복하기 위한 각각의 노력들은 위험을 포함하고 있다. 또한 대립의 합일이라는 복합적인 개념은 언제나 모호한 감정을 야기하게 마련이다. 왜냐하면 한편으로는 인간은 자신이 처한 개별 상황을 벗어나고 개인들 사이의 존재 양식을 재통합하려는 욕망에 사로잡히게 마련이고, 다른 한편으로는 자신의 '정체성'을 잃고 '잊혀질' 지도 모른다는 공포심을 갖기 때문이다.

　괴테가 메피스토펠레스에게 진정한 위치를 찾아주기 위해 평생을 보낸 것은 우연한 일이 아니다. 그의 관점에서 삶을 부정한 악마는 모순적으로 신의 가장 소중하고 믿음직한 동료처럼 등장한다. 근대 사실주의 소설가였던 발자크가 그의 가장 아름답고 환상적인 작품에서 수천 년 동안 인류를 떠나지 않았던 신화를 소재로 삼은 것도 결코 우연한 일이 아니다. 괴테도, 발자크도 유럽 문학의 통일성을 믿고 있었으며, 자신의 작품이 유럽 문학에 속한다고 생각했다. 만약 그들이 이 유럽 문학이라는 것이 그리스와 지중해와 고대 중동과 아시아를 넘어 더 먼 곳까지 거슬러 올라간다는 사실을 감지했다면 자신의 작품을 더욱 자랑스럽게 여겼을 것이다. 『파우스트』와 『세라피타』에서 다시 살아난 신화들은 아주 먼 공간과 시간 속에서 온 것이다. 그들은 역사 이전의 세계에서 출발하여 우리를 찾아온 것이다.

(1958)

3
우주의 갱신과 종말론

종말론적 니체주의

1944년에서 1945년 사이, 뉴헤브리디스 제도*에 있는 에스피리투 산투(Espirito Santo) 섬에 이상한 종교 하나가 탄생했다. 이 종교의 창시자인 체크(Tsek)라는 인물은 마을마다 다음과 같은 전언을 설파했다. "모든 남자와 여자들은 치부 가리개와 진주 목걸이, 그리고 다른 장신구들을 모두 벗어던져라." 그는 덧붙여 이렇게 말했다. "백인들에게서 받은 모든 물건들도 버려라. 돗자리나 바구니를 짜는 데 쓰던 연장들도 모두 부수어버려라. 살고 있는 집을 불태우고 마을마다 남자와 여자들이 따로 기거할 기숙사를 짓도록 하

---

* 오늘날의 바누아투(Vanuatu). 태평양 남서부에 있는 13개 주요 섬과 여러 작은 섬들로 열도를 형성하고 있는 공화국.

라. 밤에 부부가 함께 잠자리에 드는 것도 금지한다. 그리고 커다란 식당을 하나 지어 낮에만 음식을 만들도록 하라. 밤에는 절대 음식을 만들지 말라. 더 이상 백인들을 위해 일을 해서도 안 된다. 돼지, 개, 고양이 같은 가축들도 모두 죽여라" 등등. 체크는 또한 그때까지 전해 내려오는 모든 금기(禁忌)를 폐지할 것을 명령했다. 예를 들면 같은 토템 집단 내의 혼인을 금지한다든지, 남자가 배우자를 사온다든지, 아기를 출산한 산모를 격리한다든지, 그때까지 지켜오던 모든 금기를 폐지해버린 것이다.

장례 예식도 변해야 했다. 예전처럼 시신을 오두막 속에 매장하지 않고, 밀림 한가운데에 나무로 된 단(壇)을 만들고 그 위에 시신을 눕히게 했다. 그러나 체크의 전언 중에서 가장 희한한 것은 바로 섬에 '미국인들'이 도착할 것이라는 내용이었다. 그의 종교를 믿는 모든 신도들은 그들한테 엄청난 양의 선물을 받게 되리라고 했다. 게다가 그는 신도들이 결코 죽지 않을 것이며, 영생을 얻게 될 것이라고 했다.[1]

이 마지막 전언에서 우리는 잠시 후 다시 거론하게 될 화물에 대한 신앙(화물 숭배, cargo-cults)이라고 일컬어지는 오세아니아인들의 천년주의적 종말론 운동의 특성을 찾아볼 수 있다. 여기서 우리는 에스피리투 산투 섬의 나체 신앙이 몇 년 동안이나 계속되었다는 사실에 주목해야 할 것이다. 1948년, 그레이엄 밀러(Graham Miller)에 따르면 이 신앙은 섬 안으로 들어갈수록 그 맹위를 떨쳐,

---

1) Graham Miller, "Naked Cults in Central West Santos," *The Journal of the Polynesian Society* (vol. 57, 1948, pp. 330~341, 특히 pp. 331~333).

신도 수가 전체 인구의 3분의 1 이상이 되었을 정도였다고 한다. 신도들은 비록 서로 다른 언어 집단에 속해 있었지만, 모두가 마망(Maman)이라고 불리는 공용어를 사용하고 있었다. 전통적인 부족 구조와는 다른 새로운 — 종교적 질서의 — 공동체가 형성되었던 것이다. 신도들은 사악했던 낡은 질서에 비해 이 새로운 질서가 훨씬 좋은 것이라고 확신하고 있었다. 선교사들이 전파했던 기독교는 공개적으로 배척당했다. 신흥 종교의 중심지는 백인들이 단 한 번도 발을 들여놓은 적이 없었던 것으로 보이는 섬 안 깊숙한 곳에 있었다.[2] 그리고 다른 모든 오세아니아의 천년주의 운동처럼, 이 종교도 반(反)백인적인 성격을 띠었다.

하지만 이 종교의 성공이 보장되었던 것은 아니다. 처음의 그 열광적인 분위기가 가라앉자, 반대 세력이 드러나기 시작했다. 약속했던 이상향은 결코 도래하지 않았고, 오히려 재물들을 대대적으로 파괴해버린 후유증이 전 지역을 극도의 가난으로 몰아가고 있었다. 게다가 원주민들은 나체주의나 난잡한 혼숙을 달갑지 않게 생각했다. 그레이엄 밀러의 저서에 등장하는 어느 제보자에 따르면, 나체주의를 주장한 진짜 이유는 오로지 혼음을 부추기는 데 있었다는 것이다. 이 종교의 창시자 자신도 성교가 자연스러운 행위인 만큼 개나 닭처럼 대낮에 공개적으로 이루어져야 한다고 공공연히 나서서, 나이에 상관없이 모든 여자들은 남자들의 소유물이 되어야 한다고 주장했다.[3]

---

2) 같은 책, p. 334 이하.
3) 같은 책, pp. 340~341.

그러나 소유하고 있던 모든 재산이 전몰되고 난잡한 성관계 속에서 살아야 하는 상황에 이르자, 원주민들은 물론이고 심지어 일부 신도들까지도 고통에 시달려야 했다. 왜냐하면 연장이나 재산을 파괴하는 행위와 마찬가지로 이 종말론적 나체주의 역시 번영과 자유와 축복과 영생의 새로운 시대를 예고하고 준비하는 제의적인 차원에서만 그 의미가 있다고 생각하고 있었기 때문이다. 그러나 기다리던 왕국은 끝내 도래하지 않았고, 역사적으로 모든 천년주의 운동들이 그러했듯이, 초기의 열광 뒤 그들에게도 좌절과 실망이 찾아왔던 것이다.

이 연구의 범주에서 보자면, 이 종말론적 나체교에 대한 주요 관심사는 무엇보다도 그 종교가 포함하고 있는 천국의 도래에 대한 기다림이라는 요소에 있다. 체크가 그의 전언을 통해서 말하고 있는 것은 이 땅 위에 천국이 도래할 날이 멀지 않았다는 것이었다. 더 이상 노동할 필요가 없기 때문에 도구나 가축을 포함한 모든 재산도 쓸모없다는 얘기였다. 이미 옛 질서가 무너졌기 때문에 법과 규칙과 금기들도 존재 이유를 상실하게 된다. 전통적으로 인정되어왔던 금기나 관습은 절대적 자유에 의해 대체되어야 하며, 특히 성적인 자유나 새로운 혼음의 관습에 자리를 양보해야 한다는 것이다. 왜냐하면 모든 인간 사회에서 성적인 자유는 가장 엄격한 금기와 구속의 대상이 되어왔기 때문이다. 법과 금기와 관습에서 해방된다는 것은 인간 조건에 선행하는 상태, 다시 말해 천국의 상태에서 누릴 수 있는 자유와 근원적인 축복을 되찾는다는 것을 의미했다. 유대교-기독교적인 언어로 표현하자면, 이는 실낙원 이전의 아담의 상태인 것이다.

마찬가지로, '말라말라(Malamala)'들이나 에스피리투 산투 섬의 나체주의자들은 성행위를 할 때 동물들의 성행위를 모범으로 삼았다. 다시 말해 자신들을 원죄에서 해방된 존재로 간주함으로써, 성행위에 대한 수치심을 버리고자 했던 것이다. 그들이 불멸의 삶을 고대하고 있었던 것과 마찬가지로 수많은 선물을 싣고 올 미국인들을 기다린 것도 그와 같은 맥락 안에 있었다. 이 종교의 창시자가 불멸을 미국인들이 가져다 줄 선물들 가운데 하나로 생각했는지, 아니면 종말론적 왕국이 도래하면서 저절로 얻어지는 결과로 간주했는지는 분명하지 않다. 어쨌든, 불멸과 풍성한 재화에 대한 믿음은 천국주의자들에게서 발견할 수 있는 가장 대표적인 특징이다. 그들은 일할 필요도 느끼지 않고 마음껏 먹고 전통적인 금기에서 해방되어 사랑을 나눌 수 있으므로, 완벽한 행복 속에서 영원히 살게 될 것이라고 믿었던 것이다.

에스피리투 산투 섬의 종말론적 나체교가 유별나게 우리의 흥미를 끌고, 이것이 다른 멜라네시아의 '화물 숭배'들과 분명히 구분되는 이유는 바로 이와 같은 천국주의적인 특성 때문이다. 왜냐하면 종말론적 나체교도 결국은 예언적인 성격을 띠고 있는 '화물 숭배' 유형의 천년주의 운동이기 때문이다. 그러나 이 경우, 모든 천국주의적 요소들을 발견할 수 있다. 이들 에스피리투 산투 섬의 나체주의자들은 모든 화물 숭배가 내포하고 있는 풍요와 자유의 시대를 예언하고 있을 뿐만 아니라, 거기에 어떤 다른 의미가 함축되어 있음을 암시한다. 즉 그것은 실제로 천국으로 돌아가는 것을 의미하는데, 왜냐하면 신도들은 단순히 화물선이 가져오는 선물뿐만 아니라 절대적인 자유와 영생을 얻게 될 것이기 때문이다.

미국인의 도래와 사자(死者)의 귀환

그들에게 미국인들은 선물을 가득 싣고 돌아오는 선조들 또는
다시 돌아오는 사자(死者)들이었다. 미국인들은 특히 제2차 세계
대전 동안 오세아니아의 섬에 살고 있던 원주민들이 접촉한 최후
의 백인들이었다. 원주민들의 신화적 사고 속에서 미국인들은 네
덜란드, 독일, 프랑스 또는 영국 사람들의 자리를 대신 차지하게 되
었다. 그들 눈에는 모든 서양인들이 그저 똑같은 백인으로만 보였
다. 따라서 전쟁 중에 사망한 백인들이 다시 돌아온 것으로 여겼고,
미국인들을 사자들의 혼령이나 귀신 혹은 유령처럼 생각했던 것이
다. 사실, 백인들은 아주 먼 곳에서 왔다. 신화적인 시간 속에서 보
면, 멜라네시아인의 선조들이 떠나왔던 그 섬, 그리고 원주민들 각
자가 죽은 뒤에 돌아가야 할 그 섬으로부터 선조들이 배를 타고 왔
으므로, 원주민들도 죽으면 작은 배에 실려서 그들이 떠나왔던 나
라로 돌아가게 될 것이라고 생각했던 것이다.[4] 물론 그곳은 바다
저 너머에 있는 신화적인 나라를 뜻한다. 비록 멜라네시아인들이
그들의 선조들은 아주 오래 전 현재 그들이 살고 있는 이 섬으로 이
주해왔다는 사실을 잘 기억하고 있다 하더라도, 그들의 기억은 그

---

4) 사자들이 타고 돌아온 배들에 대해서는 M. Eliade, 『샤머니즘과 엑스터시의 고대 기
법』(Paris, 1951), p. 319 이하 ; V. Lanternari, "Origine storiche dei culti profetici
melanesiani," *Studi e Materiali di Storia delle Religioni*, XXVII, 1956, pp. 31~86, p.
77 이하 참조. 사자 숭배와 '화물 숭배'에 대해서는 A. Lommel, "Der 'Cargo-Cult' in
Melanesien. Ein Beitrag zum Problem der 'Europäisierung' der Primitiven,"
Zeitschrift für Ethnologie, vol. 78, 1953, pp. 17~53과 V. Lanternari, 같은 책, p. 77
이하 참조.

런 신화화 과정을 겪게 되었던 것이다. 바다 너머 저 먼 곳에 있는 선조들의 나라는 환상 속의 섬으로, 사자들의 영혼이 살아 있는 사람들 곁으로 영광스럽게 돌아갈 날만을 기다리고 있는 일종의 천국과 같은 곳이었다. 사자들의 영혼은 언젠가 돌아오게 되어 있으므로, 이번에는 아주 호화스러운 배에, 백인들이 매일 항구에서 부리는 거대한 화물과 같은 커다란 선물들을 가득 싣고 돌아올 것이라고 믿었다.

이것이 바로 화물 숭배가 탄생하게 된 그들의 종교적 개념이다. 이 모두가 예언적·천년주의적 신앙들이다.[5] 이런 신앙들은 한결같이 환상적인 풍요와 축복의 시대가 도래할 것을 예언한다. 원주

---

5) 예언적 숭배 사상이나 멜라네시아의 천년주의자들에 대한 자료는 벌써 꽤 축적되어 있는 상태다. 1951년까지 발간된 자료 목록은 Ida Leeson, *Bibliography of Cargo Cults and other Nativistic Movements in the South Pacific*, South Pacific Commission, Paper n° 30, September 1952에 정리되어 있다. 1951년부터 발표된 주요 저서들에 대한 언급은 Lanternari, 같은 책, p. 39, n. 2와 여러 곳을 참조하라. 메시아주의와 천년주의 문제들을 다룬 *Archives de Sociologie des Religion*, vol. IV (Paris, juillet-décembre 1957)과 Vol. V(janvier-juillet 1958), 특히 Jean Guiart, *Institutions religieuses traditionnelles et Messianismes modernes à Fiji*, vol. IV, pp. 3~30 ; Jean Guiart et Peter Worsley, *La répartition des mouvements millénaristes en Mélanesie*, vol. V, pp. 38~46(지도 포함) ; Peter Worsley, *The Trumpet shall sound. A study of 'Cargo' Cults in Melanesia* (London, 1957) ; A. Buehler, *Kulturkontakt und Kulturzerfall, Acta Tropica*, XIV, 1957, pp. 1~35 등을 참조할 것. 원시 문화들에서 볼 수 있는 메시아주의에 대해서는 R. Lowie "Le messianisme primitif," *Diogene*, n° 19, 1957, pp. 1~15 ; Guglielmo Guariglia, *Profetismus und Heilserwartungsbewegungen als völkerkundlicher und religonsgeschichtliches Problem* (Wien, 1959) ; W. Koppers, "Prophetismus und Messianismus als völkerkundliches und universalgeschichtliches Problem," *Saeculum*, X, 1959, pp. 38~47 참조.

민들은 자신들이 다시 섬의 주인이 되고, 사자들이 가져오는 그 엄청난 재물들 덕분에 다시는 일을 하지 않아도 될 것이라 믿었다. 대부분의 이런 운동들이 한편으로는 백인들에게서 받은 모든 재물을 파괴하도록 하고, 다른 한편으로는 사자들이 가져온 재물들을 쌓아둘 거대한 창고를 짓도록 종용하는 이유가 바로 이 때문이다. '화물숭배'의 몇 가지 유형에 대해서는 잠시 뒤에 논하기로 하자. 하지만 먼저 멜라네시아 해변을 따라 늘어선 모든 지역에서 공통으로 나타나는 화물의 출현이 어떻게 그런 예언적·천년주의적 미세 종교들을 탄생시켰는지를 설명해야 할 것이다. 이미 살펴본 바와 같이, 이 문제에 관련된 근본적인 사고는 화물을 가득 싣고 돌아오는 사자들의 영광스러운 귀환이라는 특이한 신화에 근거를 두고 있다. 화물을 가득 실은 배들이 백인들의 항구에 도착하는 모습은 원주민들에게는 마치 기적적인 사실처럼 여겨졌다. 노동을 하거나 직접 물건을 생산하지도 않는 백인들이 항구에서 엄청난 양의 화물과 양식을 받는 것을 목격했기 때문이다. 그들은 오로지 화물들만을 봤을 뿐, 그들의 섬에서 멀리 떨어진 곳에서 그 화물들이 만들어지는 길고 긴 과정은 전혀 알 수가 없었다.[6] 따라서―그들 관점에서 보면 완벽하게 논리적이었겠지만―이 물건들은 마술에 의해 만들어졌거나 혹은 죽은 사람들에 의해 만들어진 것이 분명하다고 생각했던 것이다.[7] 두번째 가설은 그 물건들을 소유하는 것이 그들의 당연한 권리라는 주장이다. 왜냐하면 죽은 사람들이 그 물건들을 만들기 위

6) A. Lommel, 앞의 책, p. 58은 이 문제를 아주 명백하게 설명했다. 또한 V. Lanternari, p. 84; Peter Worsley, *The Trumpet shall sound*, p. 44도 참조할 것.

7) Peter Worsley, 앞의 책, p. 97 참조.

해 노동을 한 것은 원주민들을 위해서이지, 백인들을 위한 것이 아니라고 생각했기 때문이다. 아주 빈번하게, 원주민들은 죽은 사람들이 그들을 위해 보내준 화물선들을 백인들이 빼앗았다고 확신하고 있었으며, 이러한 부당한 행위는 이미 존재하고 있던 백인들과 원주민들 사이의 긴장감을 더욱 고조시켰다. 다른 한편으로는, 만약 화물이 마법의 산물이라면, 그것이 그들의 소유인 것은 더욱더 명백한 사실이라는 주장이었다. 왜냐하면 화물을 만들어내는 것은 언제나 사자나 신뿐이라고 믿고 있었기 때문이다.

이교와 기독교의 혼합주의

이런 이유들로 인해 백인과 원주민 사이에는 좌절과 불신의 분위기가 생겨났다. 우선, 적어도 초창기에 원주민들은 백인들이 조상들처럼 선물을 가져올 것이라고 여겼기 때문이다. 사실 백인들은 죽은 사람들의 혼령처럼 하얀 피부를 가지고 있었고, 더구나 그들은 배를 타고 섬에 도착했다. 그러나 섬에 도착한 백인들은 주인 행세를 하기 시작했고, 원주민을 경멸했고, 견디기 힘든 노역을 강요했으며, 강제로 기독교로 개종시키려 들었다. 원주민들이 백인들에 대해 품고 있던 모호한 감정은 서구의 가치들에 대한 선망과 질투, 무조건적인 모방과 마찬가지로 조국의 해방을 갈구하고 있던 원주민들의 반(反)서구적 운동의 근거를 잘 설명해주고 있다. 거의 모든 '화물 숭배'의 경우에서 기독교에 대한 저항은 다소 범주적인 형태로 나타난다. 그러나 기독교의 종말론은 여전히 멜라네시아의 천년주의적 신화에 동화된 상태를 유지하고 있다. 예를 들어 후온 반도(Huon Peninsula)의 밀림 속에 살던 우피크노(Upikno)라는 이름의 은둔자는 신의 명령에 따라 자신을 '나자렛(Nazare)'이라고 명명했다고 한다. 라이 코스트(Rai Coast, 1936)의 한 천년주의 분파에서는 그리스도의 재림을 공언하기도 했다. 마당 교구(Madang District)의 가톨릭 신도이며 원주민인 맘부(Mambu)라는 자는 백인들과 선교사들에 대항하는 이교-기독교 혼합주의적 운동을 일으키기도 했다.[8] '아시시 숭배(Assisi cult)'라는 이름으로 불리던 또다른 멜라네시아 종교는 화물 실은 배를 타고 오는 그리스도의 도착을 예언했다. 그때가 되면 원주민들은 백인, 백인들은 흑인으로 변하게 되어, 원주민들이 흑인으로 변한 백인들을 지배할 날이 올 것이라고 주장했다. 캠푸(Kaimpu) 지역에서는 필로(Filo)라는 이름의 17세 소녀가 예언적이고 혼합주의적인 새로운 종교를 창시했다. 그녀의 숙부 중 한 사람은 '하느님'이라는 이름으로, 또다른 숙부는 '예수'라는 이름으로 개명했다. 신도들은 밤낮없이 가톨릭적인 기도와 원주민들의 기도를 섞어가며 기원을 올리고, 신전 주위를 맴돌며 노래하고 춤을 추었다고 한다. 필로는 하느님이 그들에게 선물과 함께 유럽인들을 쫓아내는 데 사용할 무기도 보내줄 것이라고 예언했다. 그녀는 선교사들부터 공격해야 한다고 주장했는데, 그 이유는 선교사들이 잘못된 종교를 퍼뜨리고 있기 때문이라는 것이었다. 다음 공격 대상은 경찰이었다.[9]

---

8) 같은 책, p. 103 이하.
9) 같은 책, p. 111 이하.

부카(Buka)에 위치한 천년교의 교주들 가운데 사노프(Sanop)라는 사람은 유럽인들이 기독교의 제의와 교리 중의 일부를 고의로 은폐했다고 비난했다.[10] 네덜란드령 뉴기니(Nouvelle-Guinée)의 한 종교 신도들에 따르면, 유럽인들이 성서의 첫째 장을 찢어버림으로써 예수가 파푸아인이라는 사실을 은폐했으며, 그들이 이런 잔꾀를 부려서 당연히 파푸아인들에게 돌아가야 할 특권들을 빼앗아갔다고 주장했다. 신도들은 이러한 부당한 처사들을 바로잡기 위해 자기들이 살고 있는 마을의 이름을 갈릴리·예리코 등과 같은 기독교적 이름으로 바꾸어 불렀으며, 지도자들 중 한 사람은 자신의 이름을 모세라고 부르기까지 했는데, 그는 명상을 위해 카르멜 산이라고 개명한 산에 올라가 기도를 올렸다고 한다.[11] 1939년, 화물선의 도착을 예언한, 나병에 걸린 어느 노파는 슈텐(Schuten)의 섬들을 각각 유대(Judaea)와 가다라(Gadara)라고 명명했고, 자기가 살던 마을을 베들레헴, 그리고 근처의 작은 시내를 요르단 강이라고 불렀다.[12]

더 특별한 경우들도 있었다. 대부분의 천년주의 운동은 멜라네시아 종교의 전통적인 형태들마저도 부정하고 있었다. 비밀 결사의 모임에 사용하던 가면들을 파괴하고 여자들이 비교 의식(秘敎儀式)

---

10) 같은 책, p. 119.

11) 같은 책, p. 137.

12) 같은 책, p. 138 참조. 이교-기독교적 혼합주의의 다른 예들을 보려면 같은 책, p. 209 이하, p. 245 이하 등을 참조할 것. 아울러 원주민들 사이에서 예언적·메시아주의적 운동들이 전개된 것은 기독교와 서양 문화와 접촉한 결과에서 비롯되었음을 밝혀둔다. 이 점에 대해서는 본서 167쪽의 주 5에서 인용한 G. Guariglia와 W. Koppers의 연구를 참조할 것.

에 참가하는 것을 허용했다. 때로 전통적인 토속 종교 자체가 사라져버리는 경우도 생겨났다. 그렇다고 해서 원주민들이 하루 아침에 무종교 상태가 되고, 같은 맥락에서 기독교와 그들의 선대 종교까지 버린 것은 아니었다. 오히려 그 반대로, 그런 급격한 변화는 더욱 진실하고 무한히 창조적인 종교적 삶의 용출을 드러냈는데, 왜냐하면 그들은 이미 천년주의적인 예언을 경험했기 때문이다. 그처럼 원주민들은 새로운 '왕국'을 준비하고 있었으므로, 과거에 존재한 모든 형태의 종교는 소멸되어야 한다고 생각했다. 그들은 근본적으로 쇄신되어, 예전과는 전혀 다른 소중한 존재들로 다시 태어날 날만을 기다리고 있었다. 왜냐하면 그것은 종말도 없고, 지고한 축복 속에서 영원히 살아가는 삶을 뜻하기 때문이었다. 우리는 이와 똑같은 현상을 에스피리투 산투 섬의 나체 신앙에서도 찾아볼 수 있다. 섬의 원주민들은 기독교나 백인들의 윤리적 · 경제적 가치뿐만 아니라 부족의 전통적인 관습과 금기까지 거부하고 있었다. 그들은 머지않아 도래하게 될 천국에 적응하기 위한 준비를 하고 있었던 것이다.

오세아니아의 모든 천년주의 운동이 적확한 역사적 상황의 결과로 야기되었던 것과, 경제적 · 정치적 독립을 향한 욕구를 표방하고 있는 것은 분명한 사실이다. '화물 숭배'의 사회 · 정치적 맥락을 조명하는 다수의 논문들이 이를 증명하고 있다.[13] 그러나 천년주의를

13) 168쪽의 주 6에 소개된 자료들 외에도 다음 자료들을 참조할 것. J. Poirier, "Les mouvements de libération mythique aux Nouvelles-Hébrides," *Journal de la Société des Océanistes*, vol. V, 1949, pp. 97~103; Tibor Bodrogi, "Colonization and Religious Movements in Melanesia," *Acta Etnografica Academiae Hunga-*

표방하는 이 미세 종교들에 대한 역사적·종교적 해석은 이제 겨우 시작 단계에 있을 뿐이다. 그런데 이 모든 예언적 현상들은 종교사적인 관점에서 접근해야만 완벽한 이해가 가능하다. 해마다 사자들의 귀향을 믿고, 그로 인한 우주의 재탄생을 믿는 멜라네시아의 종교에서 가장 기본적인 역할을 수행하고 있는 신화적·제의적 문제들을 고려하지 않는다면, '화물 숭배'의 의미를 파악하거나 그 놀라운 성공 비결을 가늠할 수 없기 때문이다.[14] 우주는 매년 새롭게 태어나야 하고, 이 새로운 탄생을 가능케 하는 새해의 예식에 사자들이 참여한다. 그러나 이 신화-제의적인 복합 현상은 '위대한 해(la Grand Année)'의 신화를 통하지 않고는 완성될 수 없다. 즉 존재하고 있는 모든 형태의 파괴와, 새로운 창조에 이어서 등장하는 혼돈으로의 회귀에 따라 우주의 재창조가 가능해지는 것이다.

세계의 소멸과 황금 시대의 도래

우주의 파괴와 주기적인 재창조에 관련된 문제는 아주 널리 퍼져 있는 종교적 모티프다. 이 문제는 잠시 후에 다시 살펴보기로 하고, 먼저 멜라네시아에 퍼져 있는 몇 개의 예언적 종교의 경우를 들어

---

ricae, vol. II (Budapest, 1955), pp. 259~292; Jean Guiart, *Espirito Santo* (Paris, 1958).

14) 멜라네시아의 '화물 숭배' 사상들에서 신화-제의적인 각본을 추출해낸 것은 V. Lanternari의 업적이다. 앞의 책, p. 45 이하, p. 55 이하와 여러 곳 참조. 또한 G. Guariglia, 앞의 책을 볼 것.

'위대한 해'의 징후를 있는 그대로 분석해보기로 하자. 예를 들어, 뉴기니의 밀른 베이(Milne Bay)에 살고 있는 토케리우(Tokeriu)라는 예언자는 1893년에 진정한 새해가 찾아올 것이며, 새로운 풍요의 시대를 알리는, 사자들을 위한 진정한 축제가 될 것이라고 예언했다. 하지만 그전에 무시무시한 재앙—화산 폭발, 지진, 홍수—이 비신도들, 즉 자신의 종교를 믿지 않는 모든 사람들을 쓸어가버릴 것이라고 했다.

이와 같은—세상의 종말에 대한 이미지를 엿볼 수 있는—우주적 규모의 재앙이 끝나면, 갑자기 방향을 바꾼 바람이 화창한 날씨를 불러오리라는 것이었다. 정원에는 타로토란과 마(麻)가 넘쳐나고, 가득 열린 열매의 무게를 이기지 못한 나무들이 쓰러지며, 사자들이 배를 타고 살아 있는 자들을 찾아옴으로써 드디어 풍요와 축복의 시대가 열리리라는 것이었다. 따라서 신도들은 유럽인에게서 받은 어떠한 물건도 사용해서는 안 되었다.[15]

1929년부터 1930년까지, 황금 시대의 신화는 뉴 브리튼(New Britain) 지역의 베이닝(Baining)들 사이에 널리 퍼져나갔다. 그들에 따르면, 엄청난 지진이 일어나 유럽인들과 신앙심이 부족한 원주민들을 모두 멸망시켜버리고, 산들은 무너져내려 계곡을 메우고, 그 위에 정원과 과수원으로 뒤덮인 넓은 평원이 형성되어 이제 원주민들은 더 이상 일을 할 필요가 없어질 것이라고 했다. 사자들이 부활하고, 심지어 죽었던 돼지나 개들도 다시 살아날 것이라고 했

---

15) Charles W. Abel, *Savage Life in New Guinea*, London, 1902, pp. 104~128, Lanternari에 의해 요약, 앞의 책, p. 45와 P. Worsley, 앞의 책, p. 51 이하.

다.[16] 에스피리투 산투 섬의 예언자 로노부로(Ronovuro)는 1923년 큰 홍수가 난 뒤 사자들이 쌀과 다른 화물을 실은 배를 타고 돌아올 것이라고 예언했다.[17] 오랜 세월이 지난 뒤 이 예언들은 문자 그대로 실현된 것처럼 보였다.

1919년에 나타나 1923년경 퇴락하다가 1931년에 완전히 자취를 감춘 이른바 '바일랄라 광란(Vailala madness)'이라는 이름의 운동에 가담했던 원주민들은 그 예언이 1934년부터 문자 그대로 실현되었다고 믿었다. 결국, 바로 그날 원주민들은 땅이 흔들리고 나무들이 휘청거렸으며, 이어서 하루 만에 식물들에 꽃이 피어났던 것을 잘 기억하고 있다고 주장했다. 또한 사자들이 돌아와 밤에 다시 떠났던 것도 기억하고 있다고 증언했다. 다음날에는 해변에서 유럽인들의 신발 자국과 심지어 그들의 자전거 바퀴 자국마저 발견되었다고 했다.[18] 예언이 미래가 아니라 과거에 실현된 형태로 드러났지만, 그래도 실현된 것만은 분명했다.

뉴기니의 모로베(Morobe) 지역에 있는 마컴(Markham) 계곡에서는 1923년 마라피(Marafi)라는 자가 주장하기를, 사탄이 자신을 찾아와 땅 속으로 데려가, 그곳에서 살고 있는 사자들을 만나게 해주었다고 했다. 그에 따르면, 사자들은 지상으로 돌아오고 싶어하지만, 사탄이 방해하고 있다는 것이었다. 그리고 마라피가 원주민들에

---

16) P. Worsley, 앞의 책, p. 90.

17) V. Lanternari, *Origine storiche dei culti profetici melanesiani*, p. 47.

18) F. E. Williams, "The Vailala madness in retrospect," in *Essays presented to C.G. Seligmann* (London, 1934), pp. 369~379, p. 373 이하 ; P. Worsley, p. 90 이하. 또한 Lanternari, p. 46도 참조할 것.

게 사탄이 지고의 존재라는 사실을 설득시킬 수만 있다면, 그들은 다시 지상으로 돌아올 수 있을 것이라고 덧붙였다는 것이다. 이 이야기에서 마라피가 백인들의 종교적·정치적 찬탈에 대항하는 저항의 논리적 결론을 유추한 것은 주목할 만한 일이다. 새로운 예언적 종교의 진정한 신(神)은 백인들에게 대항하는 신, 즉 사탄일 수밖에 없다는 것이다. 물론 이것은 백인과 흑인들 사이의 대립을 형상화한 것이지만, 백인들의 기독교가 성서의 정신에 위배되었던 만큼 당시의 역사적·종교적 상황에 대한 비판을 담고 있었다.

하지만 그의 예언에는 더욱 의미심장한 내용이 담겨 있다. 다시 말해 사자들이 돌아오기 전에 우주적인 규모의 천재지변이 일어나서 지진이 모든 것을 뒤엎고, 비처럼 쏟아지는 등유의 불길이 집과 정원과 살아 있는 모든 것을 불살라버릴 것이라는 예언 말이다. 따라서 마라피는 땅이 흔들리는 등 천재지변의 징조가 보이면, 마을 사람들이 모두 대피할 수 있는 거대한 집을 지어야 한다고 충고했다. 그리고 다음날, 절인 고기나 담배·쌀·옷·램프·소총과 같은 선물을 가득 싣고 돌아오는 사자들을 만날 수 있을 것이라고 했다. 따라서 이제 사람들은 더 이상 밭을 가꿀 필요가 없어질 것이라고 덧붙였다.[19]

사자들이 돌아오기 전에 일어날 지진과 암흑에 대한 예언은 멜라네시아의 '화물 숭배자' 사이에 널리 퍼져 있었다.[20] 네덜란드 점령 지역의 인도인들 사이에 전해지는 유명한 신화에 따르면, 영웅 망

---

19) P. Worsley, p. 102.

20) 같은 책, pp. 116, 184, 199, 214의 예를 볼 것.

스랭(Mansren)이 귀환하면 황금의 시대가 열릴 것이라고 했다. 그가 지금 살고 있는 곳(인도네시아로 알려져 있으나, 싱가포르나 네덜란드로 전해지기도 한다)에서 망스랭은 그 높이가 하늘에 닿을 만큼 큰 나무를 심을 것이며(아식스 문디axis mundi〔세계의 축〕를 상징하는 이미지에 주목하자), 나무는 망스랭이 태어난 미옥 운디(Miok Wundi) 섬까지 늘어지고, 나무 줄기 위에서 기적의 아이 코노르(Konor)가 뛰어다닐 것이라고 예언했다. 또한 푸에르 아이테르누스(puer aeternus)의 도착은 황금 시대의 시작을 뜻하며, 노인들은 다시 젊어지고, 병든 자들은 완치되며, 사자들은 지상으로 돌아올 것이라고 했다. 풍요로운 음식과, 여자와, 장식물과 무기들이 넘쳐나고, 모두가 일을 하거나 세금을 내야 하는 의무에서 해방될 것이라고도 했다.[21]

이 신화의 최근 버전들에서는 망스랭과 푸에르 아이테르누스의 도래가 사회적인 상황이나 인간의 존재론적 방식뿐만 아니라, 우주의 구조까지도 근본적으로 변모시킨다고 이야기하고 있다. 마, 감자 그리고 다른 뿌리열매들이 나무에서 자랄 뿐만 아니라 코코넛과 다른 과일들이 뿌리열매들처럼 자라게 될 것이라고 했다. 바다 동물은 육지 동물이, 반대로 육지 동물은 바다 동물이 될 것이라고 했다. 현세의 형태와 법칙이 완벽하게 전도된 모습들이 나타날 것이라고, 즉 지금 위에 있는 것들은 아래로 내려갈 것이고, 아래에 있는 것들은 위로 올라가는 등 모든 것이 이런 식으로 전도될 것이라

---

21) 망스랭 신화에 대해서는 C. Kamma, "Messianic Movements in Western New Guinea," *International Review of Missions*, vol. 41, 1952, pp. 148~160; p. Worsely, 앞의 책, p. 126 이하 참조.

고 말했다. 우주 전체가 새롭게 태어날 것이라고, 즉 하늘과 땅이 사라지고 새로운 하늘과 새로운 땅이 그들 자리에 들어설 것이라고 했다.[22]

저 유명한 존 프럼(John Frum)은 뉴헤브리디스 제도 가운데 하나인 타나(Tana)가 천재지변이 일어난 뒤 평지가 될 것이라고 예언했다. 즉 화산들이 무너져내려 계곡을 메워서 비옥한 평야가 될 것이라고 했다. (산이 붕괴하거나 땅이 평평해지는 현상은 특히 인도와 근동 지방에서 자주 발견되는 묵시록적인 주제다.) 노인들은 젊음을 다시 찾고, 질병이 사라지고, 이제 그 누구도 밭을 경작할 필요가 없어질 것이며, 백인들은 섬을 떠나게 될 것이라고 예언했다. 또한 존 프럼은 선교사의 학교를 대신할 새로운 학교들이 세워질 것이라고 했다.[23]

20여 년 전에 발견된 뉴기니의 미개 지역에서는 천년주의 신화가 더욱 생생한 모습을 띠고 있다. '위대한 밤'이 오면 예수가 원주민의 선조들과 함께 화물들을 가지고 오리라는 것이다. 원주민들은 그들의 도착 소식을 접하기 위해 전보 안테나를 세운다고 상상하면서 대나무 가지들을 세우기까지 했다. 그들은 홈이 파인 말뚝을 세워서, 예수가 땅으로 내려올 때 그리고 그들이 하늘로 올라갈 때 발을 디딜 수 있게 했다. (여기서도 우리는 아식스 문디의 주제를 다시 발견할 수 있다.) 그들은 무덤들을 세심하게 청소하고, 재화와 무기

---

22) 망스랭 신화의 이 최근 형태에 대해서는 P. Worsley, pp. 136~137 참조.

23) 존 프럼 운동에 대해서는 Jean Guiart, "John Frum Mouvement in Tanna," *Oceania*, XXII, 1951, pp. 165~177 ; V. Lanternari, p. 44 ; P. Worsley, p. 152 이하 참조.

들을 파괴했다. 그들의 검은 피부는 희게 변할 것이며 백인들의 모든 재화는 흑인들의 것이 되리라고도 예언했다. 일본군과 연합군의 공중전 이후, 원주민들은 그들의 선조 가운데 일부는 비행기를 타고 오리라고 믿었다. 그들은 주위에 착륙한 최초의 비행사들을 앞으로 도착할 선조들의 전령으로 간주하여 성대한 예식으로 맞이하였다.[24]

사자들에 대한 기다림과 제의적인 무위(無爲)

멜라네시아의 모든 화물 숭배에는, '황금 시대'가 도래하기 전에 찾아오는 천재지변에 대한 기다림이 가치들에 대한 완벽한 초탈 상태(détachement)와 일상적인 행동을 표현하는 일련의 행위를 통해 나타난다. 그들은 돼지와 암소들을 몰살하고, 다시는 유럽 화폐를 쓰지 않기 위해 비축해두었던 돈을 모두 써버리거나, 심지어 바다에 던져버리기까지 했다.[25] 양식을 쌓아둘 거대한 창고를 짓고, 공동묘지를 정돈하고 꽃으로 장식하며, 새로운 길을 내기도 했다.[26] 일을 중단하고 식탁에 모여 앉아 사자들이 오기만을 기다리기도 했다.[27] 존 프럼의 운동에서는 집단적인 축제가 벌어질 때 일정한 형

---

24) R. M. Berndt, "A Cargo Movement in the East Central Highlands of New Guinea," *Oceania*, XXIII, 1952~1953, pp. 40~65, 137~158, p. 53 이하, p. 60 이하 ; Worsley, p. 199 이하에 요약.

25) Worsley, 같은 책, p. 154 ; 람부트존 섬의 예언교, 같은 책, p. 188 등.

26) 같은 책, p. 118 참조.

태의 음란 행위(licence)가 허용되기도 했다. 예를 들어 황금 시대
가 시작되는 날인 금요일은 성스러운 날로 간주되었으며, 토요일에
는 춤을 추고 카바(kava)를 마시면서 지냈다. 젊은 남녀들은 한 집
에서 살았는데, 낮이면 함께 수영을 하고 밤에는 춤을 추었다.[28]

혼합주의와 기독교적 요소를 제외하고 생각해본다면, 멜라네시
아의 이런 미세 종교들에는 모두 동일한 중심적인 신화가 내재해
있다. 다시 말해서 그들은 사자의 도래를 우주 재탄생의 징표로 간
주한다. 그것은 우리가 이미 알고 있듯이, 멜라네시아인들에게서
가장 근본적인 종교적 사고다. '화물 숭배'는 우주가 주기적으로
새로 태어난다는 믿음, 더 정확히 말하자면 매년 상징적으로 재창
조된다는 전통적인 종교적 주제를 대변하고, 그것을 증폭하고, 재
평가하며, 아울러 거기에 예언적이고 천년주의적인 강도를 부여한
다. 새해에 첫날이 시작되는 것은 우주의 탄생을 재현하는 것으로
여겨졌다. 새로운 세계, 신선하고 순수하고 풍요로우며, 시간의 흐
름조차도 퇴락시킬 수 없는 모든 잠재성을 가진 새로운 세계가 태
어나는 것으로 생각했다. 즉 처음 우주가 창조되었을 때의 상태가
재현되는 것이다. 널리 퍼져 있던 이러한 사고는 과거의 무거운 짐
에서 벗어나고 싶은 인간의 종교적인 욕망과, 시간의 굴레를 벗어
나 자신의 존재를 그 근원에서 처음부터 다시 시작하고 싶은 욕망
을 드러낸다.[29]

---

27) 그 밖에도 Worsley, 같은 책, p. 84 이하를 볼 것.

28) Jean Guiart, *John Frum Mouvement*, p. 167 이하 참조 ; P. Worsley, p. 155 이
하 참조.

29) 이 모든 문제에 대해서는 M. Eliade, 『영원한 회귀의 신화』(Paris, 1949) 참조.

멜라네시아에서 새해를 맞아 열리는 토속적인 큰 축제에는 다음과 같은 요소들이 포함되어 있다. 즉 사자들의 도착, 노동의 금지, 사자들을 위한 제단 위에 놓이는 제물이나 혼령에게 바치는 제사 음식들 그리고 통음난무의 집단적인 축제.[30] 새해를 맞아 벌어지는 이 토속적이고 성대한 축제에서는 '화물 숭배'의 가장 특징적인 요소들이 쉽게 발견된다. 사자들에 대한 기다림, 가축의 대학살, 혼령들에게 바치는 제물, 통음난무의 열광, 노동의 거부와 같은 주제들이 바로 그것이다. 이 축제를 관람한 유럽인들에게 가장 큰 충격을 준 것은, 무엇보다도 원주민들의 엄청난 파괴 행위와 완벽한 무위(無爲)의 태도였다.

한 가지 예를 들어보자. 속칭 바일랄라 광란에 전염된 파푸아 지역 중 한 곳을 방문했던 현지 거주 유럽인 판관은 그가 목격한 장면을 이렇게 옮겨 적고 있다. "그들은 꼼짝도 하지 않고 자리에 앉아 있었으며 내가 거기 머물면서 그들을 바라보고 있던 몇 분 동안 단 한 마디도 하지 않았다. 그들이 너무도 어리석은 짓을 하고 있었기 때문에, 그들과 함께 있는 사람이라면 누구라도 화를 낼 수밖에 없었을 것이다. 강하고 체격이 건장한 원주민들 집단 전체가 정상적인 사람들처럼 노동을 하거나 어떤 일에 전념하기는커녕, 한낮에 깨끗한 새 옷을 입고, 마치 돌덩어리나 나무 둥치처럼 완벽한

---

30) V. Lanternari, *Origine storiche dei culti profetici melanesiani*, p. 46 참조 ; Id., "L'annua festa 'Milamala' dei Trobriandesi: interpretazione psicologica e funzionale," *Rivista di Antropologia*, XLII, 1955, pp. 3~24에서 별도 인용. 이 부분은 같은 저자의 책 *La Grande Festa. Storia del Capodanno nelle civiltà primitive* (Milano, 1959)가 출간되었을 때 이미 집필된 상태였다.

적막 속에 자리를 잡고 앉아 있었다. 그들은 정말 정신병원에나 들어가기에 딱 알맞은 사람들처럼 보였다."[31]

서구인에게는 그들의 이런 제의적인 부동 상태를 이해한다는 것이 쉬운 일은 아니었을 것이다. 그것은 단순한 게으름이 아니라, 완전히 미친 짓으로 비쳤을 것이다. 그러나 원주민들은 나름대로의 제의를 치르고 있었다. 그들은 사자들을 기다리고 있었기에 일을 중지한 것이었다. 하지만 이번 경우는, 새해 첫날을 기해 사자들이 돌아오거나, 해마다 돌아오는 세상의 갱신 차원이 아니었다. 그들이 기다리고 있던 것은 이른바 새로운 우주적 시대의 출범, 위대한 해의 새로운 시작이었다. 이제 사자들은 살아 있는 자들 곁으로 돌아와 다시는 떠나지 않을 것이었다.

죽음과 노쇠 그리고 질병이 사라진다는 것은 살아 있는 자들과 사자들 사이의 경계가 허물어진다는 것을 뜻했다. 근본적으로 새롭게 다시 태어난 이 세상은 실제로 천국의 건설을 의미했다. 따라서, 이미 우리가 살펴본 바와 같이, 천국이 도래하기 전에 먼저 지진이나 홍수 · 암흑 · 불비와 같은 끔찍한 천재지변이 일어나는 것이 당연하다고 생각했던 것이다. 새로운 우주와 새로운 삶의 양식, 다시 말해 천국에서의 삶의 양식이 가능할 수 있도록, 낡은 세상은 완벽하게 파괴되어야 했던 것이다.

수많은 '화물 숭배' 현상이 기독교적 천년주의의 사고를 수용한 것은, 원주민들이 기독교에서 그들의 뿌리 깊은 전통적인 종말론적 신화를 재발견할 수 있었기 때문이다. 기독교에서 주장하는

---

31) *Papoua, Annual Report*, 1919~1929, Appendice V, Worsley, p. 84에서 재인용.

182

사자의 부활은 그들에게는 친숙한 주제였다. 원주민들이 선교사들에게서 실망을 느꼈던 이유는, 그리고 대부분의 '화물 숭배'가 반(反)기독교적 성향으로 선회하게 된 이유는 기독교 자체에 있었던 것이 아니라, 단지 선교사들과 기독교로 개종한 원주민들이 진정한 기독교인답게 처신하지 못했기 때문이다. 공식적으로 기독교를 대하게 되었을 때, 원주민들은 갖가지 비극적인 실망감을 느끼지 않을 수 없었다. 그들이 기독교에서 가장 큰 매력을 느꼈던 것은, 세상이 근본적으로 새롭게 태어나고 머지않아 예수가 재림하며 사자들이 부활할 것이라는 전언들이었기 때문이다. 기독교의 이 예언적이고 종말론적인 요소들이 원주민들에게 가장 깊은 반향을 불러일으켰던 것이다.

그러나 선교사들과 개종한 원주민들은 기독교의 이런 요소들을 모르거나 무시하는 것처럼 보였다. 천년주의 운동이 과격한 반기독교적 성향을 띠게 된 것도, 선교사들이나 간접적으로 그들에게 영향을 미치는 자들이 배에 선물을 가득 싣고 올 사자들의 귀환을 전혀 믿지 않는다는 사실을 그 운동의 지도자들이 알게 되면서부터였다. 그것은 바로 머지않아 실현될 왕국의 존재나 사자들의 부활 그리고 천국의 도래를 전혀 믿지 않는다는 얘기와 다를 바 없었기 때문이다.

'화물 숭배'의 천년주의적 이데올로기와 공식적인 기독교가 서로 대립하게 된 갈등에 관한 가장 의미심장한 일화는, 마당교의 예언주의적 운동의 전면에 서 있는 그 유명한 얄리(Yali)라는 인물에 관한 이야기다. 우리는 그의 일화를 소개하면서 멜라네시아의 천년주의 신앙에 대한 개괄을 끝내고자 한다. 얄리는 당시 원주민들이 열광적으로 지지하고 있던 천년주의 운동에 합세했다. 그들이 지향하던 천년주의 운동에는 기독교적인 종말론의 요소가 많이 포함되어 있었다. 그러나 1947년, 그의 활동에 경각심을 품게 된 일부 고급 공무원들은 그를 파푸아뉴기니의 수도인 포트모르즈비로 소환하여 질의를 하기로 결정했다. 포트모르즈비에 머무르는 동안, 알리는 유럽 기독교인들이 원주민들의 숭배 대상이었던 화물선의 존재를 전혀 믿지 않는다는 사실을 알게 되었다. 한 원주민은 그에게 진화에 관련된 서적을 보여주었고, 유럽 기독교인들의 신앙은 사실상 이 진화론과 부합되는 것이라는 사실을 이야기해주었다.

이러한 정보를 접하게 된 알리는 큰 혼란에 빠졌다. 유럽인들은 자신들을 동물의 후손으로 믿고 있다는 사실, 달리 말하면 알리가 속해 있는 종족이 오래 전부터 믿어왔던 것과 똑같은 토템 신앙을 가지고 있다는 사실을 알게 된 것이다. 알리는 그 동안 속아왔다는 생각이 들었고, 그때부터 극단적인 반기독교적 성향을 띤 그의 신앙은 선조들의 토속 종교로 회귀하게 되었다.[32] 그는 자신을 상상할 수조차 없는 지질학적 시대에 섬에서 멀리 떨어진 어디에선가 살고 있었다고 전해지는 흉측한 원숭이의 후손이라고 믿기보다는, 차라리 자기가 속한 종족의 친숙한 토템적인 동물의 후손으로 믿고 싶었던 것이다……

---

32) P. Lawrence, "The Madang District Cargo Cult," *South Pacific*, VIII, 1955, pp. 6~13 ; P. Worsley, 앞의 책, p. 216 이하.

캘리포니아인들의 새해와 세계의 재건

이제 우리가 얘기하고자 하는 종족들은 멜라네시아 사람들처럼 뿌리식물을 경작하거나 돼지를 키우지 않는다. 그들은 열대 지방에 사는 것이 아니라 캘리포니아의 북서부 해안과 클래머스, 새먼 그리고 트리니티 강줄기 사이에 형성된 지역에서 살고 있다. 그들은 대부분 카로크(Karok), 후파(Hupa) 그리고 유로크(Yurok) 등 서로 다른 분파에 속하며, 농사보다는 연어낚시를 주업으로 삼는다. 그리고 후파족은 도토리 열매를 주워서 가루를 내어 일종의 죽 같은 것을 만들어 먹는다.

이 종족들은 그들의 가장 기본적인 종교 의식을 '세상의 재건' '복원(repair)' 또는 세계의 '고정(fixing)'이라고 한다. 그들은 영어로 그것을 '새해(New Year)'라고 하는데, 그 이유는 적어도 시초에는 이 의식(cérémonie)이 원주민들의 달력에 따른 새해에 치러졌기 때문이다.[33] 그것은 연례적인 의식으로, 1년이나 2년 동안 땅을 바로 세우거나 다시 견고하게 만들자는 목적으로 행해졌다. 원주민들은 어떤 의식들을 '세상 아래 말뚝을 세우다'라고 이름지어 부르기도 했다. 그믐이 되어 달이 기울거나, 새로 차기 시작한 달이 정점에 다다르는 시기에 의식이 치러지는 것 또한 새로운 탄생의 상징적인 가치를 내포하고 있다.[34] 그러나 캘리포니아인들의 종교

---

33) 그 이후에 관한 것은 A. L. Kroeber et E. W. Gifford, "World Renewal, a Cult System of Native Northwest California," *Anthropological Record*, XIII, n° 1, University of California(Berkeley, 1949) 참조.

34) Gifford, in Kroeber et Gifford, p. 106.

의식(意識)에서 재탄생·복원·재출현·안정 등과 같은 어휘들은 세상의 창조에 대한 제의적 반복을 대변한다. 사실 사제는 '불사신'의 행동과 말들을 정성껏 반복해야 했다. 여기서 '불사신'이란 인간들이 이 땅을 차지하기 이전에 이 땅에 살고 있다가 떠나간 영혼들, 캘리포니아의 여러 종족이 그들의 영역을 차지했을 때 돌로 변해버린 영혼들을 의미한다. 이제부터 우리가 살펴보겠지만, '불사신'은 사실 캘리포니아의 부족들이 정착하게 될 이 세계를 '창조한' 존재들이고, 그들은 그 세계 안에서 그들의 행동 규범과 종교적·비종교적 기관들을 건립했다.

의식은 두 부분으로 이루어져 있다. 첫번째는 비교적(秘敎的)인 부분으로, 단 한 명의 사제에 의해 지극히 은밀하게 치러졌다. 반면에 두번째 부분은 공개적으로 이루어졌다. 여기에는 젊은이들을 위한 춤과 활쏘기 대회가 준비되어 있었다. 일반에게 공개된 의식들은 종교적으로 매우 풍부한 상징적 가치들을 포함했다. 하지만 이런 얘기들은 일단 접어두기로 하자.

비교적 의식의 진수는 불멸의 영혼 이야기를 담은 설화나 담화들에서 찾을 수 있다. 설화의 낭송에는 신화적 시대에 살고 있던 불사신들의 활동을 상징하는 몸짓이 곁들여진다. 전체적인 제의는 우주 생성의 구조에 대한 각본을 구성한다. 사람들은 의식을 위한 집을 부분적으로 다시 건축하거나 수리하는데, 바로 그 안에서 춤의 의식이 진행되며, 이 작업은 세계를 더욱 견고하게 하는 행위를 상징한다. 유로크의 몇몇 부족은 증기(蒸氣) 움막을 제의적으로 재건축함으로써 세계를 견고하게 하는 상징적인 행위를 수행한다.[35] 종교적 의식에 관련된 이 움막이 세계의 이미지(imago mundi)를 형성하고 있다는 사실은 두말할 나위도 없다. 콰키우틀(Kwakiutl)이나 위네바고(Winebago)처럼 아주 멀리 떨어져 있는 아메리칸 인디언 부족들에게도 종교적 의식을 치르는 집은 우주를 상징하며, 그들은 이 집을 '우리 세계'라고 부른다.[36]

두번째 제의는 새롭게 불을 켜는 행위이다. 불길과 연기는 일반인에게는 금기의 대상이다. 이미 잘 아는 바와 같이, 세계 도처에서 한 해를 마감하는 마지막 날에는 모든 불을 끄고, 새해 첫날을 밝히기 위한 새로운 불을 켠다. 이 행위의 우주론적 상징성은 아주 명백하다. 즉 불이 없이 어두운 밤은 원초적인 밤을 상징하고, 새롭게 밝힌 불은 새로운 세계의 출현을 의미한다.[37]

세번째 제의는 성소들을 방문하기 위해, 다시 말해 불사신들이 큰 업적을 이루었던 장소들을 돌아보기 위해 사제가 떠나는 긴 순례다. 그는 불사신들이 거쳐갔던 여정을 그대로 따를 뿐만 아니라, 신화적 시대에 행해졌던 그들의 행적까지도 그대로 반복한다. 그들의 행적은 이 세상의 모습을 만들어놓았고, 그 모습이 오늘날까지 전해 내려오고 있는 것이다. 게다가 이 의식을 위해 사제가 증기

---

35) Kroeber, 앞의 책, p. 5. 이 책의 내용을 너무 무겁게 만들지 않기 위해, 다른 아메리칸 인디언 종족에게서 확인한 비슷한 믿음들에 대해서는 이야기하지 않겠다. 샤이엔족(Cheyenne)의 제의적인 오두막의 수리가 내포하는 상징성에 대해서는 Werner Mueller, *Die Religionen der Waldlandindianer Nordamerikas* (Berlin, 1956), p. 306 이하 참조.

36) Werner Mueller, *Die Blaue Hütte* (Wiesbaden, 1954), p. 60 이하; Id., *Weltbild und Kult der Kwakiutl-Indianer* (Wiesbaden, 1955), p. 17 이하 참조.

37) 이 문제에 대해서는 M. Eliade, 『영원한 회귀의 신화』(Paris, 1949), p. 86 이하, p. 102 이하에 간략히 설명되어 있다.

움막에서 밤을 새우며, 기도와 축원을 올리는 과정도 포함되어 있다. 그러나 가장 기본적인 단계는 연어와 도토리죽으로 구성된 의식적(儀式的)인 식사다. 제의 절차에 따라 혼자 격리된 사제는 이 음식을 혼자서 준비하고 먹어야 한다. 이것은 일종의 만물 희생 의식인데, 연어낚시의 개시를 알리고 햇도토리 수확에 대한 금지를 해제하는 신호 역할을 수행한다. 이렇게 상징적으로 우주를 새롭게 창조한 뒤 사제는 새로운 세상에서 열린 첫번째 열매들을 의식적으로 나누게 된다.

카로크 제의

각 부족마다 치르는 의식이 조금씩 다른 것은 분명하지만, 기본적으로 각본의 구조는 동일하다. 우리 연구를 위해서 카로크 제의의 대략적인 내용들을 살펴보기로 하자.[38] 사제는 여기서 불사신을 대변하거나 불사신의 화신이 되어 행동한다. 그러한 사실은 사제를 부르는 명칭이나 부과되는 금기 사항들을 통해서 강조된다. 사람들은 사제를 '불멸의 인간' 또는 '영적인 인간'이라고 부른다. 의식이 치러지는 동안—특히 불을 켜거나 음식을 먹을 때—그를 바라보는 것은 금지되어 있다. 의식을 치른 뒤 3개월 혹은 4개월 후에도 사제는 반드시 앉은 채로 음식을 먹거나 말을 해야 한다든지, 술을

---

38) Gifford, in A. L. Kroeber et E. W. Gifford, *World Renewal*, p. 6 이하, p. 10 이하, p. 19 이하, p. 48 이하.

마시면 안 된다는 등의 몇 가지 금기 사항을 꾸준히 지켜야 한다.

핵심적인 제의는 대략 10일에서 12일 동안 지속된다. 사제는 일정한 시간을 증기 움막에서 보내야 하며, 그곳에서 단식을 하거나 기도를 한다. 그러나 중요한 의미를 지니는 것은 특히 그가 순례 중에 행하는 제의와 그가 들려주는 이야기들이다. 이남족(Inams)의 한 카로크 사제는 성지들을 순례하면서 그가 실제로 행했던 모든 행동과 얘기를 기퍼드(Gifford)에게 아주 자세히 들려주었다.[39] 그는 강물 속으로 뛰어들어 물 속을 헤엄치면서, 하나의 기도를 '생각'했다고 한다. 물에서 나와 걷기 시작하면서 그는 '신화적인 시대에는 불사신들도 이처럼 걸었을 것이다'라고 생각했다고 한다. 그리고 부족의 안녕을 위해서 기도를 계속했다. 그는 바위가 있는 한 장소에 도착해 그 바위를 천천히 돌려서 세상이 더욱 안정되도록 만들었다. 그는 성소를 향해 다가가 불을 피웠다. 그리고 그곳을 깨끗하게 청소하면서 이렇게 말했다. "불사신이 나 대신 청소하고 있는 것이다. 병들어 아픈 사람들은 이제부터 모두 건강해지리라." 그는 동쪽과 서쪽을 청소하면서 세상의 가장자리를 깨끗하게 만들었다. 이어서 그는 산에 올랐다. 그는 산에서 나뭇가지를 꺾어 지팡이를 만들고 이렇게 말했다. "이 세상은 부서졌다. 그러나 내가 땅 위로 이 지팡이를 끌고 다니면, 금이 간 부분들이 모두 메워지고 땅은 다시 단단해질 것이다." 그는 여기에서도 불을 지피고, 전에 그랬듯이 세상의 모든 가장자리를 청소했다.

---

39) Gifford, 같은 책, pp. 14~17. 우리는 이 흥미로운 자료를 아주 자세히 검토했고, 사제가 들려주었던 전통적인 주문들을 부분적으로 번역해놓았다.

그리고 나서 그는 강을 향해 내려왔다. 거기에서 그는 바위 하나를 발견했고, 그 바위를 뚫어지게 바라보면서 이렇게 말했다. "기울었던 땅은 다시 바로 설 것이다. 사람들은 이제 더 〔오래〕 살게 될 것이며 더욱 건강해질 것이다." 그런 다음 그는 그 바위 위에 올라앉았다. "내가 바위 위에 올라앉으면, 이제 세상은 다시는 일어서거나 기울지 않을 것이다." 그 바위는 불사신들의 시대부터, 다시 말해 세상이 태어나던 시대부터 존재하고 있는 바위다. 바위는 이시브사넨(Isivsanen)이 가져온 것이며, '세상, 우주'라는 이름으로 불리는 신성한 존재다.

엿새째 되는 날, 사제는 불사신(ixkareya) 중에서 가장 강력한 존재인 아스텍세와 웨카레야(Astexewa wekareya)의 화신이 된다. 그는 뭔가를 말할 때―예를 들어 "이 업적을 이룬 자는 오래 살 것이며 병들지 않을 것이다"라고 말할 때―이렇게 덧붙인다. "이것은 아스텍세와 웨카레야가 말하는 것이다." 활쏘기 대회가 열리는 장소를 택할 때, 그는 이렇게 말한다. "이것은 아스텍세와 웨카레야, 즉 내가 고른 장소다." 그는 다시 산으로 올라가 불을 피운다. 그는 이렇게 기도하면서 잡초를 벤다. "세상에는 수많은 질병들이 있다. 하지만 아스텍세와 웨카레야가 세상의 모든 질병의 뿌리를 잘라버린다." 또 주변을 깨끗이 치우면서 이렇게 말한다. "이제, 아스텍세와 웨카레야가 세상에 퍼져 있는 모든 질병을 깨끗이 치워버렸다. 내 아이는 병에 걸리지 않을 것이다." (여기서 '내 아이'란 세상의 모든 어린이를 지칭한다.) 그는 지팡이를 잘 다듬어 땅 위에 눕혀놓으면서 이렇게 말한다. "아스텍세와 웨카레야는 지팡이를 놓는다. 모든 사람들에게 행운이 깃들고, 세상의 모든 질병은 사라질 것이다.

사냥감과 물고기는 더욱 쉽게 잡혀서, 모두 풍족한 삶을 살게 될 것이다." 불이 꺼지면 그는 그 장소를 떠나 5, 6킬로미터 떨어진 다른 곳으로 가서 똑같은 의식을 다시 시작한다.

저녁이 되면 캠프에서 댐(Daim)의 춤판이 벌어진다. 사제가 불을 피우는 순간, 누군가 소리를 지르고 사람들은 담요나 나뭇가지 등으로 얼굴을 가린다. 한참 뒤 사제는 불에 물을 끼얹고, 수 미터 높이의 바위에서 강물 속으로 뛰어든다. 이것을 신호로 사람들은 가리고 있던 얼굴을 드러낸다. 이튿날, 사제는 산에 불을 피워놓았던 두 군데 장소로 가서 재를 치운다.

카로크 사제의 열흘간의 여행은 불사신들에 의해 이미 제도화한 것이다. 사제가 방문한 각각의 성소는 그들이 제의적인 업적을 완수한 뒤에 사라진 장소다. 불사신들은 사제가 매년 세상의 부활을 기념하는 의식 기간에 그 장소들로 돌아가서, 그들이 행했던 업적들을 정확하게 반복해야 한다고 결정했다.

후파족은 유로크족이나 카로크족과 마찬가지로, 인간이 이 땅 위에 살기 시작하기 이전에 이미 불사신의 종족(kixunai)들이 인간들을 위한 규범을 정하고 의식들을 확립했다고 믿고 있다. 신화나 낭송하는 주문은 모두 불사신들의 업적과 관련을 맺고 있다. 이 땅에 인간들이 도착하기 전에 미처 떠나지 못한 불사신들을 상징하는 성스러운 바위들은, 의식을 치르는 집의 전면에 설치된 제단의 일부분이 되었다.[40]

40) Gifford, Goddard, 앞의 책, p. 58 이하에서 발췌.

새해와 우주생성론

지금까지 우리가 살펴본 모든 제의적인 행위는 우주생성론의 기본적인 각본을 형성하고 있다. 신화적 시대에 불사신들은 세상을 창조했으며, 그 세상에 캘리포니아인들이 거주하기 시작했다. 불사신들은 세상의 경계를 긋고, 중심과 토대를 만들었으며, 연어와 도토리가 풍부하게 자라도록 해주고, 온갖 질병을 쫓아주었다. 하지만 이 세상은 불사신들이 사는 무시간적이고 불변하는 우주가 아니다. 그것은 살아 있는 세상이며, 뼈와 살로 이루어진 인간들이 살고 소모되어가는 세상이며, 변화와 노쇠와 죽음의 법칙에 순응할 수밖에 없는 세상이다. 따라서 정기적인 재분배와 갱신과 강화가 필요한 것이다. 그러나 세상을 갱신하는 것은 불사신들의 창조를 재현하면서, 그들이 태초에 행했던 모든 것을 반복함으로써만 가능하다. 사제가 불사신들의 전범적인 여정을 다시 구현하고 그들의 행위와 말을 반복하는 것은 바로 그런 이유에서다. 결국, 사제는 불사신들의 화신이 되는 것이다. 다시 말해서, 새해를 맞이하면서 불사신들은 이 땅에 다시 존재하게 된다. 해마다 반복적으로 시행되는 갱신의 제의가 캘리포니아 부족들에게 가장 중요한 의식으로 여겨지는 것은 바로 그런 이유에서다. 세상은 더욱 안정되고 새롭게 다시 태어날 뿐만 아니라, 불사신들의 상징적인 존재로 인해 성스러운 장소가 된다. 불사신들의 화신이 된 사제는—일정한 기간 동안—'불멸의 인간'이 되어, 이 기간 동안에는 그 누구도 그를 바라보거나 만져서는 안 된다. 그는 사람들의 무리에서 멀리 떨어져 완벽한 고립 상태에서 제의를 치러야 한다. 왜냐하면 불사신들이 처음으로 그 제의를 행했을 때, 이 땅 위에는 인간이 존재하지 않았기 때문이다.

이처럼 세상은 새해가 돌아올 때마다 상징적으로 다시 시작하고, 불사신들은 태초에 시간이 시작되던 순간에 그랬듯이 세상을 더욱 안정되고, 건전하며, 풍요롭고, 성스러운 장소로 만든다. 바로 그런 이유에서 사제는 이제 더 이상 질병도, 천재지변도 없을 것이라 선언하고, 주민들에게 충분한 식량을 약속하는 것이다. 연어낚시나 새로운 도토리 수확에 대한 금기를 해지하는 것은 새롭게 태어난 우주에서 생산된 산물의 소비를 허락하는 것이다. 그들은 이 땅에서 최초의 존재들이 처음으로 음식을 먹었던 것과 똑같이 음식을 먹는다. 벌써 오래 전부터 음식물의 이 성스러운 의미를 잊어버린 우리 현대인들은 만물의 제의적 식사가 내포하는 종교적 가치를 이해하기가 어려울 것이다. 그러나 전통적인 사회의 구성원들이 만지고, 맛보고, 씹고 삼켰던, 게다가 불사신들의 존재가 신성화한 새로운 우주의 열매에 대한 경험이 어떤 것이었을지 상상해보도록 하자. 이러한 경험을 더 잘 이해하고 싶다면, 오늘날 사람들이 사랑에 빠지거나, 아름다운 먼 나라로 처음 여행을 떠났을 때, 또는 예술적 소명감을 발견하게 해주는 명작을 만났을 때 느끼게 되는 감정을 생각해보면 될 것이다. '처음으로'라는 그 한 마디에 모든 것이 달려 있다. 세상의 개혁을 추구하는 수많은 제의와 의식, 반복적인 우주 생성의 열쇠가 바로 거기에 있다. 체험이 일종의 현현과 같은 것이 되었을 때, 또는 강력하고 의미 있고 자극적인 대상과의 만남, 존재 전체에 의미를 주는 그런 만남과 같은 것일 때, 마치 처음으로 경험하듯 각각의 체험들을 직접 몸으로 겪어보고 싶은 깊은 욕망이 생겨나는 것을 짐작할 수 있을 것이다.

현대 사회는 벌써 오래 전에, 육체적인 노동의 종교적인 의미와 그 유기적인 기능을 상실해버렸다. 종교적 의미가 아직 살아 있는 곳조차도, 물밀듯이 밀려오는 기술과 유럽적인 이념들로 인해 위협을 받고 있다. 그러나 전통적인 인간은, 입문의 경험이 주었던 그 충격을 주기적으로 다시 느낄 필요성을 중시해야만 종교적 의미라는 것이 어떤 것인지 이해할 수 있다. 달리 말하면, 마치 그것을 처음으로 경험하듯 전혀 다른 존재 양식들을 직접 체험할 때 그 의미를 이해할 수 있다는 얘기다. 그제야 모든 것이 새롭고 의미 있으며, 초월적 현실의 형상을 구성하게 된다.

모든 전통적인 사회에서는 예외 없이 우주를—사람들이 살고 있는 세상, 실제로 존재하는 유일한 세상, 우리들의 세상—주기적으로 갱신할 필요를 느끼고 있음을 알 수 있다. 물론, 각각의 문명이 지니고 있는 특이한 구조에 따라 사회마다 그 표현은 달라질 수 있고, 서로 다른 역사적 유물에 따라서 상이한 형태로 나타날 것이다. 예를 들어 우리가 지금까지 분석했던 멜라네시아인들과 북서부 캘리포니아인들이 이루고 있는 이 두 가지 서로 다른 형태의 사회에 국한시켜 생각해보아도, 이념과 종교적 행태들의 간과할 수 없는 차이점들이 존재하는 것이 사실이다. 멜라네시아인들은 새해에 펼쳐지는 농경 대축제 기간 동안 사자들과 신화적 선조들이 다시 돌아오는 것으로 여기고 있었다. 캘리포니아인들에게는 불사신들의 상징적인 회귀의 문제였다. 농부들도 그렇지만, 멜라네시아인들은 사자들의 정기적인 회귀를 기념하는 주신제와 같은 집단적인 축제를 벌인다. 또한 이미 우리가 살펴본 바와 같이, 세계의 근본적 갱신의 징후인, 사자들을 기다리는 극적인 긴장이 예언적·천년주의적 운동을 야기했다. 북서쪽 캘리포니아인들의 종교적인 우주는 전혀 다른 형태로 나타난다. 그들의 세계는 닫혀 있고, 그 자체로 완벽하며, 사자들에 의해 기하학적으로 건축된 세계이며, 사제와 그의 외로운 순례와 그의 명상과 기도를 통해서 해마다 '다시 창조된다'. 그리고 이들에 대한 비교 분석은 다른 근본적인 차이점들을 선명하게 밝혀줄 것이다.

이러한 차이점들에도 불구하고, 이들 사회의 제의와 종교적 이념은 동일한 구조를 지니고 있다. 캘리포니아인들이나 멜라네시아인들 모두에게 우주는 새롭게 재창조되어야 하고, 시간은 주기적으로 재생되어야 하며, 그 기관을 통해 갱생을 조작하는 우주생성론의 각본은 새로운 수확과 식량의 성례화(聖禮化)와 관련을 맺고 있다.

세계의 주기적 재생

우주의 주기적 재생은 모든 고대적·전통적 사회에서 그 필요성을 동일하게 느끼고 있었던 것으로 보인다. 왜냐하면 그런 경우를 도처에서 발견할 수 있기 때문이다.[41] 주기성은 1년을 기준으로 하고 있었지만, 때로 입문의 의식이나 — 오스트레일리아에서처럼[42] — 우연히 발생한 사건과 연관되어 있는 경우도 있었다. 예를 들면 피지

___

41) M. Eliade, 『영원한 회귀의 신화』, 여러 곳 참조.
42) M. Eliade, 『신비한 탄생』(Paris, 1959), p. 51 이하 참조.

(Fiji)에서처럼 농작물의 수확이 위협을 받거나, 베다의 인도에서처럼 왕의 대관식과 같은 사건이 발생하는 경우 말이다. 그 기원을 따져볼 때, 이 주기적인 의식들 중에서 적어도 몇몇은 새해를 맞는 축제들이거나 그 축제들을 전형으로 삼고 있다는 것을 알 수 있다. 왜냐하면 모든 갱신의 패러다임인 우주의 재생은 무엇보다도 새해를 맞는 축제이기 때문이다. 해는 완벽한 순환주기, 어떠한 흠집도 없는 시간과 공간 단위의 전형적인 모습을 상징한다.

달력을 공들여 제작했던 고대 근동 지역의 농경문화나 도시문화들에서 새해의 제의적인 각본은 세밀하게 분절된 가장 풍부한 모습을 보여준다. 거기에는 농경사회의 연례 축제들의 특징을 구성하는 극적이고 주신제적인 요소들이 포함되어 있다. 우주 생성의 반복은 두 진영으로 갈린 인간들 사이의 제의적인 싸움이라는 요소를 포함한다. 메소포타미아의 경우에서 볼 수 있는, 히타이트족과 이집트인들 사이의 싸움도 하나의 예가 될 것이다. 알다시피 그것은 마르두크와 바다의 괴물 티아마트 사이의 싸움이나 테슈브(Tesŭp)와 일루얀카스(Illuyankas)라는 뱀 사이의 싸움, 또는 레(Rê)와 아포피스(Apophis)라는 뱀 사이의 싸움을 재현한 것이다―그것은 태초에(in illo tempore) 일어났던 싸움이고, 최후에 신의 승리로 끝나는 싸움이며, 혼돈의 종말을 의미하는 싸움이다.

달리 말하자면, 새해의 축제들을 통해 사람들은 혼돈에서 우주로 전이하는 과정을 재현하고, 현재의 시점에서 우주의 생성을 반복한다. 메소포타미아에서 행해지는 새해의 의식(akîtu)에는 자크무크(zakmuk)라는 '운명의 축제'가 포함되어 있다. 이 축제의 이름은 한 해의 각 달을 점치기 위해서 제비뽑기를 하고, 다가올 12개월을 만들기 위해서 생긴 것이다. 거기에 일련의 제의들이 첨가된다. 다시 말해서 마르두크가 지옥으로 내려가고, 왕을 모욕하고, 희생양을 통해 질병을 몰아내고, 신이 사르파니투(Sarpanitu)와 함께 신성한 결혼을 하는—왕이 여신의 침실에서 신전의 여자 노예와 함께 잠자리에 들어 이를 재연하고, 그것을 신호로 집단적인 혼음이 시작되는—등의 제의들이 첨가되는 것이다. 따라서 이것은 상징적으로 혼돈으로의 회귀(티아마트의 패권, '형태들의 혼란 상태', 통음난무)와 잇달아 일어나는 새로운 창조(마르두크의 승리, 운명의 확정, 신성한 결혼, 새로운 탄생[43])를 의미한다.

　낡은 세상을 상징적으로 파괴하는 제의에 이어서 행해지는 우주 생성의 제의를 반복하는 것은 시간을 총체적으로 재생시킨다는 의미를 담고 있다. 그리고 그 목적은 새롭게 창조된 우주 안에서 새로운 삶을 시작하는 데 있다. (우주 생성을 매년 반복함으로써 실현될 수 있는) 총체적 시간의 재생에 대한 욕구는 이란의 전통에서도 그대로 보존되어 있다. 팔레비(pehlevi) 문서에는 다음과 같이 적혀 있다. "프라바르딘(Fravardin, 月), 크수르다트(Xurdhath, 日)에 오르마즈드 님께서는 새로운 육신을 통해 부활하시어, '두번째 육신(second corps)'을 얻으시고, 악마들과 마약들로 어지러워진 세상을 그 무기력에서 벗어나게 하시리라. 그리고 온 천지에는 풍요가 가득할 것이며, 사람들은 식량을 갈구하지도 않게 될 것이다. 세상은 정화되고, 인간들은 (악령들과의) 대립을 초월하여 영생을 얻게 되리라." 카즈비니(Qazwînî)는 이르기를, 새해 첫날, 신은 사자

---

43) M. Eliade, 『영원한 회귀의 신화』, p. 89 이하 참조.

들을 살려내고, "그들에게 영혼을 돌려주고, 하늘에 명하여 그들에게 비를 뿌리게 한다. 새해 첫날 사람들이 물을 뿌리는 풍습은 그렇게 해서 생겨난 것이다." '물을 통한 창조'(수성 우주생성론, 역사적인 삶을 주기적으로 재생하는 홍수, 비 등)와 물을 통한 탄생과 재생에 대한 사고들 사이의 연관성은 『탈무드』의 다음과 같은 구절들에서도 그 근거를 찾아볼 수 있다. "하느님은 세 개의 열쇠를 가지셨으니, 비의 열쇠와, 탄생의 열쇠와, 사자들을 살려내는 부활의 열쇠가 바로 그것이다." [44)

디마스키(Dimasqî)가 전하는 전통에 따르면, 새해 첫날인 노로즈(Naurôz) 제일(祭日)에 왕은 이렇게 선언했다고 한다. "보라, 새해, 새달, 새날이 밝았다. 그 동안 시간의 흐름에 따라 낡아버린 것을 모두 새롭게 탄생시켜야 할 것이다!" 한 해 동안 사람들의 운명이 결정되는 것도 바로 그날이다. 사람들은 그날 물로 세상을 정화하고 한 해 동안 풍족하게 비가 내릴 수 있도록 해방하는 의식들을 치른다. 게다가 노로즈 대축일에는 각자가 항아리 안에 일곱 종류의 씨앗을 심고 싹이 자라는 모습을 보면서 그 해의 수확을 점친다. 이 풍습은 바빌로니아의 새해 풍습인 '제비뽑기'와 비슷한 것으로, 오늘날 만데족(Mandéens)이나 예지디족(Yezidis)의 새해 의식에까지 계승되고 있다. 새해는 언제나 우주 생성의 행위를 반복하기 때문에, 성탄절에서 주현절(Épiphanie)*에 이르는 '12일'은 오늘

---

44) 같은 책, p. 101 이하를 볼 것.

* 감독 교회에서 행하는 1월 6일의 축일. 공현절(公現節)이라고도 한다. 그리스도가 하느님의 아들로서 온 세상 사람들 앞에 나타났던 당일, 즉 예수가 30회 생일에 요한에게 세례를 받고 하느님의 아들로 공증(公證)받은 날을 기념하는 날이다. 영국 등 서

날에도 여전히 한 해 열두 달의 전조처럼 여겨지는 것이다. 유럽의
농부들은 이 12일 동안의 '기상학적 징후들'을 통해서 다가올 12개
월의 온도와 강우량을 점친다. 베다 인도인들은 한겨울의 12일 동
안을 한 해 전체의 모습을 반영하는 것으로 간주한다(리그 베다, IV,
33). 이러한 믿음은 고대 중국에서도 발견할 수 있다.[45]

　따라서 농경사회든 도시사회든 새해에 대한 각본은 일련의 극적
인 요소들을 내포하고 있으며, 그 중에서도 가장 중요한 것들은 상
징적으로 혼돈으로 회귀하는 우주 생성의 반복, 주신제적인 혼란,
제의적 투쟁, 신의 최종적인 승리, 죄악의 배출, 사자들의 귀환, 새
로운 불, 다가올 12개월의 '창조'를 통한 시간의 재생 그리고 예상
수확에 대한 '예단' 등이다. 물론 그 어느 문화권에서도 이러한 각
본이 완벽한 형태로 구성되어 있지는 않다. 각각의 문화는 이들 요
소 중의 일부로 구성되어 있으며, 다른 요소들은 알려져 있지 않거
나 무시될 수도 있다. 그러나 가장 기본적인 주제는, 즉 우주 생성
의 과정을 반복하여 우주를 재생한다는 주제는 어느 문화권에서나
동일하게 발견된다. 다만 고대 근동 지역의 문화적 배경에서, 특히
농경·도시·목축 사회들 고유의 종교적이고 정치적인 이념들 사이
의 갈등 속에서, 이후 고대 세계의 예언적·메시아적·천년주의적
경향이 결정(結晶)되었다는 사실은 밝히고 넘어가도록 하자. 종말
론, 구세주에 대한 기다림—역사적 관점에서든 우주적 관점에서
든—, 그리고 사자들의 부활에 대한 믿음이라는 요소들은 우주적

구의 교회에서는 그리스도가 동방의 3박사에게 나타난 날로서, 주현절을 탄생 후 12
일째 되는 날이라 하여 12일제(祭)라고 한다.

45) 같은 책, p. 104 이하 참조.

재생(renovatio, renaissance)이나 시간의 재생이라는 종교적 경험
에 뿌리를 내리고 있다.

고대 로마의 루디와 아슈바메다

지금까지 우리가 살펴본 바와 같이, 어떤 유형의 사회에서는 우주
의 재생이라는 것이 비록 주기적이라 하더라도 새해의 축제들과 무
관한 경우가 있다. 우리는 오스트레일리아에서 행해지는 일부 입문
식의 경우와 관련하여 우주의 갱신에 대해 이미 언급한 바 있다. 새
해의 각본과 무관하게 주기성을 드러내는 다른 예는 로마의 제의적
인 놀이의 경우에서도 찾아볼 수 있다. 피가니올(A. Piganiol)에 따
르면, 루디(ludi)*의 주요 역할은 자연의 삶과 인간 집단 그리고 주
요 인물들과 깊은 관계를 맺고 있던 성스러운 힘을 유지시키는 데
있었다. 이와 같은 제의적인 놀이들은 세상뿐만 아니라, 신들과 사
자들과 살아 있는 자들에게 젊음을 되찾게 해주는 대표적인 방법이
었다.[46] 루디가 치러졌던 대표적인 경우들로는, 토속신들의 기념일
(이 경우 축제들은 특히 계절에 관련되었다)이나[47] 괄목할 만한 인물

---

* 로마의 연극 공연은 대개 루디라는 축제 때 이루어졌는데, 루디 축제는 그리스인들
의 디오니소스 축제와 달리 종교적인 의식이 아니라 유희에 가까웠다. 물론 이 연극은
그리스의 연극과 마찬가지로 부자나 귀족이 비용을 전담했다. 당국은 배우들이 정부
나 지배계급을 풍자하는 발언을 할 수 있도록 허용했으며, 검열도 도덕적·종교적인
문제에는 관대한 편이었다. 연극 관람은 누구에게나 허용되었다.

46) A. Piganiol, *Recherches sur les jeux romains* (Strasbourg-Paris), 1923, p. 149.

47) 같은 책, p. 145 이하.

들의 기념일(이 경우 축제는 구원을 목적으로pro salute 치러졌다),
승전 기념일(승리를 보장해주었던 신들의 힘을 갱신하기 위해 치러졌
다) 또는 새로운 시대의 시작(이 경우, 놀이들은 "다음 주기까지 세계
의 갱신을 보존하려는 목적이 있었다"[48]) 등이 있었다.

그러나 새해의 제의에 대한 각본의 유동성의 원리를 가장 잘 이
해할 수 있는 것은 베다 인도의 경우다. 우주의 다산성을 위해서,
또는 죄를 씻어버리거나 우주의 지고성을 보존하기 위해서 베다 인
도인들이 치르던 저 유명한 아슈바메다(aśvamedha) 제의에서는
말을 희생물로 사용하였다. 그러나 근본적으로 아슈바메다는 봄을
기리는 축제였고, 더 정확히 말하자면 새해를 기념하는 제의였다.[49]
또한 그 구조는 우주생성론적 요소를 담고 있었다.[50] 리그 베다와
브라만의 기록들을 살펴보면 말과 물 사이의 관계를 강조하고 있
다. 알다시피 인도에서 물은 우주를 구성하는 가장 대표적인 물질
로, 우주는 물을 통해서 연속적으로 다시 태어난다. 물은 씨앗과 잠
재성을 상징한다. 요컨대 창조할 수 있는 모든 가능성을 뜻하는 것
이다. 그리고 우리가 이미 살펴본 바와 같이, 아슈바메다의 가장 기
본적인 목적은 우주의 다산성에 있었다. 희생물로 바쳐진 말과, 마
히시(mahīsi)라고 불리는 여왕 사이의 상징적인 결합은 다산성에
대한 고대의 양식을 재현하고 있다. 제의에 등장하는 음란한 대화
들은 고대성과 의식(儀式)의 대중적인 성격을 동시에 드러낸다.[51]

---

48) 같은 책, p. 148.

49) C. D. d'Onofrio, "Le 'nozze sacre' della regina col cavallo," *Studi e Materiali di Storia delle Religioni*, XXIV~XXV, 1953~1954, pp. 133~162, p. 143 참조.

50) M. Eliade, 『종교사 개론』(Paris, 1949; 3ᵉ édition, 1959), p. 92 참조.

그러나 이 제의가 우주 전체를 재생하고, 동시에 사회를 구성하는 모든 계급과 인간에게 주어진 모든 사명을 전범적인 최상의 상태로 재건하려는 목적을 가지고 있었던 것은 분명한 사실이다. 희생 제의가 치러지는 동안, 사제인 아드바류(adhvaryu)는 이렇게 노래한다. "성스러움 속에서, 충만한 성스러운 빛 속에서 브라만이 태어나도록 하소서! 늠름한 위엄을 지니고 왕자가 태어나도록 해주소서! 그렇게 영웅들과, 견고한 활과 무적의 마차들로 무장할 궁수들과 전사들이 탄생하도록 하소서! 풍부한 젖을 생산해낼 암소와, 밭갈이를 할 힘센 황소와, 빨리 달리는 말과, 애 잘 낳는 여인과, 승리를 가져다 줄 병사와, 달변의 청년을 태어나게 해주소서! 파르자냐(Parjanya)께서 언제나 우리에게 충분한 비를 뿌려주소서! 들판에는 밀이 풍요롭게 익어가게 해주소서! 우리의 일과 휴식에 축복을 주소서!"[52]

인도 왕의 축성식

우주 생성을 상징적으로 반복함으로써 우주를 재생하고자 하는 욕구는 라자수야(rajasūya)라고 불리는 인도 왕의 축성식의 경우에서도 찾아볼 수 있다. 중심적인 의식들은 새해 첫날을 전후해서 시

---

51) 음란한 요소들에 대한 연구는 P. -E. Dumont, *L'Aśvamedha* (Paris, 1927), pp. VI, XII, 276 이하 참조.

52) Vajasaneyī Samhitā, XXII, 22, H. Oldenberg-V. Henry 번역, in *La religion du Véda* (Paris, 1903), p. 316.

행된다. 도유식(塗油式)은 축성식(dīksā)이 있기 1년 전에 거행되며, 축성식이 끝난 뒤에도 일반적으로 1년 동안 의식을 끝내는 행사들이 이어졌다. 라자수야는 아마도 우주를 재건할 목적으로 치러지는 일련의 연중 행사들의 축약된 형태로 보인다.[53] 이 행사에서 왕은 중심적인 역할을 했는데, 그 이유는 그가 희생 제의의 수행자 슈라우타(śrauta)처럼 우주와 합체가 되는 존재였기 때문이다.

오카르(Hocart)는 이미, 인도 왕의 축성식과 우주 생성 사이의 구조적인 동일성을 밝힌 바 있다.[54] 사실상 제의의 여러 단계는 미래 제왕의 배아 상태로의 퇴화, 1년 동안의 잉태 기간, 그리고 프라자파티 · 우주와 동일시되는 우주 창조자로서의 신비스러운 재탄생을 잇달아 완성한다. 미래의 제왕이 배아 상태로 남아 있는 시기는 우주가 성숙하는 과정을 상징하는 것으로, 분명 근본적으로는 농작물을 수확하는 시기와 관련이 있었을 것이다.[55] 탄생 이전 상태로의 제의적인 회귀는 개인의 소멸이라는 개념을 포함하고 있다. 이것은 극도로 위험한 과정이다. 특별한 의식들이 사악한 세력(니르티 Nirrti,* 루드라Rudra** 등)을 물리치고, 배아 상태의 왕을 둘러싸고

---

53) J. C. Heesterman, *The Ancient Indian Royal Consecration's*, Gravenhage, 1957, p. 7 참조.

54) A. M. Hocart, *Kingship* (Oxford, 1927), p. 189 이하; M. Eliade, 『종교사 개론』, p. 345 참조. 우주의 희생자에 대한 신비주의적 변화에 대해서는 Heesterman이 인용한 텍스트 pp. 10, 29 등을 참조할 것.

55) J. C. Heesterman, 앞의 책, p. 67.

* 죽음과 파괴의 여신.

** 인도 신화에 나오는 폭풍의 신. 화가 나면 폭풍처럼 파괴와 살상을 일으키지만, 신 봉자에게는 복을 주고 질병을 낫게 해주며 재앙도 막아주기 때문에 의술의 신이라고 불리기도 한다.

있는 막으로부터 제때에 해방시키려는 목적을 가지고 있는 것도 그런 이유에서다.[56] 제의의 두번째 단계는 제왕의 새로운 육신을 형성함으로써 완성된다. 그것은 상징적인 육신을 뜻하는 것으로, 브라만 계급이나 서민계급과의 신비로운 결혼을 통해서, 말하자면 여성적인 물과 남성적인 물의 결합 또는 금―금은 불을 상징한다―과 물의 결합을 통해서 육신을 얻어 태어나게 되는 결혼을 통해서 완성된다.[57]

라자수야의 세번째 단계는 일련의 제의로 이루어져 있는데, 이 제의들을 통해서 왕은 3계(三界)의 세상에서 지고의 존재로 군림할 수 있게 된다―다시 말해서 우주 자체의 화신이 될 수 있으며, 동시에 우주의 창조자로서 바로 설 수 있게 되는 것이다. 중심되는 의식에는 몇 가지 제의적인 행위가 포함되어 있다. 왕이 팔을 높이 드는 행위는 우주생성론적인 의미가 있다. 그것은 세상의 축을 들어올리고 있음을 상징한다. 또한 축유를 받을 때 왕은 팔을 들어올린 채 왕좌에 올라선다. 그처럼 왕은 대지의 배꼽에―즉 왕좌 혹은 세계의 중심에―고정된 우주의 축 그 자체가 되어 하늘에 닿는 것이다.[58] 관

---

56) 같은 책, pp. 61, 17 이하.

57) 남성적 물과 여성적 물의 결합에 대한 내용은 Heesterman, 앞의 책, p. 86의 해석을 참조할 것. 서민과의 결혼에 관해서는 같은 책, p. 52, 브라만 계급과의 결혼에 관해서는 pp. 56, 78, 금을 통해 물을 정화하는 개념에 대해서는 p. 87 참조.

58) 가장 근본적인 내용은 Heesterman, 앞의 책, p. 102에 언급되어 있다. '대지의 배꼽(세계의 중심)'의 상징성에 대해서는 J. Auboyer, *Le trone et son symbolisme dans l'Inde ancienne* (Paris, 1949), p. 79 이하 ; J. Gonda, *Aspects of Early Visnuism*, (Utrecht, 1954), p. 84 이하를 참조할 것. 중심의 상징성에 대해서는 M. Eliade, 『이미지와 상징』(Paris, 1952), pp. 33~72 참조.

수(灌水) 예식은 세계의 축—다시 말해서 왕—을 타고 내려오는 물과 관련을 맺고 있으며, 이는 대지를 비옥하게 한다는 목적을 가지고 있다. 그러고 나서 왕은 동서남북 사방으로 한 걸음씩을 떼어 놓은 뒤 상징적으로 천정(天頂)에 오른다. 이 제의가 끝난 뒤 왕은 공간의 사방과 4계절에 대한 지상권을 얻게 된다. 말하자면 그는 이제 공간과 시간을 초월한 전 우주를 통제할 수 있게 된 것이다.[59]

역사 시대(歷史時代)에는 라자수야를 두 번만 실시했다. 첫번째는 왕의 축성을 위해서, 두번째는 전 우주적인 지상권을 확립하기 위해서였다. 하지만 원사 시대(原史時代)에는 라자수야가 아마도 연중 행사였을 것이며 우주를 재생할 목적으로 행해졌던 것이 분명하다. 그 구조는 인도의 계절 축제인 우트사바(utsava)와 흡사한 수준의 것이었다.[60] 아울러 고대에는 대중이 더 중요한 역할을 수행했던 것으로 여겨진다.

이제 우리는 새해의 우주생성론적 각본이 어떤 절차를 거쳐서 왕의 축성식에 포함될 수 있었는지를 알게 되었다. 이 두 개의 제의적 체계는 우주를 갱신한다는 동일한 목적을 가지고 있다. 근원으로의 회귀나 그 결과로 일어나는 우주 생성의 상징적인 재현은 모두 다른 제의들 속에 포함되어 있었던 것이 사실이다. 왜냐하면, 1956년 에라노스 발표회에서 이미 설명한 바 있지만, 우주 생성의 신화는 모든 창조의 전형이었다.[61] 그러나 왕의 축성식 때 실행되

---

59) J. C. Heesterman, p. 101 이하.

60) 이런 유형의 계절 축제에 대해서는 J. Gonda, "Skt. ‘utsava’—festival," *India Antiqua* (Leyden, 1947), pp. 146~155 참조.

61) M. Eliade, 「신화의 창조적 미덕 *La vertu créatrice du mythe*」, *Eranos-Jahrbuch*,

었던 재생 의식(renovatio)은 이후 인류의 역사 속에서 아주 중요한 결과를 초래하게 되었다. 한편으로는 갱생의 의식들은 유동적인 것이 되었으며, 달력의 적확한 범주를 벗어나게 되었다. 다른한편으로는, 왕은 우주 전체의 안정성과 다산성 그리고 번영을 책임지는 존재가 되었다. 다시 말해서 우주의 갱신은 우주 자체의리듬뿐만 아니라 인간과 역사적인 사건들과도 깊은 연관을 맺게된 것이다.

재생과 종말론

역사적이고 정치적인 미래에 대한 종말론의 근원도 바로 이런 개념에서 찾아볼 수 있다. 사실상 세월이 흐른 뒤 사람들은 우주의 개혁에 도달할 수 있었고, 세계의 '구원', 어떤 유형의 왕과 영웅과 구원자 또는 정치 지도자의 출현이라는 형태로 표현되는 구원에 도달할 수 있었다. 비록 매우 세속화된 양상을 띠고 있었던 것은 사실이지만, 어떤 사회계급이나 어떤 정치집단 혹은 어떤 인물의 승리를통해서 현대 사회 역시 우주적인 개혁의 종말론적 희망을 간직하고있다고 볼 수 있다. 프롤레타리아 계급의 결정적인 승리가 황금 시대를 가져다 준다는 마르크스주의적 신화는 현대의 모든 정치적 종말론에 대한 가장 세밀하고 가장 분명한 표현이다. 마르크스는 계급이 사라진 미래의 사회는 유사 이래로 인류의 역사를 특징짓는

XXV, 1956, pp. 59~85 참조.

모든 갈등과 긴장에 종지부를 찍을 것이라고 말한다. 이른바 역사라는 것이 사라질 것이며, 지상의 낙원이 도래하리라는 것이다. 왜냐하면 그때 인간은 드디어 진정한 자유를 얻고, 최소한의 노동을 통해 기아를 면하고, 과학자들이 발명한 기계들이 나머지 모든 일을 전담하기 때문이다.

우리 연구의 마지막 단계에서, 멜라네시아의 천년주의 운동들을 통해 분석했던 천국주의의 징후들, 다시 말해서 풍부한 식량과 절대적인 자유 그리고 노동할 필요의 소멸 등과 같은 요소들을 이렇게 다시 만나게 되는 것은 매우 감동적이고 의미심장한 일이라 여겨진다. 거기에는 단지 사자들의 귀환이나 영생과 같은 주제들만이 빠져 있을 뿐이다. 그러나 비록 종교적이고 종말론적인 의미는 부재한다고 하더라도, 기본적인 주제는 그대로 존속하고 있는 셈이다. 물론 문화적 맥락은 전혀 다른 것이 사실이다. 19세기 유럽의 경우는 극도로 복잡한 사회일 뿐만 아니라, 근본적으로 세속적인 사회이기 때문이다. 마르크스는 프롤레타리아 계급에 구원자적인 (sotériologique) 임무를 부여하려 애쓰지만, 그러기 위해서는 시간이 필요했으므로 그는 종교적 언어를 사용하지는 않았다. 그는 다만 프롤레타리아의 역사적 기능을 이야기하고 있을 뿐이다. 변증법적 물질론의 사고 방식은 19세기 과학 정신의 전반적인 경향과 완벽하게 일치하고 있다. 마르크스는 생리학적인 과정들이나 경제적 가치들에 부여할 수 있는 '신성'을 제거하기 위해 노력하지도 않는다. 그것들은 모든 사람들에게 있는 그대로의 엄연한 사실로 받아들여지고 있기 때문이다. 그 사실만으로도 현대 사회와 전통적인 사회를 구분하기에 충분하다. 왜냐하면 전통적인 사회의 인간은 무엇보다 섭생이나 성행위와 같은 생리학적 작용들을 신비스러운 현상으로 간주하고 있었던 반면, 현대인은 그런 작용들을 단순한 생리적 과정으로만 이해하고 있기 때문이다.

이것은 지금까지 우리가 살펴본 모든 신화와 제의에 대한 진정한 의미의 문제를 제기한다. 우리가 확인한 바와 같이, 수확과 사냥감 또는 낚싯감들—결국 날마다 필요로 하는 양식들—에 대한 걱정은 세계의 주기적인 갱신에 관련된 여러 각본에서 언제나 발견할 수 있는 주제다. 따라서 혹시 그것이 하나의 거대한 기만이 아닌지, 그래서 그것을 본래의 위치로 돌려놓아야 하는 것은 아닌지, 다시 말해서 근본적으로 경제적이고 사회적인, 심지어 생리적인 원인들로 귀납시켜야 하는 것은 아닌지 자문해보게 된다. 그러나 이것은 편리한 추론이긴 하지만 정신적인 현상을 그 '근원'을 통해서 설명하려는, 즉 물질적인 기반을 통해서 설명하려는 단순한 사고일 뿐이다.[62] 이것은 마르크스주의 저술가에 의해 시도되었던 유명한 탈신비화적 사고이기도 하다. 그러나 유럽의 과학 정신이 수용했던 방법은 그 자체가 근대적 인간의 존재론적 결정의 결과였으며, 게다가 서구 세계의 최근 역사의 한 부분을 차지하고 있다. 그 방법은 19세기 사람들이 믿었던 것과는 달리, 전 세계적으로 인정된 정신적인 방법이거나 호모 사피엔스에 의해 받아들여질 수 있는 유일한 방법은 아니다. 그러한 일련의 환원적인 해석을 통해 세계를 설명하는 것은 하나의 목표를 가지고 있다. 즉 세계로부터 세속을 떠난 가치들을 배제하겠다는 것이다. 그것은 세계를 정복하고 통제하고

---

62) M. Eliade, 『신화, 꿈, 신비』(Paris, 1957), p. 161 이하 참조..

자 하는 의도를 가지고 세계를 체계적으로 일상화하겠다는 의지의 표현이다. 하지만 세계 정복이—어쨌든 반세기 전까지만 해도—모든 인간 사회의 목표는 아니다. 그것은 서구인들에게서 발견할 수 있는 하나의 특성일 뿐이다. 다른 사회들은 다른 목적들을 추구한다. 예를 들면, 이 세계가 '사는' 것처럼 살기 위해서, 다시 말해 끝없이 새롭게 태어나기 위해서 이 세계의 기호를 이해하려는 목적을 추구할 수도 있다. 중요한 것은 인간의 존재이며, 그것의 의미는 정신적인 것이다.

그리고 사실, 보이는 현상들을 신비화하는 인간들이 있다면, 그것은 우주의 리듬을 자기 존재의 모범으로 삼으려 했던 원시인들이 아니라, 우주의 리듬이라는 것이 결국 수확의 주기성에 불과하다고 믿는 현대의 물질론자들일 것이다. 왜냐하면 전통적 사회의 인간은 존재하기 위해서 먹어야 한다는 사실을 비극적으로 자각하고 있었기 때문이다. 일용할 음식을 확보해야 하는 절대적인 운명에 대해서 그는 어떠한 신비화도 하지 않았다. 그렇지만 음식을 섭취하는 것이 생리적인 활동이 아니라, 그 상징성으로 인해 인간적인 현상이 되어버렸다는 사실을 망각하면서부터 모든 오해가 싹트기 시작했다. 순수하게 생리적인 행위 또는 경제적인 활동으로서의 영양 섭취는 하나의 추상적인 개념에 불과하다. 음식을 먹는 행위는 문화적 사실이지 생리기관적인 과정이 아니다. 심지어 유아기의 아기조차도 음식물을 대할 때는 상징적인 세계 앞에 서 있는 것처럼 행동한다.

전통적인 사회에 속하는 인간이 음식에 부여하는 가치는 우주에 대해서 그가 전체적으로 유지하고 있는 행동 체계의 한 부분을 구

성한다. 음식을 통해서 인간은 한 단계 높은 차원의 현실에 참여한
다. 인간은 음식을 통해서 뭔가 풍요롭고 강하고 마력적인 것, 다시
말해서 초자연적인 존재의 창조물 또는—어떤 경우에—그 초자연
적 존재를 구성하는 물질을 섭취하고 있는 셈이다. 어쨌든 그 물질
은 신비의 결과물이다(왜냐하면 동물과 식물의 주기적인 재생은 다른
수확물들과 마찬가지로 '신비'와, 그리고 태초에 신들이 인간들에게
드러내 보인 신비롭고 제의적인 각본에 달려 있기 때문이다). 더욱이
식량은 반드시 음식을 위해서만 존재하는 것이 아니다. 식량에도
역시 마법-종교적인 힘들이 저장되어 있으며, 그에 걸맞은 효과들
을 발휘한다. 그런 의미에서 식량은 우주적 공간 안에 존재하는 각
각의 개인들의 사회적 상황이나 운명을—운수를—결정하는 기호
와 같은 것이다.

　인간과 우주 사이에 설정되어 있는 일련의 종교적 관계들은 인간
이 그것을 통해서 자신의 식량을 찾고, 조달하고 또는 생산하는 행
위들을 통해서 파악될 수 있다. 종교적 인간의 경우, 존재한다는 것
은 바로 실제로 존재하는 우주, 다시 말해서 살아 있고 강하며 비옥하
고, 주기적으로 갱신될 수 있는 그런 우주 안에 자리를 잡는다는 것
을 뜻한다. 그러나 이미 우리가 살펴본 바와 같이, 세계를 갱신한다
는 것은 세계를 다시 성스럽게 만든다거나 원형과(in principio) 비슷
한 형태로 만드는 것을 뜻한다. 때로 이와 같이 다시 성스러운 존재
로 만든다는 것은 세계를 '천국' 상태로 회귀시키는 것을 뜻하기도
한다. 이것은 전통적인 인간이 풍요롭고 의미 있는 우주 안에서 존
재하고 싶은 욕구를 느끼고 있다는 것을 뜻한다. 여기서 풍요롭다
는 것은 음식물이 풍부하다는 의미가 아니라(왜냐하면 항상 그럴 수

는 없기 때문에), 풍부한 의미를 담고 있다는 것을 말한다. 마지막으로, 이 우주는 일종의 기호로서 자신의 모습을 드러낸다. 우주는 '말을 하고', 자신의 구조와 양식과 리듬을 통해서 메시지를 전달한다.[63] 인간은 그 메시지를 '듣고'―또는 '읽고'―, 그래서 결과적으로 우주를 일관성 있는 의미 체계처럼 생각하고 행동한다. 그리하여 우주가 정확하게 파악되었을 때, 우주의 기호는 유사우주적인 (para-cosmique) 현실체들을 겨냥한다.

인류의 종교적 역사에서 세계의 주기적인 갱신이 가장 유효한 신화-제의적 각본이 되어온 것은 바로 그런 이유에서다. 사실, 세계의 주기적 갱신이라는 주제는 끊임없이 재해석되고 재조명되어왔으며, 여러 가지 무수한 문화적 문맥에 지속적으로 포함되어왔다. 제왕적 이념들이나 여러 유형의 구세주 신앙과 천년주의, 그리고 오늘날의 식민지 해방 운동들도 이 오래된 종교적 신앙에 다소 직접적으로 의존하고 있다. 즉 우주는 새롭게 다시 태어난 온전한 존재로 갱신될 수 있으며, 우주의 개혁은 세계의 '구원' 뿐만 아니라 노동하지 않고 얻을 수 있는 식량의 풍부함을 특징으로 하는 존재의 천국적인 단계로의 재편입을 포함하고 있다. 인간은 우주의 신비스러운 연대감을 느꼈고, 우주가 주기적으로 갱신한다는 것도 알고 있었다. 그러나 인간은 또한 매년(새해의 각본) 또는 우주적인 위기(가뭄·전염병 등)나 역사적 사건(새로운 왕의 등극 등)들이 발생할 때 치러지는 우주 생성의 반복적인 제의들을 통해서 우주의 갱신이 가능하다는 것도 알고 있었다. 마지막으로, 종교적 인간은

---

63) 세계의 '기호(chiffre)'에 대해서는 제5장 참조.

세계의 개혁에 책임이 있음을 자각하게 되었다. 이러한 종교적 성격의
책임감에서, 우리는 정치뿐만 아니라 '고전적'이고 '천년주의적'인
모든 형태의 근원을 찾아야 할 것이다.

(1959)

4

밧줄과 마술

'밧줄 묘기'

아슈바고샤(Aśvagosha)는 그의 시(詩) 「붓다차리타Buddhacarita」 (XIX, 12~13)에서 붓다가 깨달음을 얻은 뒤 처음으로 고향인 카필라바스투(Kapilavastu)로 돌아가 몇 가지 '기적의 능력'(siddhi)을 행했다고 적었다. 고향 사람들에게 자신의 영적인 능력을 보여주며 그들을 개종시키려 했던 붓다는, 자신의 몸을 공중으로 솟아오르게 한 뒤 자기 몸을 조각내어 땅에 떨어지게 했다. 그리고 이 광경을 놀란 눈으로 지켜보고 서 있던 관중 한가운데서 조각난 사지를 다시 짜맞추었다.[1] 이 기적은 인도 마술 전통에서는 아주 잘 알려진 묘기로,

---

1) M. Eliade, 『샤머니즘과 엑스터시의 고대 기법』(Paris, 1951), p. 379 이하 참조; 『요가, 불멸성과 자유』(Paris, 1954), p. 319 이하 참조.

주술(fakirisme) 기적의 전형을 이루고 있다. 파키(회교의 수도승)와 마술사들이 보여주는 이 유명한 '밧줄 묘기(rope-trick)'는 밧줄을 하늘로 높이 솟아오르게 하고, 스승이 젊은 제자로 하여금 보이지 않을 때까지 밧줄을 타고 오르게 하는 환상을 만들어내는 마술이다. 스승은 이내 칼을 공중으로 던져 조각난 젊은 제자의 사지가 땅으로 떨어지게 만든다.

『수루시 자타카 *Suruci-Jātaka*』(Nr., 498)는 한 마술사의 이야기를 전해준다. 그는 수루시(Suruci) 왕의 아들을 웃기기 위해 마술로 망고나무 하나를 만든 다음, 밧줄 뭉치를 공중에 던져 그 밧줄의 끝이 나뭇가지에 걸리게 했다고 한다.[2] 그리고 마술사는 그 긴 줄을 기어오르다가 망고나무 꼭대기에서 사라졌다. 그의 사지가 땅에 떨어졌는데, 두번째 마술사가 그것을 주워 모아 물을 주자 사라졌던 마술사가 부활했다고 한다.[3]

이 밧줄 묘기는 8~9세기 인도에서 매우 인기가 있었음에 틀림없다. 가우다파다(Gaudapāda)와 샹카라(Śankara)가 마야(māyā)[4]가 만든 환상을 더욱 생생히 묘사하기 위해 밧줄 묘기의 예를 들고 있는 것을 보면 그 사실을 잘 알 수 있다. 14세기에 이븐 바투타(Ibn Batutah)는 인도의 왕궁 안뜰에서 그런 기적을 직접 목격한 적이 있다고 주장했다. 자한기르(Jahangir) 황제는 그의 회고록에 비슷

---

2) 망고나무는 다른 자타카(Nr. 281)가 세상의 축(Axis mundi)처럼 나타낸 것과는 달리, 베사바나(Vessavana) 왕의 '중앙 망고나무'와 동일하다(Jātaka, 팔리어 텍스트, II, p. 397 이하 ; Fausboll 번역, II, p. 271 참조).

3) 팔리어 텍스트, IV, p. 324 ; 번역본, IV, p. 204.

4) H. von Glasenapp, *La philosophie indienne* (A. M. Esnoul의 번역, Paris, 1951), pp. 152, 369, n. 36.

한 광경을 묘사하고 있다. 적어도 알렉산드로스 이후부터는 인도가 전형적인 마술의 나라로 인식되고 있었기 때문에, 그곳을 방문했던 사람들은 대부분 하나 또는 여러 주술사의 기적을 틀림없이 목격했을 것이다. 유명한 신비사상가인 알 할라즈(Al Hâllâj)는 많은 일화를 남기고 있는데, 그는 '인간을 신에게로 인도하기 위한' 백색 마술을 배우기 위해 인도에 갔다고 전해진다. 마시뇽(L. Massignon)은 『키탑 알 오윤 *Kitab al Oyoûn*』에 보존되어 있는 한 이야기를 요약해서 번역했는데, 그 이야기에 따르면, 인도에 도착한 알 할라즈는 "한 여인을 수소문해서 찾은 뒤, 그녀와 함께 이야기를 나눴다. 다음날 여인은 그를 다시 만나 그와 함께 마치 진짜 사다리처럼 매듭으로 짠 밧줄을 들고 바닷가로 나갔다. 몇 마디 말을 마친 뒤 그 여인은 그 줄 위에 올라서더니 보이지 않을 정도로 높이 올라갔다. 그리고 알 할라즈는 나를 돌아보며 말했다. '내가 인도에 온 것은 이 여인 때문이오' 라고."[5]

지금 여기에서 고대와 현대 인도에서 발견할 수 있는 밧줄 묘기에 관한 방대한 자료를 모두 되짚어보는 것은 불가능한 일이다. 율(H. Yule)과 코르디에(H. Cordier)는 19세기 영국-인도의 신문 등에서 많은 사례를 수집하였다.[6] 슈미트(R. Schmidt) · 야코비(A. Jacoby) · 레만(A. Lehmann) 등은 이 분야의 연구를 계속했으며, 거기에 인도 이외의 지역에서 발생한 수많은 실례들을 덧붙였다.[7]

---

5) L. Massignon, *Al Hâllâj, martyr mystique de l'Islam* (Paris, 1922), I, pp. 80~83.

6) Sir Henry Yule et H. Cordier, *The Book of Ser Marco Polo* (London, 1921), I, p. 316 이하.

인도 주술의 기적들은 인도에만 국한된 것이 아니기 때문이었다.
중국이나 네덜란드령 인도, 그리고 아일랜드나 고대 멕시코에서도
이런 기적들에 대한 기록을 찾아볼 수 있다. 이븐 바투타가 중국에
서 목격했다는 한 장면의 묘사를 살펴보자. 마술사는 "구멍이 몇 개
뚫려 있는 나무 공을 잡았다. 구멍마다 긴 가죽 끈들이 끼워져 있었
다. 그가 공을 허공에 던지자, 공은 사람들의 시야에서 사라질 때까
지 높이 올라갔다…… 손에 가죽 끈의 끝부분만이 남았을 때, 마술
사는 그의 어린 제자 한 명에게 거기 매달려 공중으로 올라가라고
지시했다. 그 제자는 우리 시야에서 사라질 때까지 높이 올라갔다.
마술사는 그의 이름을 세 번 불렀지만 아무 대답이 없었다. 마치 화
가 난 것처럼, 마술사는 손에 칼을 쥐고 줄을 타고 올라가 이내 사
라져버렸다. 그러고는 곧 땅바닥으로 어린 제자의 손을, 다음엔 발
을 던졌다. 연이어 다른 한쪽 손과 다른 쪽 발이 떨어졌다. 마술사
가 숨을 헐떡이며 내려왔을 때, 그의 옷은 피로 범벅이 되어 있었
다. …… 태수가 그에게 뭔가 지시를 내리는 듯했고, 마술사는 토막
난 제자의 사지를 한데 모아 붙였다. 그러자 제자가 자리에서 일어
나 똑바로 서는 것이 아닌가. 이 모든 것이 정말 놀라울 뿐이었다.
심장이 두근거렸다. 언젠가 내가 인도 왕 앞에서 일어났던 비슷한
장면을 목격했을 때처럼 말이다……"[8]

<hr>

7) R. Schmidt, *Fakire und Fakirtum im alten und modernen Indien* (Berlin, 1908),
p. 167 이하; A. Jacoby, "Zum Zerstückelung und Wiederbelebungswunder der
indischen Fakire," *Archiv f. Religionswissenschaft*, XVII, 1914, pp. 455~475, 특히
p. 460 이하 참조; A. Lehmann, "Einige Bemerkungen zu indische Gaukler-
Kunststücken," *Jahrbuch d. Museums f. Völkerkunde zu Leipzig*, XI, 1952, pp.
48~63, 특히 pp. 51~59 참조.

17세기 네덜란드의 여행가 멜톤(Ed. Melton)도 바타비아(Bata-via)에서 비슷한 광경을 목격했다고 주장했는데, 이번에는 중국 마술사 집단이었다.[9] 17~18세기 네덜란드의 여행가들도 거의 흡사한 이야기들을 들려주고 있다.[10]

이런 밧줄 묘기에 관련된 이야기들을 아일랜드의 민속 자료에서도 발견할 수 있다는 사실은 주목할 만하다. 그 중에서도 가장 널리 퍼져 있는 이야기는 오그라디(S. H. O'Grady)가 번역한 일련의 자료들에서 찾아볼 수 있다.[11] 한 마술사가 공중으로 던진 비단 줄이 구름에 걸렸다. 이 줄 위로 개와 토끼를 뛰게 했다(자한기르가 자신의 회고록에서 언급했던 마술사는 사슬 위로 계속 개, 돼지, 표범, 사자 그리고 호랑이를 올려보냈다는 사실을 상기하자[12]). 이어서 그는 젊은

---

8) C. Defremery et Dr. B. R. Sanguinetti, *Vayage d'Ibn Batoutah*(아랍어 원문과 프랑스어 번역문 병기, Paris, Société Asiatique, 1822), vol. IV, pp. 291~292. 이 부분은 M. Eliade, 『샤머니즘』, p. 380, n. 1 ; 『요가』, pp. 319~320에 이미 게재했다.

9) Yule-Cordier, 앞의 책, p. 316 ; A. Jacoby, 앞의 책, pp. 460~462, E. D. Hauber, *Bibliotheca, acta et scripta magica*, 1740, p. 114 이하에서 발췌.

10) Jacoby, 같은 책, pp. 462~463.

11) *Silva Gadelica* (London, 1892), vol. II, pp. 321~322 ; Jacoby, 같은 책, p. 470에서는 흡사한 예를 언급한다. *Erin, Eine Sammlung irisches Erzählungen*, VI, p. 130 이하에서 발췌.

12) *Memoirs of the Emperor Jahangir*, p. 102, Yule-Cordier의 번역, p 318. "그들은 길이가 50큐빗 되는 사슬을 가져왔다. 그리고 내가 보는 앞에서 그 중 하나를 하늘로 던졌는데, 마치 공중에서 뭔가에 묶인 듯이 사슬은 공중에 남아 있었다. 개 한 마리를 데려와 사슬 밑부분에 자리잡게 하자, 개는 곧바로 뛰어올라가 다른 끝에 다다르더니 공중 속으로 사라져버렸다. 같은 방식으로 돼지, 표범, 사자, 호랑이가 나타나 사슬 위로 오르더니 모두 사슬 위에서 사라져버렸다. 마지막으로 그들은 사슬을 끌어내려 가방 속에 넣었다. 여기서 묘사한 신비로운 방식에 따라 어떻게 그런 여러 종류의 동물이 공중 속으로 사라졌는지 아무도 그 방법을 알아내지 못했다."

남자와 여자를 한 명씩 보냈고, 모두 구름 속으로 사라졌다. 잠시 후 소년이 한눈을 파는 사이에 개가 토끼를 먹어버리자, 마술사는 직접 줄 위로 올라갔다. 그는 젊은 남자의 머리를 잘라버렸지만, 영주의 요청에 따라 젊은이의 목을 다시 제자리에 돌려놓아 살려냈다.

유럽의 여러 지역에서 전해 내려오는 밧줄 묘기에 관련된 전설들을 살펴보면 공통으로 또는 독립적으로 존재하는 두 가지 특징적인 주제를 알 수 있다.[13] ① 마술사는 자신 혹은 타인의 몸을 토막낸 다음 이내 다시 맞춘다. ② 마법사나 마녀는 밧줄을 이용해 공중에서 사라져버린다. 두번째 주제에 대해서는 좀더 후에 살펴보기로 하자. 유럽의 모든 전설은 마술사들과 깊은 관련을 맺고 있다. 첫번째 유형의 전설들은 교묘한 배경이 있는 것으로 보인다. 1777년 괴팅겐에서 마술사 요한 필라델피아(Johann Philadelphia)가 어떤 마술을 부렸는지 살펴보기로 하자. 그는 자신의 몸을 토막내어 통 속에 집어넣게 했다. 그러나 뚜껑이 너무 일찍 열리는 바람에 통 속에는 아직 자라지 못한 배아(胚芽)만 남아 있었고, 마술사는 살아날 수 없었다. 중세에는 이와 비슷한 베르길리우스(Vergilius)의 전설이 전해졌고, 파라셀수스(Paracelsus)도 이와 유사한 지벤게비르게(Siebengebirge)의 이야기를 전해주고 있다.[14]

『마술 탐구Disquisitiones magicae』(1599)라는 저서에서 드브리오(Debrios)는 경건왕 루트비히(Louis le Pieux)* 시대에 살았던 유대인 제데셰(Zédéchée)가 사람들을 공중으로 던져서 그들의 팔다

---

13) Jacoby가 수집한 사례 참조. pp. 466~467, 472~473.

14) Jacoby, p. 464. 파라셀수스가 전해준 전설에 대해서는 W. Mannehardt, *Germanische Mythen*, p. 64 이하 참조.

리를 절단한 뒤, 다시 맞추어 살아나게 했다는 이야기를 전하고 있다.[15] 사하군(Sahagun)은 멕시코의 우아스텍(Huastec)에게도 이와 비슷한 이야기가 있다고 전한다. 이것은 문자 그대로 '스스로 몸을 절단하는 사람들'이라는 뜻의 모테테키(motetequi)라고 불리는 마술사 계층의 이야기다. 모테테키는 스스로 자신의 몸을 잘라 담요 밑에 넣은 뒤 담요 속으로 들어갔다가 곧 상처 하나 없는 온전한 몸으로 다시 나오는 마술을 부렸다.[16] 자한기르는 벵골의 마술사들도 똑같은 재주를 부린다고 적었다. "토막난 몸이 홑이불 밑에 놓여 있었다. 마술사가 홑이불 밑으로 들어갔다. 잠시 뒤, 그는 두 발로 서서 걸어 나왔다."[17]

가설들

사람들은 '밧줄 묘기'를 집단적인 암시 현상으로 설명하거나, 마술사들의 아주 특별한 재주로 설명한다.[18] 한편 야코비는 사겐과 유

---

* 778~840. 프랑크의 왕 샤를마뉴의 아들로, 신성로마제국의 황제.

15) Jacoby, pp. 464~465.

16) Eduard Seler, "Zauberei in alten Mexico," *Globus*, vol. 78, 1900, pp. 89~91. *Gesammelte Abhandlungen zur Americanischen Sprach- und Alterthumskunde*, II (Berlin, 1904), pp. 78~86, 특히 p. 85에서 다시 보인다.

17) *Memoirs of the Emperor Jahangir*, p. 99, 율과 코르디에(Yule-Cordier)가 옮겨 적은 책의 p. 318.

18) A. Lehmann은 앞서 인용한 기사에서 암시의 가설에 반대하여, 밧줄 묘기를 마술로 해석한다.

럽에서 전해지는 대략 비슷한 이야기들의 그 기괴한 성격에 주목했다.[19] 그러나 어떤 해석을 선택하든—암시 현상이든 마술이든 간에—밧줄 묘기의 문제는 여전히 해결되지 않은 채로 남아 있다. 사람들은 왜 이런 유형의 마술을 만들어냈을까? 집단적 암시를 통해서든 자기암시를 통해서든, 관중의 상상력에 호소하기 위해서 정확하게 왜 이런 각본—밧줄을 오르고 제자의 몸을 자르고 또 부활시키는—을 택했던 것일까? 달리 말해서 그것이 상상 속의 각본이든 우화적인 이야기든 혹은 마술이든 간에, 현재의 형태로 나타나는 밧줄 묘기는 하나의 이야기를 가지고 있으며, 그 이야기는 제의나 상징 그리고 고대의 종교적 신앙을 고려하지 않고는 이해할 수 없다.

여기서 우리는 두 가지 요소를 구분해볼 필요가 있다. ① 제자의 몸을 토막낸다는 것, ② 밧줄을 사용해서 하늘로 올라간다는 것. 이 두 요소 모두가 제의와 샤머니즘적인 이념의 특징을 나타내고 있다. 먼저 첫번째 주제부터 분석해보자. '현몽(現夢)'이 계속되는 동안, 샤먼의 제자들은 입문(入門)을 주도하는 역할을 하는 '혼령' 또는 '악마' 들에 의해 자신들의 몸이 토막나는 모습을 목격하게 된다는 사실을 우리는 알고 있다. 머리가 잘리고, 몸이 여러 조각으로 나뉘며, 뼈가 깨끗이 닦이는 등. 그리고 마지막으로 '악마들'은 뼛조각을 모은 뒤, 그 위에 새로운 살을 입힌다.[20]

우리는 지금, 입문적 구조에서 볼 수 있는 황홀경의 경험에 대해서 얘기하고 있다. 즉 상징적인 죽음 뒤에 신체 기관들이 소생하고

---

19) 앞의 책, pp. 464~474와 여러 곳.

20) M. Eliade, 『샤머니즘』, p. 47 이하를 볼 것. 또한 H. Findeisen, *Schamanentum* (Stuttgart, 1957), p. 50 이하 참조.

입문자는 부활하게 되는 것이다. 이런 장면들과 경험들은 오스트레일리아인이나 에스키모인, 미국과 아프리카 부족들에게서도 발견된다는 사실을 떠올려볼 필요가 있다.[21] 다시 말해 이것은 지극히 오래된 입문 의식의 기술이라는 것이다. 히말라야의 탄트라 제의인 초드(tchöd)에서도 상징적으로 초심자의 몸을 토막내는 순서가 포함되어 있다는 것은 주목할 만하다. 초심자는 다키니스(dākinīs)나 다른 악마들에 의해 자신의 목이 잘리고 사지가 잘리는 현상을 목격하게 된다.[22] 따라서 초심자의 몸이 토막나고 주술사에 의해 다시 부활하는 것은 완전히 신성을 상실한 샤먼적 입문식의 각본으로 간주할 수 있을 것이다.

밧줄 묘기를 통해서 우리가 발견한 두번째 샤머니즘적인 요소, 즉 밧줄을 사용해서 승천한다는 주제는 훨씬 복잡한 문제를 제기하고 있다. 우선, 아주 오래되고도 널리 퍼져 있는 나무나 밧줄, 산과 사다리 또는 다리라는 주제들이다. 이 신화적 주제들은 태초에 하늘과 땅을 연결하고, 신과 인간 세계 사이의 의사소통을 가능케 해주었다. 그러나 신화 속에 등장하는 선조의 잘못으로 이 의사소통의 통로는 단절되었다. 나무나 밧줄 혹은 나무 덩굴이 잘려버린 것이다.[23] 이 신화는 엄밀한 의미에서 샤머니즘이 지배적이던 지역에만 국한되어 나타나지는 않았지만, 샤먼적 신화들과 샤먼의 접신적 제의들에서 중요한 역할을 하고 있다.

---

21) M. Eliade, 『샤머니즘』, p. 55 이하.

22) 같은 책, p. 384 이하 ; Id., 『요가』, p. 320 이하.

23) M. Eliade, 『샤머니즘』, p. 419 이하 ; Id., 『신화, 꿈, 신비』, p. 88 이하.

우주적 밧줄에 관한 티베트 신화들

하늘과 땅을 이어주는 계단이나 밧줄의 신화는 인도와 티베트에서는 널리 알려져 있다. 붓다는 "인간들에게 길을 내주기" 위하여 트라야스트림샤*로부터 계단을 걸어 내려왔다. 계단 위에서는 모든 브라말로카스(Brahmālokas)가 보이고, 아래쪽으로는 지옥의 밑바닥이 내려다보인다. 그 계단은 우주의 중심에 세워진 진정한 세상의 축이기 때문이다.[24] 이 기적의 계단은 바루트(Bharhut)와 산시(Sañcî)의 부조에도 나타나 있는데, 티베트 불교화에서는 사람들이 하늘로 올라가는 길로 그려져 있다.[25]

불교 이전의 티베트 전통(본교Bon)**에 따르면, 태고에는 땅과 하늘을 연결하는 밧줄이 있었다고 한다. 신들은 인간들을 만나기 위해 하늘에서부터 이 긴 밧줄을 타고 내려왔다. 그러나 인간의 '타락'과 죽음의 출현 이후, 하늘과 땅 사이의 연결은 끊어져버렸다.[26] 티베트의 첫번째 왕 역시 하늘에서 밧줄을 타고 내려왔다. 티베트의 초기 왕들은 지상에서 죽음을 맞지 않았다. 그들은 하늘로 올라

---

* 도리천궁(忉利天宮, Trayastrimśa). 섬부주 위의 수미산 맨 꼭대기에 있다는 하늘. 33천이라고도 한다.

24) Ananda K. Coomaraswamy, "Svayāmatṛnnā : Janua Cœli" (*Zalmoxis*, II. 1939, pp. 3~53), p. 27, n. 8, p. 42, n. 64.

25) Giuseppe Tucci, *Tibetan painted scrolls* (Roma, 1949), vol. II, p. 348, 그리고 tanka Nr. 12, pp. 14~22.

** 불교가 전래하기 이전의 티베트 주술(呪術) 신앙.

26) Mathias Hermanns, *Mythen und Mysterien, Magie und Religion der Tibeter* (Köln, 1956), pp. 42~43. 또한 H. Hoffmann, *Quellen zur Geschichte der tibetischen Bon Religion* (Wiesbaden, 1951), p. 153 참조.

갔던 것이다.[27] 하지만 밧줄이 끊어진 뒤부터는, 죽으면 영혼만이 하늘로 올라갈 수 있었고, 육신은 땅에 남아야 했다.[28] 여러 마술에서, 특히 본교에서는 오늘날에도 여전히 마술 밧줄을 타고 하늘로 오르려고 한다.[29] 그리고 독실한 사람이 죽을 때는 보이지 않는 밧줄에 이끌려 하늘로 올라간다고 믿는다.[30]

이 모든 신앙은 다음과 같이 요약될 수 있는 학설의 다양한 양상을 보여준다. ① 신화적인 시대에는 밧줄(또는 나무, 산 등)이 땅과 하늘을 연결해주고 있었기 때문에 하늘과의 대화가 용이했다. ② 신들은 땅으로 내려왔고, 왕들은—역시 하늘에 속한 사람들이었으므로—지상에서 임무를 마친 뒤에는 밧줄을 타고 하늘로 올라갔다. ③ 유대-기독교 전통에서 말하는 '추락'과 같은 재변이 일어난 뒤에 밧줄은 끊어졌고, 그로 인해 하늘과 땅 사이의 실제적인 대화는 불가능해졌다. ④ 이 재변은 우주의 구조를 바꾸어놓았을 뿐만 아니라(하늘과 땅의 완벽한 분리) 인간의 조건도 바꾸어놓았는데, 이제 인간은 한시적인 존재가 되었다. 달리 말하면, 그때부터 인간의 육체와 영혼은 분리되었다. ⑤ 결국, 근원적인 재변이 일어난 뒤로, 인간이 죽으면 오직 영혼만이 하늘로 올라갈 수 있게 되었다. ⑥ 그러나 특별한 사람들(예를 들어 독실한 신자나 마술사 같은 사람

___

27) M. Eliade, 『샤머니즘』, p. 381 et n. 3; G. Tucci, *Tibetan painted scrolls*, II, pp. 733~734; Hoffmann, *Quellen*, pp. 141, 150, 153, 245; M. Hermanns, 앞의 책, pp. 37 이하.

28) H. Hoffmann, *Quellen*, p. 246.

29) 같은 책, p. 154 ; M. Hermanns, p. 42.

30) S. H. Ribbach, *Drogpa Namgyal* (München-Planegg, 1940), p. 239, n. 7; M. Hermanns, 앞의 책, p. 42.

들)은 오늘날에도 밧줄을 타고 하늘로 오를 수 있다.

우리가 요약한 이 학설은 매우 오래된 것이다. 이 학설은 티베트와 중앙아시아뿐만 아니라 다른 지역에서도 인증되고 있다. 샤먼들의 신비스러운 체험에 관련된 이념들은 '천국'과 '추락'의 유사한 신화들에서 파생되어나온 것이다.[31] 이 문제는 이 책에서 접근하기에는 너무 복잡하거니와, 무엇보다도 우리의 주제와 직접적인 관련이 없다. 여기서는 '추락' 이후로 밧줄은 특별한 사람들, 즉 왕이나 마술사·종교인들의 소유물이 되었다는 사실만 지적하고 넘어가도록 하자. 밧줄은 인간을 — 혹은 영혼만을 — 하늘로 올려보내준다. 밧줄은 신들을 만날 수 있는 특별한 도구로 여겨진다. 하지만 그것은 이제 모든 인간들이 나누어 가질 수 있는 대상이 아니다. 그것은 '선택받은' 몇몇 사람만이 접근할 수 있는 것이 되어버렸다.

니그리토족[*] 샤먼의 줄

이제 원시 종족들에게서 찾아볼 수 있는 몇 가지 비슷한 사례들을 살펴보자. 니그리토 파항(Negritos Pahang)족의 샤먼(halak)은 환자를 치료할 때 손가락 사이에 야자 잎으로 만든 끈이나 아주 가느다란 밧줄을 낀다. 이 끈과 밧줄은 하늘의 일곱 계단 위에 살고 있는 천신 본수(Bonsu)에까지 닿아 있다. 치료하는 동안 샤먼은 이

---

31) M. Eliade, 『샤머니즘』, 여러 곳 참조.

* 서말레이시아에 거주하는 원주민인 오랑 아실리(Orang Asli)의 한 종족.

줄이나 밧줄을 통해 직접 신에게까지 닿아 있는데, 신은 그 끈이나 밧줄을 샤먼에게까지 내리고 있다가, 치료 의식이 끝나면 다시 끌어올린다는 것이다.[32]

이것은 샤먼이 하늘의 신과 통해 있는 동안, 그러니까 결국 이 소통을 통해서 샤먼이 치료를 할 수 있다는 뜻이다. 사실 치료가 이루어지는 동안 샤먼은 천상의 옥좌에서 또는 하늘의 천장에서 떨어져 나온 마법의 돌을 사용하기도 한다.[33] 결국 치유의 핵심 요소는 샤먼의 종교적 체험이다. 샤먼은 하늘과 또는 천상의 존재들과 직접적으로 이어져 있다고 느낀다. 그의 능력은 그것이 끈이든 밧줄이든 또는 하늘의 천장에서 떨어진 돌멩이든 간에, 하늘에서 떨어진 물건을 손에 쥐고 있다는 사실로부터 온다.

우리는 여기서 이러한 믿음이 얼마나 오래되었는지를 논하지는 않을 것이다. 알다시피, 말레이시아 샤머니즘의 몇몇 요소는 최근의 영향들을 드러내고 있다. 예를 들면, 하늘의 일곱 단계에 대한 개념은 원래 인도에서 유래한 것이다.[34] 그러나 흑인들의 샤먼 제의의 핵심은 아주 오래된 것이다. 왜냐하면 하늘에서 떨어진 신비의 돌은 오스트레일리아와 남아프리카 주의(呪醫)들의 입문에도 매우 중요한 역할을 하고 있기 때문이다.[35] 또한 나중에 살펴보겠지만 오

---

32) Ivor Evans, *Papers on the Ethnology and Archaeology of the Malay Peninsula* (Cambridge, 1927), p. 20.

33) M. Eliade, 『샤머니즘』, pp. 62, n. 1, 135; R. Pettazzoni, *L'Onniscienza di Dio* (Torino, 1955), p. 469, n. '응고된 빛'으로서의 마법의 돌에 대해서는 본서 24쪽 이하 참조.

34) M. Eliade, 같은 책, p. 253 이하, p. 304 이하 참조; H. G. Quaritch Wales, *Prehistory and Religion in South-East Asia* (London, 1957), p. 12 이하.

스트레일리아의 주의들 역시 그들을 공중에 떠오르게 하고 하늘로 올라갈 수 있게 해주는 마술의 밧줄에 대해 잘 알고 있다.

밧줄을 소유한다는 것은, 샤먼의 아주 강한 종교적 체험을 전제로 하고 있다. 이 체험은 '신적인 선택'의 결과로 야기되는 것이다. 이 현상은 너무도 잘 알려져 있어서 굳이 강조할 필요는 없을 것이다. 그것은 초자연적인 존재들로부터의 '부름', 일련의 정신병리학적 증상들을 수반하는 '부름'이다.[36] 우리의 연구와 관련하여 관심을 끄는 것은, 어떤 샤머니즘의 경우 신의 선택이 꿈을 통해 나타나는데, 꿈속에서 하늘로부터 내려오는 줄이 보인다는 사실이다. 마리아바스티(Maria-Basti)의 한 렙차인(Lepcha)*은 이렇게 말한다. "만약 꿈속에서 하늘로부터 줄이 내려오는 것을 보게 된다면, 그것은 샤먼(봉-팅Bong-thing 또는 문Mun)이 되라는 하늘의 명령으로 해석해야 합니다. 이런 식으로 선택받은 사람들은 하늘의 명령에 복종하고, 샤먼의 의무를 위해 충실히 헌신해야 합니다. 줄이 다른 사람에게 내려오는 것을 볼 수도 있습니다. 이럴 경우에는 그 사람에게 꿈 이야기를 전해주어야 하며, 그 사람은 이 부름에 복종해야 합니다. 만약 선택받은 사람에게 줄이 내려오는 동안 누가 그 줄을 끊는다면 그 사람은 즉사하게 될 것입니다."[37]

이 자료는 다음과 같은 사실을 명백히 드러낸다. ①신비로운 소명은 신의 선택의 결과다. ②이 선택은 하늘에서 내려와 그의 머리

---

35) M. Eliade, 『샤머니즘』, p. 55 이하, p. 133 이하.

36) 같은 책, p. 47 이하와 여러 곳.

* 네팔 · 부탄과 인도의 시킴 · 다르질링에 거주하는 종족.

37) M. Hermanns, *The Indo-Tibetans* (Bombay, 1954), p. 51 이하.

에 내려앉는 줄의 이미지를 통해 미래의 샤먼에게 전달된다. ③ 줄이 내려오는 것은 마치 운명이 갑자기 그 모습을 드러내는 것처럼 피할 수 없는 성격을 띠고 있다. ④ 결국, 선택받은 사람은 개인적인 자유를 상실했다는 것을 직감한다. 타인의 의지에 따라 '연결된' 그는 '묶인' 채로 꼼짝 못 하게 된 것처럼 느낄 것이다. 하늘에서 내려온 줄은 샤먼의 '사명'이 신들에 의해 정해졌다는 것을 말해준다. 또한 샤머니즘의 모든 역사를 통해서 알 수 있듯, 이 결정에 저항하는 것은 곧 죽음을 의미한다.

인도: 우주적 밧줄과 공기의 직조(織造)

인도인들의 우주적·생리학적인 사고에는 밧줄이나 끈의 이미지가 폭넓게 사용되고 있다. 그들의 역할은 모든 살아 있는 요소들, 즉 인간뿐 아니라 우주를 조화롭게 만드는 것이다. 이러한 근원적인 이미지들은 우주의 구조를 드러내고, 인간이 처한 특수한 상황을 묘사한다. 밧줄과 끈의 이미지들은 훨씬 뒤에 철학자들이 밝혀낼 사실들—즉 존재하고 있는 모든 것들은 더 높은 어떤 원칙에 따라 '계획'되거나 '짜인' 것이라는 사실과, 시간 속에 존재하는 모든 것은 '세분화' 또는 '씨실'을 포함하고 있다는 사실—을 성공적으로 미리 암시한다. 그렇지만 여러 다양한 주제 가운데 다음과 같은 주제를 구분하는 것이 중요하다.

① 우주적인 밧줄(즉 바람)은 마치 숨결이 인간의 육체를 전체적으로 장악하고서 세밀하게 나누듯이, 우주 전체를 장악하고 있다.

숨결(prānas)과 바람의 동일성은 이미 아타르바 베다(XI, 4, 15)에
서 증명된 바 있다. 인체의 모든 기관이 함께 모여 있을 수 있는 것
은 숨결, 가장 최후의 심급(心級)인 아트만(我) 덕분이다. "나는 알
고 있다, 당겨져 있는 이 줄에 살아 있는 존재들이 짜여 있다는 것
을. 나는 이 줄의 줄을 알고, 위대한 브라만을 알고 있다"(Atharva
Veda, X, 8, 38). 이 줄(sūtra)은 아트만이며,『브라다라냐카 우파니
샤드』(III, 7, 1)에서 수트라트만(sūtratman)의 교리는 명확하게 언
급되어 있다. "카피야(Kâpya), 너는 알고 있느냐? 이승과 저승, 그
리고 만물을 잇고 있는 이 줄을? …… 안에서 모든 것을 조종하는
이 줄의 존재를 아는 자라면 브라만을 아는 자이며, 세계와 신과 아
트만을 알고 있어 모든 것을 아는 자이다"(E. Senart 번역).

②세상이 끝날 때, 이 바람의 밧줄은 끊어질 것이고(vraścanam
vātarajjūnām), 우주는 해체되어버릴 것이다(*Maitri Up.*, I, 4). 그리
고 "이승과 저승 그리고 모든 존재가 마치 줄로 연결되어 있는 것처
럼 공기로 연결되어 있기 때문에…… 죽은 사람에 대해 얘기할 때
사지가 축 늘어졌다(vyasramsis-atāsyāngāni)고 표현하는 것은, 살
아 있는 자들은 공기(=호흡)가 마치 줄처럼 사지를 이어주고 있기
때문이다"(*Brih. Up.*, III, 7, 2).[38] 이와 비슷한 생각은 중국에서도

---

38) 줄(또는 밧줄)과 무분절의 이미지로 표현되는 소우주와 대우주 사이의 이 상응성
은 브라흐마나(Brāhmana) 시대에 원활하게 형성되었다. 인간은 제의를 통해 '만들어
졌다(samskrta)' (*Kausītaki Br.*, III, 8). 사제들은 완벽한 전체를 만들어내기 위해 아
트만을 모으고 견고히 했다(samsthā) (*Ait. Br.*, II, 40, 1~7). 이 '통합'과 '분절'의 가
장 대표적인 예는, 프라자파티의 제의적 신화일 것이다. 이 세상과 신들과 인간들을
창조한 뒤, 프라자파티는 '무분절의 상태로' 변해버렸다(*Śataphata Br.*, VI, 1, 2, 12).
프라자파티의 '재건'은 samskr(조립하다)라는 동사로 표현되고, 이와 같은 프라자파

228

찾아볼 수 있다. 장자(III, 4)는 "옛 사람들은 죽음을 애기할 때, 신이 삶을 걸어놓았던 줄을 잡고 있으면 살아 있는 것이고 놓으면 죽는 것이라고 묘사한다"고 말했다.

③태양도 줄을 이용해서 세상을 자신에게 연결하고 있다. 『사타파타 브라흐마나』에서 벌써 여러 차례 언급하고 있듯이, "태양은 이 세상을 줄로 연결한다(samā vayate). 이 줄은 바람과 똑같은 것이다"(vāyuh, VIII, 7, 3, 10 ; 또한 VII, 3, 2, 13 참조). "이 세상은 4개의 방위점을 통해 태양에 연결되어 있으며, 태양은 세상을 잇는 연결고리다"(*Śat. Br.*, VI, 7, 1, 17).[39] 태양은 "잘 짜인 것"이라고 불린다. "왜냐하면 태양은 마치 실로 천을 짜듯 낮과 밤을 함께 짜기 때

티의 재분절은 상징적으로 불의 제단 축조와 동일시되었다. "부서진 조각들을 가지고 다시 일어서는 것은 불가능했다. 따라서 희생이라는 방법을 통해 신들은 그 조각들을 조립하였다"(samadadhuh ; *Śat Br.*, I, 6, 3, 35~36). 신이 태초에 만들었던 것을, 사제는 정기적으로 반복한다. "그는 프라자파티를 완벽하게 다시 재-조립한다(samskaroti)"(sarvam krtsnam : *Śat. Br.*, VI, 2, 2, II). 불의 제단을 건축함으로써 얻은 재건은 아트만을 '분절' 하기 위해서 숨결을 모으고 다른 능력을 통합하는 작업의 전범이 될 것이다.

39) 이 상징주의와 관련해서 아난다 쿠마라스와미는 사라방가 자타카(*Sarabhanga Jātaka*, V, 130)의 일화를 떠올린다. "보디사타 조티팔라(Bodhissata Jotipāla : 빛을 지키는 자)는 네 귀퉁이에 말뚝이 있는 마당의 한가운데 서 있다. 그는 실을 묶은 화살 하나를 쏘아 네 개의 말뚝을 관통시킨다. 그리고 화살은 다시 첫번째 말뚝을 지나 그의 손으로 되돌아온다. 그처럼, 단 하나의 실로 그는 모든 것을 그 자신에게로 '엮어놓은' 것이다"("The Iconography of Dürer's 'Knots' and Leonardo's 'Concatenation'," in *The Art Quarterly*, Spring 1944, pp. 109~128, p. 121). 쿠마라스와미는 이와 같은 줄의 상징성을 몇 차례 더 보여준다. "Svayāmatrnnā: Janua Cœli" (*Zalmoxis*, II, 1939—publié 1941—pp. 3~51, 특히 p. 5 이하) 참조 ; "'Spiritual paternity' and the 'Puppet-Complex'"(*Psychiatry*, VIII, August 1945, pp. 25~35, 특히 p. 29) 참조.

문이다"(같은 책, IX, 4, 1, 8). 낮과 밤의 연결에 대한 이러한 암시
는 두 자매— 밤(밤의 여신)과 새벽(여명의 여신)— 에 대한 베다 이
미지와 연관되어 있는데, "박자에 맞춰 함께 팽팽한 실을 짜는, 만
족한 두 자매처럼"(*Rig Veda*, II, 3, 6) 시간을 짜나간다.[40]

④태양이 세상을 줄로 연결하고 있기 때문에, 태양은 우주의 직
조공이며, 그래서 자주 거미와 비교된다. "천을 짜는 직조공은 분명
저기에서 빛나고 있는 자다. 마치 천 위에 서 있듯, 이 세상을 따라
움직인다"(*Śat. Br.*, XIV, 2, 2, 22). 『카우시타키 브라흐마나*Kausī-
taki Brāhmana*』(XIX, 3)에 인용된, 희생제물인 고기송(gatha)[*]은
태양(=해年)에 대해 말할 때 마치 거미를 언급하듯 얘기한다. 많은
우파니샤드가 각각의 종교적 성향에 맞추어 거미와 거미줄의 이미
지를 사용해 내용을 전하고 있다. 사람들은 거미를 아트만, '불멸'
(aksara) 또는 신에 비교하곤 한다. "거미가 거미줄을 따라 기어오
르듯, …… 모든 숨결과 모든 세상과 모든 신과 모든 존재가 아트만
에서 나온다"(*Brhad. Up.*, II, 1, 20 ; *Maitri Up.*, VI, 32 참조). "마치
거미가 거미줄을 치고 또 거두어들이듯(srjate grhnate, 문자 그대로
'verse et tarit')……, 이 불멸의(aksarāt) 세상에서 태어나는 것이

---

40) 극도로 복잡한 상징주의가 '시간의 직조'를 통해 형성된다. *Rig Veda*, V, 5, 6 ;
IV, 13, 4 ; *Ath. Veda*, X, 7, 42 이하 ; X, 8, 37~39 등 참조. 그러나 이 연구에서는 몇
가지 측면들만 고려할 것이다. 희생이 '아주 팽팽하게 당겨져 있다'는 표현을 상기하
자(*Śat Br.*, III, 8, 2, 2). 희생을 '늘리는' 것은 일시적인 '씨실'을 '늘리는' 것과 같은
뜻이다. 즉 마지막 순간에 세상을 다시 1년 더 지속시키는 것이다.

* '고기송'은 범어 gatha의 번역으로, 게송 또는 송이라는 뜻이다. 가타(伽陀), 게타
(偈陀) 또는 게(偈)라고 음역하기도 하는데, 이는 운을 붙인 시체(詩體)의 형식을 취
하고 있다.

다"(*Mundaka Up.*, I, 1, 7). 『슈베타슈바타라』와 같은 유신론적 우파니샤드에서는, "마치 거미처럼, 근원적인 물질로부터 자아낸 실로 자신을 감싸는 유일한 신"(pradhāna, VI, 10, L. Silbrurn 번역)에 대해 말하고 있다.

⑤ 결국, 후기 베다의 몇몇 문서는 우주적인 직조자를 아트만이나 브라만 혹은 『바가바드기타』의 크리슈나처럼 인성을 가진 신과 동일시하고 있다. 『브라다라냐카 우파니샤드』(III, 6, 1)의 유명한 문장에서 가르기(Gārgī)가 "야즈나발키야(Yājnavalkya), 만일 물이 그 위에서 무엇이든 짜낼 수 있는 씨실이라면, 물은 어떤 것의 씨실로 짜이는가?" 하고 묻자 야즈나발키야는 "공기의 씨실이다"라고 대답한다. 이번에는 야즈나발키야가 설명한다. "공기는 천국에서 짜이고, 천국은 간다르바(Gandharva) 세상 위에서 짜이며, 그 세상은 태양계에서 짜인다. 그런 식으로 브라마의 세상에까지 이르게 되는 것이다."

그러자 가르기가 그에게 묻는다. "그렇다면 브라마 세상은 어떤 씨실로 짜이는가?" 야즈나발키야는 대답하지 않는다. "오, 가르기, 너무 많은 것을 묻지 말라. 머리가 터져버릴지도 모르니. 그대는 지금 더 이상 질문이 필요 없는 신성에 대해 묻고 있도다"(E. Senart 번역). 하지만 다음 문장(III, 7, 이하)에서, 야즈나발키야는 우주의 진정한 근원은 '내적 동인'(antaryāninam)이라고 단언한다. 또한 이 내적 동인은 수트라트만(sūtrātman)이고, 그것은 바로 줄의 형태로 상상된 아트만이라고 대답한다.

『바가바드기타』에서는, 세상이라는 실을 "짜는" 이는 신이라고 말한다. 크리슈나는 스스로를 지고한 인간이라고 칭하면서, "바로 나를 통해서 이 우주가 짜였다"(yena sarvam idam tatam, VIII, 22)고 주장한다. "모든 것은 나에 의해 짜였다"(mayā tatam idam sarvam, IX, 4). 그리고 열한번째 노래에서 눈부신 신현(神現)을 노래한 뒤 아르주나는 이렇게 적고 있다. "그대는 원초적인 신, 고대의 정령이다…… 그대를 통해 모든 것이 만들어졌도다"(tvayā tatam viśvam; XI, 38).[41]

직조와 건조

이미 살펴본 것처럼, 원초적인 직조자에 대해서도 우리는 우주적 거미의 경우에서와 똑같은 상황을 접하게 된다. 다시 말해 태양에 관해서든, 초개인적 원칙에 관해서든(아트만-브라만), 또는 인성을 가진 신에 관해서든 똑같은 상황이 발생한다는 얘기다. 그러나 그의 본성이 무엇이든, 그가 어떤 형태로 드러나든 간에, 창조자는 모든 맥락에서 '직조자'다. 그가 직조자의 이미지로 그려지는 이유는

---

41) "이 모든 우주가 내 안에 마치 실에 꿰여 있는 보석들처럼 정렬되어 있다"(Sūtre maniganā iva)고 크리슈나는 말한다(VII, 7). 이런 이미지는 자주 등장한다. "모든 것은 마치 보석을 꿰어놓은 실처럼(manisūtram) 돌을 관통한다. 마찬가지로 간다르바(Gandharva), 아스파라스(Asparas), 짐승들과 사람들도 그 위에(즉 태양과 바유와 프라나와 브라만 위에) 실처럼 꿰여 있다": *Jaimīnya Upanisad Brāhmana*, III, 4, 13; III, 5, 1; 쿠마라스와미가 인용한 Svayāmatrnnā, p. 5. 쿠마라스와미는 도시와 주민들에 대해서 말하고 있는 트리푸라 라하샤(*Tripurā Rahasya*)의 한 문장을 떠올리면서, 정신(pracāra, 문자 그대로 '지나가는 자' 또는 '접근하는 자')이 없으면 살고, 있는 사람들은 "줄이 없는 진주알처럼 흩어지고, 사라질 것"(*Spiritual Paternity*, p. 31)이라고 말한다.

그가 만들어낸(좀더 정확히 표현하자면, 그가 자신으로부터 '방출해
낸') 이 세상과 모든 존재를 보이지 않는 줄과 밧줄들로 자신에게
묶어놓기 때문이다.

　태어나서 시간 속에 존재한다는 것, 지속한다는 것은 창조자로
부터 분출된 뒤 마치 줄로 이어져 있듯이 그에게 연결된 채로 남아
있다는 것을 뜻한다―이미 브라만의 시대에, 특히 우파니샤드의
시대에―불멸의 인간 아트만을 만들어내기 위해서 숨결을 '모으
고' 세밀하게 분절할 필요가 느껴졌을 때, 항상 '창조'의 문제가 대
두되었다. 사람들은 초개인적인 존재가 되는 방법을 창조해내고,
불멸을 얻기 위한 도구를 만들어냈다. 우파니샤드에서조차도(여기
서 문제는 전혀 다른 형태를 취한다. 즉 자신을 발견하고 정복하는, 말
로는 표현할 수 없는 그 경험을 어떻게 표현할 것인가?) 줄의 이미지
는 아트만과 관련되어 사용되었다. 따라서 고대 인도에서 정신성
의 대표적인 흐름은 살아 있고, 현실적이며, 존재하는 것이 (시간의
흐름 속에서든, 시간을 초월해서든) 잘 조절되고 분절된 단위라는
중점적인 사고에 의해 유지되어왔던 것으로 보인다. 인도적인 사
고는 존재는 유일하다는 사실을 발견하기도 전에 이미 분산과 무
분절이 비존재와 같다는 것을, 또 진실로 존재하기 위해서는 결속
되고 통합되어야만 한다는 것을 알고 있었던 것이다. 그리고 이 모
든 것을 표현하는 데 가장 적절한 이미지는 줄과 거미와 씨실과 직
조였다. 거미줄은 중심에서 출발해 네 개의 방위점까지 서로를 연
결하면서 공간을 '결속하는' 가능성을 아주 명백하게 보여주었던
것이다.

이미지, 신화, 사고

이러한 이미지와 사고는 심층적 경험의 산물이다. 인간이 자신에게 고유한 존재의 상황을 의식할 때마다, 다시 말해서 우주 안에서의 자신의 고유한 존재 방식을 의식할 때마다, 그리고 그 존재 방식을 수용할 때마다, 인간은 인류의 정신적 전통에서 매우 특별한 상황을 그려내는 이미지와 신화들을 통해 그 결정적인 경험들을 표현하게 된다. 이에 대한 신중한 분석을 통하여 줄과 직조에 대한 인도의 상징주의를 잉태시킨 존재론적 상황을 재발견할 수 있을 것이다.

우주뿐만 아니라 우주의 창조 또한 직조의 행위로 상징화된다. 브라흐마나에 따르면, 우주가 존재할 수 있는 것은 우주의 모든 부분이 조절되고 있기 때문에, 그리고 공간-시간의 씨실이 희생을 통해 팽팽히 '유지되고' 있기 때문이다. 그러나 이 우주의 직조라는 개념과 희생의 신비로운 마술을 통한 프라자파티의 우주 세분화 개념은 그다지 오래된 것이 아니다. 세상과 신과 살아 있는 존재들을 창조하면서 소진되고 분해되어버린 프라자파티의 모습은, 브라흐마나에서만 찾아볼 수 있는 독특한 종교적 사고를 보여준다. 그러나 브라흐마나에서조차도 우주를 창조한 것은 프라자파티이며, 희생 제의는 그의 존재를 연장시킬 뿐이라고 설파하고 있다. 전능한 희생 제의를 찬양하고 있다고 해서 우리의 관점을 흐트러뜨려서는 안 된다. 브라흐마나에서도 우주는 창조자에 의해 만들어졌음을 인정하고 있다.

태양, 신 혹은 브라만이 이 세상을 '짜나간다'. 그런데 씨실이 어떤 모습을 할 것인지는 씨실을 감는 사람에게 달려 있다. 그처럼 우주도 그 누군가에 의해 만들어졌고, 게다가 줄에 의해 그의 창조주와 연결되어 있다. 창조물은 결코 창조주로부터 완벽하게 분리될 수 없다. 창조물은 마치 탯줄로 연결되어 있듯이 창조주에게 닿아 있는 것이다. 이것은 매우 중요한 애기다. 왜냐하면 근본적으로 세상과 존재들이 '자유롭지' 않고, 또 '자유로울 수도 없음'을 뜻하기 때문이다. 그들은 자신들의 자유의지로 움직일 수가 없다. 창조주에게 연결된 줄이 바로 그들의 생명을 유지시켜주기도 하지만, 동시에 그들을 종속 상태에 놓이게 만드는 것이다.

'산다는 것'은 우주와 시간과 삶을 구성하는 신비로운 힘에 의해 '짜인다'는 뜻이거나, 눈에 보이지 않는 줄에 의해 우주의 창조자(태양, 브라만, 인성을 가진 신)에게 연결되어 있다는 것을 뜻한다. 이 두 가지 의미에서, '산다는 것'은 구속받는 존재, 타자에게 종속된 존재라는 사실을 전제로 하고 있다. 이 '타자'란 신일 수도 있으며, 또는 명확하게 정의할 수는 없지만, 시간에 의해 한정된 삶을 살고 있는 모든 존재들에게서 느낄 수 있는 초개인적이고 신비스러운 어떤 원칙일 수도 있다. 결국 모든 존재는 '짜여' 있기 때문에, 즉 불가피하게 자신의 과거에 결부되어 있기 때문에, 자신의 존재 자체가 자신의 모든 행동과 또다른 것들의 결과물이라는 사실을 느끼게 된다. 그는 자신이 하나의 '씨실'을 이루고 있음을 알게 되며, 이 씨실은 인도적 사고 속에서는 어느 한순간 끊어버릴 수 없는 것이 되어버리는데, 왜냐하면 이 '씨실'은 개인의 죽음에서 끝나는 것이 아니라 한 존재에서 다른 존재로 옮겨가면서 무수한 윤회의 존재 이유가 되기 때문이다.

카르만(karman)에 대한 근본 개념 가운데 하나는 우주적인 직조와 일련의 중단 없는 희생으로 이루어진 씨줄과 관계된 사고들에서 찾아볼 수 있을 것이다. 우리는 여기에서 카르만 개념의 근원에 대한 문제에까지 접근할 생각은 없다. 단지 이러한 생각이 인성을 지닌 신에게 마치 줄로 묶여 있듯 연결되어 있다고 여기는 종교적 인간들 사이에서 어떤 형태를 갖게 된 것은 아니라는 사실만 짚고 넘어가도록 하자. 인간이 자신의 제의적인 행동의 결과라는 사실, 다시 말해서 그가 그렇게 그 자신에게 연결되어 있다는 사실을 발견하게 될 때 이런 사고가 형성되는 것이다. 모든 인간이 시간의 흐름 속에서 전개되는 일련의 사건 속에 포함되어 있고, 어떤 조직의 한 부분을 이루고 있으며, 자신의 과거로부터 결코 도망칠 수 없다는 사실에 대해 끊임없이 생각하고 있다는 것은 원시 사회나 고대 사회에서 사용하던 제의적인 방법들을 이용하여, 주기적으로 시간을 재생하는 것(과거의 소멸을 내포하는 재생[42])만으로는 만족할 수 없는 사고가 존재한다는 사실을 증명한다.

줄, 밧줄, 엮기, 짜기의 이미지들은 양면성을 가지고 있다. 이 이미지들은 선택받은 특별한 상황(신에게 연결되어 있는 상태, 우주적인 근원Urgrund과 관계를 맺고 있는 상태)을 표현하기도 하지만, 불쌍하고 비극적인 상황(종속적이고, 구속되어 있으며, 미리 운명지어져 있는 상황 등)을 표현하기도 한다. 이 두 가지 경우에 공통적으로, 인간은 자유롭지 못하다. 그러나 첫번째 경우, 인간은 그의 조물주와 또는 그의 우주적 근원과 지속적인 의사소통을 하면서 살아간다. 두

---

42) 이 문제에 관해서는 M. Eliade, 『영원한 회귀의 신화』(Paris, 1949)를 볼 것.

번째 경우에는 반대로 '마술'에 의해서 또는 자신의 과거(자신이 저지른 모든 행동의 결과인)에 속박당한 채 운명이라는 감옥 속에서 살아간다.

이와 비슷한 이중성은 앞선 연구[43]에서 이미 언급한 바와 같이, '연결'에 관한 인도의 다른 상징적인 표현들을 통해서도 판독될 수 있을 것이다. 브리트라(Vritra)나 바루나 그리고 죽음의 신들도 역시 '관계의 지배자들'이었다. 그들은 살아 있는 존재들의 관계를 맺어주거나 마비시키며, 죽은 자들을 묶고, 브리트라는 물들을 '묶는다'. 이와 같이 '연결'에 관련된 인도의 상징주의에서는 마술적인 요소들이 지배적이다. 엮인 사람은 마비되고, 죽음에 이르도록 운명지어진다. 사실, 연결에 관련된 이와 똑같은 이미지와 형식들은, 마술이나 악마학 또는 죽음의 신화 속에서도 발견된다. 그렇지만 바루나와 인드라는 묶여 있는 인간들을 풀어주고, 그들을 '해방시킨다'(인드라는 또한 산 속 계곡에서 브리트라에 의해 '묶여 있던' 물을 '해방시킨다'). 다시 말해서 신들은 '묶을 수 있는 능력과 묶인 것을 풀 수 있는 능력'이 있음을 말해주는 것이다(Matthieu XVI, 19 등).

다른 예를 들어보자. 요가는 인간의 모든 조건을 구성하고 있는 노예 상태에서 해방될 수 있는 최선의 방법이다. 요가를 통해 인간은 절대적인 자유를 얻을 수 있다. 그런데 이 요가라는 말은 '연결'의 행위를 나타낸다. 어근인 유(yuj), 즉 '잇는다(joindre)'는 라틴

---

43) "Le 'dieu lieur' et le symbolisme des nœuds"(*Revue de l'Histoire des Religions*, 1947~1948, pp. 5~36 ; 이 글은 『이미지와 상징』, Paris, 1952, pp. 120~163에 재수록).

어의 *jungere, jugum* 그리고 'joug', *yoke*를 뜻한다.[*] 요가가 무엇보다도 몸의 완벽한 통제를 추구하고, 각 기관과 심리적-정신적인 기능을 '제압'하는 기술이라는 사실을 상기한다면, 이 말의 뜻은 저절로 이해가 될 것이다. 따라서 요가는 몸의 기관들의 활동과 심리적-정신적인 흐름을 잇고, 세분하며, 통합하는 것이다. 육타(yuk-ta)는 '통합'된 형태를 말하지만, 동시에 신과 연결된 상태를 지칭하기도 한다.

밧줄과 인형극

이와 같은 모든 이미지—우주적인 밧줄로서의 바람과, 기관들을 짜고 엮는 공기와, 줄로서의 아트만과, 거미와 태양과 직조자인 신들—는 생명 줄이라든가, 짜인 줄로서의 운명, 실을 잣는 여신이나 요정 등과 같은 다른 오래된 개념들과 관련을 맺고 있다. 그러나 이러한 주제들은 여기서 접근하기에는 매우 광범위하므로, 마술을 부릴 때 사용하는 끈이나 줄의 역할에 대해서만 몇 마디 언급하도록 하자. 마술사들은 밧줄과 매듭을 이용해서 사람들에게 마술을 걸 뿐만 아니라, 줄의 힘을 빌려 공중을 날거나 하늘로 사라질 수 있다고 사람들은 믿고 있다. 중세와 중세 후의 많은 유럽 전설 속에서 마술사나 마녀들은 사람들이 던져준 줄이나 밧줄을 이용해 감옥에

---

[*] *jungere*는 라틴어로 '연결하다'는 뜻의 동사다. *jugum*은 라틴어로 '융기'라는 뜻이며, 때로는 '멍에'라는 뜻으로도 쓰인다. *yoke*는 '멍에'라는 뜻이다.

서 탈출하고, 심지어 불타고 있는 장작에서도 도망쳐나오는 모습으로 그려진다.[44] 마지막의 이 토속적인 주제는 신기하게도 인디언의 밧줄 묘기를 떠올리게 한다.

방금 살펴본 것처럼, 밧줄은 하늘과 땅 사이의 전형적인 의사소통 방법일 뿐만 아니라 핵심 이미지로, 우주적인 삶과 인간의 존재와 운명, 형이상학적 지식(sūtrātman) 그리고 한 걸음 더 나아가 비밀스러운 지식과 마술적인 힘 같은 주제와 관련된 사고에 항상 등장한다. 고대 문명에서 비밀스러운 지식과 마술적인 힘은 공중을 날거나 하늘로 오르는 능력을 포함하고 있다.[45] 샤먼이 나무를 기어오르는 행위는 하늘로 오르는 것을 상징하는 제의적인 행동이었다. 그리고 인도의 전통적인 그림들에서 볼 수 있듯이 나무를 타고 기어오르는 모습이 마술적인 힘과 형이상학적인 영적 인식(gnose)을 뜻한다는 것은 중요한 의미가 있다. 우리는 『수루시 자타카』의 마술사가 마법의 밧줄을 타고 나무에 올랐다가 구름 속으로 사라진 이야기를 살펴본 바 있다. 이것은 분명 민속학적 주제이긴 하지만, 학술적인 가치를 지닌 문서를 통해서도 이미 입증된 내용이기도 하다. 예컨대 『판차빔샤 브라흐마나 *Pancavimśa Brāhmana*』(XIV, I, 12~13)에서는 거대한 나무의 꼭대기까지 올라간 사람들에 대해 이야기하면서, 날개를 가진 사람들 — 즉 나는 법을 아는 사람들 — 은 하늘로 날아갈 수가 있지만, 날개가 없는 사람들, 즉 날 줄 모르는 사람들은 땅으로 떨어진다고 말하고 있다. 우리는 여기서도 똑

---

44) 몇 가지 예는 A. Jacoby, 앞의 책, p. 467 이하 참조.

45) M. Eliade, 「마법적 비상의 상징성 Symbolisme du Vol Magique」(*Numen*, III, 1956, pp. 1~13), 『신화, 꿈, 신비』(Paris, 1957), p. 133 이하에 재수록.

같은 상황을 발견하게 된다. 나무에 오르기, 비교적(秘敎的) 지식, 승천 등 이를테면 인도의 이데올로기적인 맥락에서 현세의 초월과 해방이라는 주제로 표현되는 주제들을 다시 만나게 되는 것이다. 이제 살펴보겠지만, 원시 사회의 마술사들에게서도 똑같은 상황들을 발견하게 될 것이다.

인도에서 발견되는 이미지나 사고들을 연결과 직조에 관련된 그리스와 독일의 상징주의와 접근시켜보는 것은 의미 있는 작업이 될 것이다. 우리는 이전 저서에서 이 문제를 언급한 바 있다. 오니언스(Onians)의 『유럽 사고의 기원들 *Origins of European Thought*』에서도 그리스와 고대 유럽인들에게서 볼 수 있는 '연결'의 상징과 제의들에 관련된—서로 연관이 있지만 독립적인—수많은 사례와 명철한 분석들을 소개하고 있다.[46] 이 주제는 매우 방대하여, 여기서 그 복잡한 내용을 모두 설명할 수는 없다. 지금은 다만 우주와 인간을 지고의 신에(또는 태양에) 연결하는 밧줄의 이미지가 그리스에도 존재했다는 사실이 벌써 입증되었다는 것만을 지적하기로 하자. 인간의 조건과 그것을 완성시키는 방법을 시사하면서 플라톤은 이 이미지를 사용하고 있다. "살아 있는 존재인 우리 각자가, 신들이 만들어놓은 꼭두각시들이라고 한번 가정해보자. 신은 오로지 우리를 장난감처럼 가지고 놀기 위해서 만들었을지도 모르고, 아니면 어떤 진지한 의도를 가지고 만들었을지도 모른다. 왜냐하면 사실 그 점에 대해서 우리는 아무것도 알 수가 없으니까 말이다! 그러나 우리

---

46) R. B. Onians, *The Origins of European Thought* (Cambridge, 1951, 11^e ed., 1954), 특히 p. 349 이하.

가 분명히 알고 있는 바는, 내가 언급한 상태들이 마치 내면의 밧줄이나 끈처럼 존재하고 있어서, 우리를 잡아끌고, 서로 대립하면서, 상반된 방향으로 우리를 이끌고 있다는 사실이다. 선과 악을 가르는 차이점이 바로 거기에 있을 것이다. 결국 우리는 언제나……이 여러 개의 밧줄 가운데 단 하나에 복종해야 하고, 결코 거기에서 풀려나선 안 되며, 다른 밧줄들이 끌어당기는 힘에 저항해야 한다. 그 유일한 밧줄은 금과 같은, 성스러운 이성의 밧줄이다……"(*Lois*, 644, L. Robin 번역, 강조는 필자).

호메로스의 황금 밧줄

밧줄의 이미지는 모든 것을 자신을 향해 끌어당길 수 있었던 제우스의 '황금 밧줄'에서 유래된 것이 분명하다. 『일리아스』의 여덟번째 노래 첫 부분을 떠올려보자. 제우스는 모든 신들을 올림포스에 불러 모은 뒤 트로이인이나 다나에인(Danaens)*을 돕지 말라고 경고하고, 말을 듣지 않는 신들은 타르타로스(tartaros)**에 떨어뜨리겠다고 위협한다. 그리고 제우스는 말한다. "그대들은 내가 어느 신보다도 강하다는 것을 알기 때문이다. 시험을 해보면 더 확실히 알게 될 것이다. 하늘에 황금 줄을 걸어놓고, 그대 신들과 여신들 모두가 한꺼번에 매달려보라. 그대들은 결코 이 제우스를 땅으로 끌어내

---

* 그리스 펠로폰네소스 반도의 아르골리스 주(州)에 있는 도시인 아르고스를 세운 다나노스의 후예들.
** 그리스 신화에서, 사람들의 영혼이 형벌을 받는 지하 세계의 깊은 심연.

릴 수 없을 것이다. 아무리 안간힘을 써도 이 최고의 지배자 제우스를 이길 수는 없을 것이다. 그러나 내가 원한다면, 나는 저 땅과 바다를 그대들에게 끌어당길 수도 있다. 그리고 올림포스 산 꼭대기에 줄을 걸어놓으면, 그대들은 고통스럽겠지만, 모든 것이 공중에 둥둥 떠서 바람에 날릴 것이다. 나는 인간은 물론이고, 어느 신보다도 강하다"(VIII, 17~27; P. Mazon 번역). 우리가 이미 지적한 바와 같이, 이것은 청년들의 놀이를 그대로 옮겨놓은 것과 같다. 결국 "그리스인들도 우리처럼 알고 있었다. …… 그것은 서로의 힘을 겨루기 위해 두 팀이 하나의 줄을 반대 방향으로 잡아당기는 놀이와 같은 것이었다. 제우스가 신들에게 제안했던 것은 바로 그런 종류의 놀이였다. 다만, 줄을 수평으로 당기는 것이 아니라 수직으로 당긴다는 것이 다를 뿐이었다. 제우스는 혼자서 하늘 위 높은 곳에 있고, 다른 신들은 땅에 발을 붙인 채 아래에 포진하고 있는 형국이었다. 힘을 돋운 제우스는 신들과 땅을 모두 올림포스 산까지 끌어올려 그들을 마치 우승 트로피처럼 성스러운 산의 정상에 걸어놓겠다는 것이었다."[47]

이러한 일화는 인도-유럽의 신화적 주제 가운데 잊혀진 추억 한 편을 반영하는 것인지도 모른다. 어쨌든 이 일화가 지금 우리의 관심을 끄는 이유는 바로 황금 밧줄의 상징적인 해석 때문이다. 사실 우리는 고대부터 제우스의 황금 밧줄을 통해 "우주를 단 하나의 부서지지 않는 통일체로 엮어주는 줄, 또는 초월적인 힘에 인간을 연결시키는 줄"의 존재를 보았다(P. Lévêque 번역, 앞의 책, p. 11).

---

47) Les éditeurs de la Collection des Universités de France, *Iliade*, t. II, p. 26, n. 1 Pierre Lévêque에 의해 인용된 *Aurea Catena Homeri* (Paris, 1959), p. 8.

그처럼, 현자들이 '광시적(狂詩的)인 신통기(神統記)'라고 불렀던 오르페우스의 시에서 제우스는 밤의 여신에게 다음과 같이 묻는다. "오, 어머니여, 모든 신들 중에서도 가장 고귀한 밤의 여신이여. 말해다오, 어떻게 내가 저 불멸의 존재들을 위해 내 자랑스러운 제국을 건설해야 할 것인지를. 내가 어떤 노력을 쏟아부어야 모든 것이 하나가 되고 동시에 각각 다른 부분들로 이루어질 수 있는지를— 모든 사물을 형언할 수 없는 하늘의 정기로 감싸고, 하늘과 끝없는 땅과 바다와 그리고 하늘을 둘러싸고 있는 모든 별들이 그 가운데에 자리잡게 할 수 있는지를. 하지만 당신이 황금 사슬을 에테르(하늘)에 걸면서 모든 사물들 주위로 질긴 줄을 둘러친다 하더라도……"(P. Lévêque 번역, 앞의 책, p. 14).

이것은 분명 고대 사상에서 비롯된 것이다. 왜냐하면 제우스는 우주의 신성인 밤의 여신에게 자문을 구하고 있기 때문이다. "영적으로, 우리는 『일리아스』의 열네번째 노래가 들려주는 밤의 여신, 신들의 왕의 분노에서 힙노스(Hypnos)[*]를 구출하기에 충분한 힘을 가지고 있는 밤의 여신과 가까우며……, 헤시오도스[**]의 『신통기 Theogonia』에서 말하는 원초적인 밤과도 가깝다(v. 116 이하). '광시적인 신통기'의 이 부분은 그 형태로 보아, 적어도 그 안에서 다루고 있는 요소들의 성격으로 보아, 아주 오래 전, 다시 말해 기원전 6세기까지 거슬러 올라간다고 여겨진다. 바꾸어 말해서 우주

---

[*] 그리스·로마 신화에 나오는 잠의 신.

[**] 기원전 700년경에 활동한 그리스의 시인. 흔히 '그리스 교훈시의 아버지'라고 불린다. 완전한 형태로 남아 있는 작품은 신들의 전설을 다룬 서사시 『신통기 神統記』와 시골 생활을 묘사한 『노동과 나날』 두 편이다.

생성에 대한 설명을 위해 황금 사슬의 호메로스적 이미지가 사용되었던 오르페우스적인 환경, 즉 고대 후반으로 여겨진다"(P. Lévêque, 앞의 책, p. 15).

『테아이테토스』에서 플라톤은 황금 사슬을 태양과 동일시하고 있다. 소크라테스는 젊은 테아이테토스에게 이렇게 묻는다. "호메로스가 저 유명한 황금 사슬을 통해서 말하고자 했던 것이 오직 태양뿐이었고, 그러기에 천구가 움직이고 있는 한 신에게서나 인간들에게서나 모든 것이 태양을 품고, 태양을 간직하고 있다는 사실을 분명히 보여주었다는 것을 결국 너에게 생생하게 증명해 보여야 한단 말이냐? 그러나 만약 저들이 마치 끈에 묶인 듯 꼼짝도 못 하게 된다면, 모든 것은 폐허가 되어버리고, 사람들이 말하듯 이제 남은 것이라고는 우주가 뒤집히는 것뿐이다"(『테아이테토스』, 153 c. d., A. Diès 번역).

『공화국』(X, 616 b~c)에서는 태양이나 황금 사슬에 대한 언급을 찾아볼 수 없지만, 플라톤 역시 비슷한 이미지를 사용하고 있다. 우주의 구조를 설명하면서 그는 "하늘과 땅을 가로질러 저 높은 곳에 펼쳐지는 빛, 기둥처럼 곧게 서 있고 무지개를 많이 닮은 빛, 하지만 더 빛나고 더 순수한 빛"에 대해서 말하고 있다. "그들은 하루 종일 걸어간 뒤에 그 빛에 당도했다. 그리고 거기, 빛의 한가운데서 그들은 하늘의 한 점으로부터 내려온 그 줄들의 끝을 보았다. 그 빛은 갤리선들을 묶어놓은 밧줄들처럼, 하늘을 묶고 있는 줄이었던 것이다. 빛은 그와 똑같은 방법으로 회전하는 모든 항성들을 묶고 있었다"(E. Chambry 번역; 또한 P. Lévêque, 앞의 책, p. 20 참조. 강조는 필자). 그렇게 두 번이나 플라톤은 우주를 묶고, 여러 부분을 하나의 단위로 연결시키는 빛의 밧줄이라는 이미지를 사용하고 있다. 또한 그리스의 다른 작가들도 황금 사슬을 통해 별들이나 4원소 혹은 아리스토텔레스의 움직이지 않는 동력원이나 운명(heimarménè)을 설명하고 있다는 사실을 상기하자.

황금 사슬에 대한 또다른 해석, 특히 하늘과 땅 또는 인간과 우월한 권능 사이의 영적인 관계로서의 줄에 가치를 부여하는 해석은 우주의 상징성을 연장하고 완성한다. 마크로브(Macrobe)는 그의 저서인 『전갈의 꿈에 대한 해설 *Commentaire sur le Songe de Scipion*』에서 다음과 같이 말한다. "모든 것이 지속적인 연속성을 가지고 이어지고, 맨 처음 단계부터 마지막 단계까지 순차적으로 연결되므로, 현명하고 통찰력 있는 관찰자라면, 지고의 신부터 하찮은 미물까지 모든 것이 서로 연관되어 있으며, 결코 풀 수 없는 끈으로 묶여 있다는 사실을 발견하게 될 것이다. 그것은 호메로스가 표현했듯이, 신의 손에 의해 천공에 매달려서 땅에까지 늘어지는 저 경탄할 만한 황금 사슬이다"(I, 14, 15 ; Dubois 번역 ; 또한 Lévêque, 앞의 책, p. 46도 참조). 올림피오도로스(Olympiodoros)가 쓴 『고르기아스 해설』과 프로클로스(Proclos)가 쓴 『티마이오스 해설』에서도 이와 같은 생각들을 찾아볼 수 있다(P. Lévêque, 같은 책, pp. 47~48). 다른 한편으로, 위(僞)디오니시오스에게 황금 사슬의 이미지가 기도를 상징하는 데 쓰였다는 사실에 주목하는 것도 의미 있는 일일 것이다. 여기서 그의 작품 『신의 이름들』에서 밝힌 내용을 살펴보도록 하자. "따라서 우리의 기도를 통해 저 신성하고 자애로운 빛의 꼭대기까지 올라가도록 하자. 하늘 저 높은 곳에서부터 우리에게까지 내려오는 무한히 빛나는 사슬을 잡아 그것을 한 손한 손 우리 쪽으로 끊임없이 잡아당긴다면, 우리는 그 빛나는 사슬을 아래쪽으로 끌어내리고 있다는 인상을 받게 될 것이다. 그러나 실제로 사슬은 움직이지 않는다. 왜냐하면 사슬은 벌써 위에서 아래까지 전체적으로 드리워져 있는 상태이며, 오히려 우리 자신이 저 높은 곳에서 완벽하게 빛나고 있는 찬란한 빛을 향해 끌어올려지고 있는 것이기 때문이다. 그것은 우리가 배에 타고 있을 때, 누가 한쪽 끝이 바위에 묶여 있는 밧줄을 우리에게 던지고 우리가 그 줄을 당긴다면, 실로 바위를 우리 쪽으로 당기는 것이 아니라 우리와 우리가 타고 있는 배가 바위 쪽으로 끌려가는 것과 똑같은 현상이다"(『신의 이름들』, 3, 1, De Gandillac 번역).

인도의 철학적 사고가 밧줄이나 끈 그리고 직조의 오래된 이미지들을 끊임없이 사용했던 것처럼, 그리스의 접신론자와 사상가들은 호메로스가 말했던 황금 밧줄의 성스러운 신화를 오랫동안 해석해왔다는 사실에 주목하자. 다른 각도에서 볼 때, 인도에서처럼 황금 밧줄의 이미지는 우주에 관련된 이론들뿐만 아니라 인간의 조건을 묘사하는 출발점으로 사용되어왔다. 호메로스의 황금 밧줄(l'aurea catena Homeri)은 18세기까지 계속 철학적 사유들의 양식이 되어왔다. 장미십자회의 영감에 따라 씌어진 익명의 소책자『호메로스의 황금 밧줄, 자연과 자연적인 사물의 원천에 대한 해설*Aurea catena Homeri, oder Eine Beschreibung von dem Ursprung der Natur und natürlichen Dingen*』은 젊은 괴테의 사고를 형성하는 데에도 중요한 역할을 했다.

'천체의 밧줄'

밧줄의 이미지는 때로 누스(nous, 정신)와 프시케(psyche, 영혼) 사이의 관계를 암시하기 위해서도 사용되었다. 플루타르코스는 그의 저서 『소크라테스의 다이몬』(22)에서, "몸에 빠져 있는 부분을 프시케라 부르고, 부패하지 않는 부분을 누스라 부른다"고 했다. 이어서 그는 이 누스가 "머리 위에서 흔들리고 있으며, 머리의 끝부분을 건드린다. 이것은 정신의 열등한 부분이 순종하고 정신이 육신의 욕망에 굴복하지 않을 수 있을 때까지 우리가 단단히 부여잡고 지휘해야 하는 밧줄에 비교될 수 있을 것이다"라고 했다.

밧줄의 형태를 취하고 있는 이 누스라는 개념은 신플라톤 학파 철학자들에 의해 발전되었음이 분명하며, 그들은 신들이 조종하는 꼭두각시 같은 인간들이나 이성의 황금 밧줄에 관련된 플라톤의 저술을 사고의 출발점으로 삼았을 것이다. 그러나 이 이미지가 몇몇 심령학적 경험들의 표현일 수도 있다는 가능성은 배제할 수 없다. 사실, 최근에 레이너 존슨(Raynor C. Johnson)이 재론한 바 있는 캐링턴 박사(Dr. H. Carrington)와 실번 멀둔(Sylvan J. Muldoon)의 실험에 따르면,[48] 어떤 사람들은 육체(肉體)와 묘체(妙體, corps subtil, 유사-신비학적 용어로 '천체적 신체corps astral'라고 부르는)를 연결하는 일종의 줄 또는 실을 느끼거나 때때로 볼 수도 있다고 한다.

---

48) Sylvan J. Muldoon, *The Projection of the Astral Body*, Dr. H. Carrington의 서문 포함(London, 1929) ; Id., *The Case for Astral Body* (1936).

레이너 존슨이 얘기하듯이, "그[멀둔]는 천체적 신체의 머리를 육체적 신체의 머리와 연결하는, 신축성이 큰 밧줄이나 천체의 줄이 존재한다고 말한다. 8자에서 15자 정도 떨어진 거리에까지, 이 줄은 상당한 수준의 끌어당기는 힘이나 통제력을 발휘한다. 일단 이 거리를 넘어서면 어떤 자유스러움이 느껴지고, 비록 아주 가늘어지긴 하지만 줄은 분명히 존재하고 있으며, 여전히 똑같은 두께를 지니고 있다…… 천체의 몸이 줄의 작용 거리를 넘어서면……줄은 작아져서 실과 같은 구조로 축소되며, 미루어 짐작할 수 있듯이, 천체적 신체에서 육체적 신체로 전달되는 에너지의 흐름도 크게 줄어든다…… 육체적 신체의 죽음은 아마도 천체적 신체와 단절됨으로써 발생할 것이다."[49]

여기에서 그런 경험의 진위를 언급할 생각은 없다. 그저, 동시대의 서양인들 가운데 몇 명이 이 미묘한 줄을 느끼고 본 적이 있다고 주장했다는 사실만 인정하도록 하자. 상상의 세계나 초감각적인 경험들의 중간적 세계가 물리적인 세상보다 덜 사실적이라고 말할 수는 없다. 분명코, 지금 우리가 언급한 저자들이 의식적으로든 무의식적으로든, 플루타르코스나 다른 비슷한 책들을 읽은 결과로 그런 경험들을 '상상했다'는 주장에 대해서는 충분히 반박할 수 있을 것이다.

---

49) Raynor C. Johnson, *The Imprisoned Splendour* (London, 1953), p. 230 이하.

마법의 밧줄

하지만 그런 초심리학적 경험들의 진실성을 약화시킬 수는 없을 것이다. 왜냐하면 오스트레일리아의 주의들 역시 그들의 몸에 신비스럽게 연결되어 있는 줄에 관해 말하고 있기 때문이다. 호비트(Howitt)의 연구서들이 발표된 이래, 주의들이 마법의 밧줄을 가지고 그것을 이용해 하늘로 올라갔다고 주장했다는 사실을 우리는 알고 있다.[50] 이 마법의 밧줄에 대한 베른트(R. Berndt)와 엘킨(A. P. Elkin) 교수의 최근 연구는 놀랄 만한 진보를 가져왔다. 엘킨은 그의 저서에서 다음과 같이 적고 있다. "오스트레일리아 남서부 지역에서 주의들이 입문식을 치를 때, 노래를 통해 그들의 몸에서는 밧줄이 나온다. 이 밧줄을 이용해서 주의는 놀라운 묘기를 부린다. 예컨대 마치 합선된 전깃줄에서 불꽃이 튀듯이, 그들의 배에서 불꽃이 튀게 만드는 묘기를 부린다. 좀더 재미있는 예로는, 밧줄을 이용해 하늘이나 나무 꼭대기로 올라가거나, 허공에서 움직이는 것이다. 의식의 열광 속에서 진행되는 이 입문식 과정에서, 마술사는 나무 밑에 등을 대고 누운 채 밧줄을 공중으로 올려서 그 밧줄을 타고 나무 꼭대기에 있는 새둥지까지 기어올라간다. 그는 다른 나무들로 건너다니다가, 해가 질 때가 되면 나무 줄기를 타고 내려온다. 사람들이 관람하고 있는 가운데, 이 묘기가 시작되기 전과 끝난 뒤에 불로러(bull-roarer)* 소리나 흥을 돋우는 다른 소리들이 묘기를 부릴

---

50) A. W. Howitt, *The Native Tribes of South-East Australia* (London, 1904), p. 400 이하 ; 또한 M. Eliade, 『샤머니즘』, p. 133 이하 참조.

* 오스트레일리아 원주민의 악기.

때마다 요란하게 울려 퍼진다. 베른트와 내가 기록한 이 묘기들에 대한 묘사를 살펴보면, 주의들의 이름이나 특징들을 찾아볼 수 있을 것이다. 원가이본(Wongaibon)의 마술사 조 다간(Joe Dagan)은 나무 밑에 누워 있다가 밧줄을 똑바로 세워 공중으로 올린 뒤, 그 밧줄을 타고 위로 올라갔다. 날씬한 몸매로 머리는 뒤로 젖히고 두 다리는 벌린 채 두 팔은 옆구리를 짚고 있었다. 40자쯤 올라가 나무 꼭대기에 도착하자 그는 밑에 있는 사람들을 향해 두 팔을 흔들었고, 올라갈 때와 똑같은 모습으로 다시 아래로 내려왔다. 그리고 등을 땅에 붙인 채 꼼짝도 하지 않고 누워 있는 동안 밧줄은 다시 그의 몸 속으로 들어갔다.”[51]

엘킨 교수는 이 마술적인 묘기에 대한 설명을 집단적 암시의 역동성에서 찾아야 한다고 믿는다. 그러나 그것이 집단적 암시와 연관이 있다 하더라도, 왜 주의들이 자유자재로 몸에서 꺼냈다가 집어넣을 수 있는 밧줄을 이용해 하늘로 올라가는 전통적인 이미지를 선택했는지에 대해 연구하는 것은 흥미로운 작업이 될 것이다. 이미 언급한 바와 같이, 우리는 밧줄을 이용해 하늘로 올라간다고 주장하는 오스트레일리아의 다른 주의들의 경우를 알고 있다. 더욱 재미있는 사실은 티에라 델 푸에고(Tierra del Fuego) 부족 중 하나인 오나족(Ona)의 샤먼도 거의 3미터에 이르는 ‘마법의 밧줄’을 가지고 있는데, 그 밧줄을 입에서 꺼내어 눈 깜짝할 사이에 사라지게 할 수 있다는 것이다.[52] 그런 마술 묘기들은 주술사의 ‘밧줄 묘

____

51) A. P. Elkin, *Aboriginal Men of High Degree* (Sydney, 1946), pp. 64~65.
52) E. Lucas Bridges, *The Uttermost Part of the Earth* (New York, 1948), p. 284 이하 참조.

'기'와 매우 흡사한 것임에 틀림없다.

오스트레일리아에서도 역시 마법의 밧줄은 주의, 즉 남이 모르는 비법을 알고 있는 사람의 전유물이라는 사실에 주목해야 할 것이다. 그러므로 오스트레일리아 문명의 차원에서도 지식, 마술, 마법의 밧줄, 나무 오르기, 공중 비상 등 인도나 중세 유럽의 민속에서 확인된 똑같은 요소들을 발견할 수 있다. 다른 한편으로는 오스트레일리아 주의들의 입문식에서도 참수나 입문자의 제의적인 사지 절단 등 똑같은 샤머니즘적 구조를 발견할 수 있다.[53] 간단히 말해서, 밧줄 묘기의 두 가지 구성 요소—밧줄을 이용해 하늘로 올라가는 것과 제자의 몸을 토막내는 것—는 오스트레일리아 마술사들의 전통 속에서도 공통적으로 확인할 수 있다. 그렇다면 이 밧줄 묘기의 기원이 오스트레일리아라는 얘기일까? 그렇지 않다. 이는 분명 아주 오래된 기술과 신비적 사고와 불가분의 관계에 있다. 따라서 정확히 말해 밧줄 묘기는 인도의 발명물이 아니다. 인도적 사고가 우주적 밧줄과 수트라트만의 상징성을 통해 신비주의적인 우주-생리학을 형성했던 것처럼, 인도는 이 기적을 완성하고 파급했을 뿐이다.

우리는 이제, '밧줄 묘기'의 기능과 의미를 밝혀보려 했던 우리 연구의 출발점으로 다시 돌아왔다. 그러나 우리가 무엇보다 중요하게 여기는 것은 밧줄 묘기가 지니고 있는—또는 좀더 정확히 말하자면, 밧줄 묘기를 가능케 했던 고대 각본들의—문화적 기능이다. 우리는 그런 각본들과 그 각본들이 내포하고 있는 이데올로기가 마

---

53) A. P. Elkin, 앞의 책, pp. 31, 43, 112 이하 ; M. Eliade, 『샤머니즘』, p. 55 이하.

술사들과 밀접한 관계가 있다는 것을 살펴보았다. 전시(展示)의 목적은 알려지지 않은 신비로운 세상, 다시 말해 오직 입문한 사람들만 접근할 수 있는 마술과 종교의 신성한 세상을 관객들에게 펼쳐 보이는 데 있다. 사용된 이미지들과 극적인 주제들, 특히 밧줄을 이용한 승천과 입문자의 실종, 토막내기 등과 같은 요소는 마술사들의 신비스러운 능력을 보여줄 뿐만 아니라, 속세인들이 근접할 수 없는 현실의 더욱 깊은 층위를 드러내 보여준다. 결국 그런 것들은 죽음과 입문적 부활의 신비 그리고 '현세'를 뛰어넘어 '초월적인' 차원 속으로 사라질 수 있는 가능성을 보여주는 것이다.

밧줄 묘기가 드러낸 이미지들은, 눈에 보이지 않으며 은밀하고 '초월적인' 현실에 대한 인정과 친근하고 '직접적인' 세상의 현실에 대한 회의를 야기한다. 이런 관점에서 밧줄 묘기는―다른 모든 마법적인 묘기들도 마찬가지지만―긍정적인 문화적 가치를 지닌다. 왜냐하면 수많은 질문과 문제들을 제기하면서, 그리하여 종국에는 세상의 '참' 현실에 대한 문제를 제기하면서, 마음껏 상상하고 사고하도록 종용하기 때문이다. 샹카라가 우주적 환영(illusion)의 신비를 보여주기 위해 밧줄 묘기의 예를 사용한 것은 결코 우연이 아니다. 인도에서 철학적 사유가 시작된 이래 마야는 대표적인 마술이었으며, 신들은 그들이 '창조자'였다는 점에서 마인(māyīn), 즉 '마술사'들이었다.

마지막으로, 밧줄 묘기(그리고 유사한 묘기들)의 '공연적(公演的)'인 기능에 대해 생각해보자. 그 정의에 비추어볼 때, 마술사는 하나의 연출자다. (다른 집단적인 극적 의식의 경우에는) 관객들이 직접 '작업을 한다'는 의미에서 참여하는 경우가 생길 수도 있지만 그가 가지고 있는 신비스러운 지식 덕분에 관객들은 능동적으로 참여하는 것이 아니라, 그의 '극적인 행동'을 관람한다. 마술이 계속되는 동안 관객은 수동적인 상태로 바라보고 있을 뿐이다. 관객들에게는 '작업'할 필요 없이, 다만 '마술'에 의해서, 사고와 의지의 신비스러운 힘을 통해서, 어떻게 마술이 이루어지는지 상상할 기회가 주어지는 것이다. 그것은 또한 손을 가지고 일하는 것이 아니라 오로지 그들의 언어와 사고의 힘만으로 창조하는 신들의 창조적인 능력을 상상해보는 기회가 되기도 한다. 결국, 이 '공연'의 발견에 의해서 그리고 인간이 '관조자'가 되는 상황을 발견한다는 사실에 의해서, 영적인 지식의 전능함과 인간의 자유와 그의 친숙한 우주를 초월하는 가능성들을 우의화(寓意化)하는 현상이 발생하는 것이다.

상황

우리가 앞에서 시도한 '밧줄 묘기'에 대한 몇 가지 고찰은 우리의 관심을 끌었던 상징적 콤플렉스의 단 하나의 양상에만 집중되었다. 다른 양상들을 분석하려면 역시 아주 긴 비교 연구가 필요하겠지만, 이 시점에서 그 작업을 수행할 수는 없다. 그러나 우리가 살펴보았던 사례들은 다음과 같은 사실을 밝히고 있다. 즉 그것이 특별한 능력을 지닌 몇몇 개인에게만 가능한 예외적인 경험의 결과이건 또는 인간 상상력의 산물이건 간에, 인간을 초월적인 종교들과 연결시키는 밧줄이나 보이지 않는 줄의 이미지는 인간이 처할 수 있는 대표적인 상황들을 표현하는 데 사용되었다는 사실이다. 다시 말해 인간이 하늘과 신들과 교통하고 있다는 사실, 따라서 결과적으로는 신들에 의해 선택되었으며 어떤 종교적인 소명을 받았다는 사실들을 확인할 수 있었다는 것이다. 인도의 철학적 사고에서, 보이지 않는 줄은 아트만의 본질을 암시하기 위해서뿐 아니라 신과 그의 피조물 사이의 관계를 묘사하기 위해 사용된다는 사실도 확인할 수 있었다. 그러나 인도뿐 아니라 그리스와 고대 유럽에서도 찾아볼 수 있는 줄의 이미지는 일반적으로 인간의 조건, 운명('삶의 줄' : 운명의 실을 짜는 여신들), 한시적 존재의 씨실(karma), 따라서 인간의 '노예 상태'를 표현하기 위해 사용되기도 했다. 같은 범주에 속하는 비슷한 모든 이미지는 마술 또는 죽음에 의한 '결박'을 표현하고 있다. 직조의 상징성은 비록 줄의 상징성에 종속되어 있다 하더라도, 그것을 뛰어넘고 연장시킨다.

이미 여러 차례 언급한 바 있지만, 이러한 이미지들은 서로 관련이 있으면서도 각기 다른 사고들을 성공적으로 표현하고 있다. 각기 다른 맥락에서, 줄이나 밧줄은 새로운 뉘앙스를 표현할 수 있다. 사실 그것은 표본적인 이미지들의 주요 기능이기도 하다. 이미지들은 인간으로 하여금 생각하고, 생각을 구체화하고, 끊임없이 새로운 의미를 발견하고, 그 의미들을 심화시키고 세분하도록 유도하고 도우며 때로는 강요한다. 원시적 주의(呪醫)들의 상상적인 우주에서 또는 현대인의 초감각적 경험 속에서, 그리고 고대 사회의 신비적인 경험 속에서, 인도-유럽의 신화와 제의 속에서, 인도의 우주관과 철학에서, 그리스의 철학 속에서…… 밧줄과 줄의 이미지가 중심적인 역할을 수행하고 있었다는 사실은 매우 시사하는

바가 크다. 이는 이 이미지들이 지극히 깊은 층위의 경험들에 조응
하고, 따라서 다른 상징이나 개념들을 통해서는 설명할 수 없는 것
으로 보이는 인간의 어떤 특별한 상황을 드러내고 있다는 것을 의
미한다.

(1960)

<h1 style="text-align:center">5
종교적 상징주의에 대한 언급들</h1>

상징주의의 유행

이미 여러 번 언급한 바 있지만, 우리는 최근 상징주의가 일종의 '유행'이 되고 있는 현상을 목격하고 있다.[1] 오늘날 이렇듯 상징주의 연구가 각별한 관심의 대상이 되고 있는 이유 몇 가지를 살펴보면 다음과 같다. 먼저, 심층심리학적인 새로운 발견들이 있었다는 점 때문이다. 이미지나 형상 그리고 각본들을 대할 때 그것들의 명목적인 가치에 집착하기보다는, 의식의 차원에서는 인지할 수 없었던, 그리고 인지하려 들지도 않았던 상황과 인물의 '기호'들로서 그들을 파악하기 시작한 것이다.[2]

---

1) M. Eliade, 『이미지와 상징』, p. 9 이하.

2) Jolande Jacobi, *Komplex, Archetypus, Symbol in der Psychologie C. G. Jungs* (Zürich, 1957), p. 86 이하에서 상징과 관련된 프로이트와 융의 이론들에 대한 명쾌한

또한 세기초 미술 분야에서 추상화 장르의 약진과, 제1차 세계대전 이후 교양 있는 대중을 비구상적이고 환상적인 세계와 친숙하게 만들었던 초현실주의의 시적 경험들이 두번째 이유로 작용했다. 그런데 이러한 세계는 그 '상징적인' 구조를 해독해야만 의미를 파악할 수 있었던 것이 사실이다.

상징주의 연구에 대한 관심이 고취된 세번째 이유는 원시 사회들에 대한 민속학적 연구들과 특히 '원시적 정신 상태'의 구조와 기능에 대한 뤼시앵 레비브륄(Lucien Lévy-Bruhl)의 가설들이 발표되었기 때문이다. 자신이 '신비적 참여'라고 명명한 상태에 의해 드러나는 그 '원시적 정신 상태'를 레비브륄은 전(前)논리적인(pré-logique) 상태로 이해하고 있었다. 그러나 그의 생애 말기에 레비브륄은 현대인의 정신 상태와 근본적으로 다르고 대립되는, 이 전논리적인 원시적 정신 상태에 대한 가설을 포기하기에 이른다.[3] 사실 그의 가설은 다른 민속학자들이나 사회학자들로부터 큰 지지를 받지 못했다. 그러나 '원시적 정신 상태'에 대한 그의 가설은 철학자, 사회학자 그리고 심리학자들 사이에 논쟁을 불러일으켰다는 점에서 그 유용성을 찾아볼 수 있을 것이다. 특히 그의 가설은 '원시인'의 행동과 그의 심리적-정신적 삶, 그리고 그가 만들어낸 문화적 창조물에 대한 당시 정예 지식인들의 관심을 유도했던 것이 사실이다. 특히 오늘날 유럽에서 철학자들이 신화와 상징에 대한 관심을 표명하게 된 데에는, 레비브륄의 저서들과 그의 저서들이 유발한 논쟁들이 큰

설명을 참고할 수 있다.

3) Lucien Lévy-Bruhl, *Les Carnets* (édités par Maurice Leenhardt, Paris, 1946) 참조.

역할을 했다.

결국 우리가 언급했던 상징주의 연구의 유행은 언어뿐만 아니라 제의와 신화에서 예술과 과학에 이르기까지, 인간의 다른 모든 정신적 활동의 상징적인 성격을 규명하고자 노력했던 일군의 철학자와 인식론자 그리고 언어학자들에 의해 형성되었으며, 그들의 역할은 우리가 상상하는 것보다 훨씬 더 중요한 비중을 차지했다.[4] 인간에게는 상징을 만들어내는 능력(symbol-forming power)이 잠재해 있기 때문에, 인간이 만들어내는 모든 피조물들은 상징적일 수밖에 없다.[5]

상징주의에 대한 관심을 일반화하는 데 일조했던 주요 요소들을 거론하면서, 우리는 상징주의 연구를 활성화했던 기본 관점들에 대해서도 함께 이야기한 바 있다. 그것은 심층심리학이나 조형미술·시학·민속학·의미론·인식론과 철학 등 다양한 분야에서 시도되었

---

4) Max Schlesinger, *Geschichte des Symbols* (Berlin, 1912); A. N. Whitehead, *Symbolism. Its Meaning and Effect* (New York, 1927); W. M. Urban, *Language and Reality. The Philosophy of Language and the Principles of Symbolism* (London and New York, 1939); *Religious Symbolism* (edited by F. Ernest Johnson, New York, 1955); *Symbols and Values: An Initial Study* (XIIIth Symposium of the Conference on Science, Philosophy and Religion, New York, 1954); *Symbols and Society* (XIVth Symposium of the Conference on Science, Philosophy and Religion, New York, 1955) 참조. 또한 *Symbolon. Jahrbuch für Symbolforschung*, Band I (Basel, 1960) 참조.

5) 이 문제에 관해서는 Ernst Cassirer, *Philosophie der symbolischen Formen*, 3 vol. (Berlin, 1923~1929); Id., *An Essay on Man* (Yale, 1944)과 Susanne K. Langer, *Philosophy of Reason, Rite and Art* (Harvard, 1942)를 참조하는 것으로 충분할 것이다.

던 새로운 시각이었다. 종교사학자는 자기 연구 분야의 중요한 주제에 다양한 관점에서 접근한 연구와 시도들을 흡족하게 생각했다. 인문과학의 각 분야들 사이에서 공동 작업으로 얻어진 한 분야의 중요한 발견은 인접 분야에까지 반향을 불러오게 된다. 심리학이나 의미론이 상징의 기능에 대해 우리에게 알려준 사실은 틀림없이 종교학의 관심을 끌게 된다. 사실 인간과 세계 속에서의 인간 상황을 이해하는 것이 언제나 관건인 만큼, 주제는 동일할 수밖에 없지 않은가? 종교학이 인문과학의 다른 분야들과 맺고 있는 관계를 연구하는 것은 보람 있는 작업이 될 것이다.

그러나 종교학의 연구 분야가 다른 학문의 연구 분야와 혼동될 수 없는 것도 사실이다. 더구나 종교사학자 고유의 연구 방법은 심리학자나 언어학자 또는 사회학자의 방법과 동일한 것이 될 수 없다. 심지어 신학자의 연구 방법들과도 판이하다. 종교사학자의 연구 과제가 언어학자나 심리학자 또는 사회학자의 연구 과제와 다를 수밖에 없는 이유는, 그의 관심이 오로지 종교적 상징이나 종교적 경험 또는 세계에 대한 종교적 개념과 관련된 상징들에 주어지기 때문이다.

종교사학자의 연구 방법은 신학자의 연구 방법과도 구분된다. 모든 신학은 창조자인 신과 피조물인 인간 사이의 관계를 깊이 파헤치고 명확히 드러낼 목적으로 종교적 경험의 내용들에 대해 체계적으로 사고하고 있다. 반면, 종교사학자의 접근 방법은 경험적이다. 그가 다루는 대상은 역사-종교적 사실들로, 그의 임무는 다른 사람들이 그 사실들을 이해할 수 있도록 설명하는 데 있다. 그는 어떤 종교적 사실이 포함하고 있는 의미뿐만 아니라, 그 역사성에 대해서도 주의를 기울여야 한다. 그는 이 두 가지 주제 중에서 어느 것도 포기해서는 안 된다. 분명, 종교사학자 역시 자신의 연구 결과들을 체계화하고 종교적인 현상들의 구조에 대해 사유하는 것이 사실이다. 그러나 종교현상학자나 종교철학자의 작업을 통해서만 역사가로서의 임무를 완수할 수 있다. 넓은 의미에서 볼 때 종교학에는 종교적인 현상뿐만 아니라 종교철학까지도 포함되어 있다. 그러나 엄격한 의미에서 볼 때 종교사학자는 구체적인 역사적 사실에 대한 관심도 포기하면 안 된다. 그는 시간의 흐름 속에서 실제로 일어났던 역사적인 사실들을 통해 시간과 역사를 초월하려는 인간의 끈질긴 욕망으로 인해 발생하게 되는 경험들의 운명을 해독하려고 노력한다. 모든 진정한 종교적 체험은 사물의 근본과 궁극적인 현실을 꿰뚫으려는 필사의 노력을 수반하게 마련이다. 그러나 종교적 경험에 대한 모든 표현이나 개념적 설명은 역사적인 맥락 속에서 이루어져야 한다. 따라서 모든 표현과 설명은 예술적 창작물이나 사회·경제적 현상들과 같은 전혀 다른 문화적 사실과 비교할 수 있는 '역사적 자료'가 되는 것이다. 종교사학자의 가장 큰 공로는 바로 역사적 시점과 그 시대의 문화적 양식에 따라 정확하게 조건지어져 있는 하나의 '사실'을 통해, 그 사실을 가능하게 한 존재론적 상황을 해독하기 위해 노력한다는 점일 것이다.

여기에 고려해야 할 또다른 요소 하나가 덧붙여진다. 즉 신학은 근본적으로 역사적이고 확인된 종교들, 유대교와 기독교·이슬람교 같은 유일신주의만을 연구하며, 고대 근동과 고대 지중해 주변의 종교들은 오직 부차적인 연구의 대상으로 삼고 있다. 종교적 상징에 대한 신학적 연구도 '원시적' 자료들보다는 대표적인 유일신교에서 선택한 자료들을 중요시하고 있다.[6] 그러나 종교사학자는 가능한 한 많은 종교를 섭렵하고, 특히 아직 기초적인 단계에 있는 종교적 제도들을 연구할 수 있는 기회를 제공하는 고대 종교와 원시 종교들에 더욱 친근감을 느끼게 된다.

간단히 말해, 일반적인 상징의 문제와 특수한 종교적 상징에 대해서는 다른 분야 전문가들의 연구를 참고하는 것이 바람직하지만, 궁극적으로 종교사학자는 자신의 고유한 연구 방법과 고유한 관점을 통해 주제에 접근할 수밖에 없다. 역사-종교적 사실들을 해석하는 데서 일반 종교학적 관점보다 더 적절한 것은 없을 것이다. 종교사학자들이 때때로 사회학자나 인류학자들이 제안하는 통합적인 연구를 수락하는 것은 오로지 그들의 소극성 때문이다. 인간의 종교적인 행동에 대한 일반적인 연구를 시도하는 데서 종교사학적 관점보다 더 적절한 것은 없다. 물론, 관련된 모든 주요 분야의 연구 결과들을 분석하고 종합해야 한다는 전제에서 말이다.

전문가의 금지 사항

그러나 불행하게도, 이러한 조건들이 충족되는 경우는 점점 더 희박해지고 있다.[7] 얼마나 많은 종교사학자들이 그들의 '전문 분야'와 동떨어진 부문에서 진행되고 있는 연구들을 이해하려는 노력을 기

---

6) 물론, 종교사의 신학은 고대와 원시의 모든 종교적인 경험들을 고려해야 할 것이다. 그러나 이러한 신학은 종교사의 존재를 가정하고 그 결과에 의존할 수밖에 없다.

7) M. Eliade, 『이미지와 상징』, p. 33 이하 참조.

울이고 있을까? 그리스 종교사 전문가가 때로 이란이나 인도 종교에 대한 최근 연구에 관심을 보이는 경우는 있지만, 예를 들어 알타이나 반투 또는 인도네시아의 종교와 같은 다른 종교를 전공하는 동료들의 연구 결과에는 별로 관심을 기울이지 못하는 것이 사실이다. 그리스나 지중해 주변의 종교적 사실들에 대한 비교를 제시하거나 더욱 일반적인 설명을 시도하고 싶다면, 그는 '교본'을 찾아보거나, 프레이저(Frazer)의 저서들을 훑어보거나, '원시인'들의 종교와 관련하여 유행하고 있는 이론들에 눈길을 돌린다. 달리 말하면, 그는 사람들이 종교사학자로서의 그에게 기대하고 있는 바를 교묘하게 회피하고 있는 셈이다. 즉 다른 분야의 전문가인 동료들의 연구에 지속적인 관심을 기울이고, 그들의 연구 결과를 이해하거나 반박하고, 그리하여 그리스의 자료들을 더 잘 이해하기 위해 그것들을 종합해야 하는 자신의 의무에 소홀한 것이다.

이러한 소극성은 두 가지 편견을 통해 선명하게 드러난다. 첫번째 편견은 다음과 같이 설명될 수 있다. 즉 종교사라는 학문은 범위가 명확하게 구분되어 있는 분야가 아니기 때문에[8] 그 누구도 전문화할 수 없으며, 따라서 초심자의 입장에서 여러 분야를 섭렵하는 것보다는 한 분야를 분명히 아는 편이 나을 것이라는 생각이다. 두번째 편견은 더 명백하게 드러나기보다는 다소 간접적으로 표현되는데, 이를테면 종교의 '일반 이론'에 대해서는 사회학자나 인류학자, 심리학자, 철학자 또는 신학자에게 자문을 구하는 것이 신중한

---

8) 이것은 사실 모든 역사학 분야에 적용되는 얘기일 것이다. 이미 50년 전에 아나톨 프랑스(Anatole France)는, 프랑스 혁명에 관련된 모든 자료를 읽으려 한다면 최소한 몇 번의 생애가 필요할 것이라고 말한 바 있다.

태도라는 생각이다. 물론 이해하고 종합하는 작업과 관련하여 종교 사학자의 금지 사항에 대해서는 많은 담론이 있을 것이다. 그러나 현재로서는 종합적인 작업에 대해서 사람들이 가지고 있는 잘못된 의견을 바로잡는 것이 우선이다. 종교사학자는 다양한 분야의 전문 가들을 대신할 필요가 없으며, 각각의 관련된 문헌들에 통달할 필 요도 없다. 그들을 대신한다는 것은 현실적으로 불가능하며, 또 전 혀 불필요하다. 예를 들어 연구 분야가 베다 인도나 고대 그리스인 종교사학자는 도교의 종교 문서나 세람(Ceram) 원주민들의 신화 또는 통가족(Tonga)의 제의를 연구하기 위해 중국어나 인도네시아 어 혹은 반투어(bantou)에 능숙할 필요는 없다. 그에게 필요한 것 은 단지, 이 각각의 분야 전문가들이 이루어놓은 업적들을 잘 이해 하고 있어야 한다는 것뿐이다. 종교사학자에게 필요한 것은 어떤 문헌학적 지식이 아니라, 종교적인 사실들을 일반적인 관점에서 잘 정리할 수 있는 능력이기 때문이다. 종교사학자는 문헌학자로서가 아니라 해석자로서, 혹은 번역자로서 연구에 임한다. 자신의 전문 분야에 통달했다면, 널려 있는 사실들의 미로 속에서도 방향을 잃 지 않을 만큼 충분히 훈련되어 있을 것이고, 가장 중요한 정보의 출 처와 가장 수준 높은 번역과 그의 연구를 인도하는 데 가장 적절한 연구서들을 찾을 수 있을 것이다. 그는 문헌학자들과 역사학자들이 사용하는 자료들을 종교사학자의 입장에서 이해하려고 노력해야 한다. 익숙지 않은 언어라 하더라도, 언어학자에게는 몇 주일 동안 의 연구를 통해 그 구조를 밝혀낼 수 있는 충분한 능력이 있다. 그 와 마찬가지로, 종교사학자는 그의 연구 분야와 거리가 있는 종교 적 사실들이라 하더라도 유사한 결과를 얻어낼 수 있을 것이다. 왜

냐하면 그는 전문가들의 연구 과정 속에 포함된 문헌학적 작업을
새로 시작할 필요가 없기 때문이다. 19세기 프랑스 소설사를 전공
한 사람이 발자크나 플로베르의 친필 원고 연구를 시작하거나, 스
탕달의 문체를 분석하고, 빅토르 위고나 제라르 드 네르발의 원전
에 대한 연구를 새로 시작할 필요가 없는 것과 마찬가지다. 그의 임
무는 이 모든 연구 결과를 잘 파악하고, 그 결과들을 효과적으로 사
용하고 종합하는 데 있다.

그런 면에서 종교사학자의 연구 방법을 생물학자의 연구 방법에
비교해볼 수도 있을 것이다. 생물학자가 어떤 곤충의 행태를 연구
하고 있다고 가정할 때, 그는 곤충학자의 역할을 대신하고 있는 것
이 아니다. 그는 곤충학자의 연구 결과를 연장하고 반박하고 종합
한다. 물론 그는 동물학에 속하는 한 분야의 '전문가'임에 틀림없
다. 즉 그는 어떤 종류의 동물에 대한 오랜 연구 경험을 가지고 있
다. 하지만 그의 접근 방법은 동물학의 접근 방법과는 다르다. 그가
관심을 갖는 것은 동물 생태의 구조들이지, 그 동물의 형태학적 특징
이나 특정한 종의 '역사'가 아니기 때문이다.

일부 종교사학자들의 두번째 편견은 종교적 사실들을 전체적으
로 그리고 체계적으로 해석하기 위해서는 다른 '전문가'에게 호소
해야 한다는 생각이다. 이것은 아마도 많은 학자들에게서 발견되는
철학적 소극성을 통해 설명할 수 있을 것이다. 이러한 소극성이 발
생하고 계속되는 데에는 두 가지 요소가 작용하고 있다고 여겨진
다. 첫째, 종교사학이라는 학문 자체가 종교학에 대한 일종의 소개
나 준비 역할을 수행하는 구조를 가지고 있다는 점이다(대부분의 종
교사학자들이 문헌학자나 고고학자, 역사학자, 동양학자, 민속학자들

중에서 발탁된 사람들이라는 것은 이미 확인된 사실이다). 둘째, 19세기 말과 20세기 초에 유행했던, 대단한 즉흥적인 연구들이 모두 비참한 실패로 끝나면서 생겨난 금지 사항들이 그것이다('언어의 질병'으로 여겨졌던 신화, 천문학적·자연주의적 신화, 범바빌론주의, 애니미즘과 전前애니미즘 등). 어쨌든, 종교사학자는 연구 결과들을 종합하거나 일반적인 이론을 확립할 때 생길 수 있는 위험을 다른 학문들—사회학이나 심리학·인류학 등의—에 떠넘기는 것이 자신에게는 훨씬 안전한 선택이라고 생각할 수도 있다.[9] 그러나 그런 생각은 문헌학자들이나 역사학자들에 의해 마련된 예비 수준의 연구를, 종교사학자 자신의 사고 활동을 전제로 하는 이해의 노력을 통해 완성시켜야 할 임무를 앞에 두고 소극적으로 주저하고 있는 것에 불과하다.

방법론에 대하여

우리는 지금 종교학의 연구 분야와 방법론에 관련된 이 몇 가지 생각을 전개시킬 생각은 없다. 우리의 의도는 훨씬 겸손하다. 즉 우리가 종교학의 관점에서 종교적 상징을 연구하는 것이 충분히 가능하다는 것을 증명하고, 그런 방법론이 어떤 결과를 가져오는지 점검해보자는 것이다. 그러나 실례를 들어 설명하는 과정에서, 우리는

---

9) 사실, 그 기원에서부터 종교사를 지배해왔던 모든 '일반 이론'이라는 것은 언어학자, 인류학자, 사회학자, 민속학자 그리고 철학자들이 만들어놓은 것들이었다. M. Eliade, 『이미지와 상징』, p. 35 이하 참조.

모든 종교사학적 연구에 내포되어 있는 방법론적인 어려움에 부딪히게 될 것이다. 달리 말해, 어떤 방법론적 양상을 논할 때 이를 단순히 추상적으로 설명하는 것이 아니라, 연구가 진행되는 과정에서 그 양상들이 드러나는 모습 그대로를 다루게 될 것이다.

종교사학자가 부딪힐 첫번째 어려움은 바로 엄청나게 많은 자료의 양(量)이다. 우리의 경우, 너무나도 많은 수의 종교적 상징이 어려움으로 다가올 것이다. 이렇게 연구의 도입부에서부터 문제가 제기된다. 예를 들어 그 많은 양의 자료들을 완전히 파악한다고 하더라도(물론 항상 그럴 수는 없겠지만), 그 자료들을 구분 없이 사용할 수 있을까? 즉 그 자료들을 가지고 연구에 임하는 연구자의 편의대로 자료를 분류하고 비교할 권리가 있는 것일까? 이 종교적인 자료들은 동시에 역사적인 자료이며, 서로 다른 문화적 맥락에 포함되어 있는 한 부분에 불과하다. 결국, 각각의 자료는 그 자료의 출처가 된 문화와 역사적 시기와 깊은 관련을 맺고 있으며, 그에 따른 고유한 의미를 지니고 있다.

이와 같은 어려움은 모두 현실적인데, 이런 어려움을 어떻게 극복할 것인지는 잠시 후에 살펴보기로 하자. 지금은 종교사학자는 그가 시도하는 모든 연구에서 지속적으로 이와 비슷한 어려움에 부딪히게 될 것이라는 점만 밝히고 넘어가기로 하자. 왜냐하면, 한편으로 종교사학자는 종교적 행동의 모든 역사적인 상황을 인지하고 싶어하지만, 또다른 한편으로는 다양한 상황 속에서 드러나는 그 행동의 구조를 밝혀야 할 의무가 있기 때문이다. 예를 들어보자. 우주적 나무에 관련된 상징은 수많은 변이형을 가지고 있다. 그 중 몇몇은 몇 개의 전파 중심들에서 유래한 것으로 판단할 수 있다. 하지만 궁극적인 분석 단계에서, 모든 우주적 나무의 변이형들이 단 하나의 전파 중심에서 유래한 것으로 받아들일 수도 있다. 이 경우, 원초적인 중심과 전파의 경로, 그리고 이 상징이 다양한 변화를 겪는 동안 포함하게 되는 여러 가지 새로운 가치들을 명백히 밝히면서, 언젠가 우주적 나무의 상징주의 역사를 정립할 날을 기대해볼 수도 있다.

그러한 역사적 논문이 완성된다면 종교학에 지대한 공헌을 하게 될 것이다. 그렇다고 해서 이와 같은 논문이 우주적 나무의 상징 문제를 해결할 수 있는 것은 아니다. 그 상징이 종교적 상징으로서 우리에게 의미하는 것, 드러내는 것, 보여주는 것들을 정립하려면 전혀 다른 또 하나의 연구가 진행되어야 할 것이다. 각각의 유형이나 변이형은 우주적 나무의 상징이 포함하고 있는 어떤 측면만을 집중적으로 특별히 선명하게 부각하고 나머지 다른 측면에 대해서는 전혀 언급하지 않을 수도 있다. 어떤 경우 우주적 나무는 특별히 세계의 상(像, imago mundi)으로서 나타날 수 있고, 또다른 경우에는 하늘을 떠받치고 우주의 세 부분(하늘·땅·지옥)을 연결하며 땅과 하늘 사이의 의사소통을 맡고 있는 세상의 축(axis mundi) 또는 기둥으로서 모습을 드러낼 수도 있다. 결국 다른 변이형들은 특히 우주의 주기적인 재생 기능이나 세계의 중심으로서의 우주적 나무의 역할, 혹은 그 창조적인 가능성 등을 강조할 수도 있다. 우주적 나무의 상징성에 대해서는 이미 예전의 여러 저서를 통해 연구한 바 있으므로,[10] 여기서 이 문제를 전체적으로 다룰 필요는 없으리라 생각

____

10) M. Eliade, 『종교사 개론』, p. 232 이하 ; 『샤머니즘과 엑스터시의 고대 기법』, p. 244 이하 ; 『이미지와 상징』, p. 55 이하, p. 213 이하 참조.

한다. 다만, 우주적 나무의 전체적인 의미를 하나 혹은 몇 개의 변이형을 통해 이해하기는 불가능하다는 점만은 밝혀두고자 한다. 한 상징의 구조는 수많은 예를 분석한 뒤에야 완전한 해독이 가능하기 때문이다. 어떤 유형의 우주적 나무가 지니고 있는 의미를 이해하는 것도 엄청난 양의 유형과 변이형들을 분석한 뒤에나 가능한 일이다. 메소포타미아나 고대 인도의 우주적 나무의 의미를 밝힌 뒤에야 위그드라실(Yggdrasil)*의 상징 또는 중앙아시아와 시베리아의 우주적 나무를 이해할 수 있다. 다른 학문에서도 마찬가지겠지만, 종교학에서도 주어진 사실들을 비교하는 것은 그들 사이의 연관성을 찾는 동시에 그들을 구분하기 위해서다.

그러나 그것으로 끝나지 않는다. 모든 변이형들이 파악된 뒤에야 그들이 지닌 각각의 의미들이 모습을 드러낸다. 인도네시아의 우주적 나무의 상징은 알타이와 다르기 때문에 종교학적인 중요성을 갖는 것이다. 그래도 하나의 의혹이 남는다. 어떤 경우에서든, 의미의 쇄신이나 왜곡 또는 근본적인 의미의 상실이 발생할 수 있을까? 메소포타미아와 인도 혹은 시베리아에서 우주적 나무가 의미하는 것이 어떤 것인지를 이미 알고 있는 경우, 어떤 역사-종교적 상황에 따라서, 또는 어떤 내부적 이유에 의해서, 똑같은 상징이 인도네시아에서는 다른 의미를 내포하게 되는지에 대해 의문을 품게 된다. 이런 경우, 전파의 개념으로 문제를 해결할 수는 없다. 왜냐하면 상징이 하나의 중심으로부터 퍼져나온 것이라는 사실을 증명할 수 있

---

* 북유럽 신화에 나오는 세계수(世界樹)로, 우주를 뚫고 솟아 있어서 우주수(宇宙樹)라고도 한다.

다 하더라도, 다음과 같은 질문에 답변한 것은 아니기 때문이다―
왜 어떤 문명은 원초적인 의미들을 보존하고 있는 반면, 다른 의미들은 잊혀
지고, 버려지고, 변모되거나 더욱 풍부해지는 것인가? 그런데 이처럼 의
미가 풍부해져가는 과정에 대한 이해는 그 상징의 구조를 파악한
뒤에야 비로소 가능해진다. 예를 들어 우주적 나무가 끊임없이 재
생되는 세계의 비밀을 상징한다는 것을 이해하고 있기 때문에, 우
주의 기둥과 인간 종족의 요람, 우주적 개혁(renovatio), 달의 리듬,
세계의 중심 그리고 땅에서 하늘로 올라갈 수 있는 통로 등 수많은
주제들을―동시에 또는 연달아―상징하고 있다는 것도 알 수 있
는 것이다. 이처럼 각각의 새로운 가치 요소들이 존립할 수 있는 것
은 결국 우주적 나무의 상징성이, 살아 있는 그리고 결코 쇠진하지
않는 성스러운 현실로 파악될 수 있는 세계의 '기호'로서 처음부터
그 모습을 드러내고 있기 때문이다. 따라서 종교사학자의 임무는
그런 문화가 우주적 나무의 어떤 상징적인 측면을 보존하고, 발전
시키고, 혹은 망각하는 그 이유들을 밝히는 데 있으며, 그럼으로써
그 문화의 정신에 더욱 심층적으로 접근하고, 다른 문화들과의 차
이를 밝힐 수 있게 되는 것이다.

　이런 측면에서 종교사학자의 상황을 심층심리학자와 비교해볼
수도 있을 것이다. 두 사람 모두 사실적인 내용들을 간과해서는 안
된다. 그들의 접근 방법은 경험적이어야 한다. 그들의 목표는 '상황
들'을 이해하는 것이다. 심리학자의 경우 개인적인 상황들을, 종교
사학자의 경우는 역사적인 상황들을 이해해야 한다. 그러나 심리학
자는 단순히 환자의 고유한 증세를 통해 어떤 구조를 파악하는 것
은 불가능하고, 아울러 개인의 과거에서 드러나는 비일상적인 요소

들을 통해 그의 심리적인 역사를 구성하는 주류를 파악하지 못한다면 개인의 상황을 이해할 수도, 환자의 치유에 도움이 될 수도 없다는 것을 잘 알고 있다. 다른 한편으로 심리학자는 그의 분석 과정을 통해서 발견한 사실들을 고려하여 연구 방법을 개선하고 이론적인 결론들을 수정해나간다. 이미 우리가 살펴본 바와 같이, 종교사학자가 예를 들어 세계의 나무의 상징성을 연구할 때도 같은 과정을 거치게 된다. 그의 연구를 중앙아시아나 인도네시아의 상징주의에 국한하거나 혹은 그 반대로 상징주의 전체를 대상으로 할 때, 그는 우주적 나무의 중요한 변이형들 모두를 고려하면서 연구를 계속할 수밖에 없다.

모든 인간은 상징적인 존재이고 그의 모든 활동은 상징성을 내포하고 있는 만큼, 모든 종교적 사실들은 필연적으로 상징적인 성격을 띠게 된다. 모든 종교적 행위와 모든 문화적 사물들이 초경험적 현실을 겨냥하고 있다는 사실을 생각해본다면, 이것은 아주 분명한 사실이다. 숭배의 대상이 된 나무는 나무로서가 아니라 성현(聖顯, hiérophanie), 즉 성스러움의 발현으로서 숭배를 받는 것이다.[11] 그리고 모든 종교적인 행위는 그것이 종교적인 것이 되는 바로 그 순간부터 궁극적으로 '상징적'인 의미를 부여받게 된다. 왜냐하면 초자연적인 가치나 형상들을 준거로 삼고 있기 때문이다.

따라서 종교적 주제에 대한 모든 연구는 종교적 상징주의의 연구를 포함하고 있는 셈이다. 그러나 일반적으로 종교학에 대해서 이야기할 때, 사람들은 대부분 그 상징성이 분명하고 명료한 종교적

---

11) 성현(聖顯)에 관해서는 M. Eliade, 『종교사 개론』, p. 15 이하와 여러 곳을 볼 것.

사실들에 상징이라는 단어를 사용하는 경향이 있다. 예를 들어, 사람들은 바퀴를 태양의 상징이라거나, 우주적인 알을 구분되지 않은 전체성의 상징이라거나, 뱀을 지옥이나 성(性) 또는 장례(葬禮)의 상징이라고 말한다.[12]

　어떤 종교적 제도—예를 들어 입문식 같은 경우—나 종교적 행동(예를 들어 동향숭배東向崇拜 같은 경우)을 대할 때, 흔히 상징주의적 시각에서만 바라보는 경우가 있다. 이런 유형의 연구 목적은 제도나 행동의 사회-종교적인 맥락을 무시한 채, 오로지 거기에 내포된 상징성에만 집중하는 데 있다. 입문식은 복합적인 현상이다. 거기에는 여러 가지 제의와 서로 다른 신화, 다양한 사회적 맥락과 잡다한 목적들이 포함되어 있다.[13] 최종 분석 단계에서 보자면, 이 모든 것이 '상징'을 재현하고 있다는 것을 우리는 알고 있다. 하지만 입문식의 상징성에 대한 연구는 다른 목적을 추구한다. 즉 입문식의 제의와 신화(과거로의 회귀, 죽음 그리고 제의적 부활 등)에 내포되어 있는 상징성을 해석하고, 형태적으로 그리고 역사적으로 각각의 상징을 연구하고, 그러한 구성이 가능할 수 있었던 존재론적

---

12) '상징'이라는 어휘는 구조적으로 일관성 있는 총체를 지칭할 때도 사용한다. 예를 들어 물의 상징성에 대해서 말할 때, 그 구조는 외견상 이질적으로 보이는 수많은 종교적 사실을 모두 연구한 다음에야 밝혀질 수 있는 것이다. 침례 의식, 재계식(齋戒式), 수성우주론(水性宇宙論), 홍수나 해양 재해와 관련된 신화들, 물과의 접촉을 통해서 얻게 되는 다산성(多産性)을 강조하는 신화 등이 그런 경우이다(『종교사 개론』, p. 168 이하; 『이미지와 상징』, p. 164 이하, p. 199 이하). 물론 '상징'이나 '상징주의'라는 어휘 사용에 정확성이 결여되어 있는 것이 사실이어서, 그런 상황에 적응하는 수밖에 없다. 대부분의 경우, 문맥을 참고하여 충분히 의미를 밝힐 수 있다.

13) M. Eliade, 『신비한 탄생』(Paris, 1959) 참조.

인 상황을 밝혀내는 것이다.

동향숭배(orientatio)와 같은 종교적 행위의 경우도 마찬가지다. 동향숭배에는 그에 관련된 수많은 제의와 그것을 정당화하는 수많은 신화가 있으며, 이 모든 것은 결정적으로 성스러운 공간에 대한 경험에서 비롯된다. 이 문제에 전체적으로 접근하려면 먼저 제의적인 동향성과, 풍수지리와, 마을의 설립과 사찰 또는 집의 건립, 천막과 오두막과 집의 상징성 등에 대한 연구가 선행되어야 한다. 그러나 이 모든 것의 기초에는 이미 성스러운 공간에 대한 경험과 우주적인 개념이 존재하고 있으므로 동향숭배의 연구를 성스러운 공간의 상징성에 국한시킬 수 있을 것이다. 그렇다고 해서 연구의 대상으로 삼을 모든 형태의 동향숭배의 역사적·사회적 맥락에 대해 무지하거나 그것을 무시할 수도 있다는 얘기는 결코 아니다.

이처럼 어떠한 특정 상징주의에 대한 그러한 종류의 연구 사례는 얼마든지 찾아볼 수 있다. '마법적인 비상'과 상승, 밤과 암흑의 상징주의, 달과 해와 땅과 식물과 동물에 관련된 상징주의, 영생의 추구에 대한 상징주의, 영웅의 상징 등과 같은 것이 좋은 예가 될 것이다. 그것이 제의이건 제의적 행동이건, 신화건 전설이건, 또는 초자연적인 형상이건 이미지이건 간에, 겉으로 보기에는 서로 다른 것 같지만 구조적으로는 상호 관련을 맺고 있는 종교적 사실들의 상징적인 의미를 복원하려고 노력한다는 점에서, 각각의 상징을 연구할 때도 접근 방법은 근본적으로 동일하다. 하지만 그런 방법이 하나의 대표적인 지시어를 통해 모든 의미를 설명하려는 의도에 따라 만들어진 것은 아니다. 상징적인 구조를 연구하는 것은 축약적인 작업이 아니라 종합적인 작업이라는 점은 두고두고 강조할 만하다.

하나의 상징에 대한 두 가지 표현을 비교하고 대조하는 것은 이미 존재하고 있는 하나의 표현으로 축약시키기 위한 것이 아니라, 구조가 그 의미들을 더욱 풍부하게 만드는 과정을 발견해내기 위한 것이다. 비상과 상승의 상징을 검토하면서, 우리는 그 의미가 더욱 풍부해져가는 과정에 대해 이야기한 바 있다. 이런 방법론적 접근 방식을 통해 얻어진 결과들을 검증해보고 싶은 독자들은 우리의 다른 연구를 참고하기 바란다.[14]

상징이 '드러내는' 것

상징의 일반적인 기능을 파악하지 못한다면 종교사학자의 임무는 불완전한 상태로 남아 있을 수밖에 없다. 우리는 이 점에 대해 신학자, 철학자 또는 심리학자가 어떤 생각을 하고 있는지 잘 알고 있다. 이제, 종교사학자가 자신의 연구 결과들에 대해 생각할 때, 어떤 결론들에 도달하는지 알아보기로 하자.

우선 그는 세계가 상징들을 통해 '이야기'하고, 자신을 '드러낸다'고 말할 것이다. 그것은 도구적인 언어, 객관적인 언어가 아니다.[15] 상징은 객관적인 현실을 그대로 그려내는 일종의 복사물이 아

---

14) M. Eliade, 『신화, 꿈, 신비』, pp. 133~164 참조(상승의 상징주의와 '깨어 있는 꿈 들').

15) 파울 틸리히(Paul Tillich)의 분석을 상기해보자. 자신이 지시하는 대상물의 힘을 통해 자신을 넘어서 대상물을 지시하는 것, 상징이 열어주지 않았다면 언제까지고 닫혀 있었을 현실의 수준을 열어준 것, 그리고 상징이 높여주지 않았다면 영원히 우리가

니다. 상징은 뭔가 더 깊고 근본적인 것을 '드러낸다'. 이와 같이 상징이 드러내는 다양한 모습과 다양한 깊이를 밝혀보기로 하자.

①상징은 직접적인 경험의 차원에서는 명백하게 알 수 없는 현실의 양태나 세계의 구조를 드러낸다. 상징이 어떤 의미에서 인간의 경험이 접근할 수 없는 현실의 양태를 표현하는지를 설명하기 위해 하나의 예를 들어보자. 사물이 어떤 형태를 취하기 이전의 상태, 잠재적인 상태, 혼돈의 상태를 보여주고 있다고 여겨지는 물의 상징성을 살펴보자. 물론 이것은 합리적인 지식의 차원이 아니라, 사고(ré-flexion) 이전의 살아 있는 의식의 이해 차원의 얘기다. 세계를 구성하는 것은 바로 이런 이해들이다. 그후에, 그들에게 포함되어 있는 의미들이 형성되어가면서 베다에서 소크라테스 이전의 철학에 이르기까지 모든 우주생성론이나 본질론의 출발점인 세계의 근본에 대한 최초의 사고들이 시작되는 것이다.

세계의 심층적인 구조를 밝히는 상징의 능력에 대해서는, 우리가 이미 설명한 바 있는 우주적 나무의 가장 기본적인 의미들을 참고해볼 수 있을 것이다. 우주적 나무는 살아 있는 총체로서 주기적으로 재생하며, 그 능력 덕분에 지속적으로 다산적이고, 풍요로우며, 무궁무진한 세계를 드러낸다. 이 경우에도 역시, 사고를 통해서 얻어진 지식이 아니라 세계라는 '기호(chiffre)'에 대한 직접적인 이해가 관건이다. 세계는 우주적 나무를 통해서 '이야기'하고, 이 '이야기'는 직접적으로 이해된다. 세계는 '삶'으로 이해되며, 원시적

알 수 없었을 인간 심성의 수준을 높여준 것, "이것이 바로 상징의 위대한 기능이다" (Paul Tillich, "Theology and Symbolism," in *Religious Symbolism*, edited by F. Ernest Johnson, New York, 1955, pp. 107~116, p. 109).

사고에 따르면 '삶'은 '존재'가 변장한 모습이다.

　같은 맥락의 애기로, 삶의 구조와 관련된 종교적 상징들은 일상의 경험을 통해 인지할 수 있는 생명력보다 더 심오하고 신비스러운 삶(Vie)을 드러낸다. 그들은 삶의 기적적이고 말로 표현할 수 없는 측면과, 인간 존재의 숭고한 차원을 동시에 노출한다. 종교적 상징들에 비추어 '해석된' 인간의 삶 자체는 난해해 보인다. 삶은 '다른 곳에서', 아주 먼 곳에서 온다. 그리고 신 또는 초자연적인 존재들의 피조물이라는 점에서, 삶은 '신적(divine)'이다.

　②이러한 것은 이제부터 이어질 두번째 언급과 연관을 맺고 있다. 원시인들에게, 상징은 언제나 종교적이다. 왜냐하면 그들에게 상징은 무언가 현실적인 것이거나, 세계의 **구조** 그 자체를 뜻하기 때문이다. 그런데 고대 문명의 차원에서 볼 때 현실이라는 것은—즉 강한 것, 의미 있는 것, 살아 있는 것은—성스러운 것과 똑같은 의미를 가지고 있다. 다른 한편으로, 세계는 신 또는 초자연적인 상태들의 창조물이다. 세계의 구조를 밝힌다는 것은, 신이 만든 창조물의 '기호화되어 있는' 의미와 감추어진 비밀을 드러내려는 작업이다. 고대의 종교적 상징들이 본질론적인 면을 포함하고 있는 이유가 바로 거기에 있다. 여기서 말하는 본질이란 물론 체계에 선행(先行)하여(pré-systématique) 존재하는 본질을 의미하며, 그것은 세계와 인간 존재에 대한 판단의 표현이기도 하다. 여기서 판단이란 개념으로 정립되지 않은, 그리고 항상 개념으로 표현할 수 없는 판단을 뜻한다.

　③종교적 상징주의의 근본적인 특성은 그 복수적인 가치성, 직접적인 경험의 차원에서는 연관성이 명백하게 밝혀지지 않은 여러 가지 의미를

동시적으로 표현할 수 있는 능력이다. 예를 들어 '달'의 상징성은 달의 리듬, 시간 속의 미래, 물, 식물의 성장, 여자, 죽음과 부활, 인간의 운명, 직조자의 역할 등과 같은 요소들이 공통적으로 가지고 있는 본질을 통한 연관성을 드러낸다.[16] 요컨대, 달의 상징성은 우주적인 현실의 다양한 단계와 인간 존재가 취하고 있는 어떤 양태들 사이의 '신비적' 질서의 상응관계를 드러낸다. 이러한 상응성은 직접적이고 자발적인 경험이나 비판적인 사고에서 찾을 수 있는 것은 아니라는 사실에 주목하자. 이 상응성은 세계에 '현존하고 있는' 방식에서 비롯된 결과다.

달의 어떤 기능들이 달과 관계된 여러 국면을 면밀히 관찰함으로써 발견되었다는 사실을 인정하더라도(예를 들면 비pluie나 월경 같은 것의 관계들) 전체적인 달의 상징성이 합리적인 작업에 의해 형성되었다고 생각하기는 어렵다. 인간의 존재가 '달의 영향을 받게 되는 운명'이나, 인간이 변하는 달의 모습과 연관된 시간적인 리듬에 따라 '조절'된다는 사실, 인간이 죽음을 피할 수 없는 운명을 가지고 태어났지만, 달이 사흘 동안의 암흑을 거친 뒤 다시 나타나듯이 인간도 그의 존재를 다시 시작할 수 있다는 사실, 그리고 어찌되었든, 입문식을 통해 확신을 얻고, 더 나은 것이 되리라고 믿는 사후의 삶에 대한 희망을 가지고 있다는 사실들을 밝혀내는 것은 전혀 다른 종류의 지식을 통해서다.

④ 서로 관련을 맺고 있는 수많은 구조적인 의미들을 밝혀낼 수 있는 종교적 상징주의의 능력은 중요한 결과를 만들어낸다. 즉 상

---

16) M. Eliade, 『종교사 개론』, p. 154 이하 참조.

징은 상이한 현실들이 전체 속에서 서로 연관을 맺고 있거나 심지어 하나의 '체계' 속에 포함되어 있다는 관점을 가시화한다. 다시 말해, 종교적 상징은 인간으로 하여금 세계의 통일성을 발견하게 해줄 뿐만 아니라, 세계를 구성하고 있는 한 부분으로서의 자신의 운명을 깨닫게 해준다. 그것이 바로 달의 상징성이다. 우리는 달의 상징에 관련된 여러 의미들이 어떤 뜻에서 '체계'를 형성하는지 이미 알고 있다. 서로 다른 여러 분야(우주론적, 인류학적, '정신적')에서 달의 리듬은 상동관계에 있는 체계들을 드러낸다. 어디서나 '시간'과 주기적인 미래의 법칙, 즉 그 구조 자체 내에서 죽음과 재탄생을 포함하는 '삶'을 살도록 운명지어진 존재들의 존재 양식이 문제다. 달의 상징성으로 인해 세계는 이질적이고 대립적인 현실들의 자의적인 집합체가 아닌, 또다른 모습으로 나타날 수 있는 것이다. 마치 인간의 삶이 달에 의해 '짜이고' 실을 잣는 여신들에 의해 미래의 운명이 결정되듯이, 다양한 우주의 층위들은 서로 교통(交通)하고, 똑같은 달의 리듬에 따라 서로 '연결'되어 있다.

사물이 하나의 체계 안에서 어떤 질서를 가지고 존재한다는 관점을 열어줄 수 있는 상징의 능력을 보여주는 또다른 예가 있다. 우주 생성에 관련된 신화나 입문 제의, 밤 또는 지하에 관련된 동물을 표현하는 형상들을 통해 관찰해볼 수 있는 밤과 암흑의 상징성은 한편으로는 우주 생성 이전의, 그리고 탄생 이전의 암흑들 사이의 구조적 연관성을 드러내고, 다른 한편으로는 죽음, 재탄생 그리고 입문을 드러낸다.[17] 이것은 어떤 존재 양식을 직관적으로 파악할 수

---

17) 암흑은 우주 생성 이전의 '혼돈' 뿐만 아니라 '통음난무'(사회적 혼돈), '광기'(인격의 와해)를 상징하기도 한다.

있게 해줄 뿐 아니라, 형성된 세계 안에서 그 존재 양식의 위치와 인간의 조건에 대한 이해를 가능하게 해준다.

밤의 상징성은 인간으로 하여금 그와 세계 이전에 존재했던 것을 발견할 수 있게 해주고, 사물들이 어떻게 존재하게 되었으며, 사물들이 인간 앞에서 존재하게 되기 이전에 어디에 '있었는지' 이해할 수 있게 해준다. 물론, 여기에도 사고를 통한 이해가 아니라 이 신비에 대한 직접적인 이해가 있을 뿐이다. 다시 말해 사물들에는 시작이 있었다는 것, 그리고 시작에 선행하는 것들이 존재했다는 것, 그리고 이 시작에 관련된 모든 것이 인간의 존재에 가장 기본적인 가치를 가지고 있음을 알게 되는 것은 바로 이 직접적인 이해를 통해서 가능하다. 인간이 새로운 존재를 시작할 수 있다고 믿을 수 있게 해주는 과거로의 회귀(regressus ad uterum)를 포함한 입문 제의들의 중요성에 대해 생각해보자. 또한 세계와 인간 사회를 갱신하기 위해 주기적으로 원초적인 '혼돈'을 재현하는 그 수많은 의식들을 상기해보자.

⑤ 종교적 상징의 가장 중요한 기능은 아마도—그 기능이 이후 철학적 사유들의 범주 안에서 수행하게 될 역할들을 생각할 때 그 중요성이 더욱 부각되겠지만—다른 형태로는 표현이 불가능한, 모순적인 상황이나 어떤 궁극적인 현실의 구조를 표현할 수 있는 능력에 있을 것이다. 일례로 심플레가데스(symplegades)*의 상징성만으로도 충분한 설명이 될 것이다.[18] 즉 한 존재 양식에서 다른 존재 양식으로

---

* 그리스 신화에 나오는 섬의 이름. 수면 위에 둥둥 떠서 서로 부딪치곤 했기 때문에 그 사이에 끼이는 것은 무엇이나 산산이 부서졌다고 한다. 그래서 사람들은 이 섬을 '심플레가데스' 즉 '충돌하는 섬'이라고 일컬었다.

의 전이—이승에서 저승으로, 땅에서 하늘이나 지옥으로, 또는 단순히 육체적이고 세속적인 존재 양식에서 영적인 존재 양식으로의 전이 등—가 보여주는 모순을 표현하는 수많은 신화와 전설과 이미지를 통해 이를 이해할 수 있을 것이다. 그 중에서도 가장 자주 나타나는 이미지는 서로 부딪치는 바위벽이나 빙벽, 끊임없이 움직이는 두 개의 산이나 위아래 턱뼈들, 또는 깨무는 질(vagina dentata)* 속으로 들어갔다가 무사히 빠져나오는 모습이나 어떤 출구도 없는 산 속으로 들어가는 모습 같은 것 등이다. 이 모든 이미지들이 무엇을 의미하는지 우리는 잘 알고 있다. 즉 '통과'할 수 있는 가능성이 존재한다면 그것은 '정신적'으로 가능한 것이며, 거기에 고대 사회들에서 이 통과라는 어휘가 가지고 있던 모든 의미들을 함께 포함하고 있는 것이다. 육체에서 분리된 존재, 또는 상상의 세계나 사고의 세계처럼 말이다. 심플레가데스를 통과하는 것은 '정신적'으로 행동할 때, 다시 말해 상상력과 지성을 보유하고 있을 때, 그리고 스스로 눈 앞에 보이는 직접적인 현실에 대해 초연할 수 있을 때 가능한 것이다.[19] 직접적인 경험에 접근할 수 없는 존재 양식이 있으며, 또 이 존재 양식에 도달하려면 물질의 난공불락성에 대한 순진한 믿음을 버려야 한다는 사실을 설명하기 위해서는 깨무

---

18) Ananda K. Coomaraswamy, *Symplegades* (Homage to Geroge Sarton, ed. M. F. Ashley Montagu, New York, 1947, pp. 463~488) 참조. 또한 Carl Hentze, *Tod, Auferstehung, Weltordnung* (Zürich, 1955), 특히 p. 45 이하 참조.

* 깨무는 질이란 적대적이고, 깨물며, 마구 집어삼키려는 여성의 섹슈얼리티에 대한 남성의 두려움을 표현한 것. 삼손의 머리카락을 자르는 것은 거세를 상징하며, 머리카락을 자른 가위는 '깨무는 질'을 은유한다.

19) M. Eliade, 『신비한 탄생』, p. 132 이하.

는 질보다 더 좋은 '어려운 관문'—심지어 『카타 우파니샤드』(III, 14)가 암시하는 저 유명한 날이 선 다리[橋]의 주제인 칼날이나 면도날의 경우도 마찬가지다—의 상징은 없다.

궁극적인 현실의 모순적 양상을 표현하는 상징들의 능력에 대해서도 비슷한 언급이 가능할 것이다. 니콜라우스 쿠사누스는 대립의 합일(coincidentia oppositorum)을 신의 본성에 대한 가장 적절한 정의라고 생각했다(제2장 참조). 그런데, 이 상징은 벌써 오래 전부터 우리가 '전체성' 또는 '절대성'이라고 부르는 것들이나, 신성에서 상반되거나 적대적인 원칙들의 모순적 공존을 의미해왔다. 뱀(또는 지옥의 암흑이나 잠재태의 다른 상징들)과 독수리(태양빛이나 현실태의 상징)의 결합은 성상학(聖像學)이나 신화들에서 전체성 또는 우주적 통일성의 신비를 표현한다.[20] 다시 한 번 반복하자면, 양극성(polarité)이나 대립의 합일 개념들은 철학적 사유의 초기 시대부터 체계적으로 사용되어왔지만, 그들이 막연하게나마 드러낸 상징들은 비판적 사고의 산물이 아니라 존재론적 긴장감의 소산이었다는 것이다. 자신이 세계 안에 존재하고 있음을 수용함에 따라 세계의 '기호'나 '언어' 앞에 놓여 있는 만큼, 인간은 온전하고 동질적인 것으로 간주하려 했던 현실이나 성스러움의 어떤 모순적인 측면들의 신비에 직면하게 되었다. 인간 정신의 가장 위대한 발견 가운데 하나는, 어떤 종교적 상징들을 통해 양극성과 대립성이 하나의 통일된 단위 안에서 분절되거나 통합될 수 있다는 사실을 짐작한 바로 그날부터 이미 예감할 수 있었던 것이다. 그때부터 우주

---

20) M. Eliade, 『종교사 개론』, p. 357 이하 참조.

와 신의 부정적이고 음습한 면모들도 정당성을 찾게 되었을 뿐만 아니라, 총체적인 현실 또는 성스러움의 한 부분을 이루고 있다는 것이 드러났던 것이다.

⑥ 마지막으로, 종교적 상징의 존재론적인 가치를 중요시해야 한다. 다시 말해 상징은 언제나 하나의 현실이나 인간의 존재가 결부되어 있는 상황을 대상으로 하고 있는 것이다. 상징이 개념들로부터 구분되고 분리되는 이유는 무엇보다도 상징이 가지고 있는 이 존재론적 차원 때문이다. 상징들은 언제나 삶의 깊은 근원들과 관련을 맺고 있다. 말하자면 상징은 삶이 '정신적으로 체험한' 것들을 표현한다. 상징들이 '누미노제(Numinose)*'적인 아우라를 가지고 있는 것은 바로 그런 이유에서다. 상징은 정신이 취하고 있는 방식이 바로 삶의 표현이라는 사실, 따라서 인간의 존재에 직접적으로 관여한다는 사실을 드러낸다. 종교적 상징은 단순히 현실의 구조나 존재의 차원을 밝혀줄 뿐만 아니라, 동시에 인간 존재에 의미를 부여한다. 궁극적인 현실을 겨냥하고 있는 상징도 그 메시지를 해독하는 인간에게 존재론적 깨달음을 동시에 부여하는 것은 바로 그런 이유에서다.

종교적 상징은 인간이 처해 있는 상황을 우주적인 어휘로 해석하지만, 반대로 우주적인 상황을 인간의 언어로 해석하기도 한다. 좀더 명확히 말하자면, 상징은 인간 존재의 구조와 우주적인 구조 사

---

* 독일의 철학자 오토(R. Otto)가 그의 저서 『성(聖)스러운 것』에서 새로이 만든 철학용어. 라틴어의 누멘(numen: 아직 명확한 표상을 갖추지 않은 초자연적 존재)에서 유래한다. 이 말은 사람에게 피조물(被造物)이라는 느낌을 불러일으키는 '무서운 신비'로, 이를 다시 분석하면 외경심을 불러일으키는 전율적인 무서움, 압도적인 권위, 세력 있는 것, '절대타자(絶對他者)'로서의 신비다.

이에 존재하는 불가분의 관계를 드러낸다. 인간은 우주 안에서 '고립되어' 있다고 느끼지 않는다. 인간은 상징으로 인해 '친근하게' 느껴지는 세상을 향해 '열려 있다'. 다른 한편으로, 상징성의 우주적 가치는 인간으로 하여금 주관적인 상황에서 벗어나 자신의 개인적인 경험의 객관적인 가치를 깨닫게 해준다.

이어서, 상징을 이해하는 인간은 객관 세계를 향해 '열려 있을' 뿐 아니라, 자신이 처해 있는 개별적인 상황에서 벗어나 우주적인 이해에 접근할 수 있게 된다. 상징들이 직접적인 현실이나 개별 상황들의 '한계를 넘어서게' 한다는 사실이 이를 잘 설명해준다. 보잘것없는 한 그루의 나무가 '세계의 나무'의 화신이 될 때, 또는 농기구 가래가 남근을 모방할 때 그리고 농사가 창조자의 행위를 모방할 때 등등, 이 사물이나 행위들의 직접적인 현실은 더 깊은 층위의 현실이 밑에서부터 분출하는 힘으로 인해 '한계를 넘어서게' 한다고 말할 수 있다. 개별적인 상황의 경우에도 마찬가지다. 예를 들어 입문식이 치러지는 움막 속에 갇혀 있는 입문자의 경우에도, 상징성은 이 개별적인 상황을 예시적인 것으로 드러냄으로써, 즉 다른 수많은 다양한 정황에서 끊임없이 반복될 수 있는 상황임을 드러냄으로써, 그 특수한 상황 자체를 '넘어서는' 것이다(왜냐하면 입문식을 치르는 움막은 어머니의 배를 상징하지만 동시에 괴물과 지옥의 배를 상징하며, 어둠은 이미 우리가 살펴본 바와 같이 우주적인 밤, 형성 이전의 상태, 세계의 태아 상태를 상징한다, 등등).

상징을 통해 인간의 개별적인 경험은 '눈을 뜨며', 정신적인 행위로 전이되어간다. 상징을 '실천'한다는 것, 그리고 상징이 전하는 의미를 정확하게 해독한다는 것은 정신을 향해 열려 있으며 그리하여 마침내 우주적인 것에 접근한다는 것을 뜻한다.

상징들의 역사

이제부터 시도하는 종교적 상징주의에 대한 몇 가지 전반적인 언급은 앞으로 더욱더 정교하고 신중하게 보완되어야 할 것이다. 그러나 지금 여기서 종교적 상징주의에 대한 광범위한 연구 결과를 소개할 수는 없는 일이므로, 몇 가지 사실을 지적하는 정도에서 만족하고자 한다. 첫번째 얘기는 이른바 상징의 '역사'라고 불리는 것들에 대한 얘기다. 우리는 이미 종교사학자가 상징의 구조를 밝히기 위해 서로 다른 역사적 시간과 문화에 속하는 자료들을 연구하고 비교할 때 부딪히게 되는 어려움들에 대해 언급한 바 있다. 하나의 상징이 '역사'를 가지고 있다고 말하는 것은 두 가지 사실을 의미한다. ① 상징은 어떤 역사적 시기에 만들어졌으며, 따라서 이 시기 이전에는 존재할 수 없었다는 것을 뜻한다. ② 상징은 특정한 문화적 중심에서 출발하여 전파된 것이므로, 그 상징을 발견할 수 있는 모든 문화권에서 당연히 재발견될 수 있다고 생각해서는 안 된다는 것이다.

어떤 특정한 역사적 상황에 결부된 상징들이 존재한다는 것은 대부분의 경우 의심의 여지가 없는 것처럼 보인다. 예를 들어, 농경이 정착되기 이전에는 가래가 남근을 상징하거나 농사일이 성행위를 상징할 수 없었던 것은 분명한 사실이다. 마찬가지로, 숫자 7의 상징적인 가치와 일곱 개의 가지가 있는 우주적 나무의 이미지는, 메소포타미아에서 7개의 항성으로 이루어진 하늘의 개념으로 이어졌던 일곱 개의 별의 발견 이전에는 나타날 수가 없었던 것이다. 상징들은 고유한 사회-정치적·지역적 상황에 결부되어 있으며, 특정한 역사적 순간 속에서 형성되어간다. 이는 왕권의 상징이나 모권제(母權制)의 상징, 또는 2개의 적대적이며 동시에 상호보완적인 부분으로 구성된 사회의 구분을 포함하는 체계들의 상징의 경우도 마찬가지다.

이러한 사실들이 인지된다면, '상징의 역사'라는 표현이 내포할 수 있는 두번째 의미도 사실로 받아들여질 수 있을 것이다. 농경이나 왕권 등에 결부된 상징들은 아마도 다른 문화적 요소나 그에 관련된 각각의 이데올로기와 함께 전파되었음이 분명하다. 그러나 어떤 종교적 상징들의 역사성을 인정한다는 것이 일반적인 종교적 상징들의 기능에 대해 우리가 이미 확인한 사실들을 부정하는 것은 아니다. 한편으로는 비록 그 수가 많다 하더라도, 문화적 사실들이나 역사적 사실들과 관련을 맺고 있는 상징들은 우주적 구조나 인간의 조건과 관련된 상징들보다는 그 수가 훨씬 적다는 사실을 밝히는 것이 중요하다. 대부분의 종교적 상징들은 총체적인 세계 또는 그 구조들 가운데 하나를 대상으로 하거나(밤, 물, 하늘, 별, 계절, 식물, 시간적 리듬, 동물적 삶 등), 모든 인간이 성(性)으로 구분되고 한시적 삶을 살아갈 운명이며 오늘날 '궁극적 현실'이라고 부르는 것을 추구하고 있는 만큼 모든 인간 존재를 구성하고 있는 상황을 반영한다. 어떤 경우, 죽음, 성 혹은 사후 존재에 대한 희망과 관련된 고대의 상징 등은 변모되거나, 때로는 고급 문화들의 물결이 가져다 준 유사한 상징들에 의해 대체되기도 했다. 이러한 변화가 종교사학자의 작업을 복잡하게 만들고 있는 것은 사실이지만, 그렇다고 해서 그의 중심 과제를 변화시키는 것은 아니다. 이를 심리학자의 작업과 비교해서 설명해보자. 한 유럽인이 꿈속에서 옥수수 잎을 보았다고 가정해보자. 여기서 중요한 것은 옥수수가 16세기에 유럽에 전해졌으며, 따라서 그것이 유럽의 역사에 속한다는 사실이 아니라 꿈속에 등장하는 상징으로, 옥수수 잎사귀는 다른 수많은 푸른 잎사귀 가운데 하나라는 사실이 중요한 것이다─심리학자는 이런 상징적인 가치에 의미를 부여할 뿐, 옥수수가 역사적으로 어떻게 전파되었는지에 대해서는 아무 관심이 없다. 최근의 문화적 영향으로 인해 변모된 고대의 상징들을 다룰 때, 종교사학자도 비슷한 처지에 놓이게 된다. 예를 들어 중앙아시아와 시베리아에서 찾아볼 수 있는 세계의 나무에 대한 상징의 경우, 7개의 하늘에 대한 메소포타미아적인 사고에 동화되어 새로운 가치를 부여받았다는 점을 상기하면 될 것이다.

결국 최근 문화적 사실들에 관련된 상징들은 역사적 시간의 출발점에서부터 시작된 것으로, 종교적 상징들이 되었다. 왜냐하면 그 상징들은 인간이 경작을 시작하고, 야생 동물들을 길들이기 시작하고, 왕권에 대한 충성심을 갖기 시작하면서 형성된 새로운 세계로 하여금 인간들에게 '이야기하고' 자신을 드러내면서, 동시에 인간의 새로운 상황들도 함께 드러냄으로써 '세계를 구축'하는 데 기여했기 때문이다. 달리 말하면 최근 문화적 단계에 관련된 상징들은 훨씬 오래 전에 형성된 상징들과 똑같은 경로를 통해, 즉 존재론적인 긴장감과 세계에 대한 총체적인 이해의 결과로서 형성되었다. 종교적인 상징의 역사가 어떤 것이든 간에, 그 기능은 동일한 것이다. 종교사학자가 상징의 기원과 그 전파에 대해 연구할 때, 그는 상징을 이해하고, 역사의 흐름 속에서 그 상징이 획득하게 된 모든 의미를 재구성하는 작업을 포함해야 한다.

두번째 언급은, 어떻게 보면 첫번째 언급의 연장선상에 있다고 볼 수 있다. 왜냐하면 역사의 흐름 속에서 상징 자체가 자신을 더욱 풍요롭게 만드는 능력에 대한 이야기이기 때문이다. 우리는 메소포타미아적 사고의 영향으로 우주적 나무의 일곱 개 가지들이 어떻게 항성의 일곱 개 하늘을 상징하게 되었는지를 살펴본 바 있다. 또한 기독교적 신학과 민담을 통해, 십자가가 세계의 중심에 세워진 것으로 여겨지고 또 우주적 나무를 대신하게 되었다는 사실도 살펴보았다. 그러나 우리는 이전 연구에서, 이 새로운 가치 부여 작용이 우주적 나무를 상징하는 구조 자체에 의해 결정되었다는 사실을 밝힌 바 있다. 십자가를 통해서 얻게 되는 구원은 정해진 역사적 사실—예수의 수난과 죽음—에 관련된 새로운 가치이지만, 이 새로운 사고는 세계의 나무라는 주제로 상징화된 우주 갱신의 사고를 연장하고 완성하는 것이다.[21]

이 모든 해석은 다른 방법으로 표현할 수도 있을 것이다. 다시 말하자면, 다소 '고양된' 준거의 차원에서 상징들을 이해할 수도 있다. 암흑의 상징성은 우주적·입문적·제의적인 맥락(우주적 밤, 탄생 이전의 암흑 등)을 통해 이해할 수 있을 뿐 아니라, 십자가의 요한이 얘기한 '영혼의 어두운 밤'의 신비적 경험을 통해서도 이해할 수 있을 것이다. 심플레가데스의 상징성의 경우는 더욱더 분명하

---

21) M. Eliade, 『이미지와 상징』, p. 213 이하 참조.

다. 대립의 합일을 표현하는 상징들이 철학적·신학적 사고의 범주 안에서 어떤 역할을 수행했는지 우리는 잘 알고 있다. 하지만 이 '고양된' 의미들이 혹시 다른 의미들 속에 이미 포함되어 있는 것은 아닌지, 만약 그 의미들이 완벽하게 흡수되어버린 것이 아니라면 적어도 문명의 고대적 차원을 살고 있는 인간들에 의해 예지되고 있는 것은 아닌지 자문해볼 필요가 있을 것이다. 우리는 여기서 아주 중요한 문제가 제기된다는 것을 알지만, 불행하게도 지금은 그 문제를 다룰 수 없다. 즉 하나의 상징이 가지고 있는 '고양된' 의미들이 어떤 문명에 속해 있는 한 개인에 의해 어느 정도까지 인식되고 체득되는지를 과연 어떻게 결정할 수 있는가 하는 문제가 남아 있는 것이다.[22] 이 문제의 어려움은 상징이라는 것이 깨어 있는 의식을 향해서만 열려 있는 것이 아니라, 인간의 심리적인 삶 전체를 향해 열려 있다는 데서 출발한다. 따라서, 일정한 수의 개인을 대상으로 행해진 엄격한 조사 후에도, 그들의 전통에 속하는 어떤 상징에 대해 생각하는 바를 이야기할 때, 그 상징이 전하는 의미는 그들이 의식하고 있는 그 한정된 의미들 자체로 결론지을 수 없다는 것이다. 심층심리학적 주장에 따르면, 상징은 그 의미가 인간의 의식에 의해 직접 포착되지 않는 경우에도 그 의미를 전달하고 자신의 기능을 수행하고 있다고 한다.

그렇다면 여기서 두 가지 중요한 결론이 유추될 수 있을 것이다.

① 어느 역사적인 순간에 종교적 상징이 초월적인 의미를 분명하

---

22) M. Eliade, "Centre du Monde, Temple, Maison"(in *Le Symbolisme cosmique des Monuments religieux*, Rome, 1957, pp. 57~82), 특히 p. 58 이하 참조.

게 표현할 수 있었다면, 그전 시대에는 그 의미가 희미하게 예지될 수 있었으리라는 것이다.

② 종교적 상징의 의미를 파악하려면 그 상징이 속해 있는 모든 상황을 고려해야 할 뿐 아니라, 특히 그 상징이 이른바 '성숙한 상태'에서 가지고 있던 의미들에 대해 생각해보는 것이 중요하다.

그 뒤에 전개되는 연구에서 마법적인 비상의 상징성을 분석하면서, 우리는 그 상징이 암묵적으로 '자유'와 '초월성'에 대한 사고를 드러내고 있지만, 비상과 상승의 상징성이 완전히 인지되는 것은 정신의 활동 차원에서라는 결론에 도달한 바 있다.[23] 물론 샤먼의 비상에서 시작해 신비적인 상승에 이르기까지 이 상징성의 모든 의미를 모두 같은 차원에 놓아야 한다는 얘기는 아니다. 그렇지만 이 상징성에 의해 구성된 '기호'는 세월이 흐르면서 인간이 점차적으로 드러낸 모든 가치들을 그 구조 속에 포함하고 있기 때문에, 그 기호가 가지고 있는 가장 '일반적인 의미'에 주의를 기울이면서 해석에 임해야 한다. 왜냐하면 오로지 그 '일반적인 의미'만이 다른 모든 개별적인 의미를 분절할 수 있고, 또한 그들이 어떻게 하나의 구조에 도달할 수 있었는지를 이해할 수 있는 열쇠를 제공하기 때문이다.

(1958)

---

23) M. Eliade, 『신화, 꿈, 신비』, p. 133 이하, 특히 p. 159 이하 참조.

본문 내용이 수록되었던 문헌들

이 책의 처음 4개 장은 *Eranos-Jahrbücher*, vol. XXVI, XXVII, XXVIII, XXIX, Zürich, 1958, 1959, 1960, 1961에 수록되었다. 제4장은 *Nouvelle Revue Française*, avril 1960 ; *Paideuma*, VII, Juillet 1960 (=*Festschrift für Hermann Lommel*)과 *Culture in History. Essays in Honor of Paul Radin* (New York, 1960)에 각각 게재되었던 원고들을 종합한 것이다. 마지막 장의 영어본은 *History of Religions. Essays in Methodology* (edited by Mircea Eliade and Joseph Kitagawa, Chicago University Press, 1959)라는 이름으로 출간되었으며, 독일어판 요약 번역문은 *Antaios*, II, Nr. 1 (mai 1960)에 실렸다.

옮긴이의 말

엘리아데가 서론에서 내세운 명제는 '낯설음'이다. 서양의 사유는 플라톤 철학의 범주 안에서 '영광스러운 고립'에 안주해왔는데 여기에 이질적이고 낯선 것들이 침입했으며, 그것이 바로 현대의 특징이라는 것이다. 낯설음은 인간을 불안케 한다. 굳이 알베르 카뮈의 말을 빌리지 않더라도 인간의 정신은 친근함과 분명함을 갈구한다. 문제는 이 낯설음을 제거하는 방법이었다. 사실 서양의 의식이 '영광스러운 고립'을 유지할 수 있었던 것은 이단자와 정신병자들을 사회에서 격리하고, 이방의 풍속을 야만적이고 비인간적인 것이라고 배척하며 차별의 울타리를 높이 쌓았기 때문이다. 엘리아데는 이 울타리가 더 이상 유효하지도, 바람직하지도 않다고 서양인들을 설득한다. 2차대전 이후 '낯선 것'과의 대결은 역사적 숙명이 되었을 뿐만 아니라, '타자'를 잘 이해하려는 의지는 서양의 의식을 크게 각성시켜 철학과 종교학의 지평을 넓혀주리라는 것이다.

그렇다면 비서양인이면서 어설프게나마 합리성의 세례를 받은 현대의 우리에게 이 책은 과연 어떤 의미를 가지는 것일까? 서글프게도 우리는 서양의 눈을 통해 세계를 발견했다. 역자는 제1장 「신비한 빛의 경험」을 번역하면서 마치 서양인이라도 된 것처럼 엘리아데의 관점에 쉽게 동화되었고, 그의 안내를 받아 신기하고 '낯선' 정신세계들을 여행했다. 심지어 동양적이며 친숙하다고 믿었던 불교와 샤머니즘마저도 변화무쌍하고 낯선 면면을 보여주며 역자의 천학비재를 깨닫게 해주었다. 제2장 「메피스토펠레스와 양성인」에서도 역자는 당혹스러웠다. 합리성의 고향인 그리스나 선악의 종교인 기독교의 세계도 마치 인도의 신화만큼이나 다채로운 모순과 '대립의 합일'을 보여주었던 것이다. 과연 역자는 동양적인 것이건 서양적인 것이건 그 어떤 문화라도 제대로 이해하고 있는 것일까? 현대의 한국은 세계적인 문화의 좌표에서 어떤 자리에 위치하고 있는 것일까? 우리에게 친숙한 것은 무엇이고 낯선 것은 무엇일까?

냉전이 종식되고 전쟁은 국지화되며, 종교가 분쟁의 씨앗이 되고 있는 21세기 초엽에 "문화들간의 만남 또는 충돌은 결국 정신성의, 그리고 종교들간의 만남"이라는 엘리아데의 명제는 마치 고대의 신탁이나 선지자들의 예언처럼 다가온다. 그의 말대로 '이방 세계'를 잘 분석하기 위해 종교적 행위의 측면에서 접근하는 것이 가장 유리하다면, 종교학은 경제학자와 정치학자들에게도 매우 유용할 것이다. 하지만 엘리아데가 추구하는 것은 이처럼 눈에 쉽게 드러나는 실용성이 아니라 '인간에 대한 총체적인 인식'이다. 이를 위해선 무의식과 이방과 고대의 세계까지 탐구해야 하는데, 왜냐하면 이것들은 현대인들에게 이미 낯설 만큼 동떨어진 것이지만 인간이 자신을 종합적으로 이해하기 위해서는 필요불가결한 인간의 중요한 일부이기 때문이다. 바꾸어 말하자면, 인간을 총체적으로 인식하기 위해선 인간의 어떠한 행위나 문화도 배제할 수 없는 것이다. 에스키모의 샤머니즘도 불교나 기독교 못지않게 존중되어야 하며, 동성애를 포함한 여러 성도착 현상도 진지한 이해와 연구의 대상이 되어야 할 것이다(물론 「메피스토펠레스와 양성인」은 동성애에 대한 시론이 아니다. 다만 동성애를 새로운 시각에서 접근하는 방법은 될 수 있다). 그렇다면 인간을 종합적으로 이해하려는 이러한 시도로써 문화공동체들 사이의 갈등을 완화시키고, 또 한 공동체 내에서 서로에 대한 관용을 이끌어낼 수 있지 않을까?

서론을 제외한 책의 본문은 따로 해설이 필요하지 않을 만큼 쉽고 아름다운 문장으로 이루어져 있으며 각 시론마다 잘 정리된 결론이 첨부되어 있다. 독자 여러분은 엘리아데가 보여주는 황홀한 정신의 빛을 따라 초월의 세계를 맛보거나 '완전히 다른 것'과의 만남을 통해 '막연한 종교적 경험들'에 빠져볼 수도 있을 것이다. 또한 노장(老莊) 철학에서나 만날 법한 '대립의 합일'이라는 개념이 세계의 문화풍경을 관통하며 다채로운 파노라마를 그려가는 모습을 관찰할 수도 있을 것이다. 다만 문외한인 역자가 대가의 작품을 옮기면서 그 뜻과 아름다움을 훼손하지나 않았는지 걱정이 앞선다. 끝으로, 제1장과 제2장은 최건원이, 제3장~제5장은 임왕준이 옮겼음을 밝혀둔다.

2006년 겨울
최건원

최건원

한국외국어대학교 불어과를 졸업했다. 서울대학교 불문과에서 석사학위를 받고, 파리 8대학 불문학 박사과정을 수료했다. 현재 SBS, MBC, EBS, Q채널 번역작가로 일하고 있다. 주요 논문으로 「말라르메와 노장(老莊)」 등이 있다.

임왕준

연세대학교 불문과를 졸업했다. 파리 4대학에서 「앙드레 말로에 대한 연구」로 문학박사 학위를 받았으며, 파리 8대학에서 철학을 공부했다. 옮긴 책으로 『로라, 내 아름다운 파출부』『사랑』『그리스 로마 철학자들의 삶과 죽음의 명장면』『이별의 기술』 등이 있다.

문학동네 교양선
메피스토펠레스와 양성인

초판인쇄 | 2006년 1월 13일
초판발행 | 2006년 1월 27일

지 은 이 | 미르체아 엘리아데
옮 긴 이 | 최건원 임왕준
펴 낸 이 | 강병선
책임편집 | 김미경
펴 낸 곳 | (주)문학동네
출판등록 | 1993년 10월 22일 제406-2003-000045호

주   소 | 413-756 경기도 파주시 교하읍 문발리 파주출판도시 513-8
전자우편 | editor@munhak.com
전화번호 | 031) 955-8888
팩   스 | 031) 955-8855

ISBN 89-546-0074-3 03800
www.munhak.com

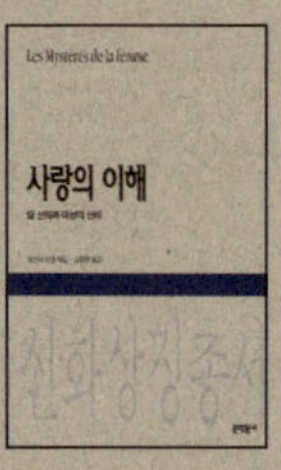

사랑의 이해 에스터 하딩 · 김정란 옮김

카를 구스타프 융의 분석심리학에 바탕을 둔 심리학서인 동시에 여성성의 진정한 의미와 가치를 신화적으로 분석한 페미니즘 이론서. 달에 관한 신화와 여성의 신비를 접목시켜 살펴본 흥미롭고도 유익한 읽을거리이다.

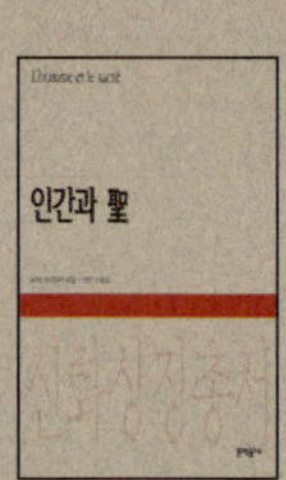

인간과 聖 로제 카이유와 · 권은미 옮김

현대 프랑스의 이단적인 사상가인 로제 카이유와의 대표적 저서. 성의 본질과 인간의 관계를 치밀하게 분석하고 있는 이 책을 통해 우리는 종교사학자 엘리아데의 이론을 한 차원 넘어선 인문학의 첨단 흐름을 목도할 수 있다.

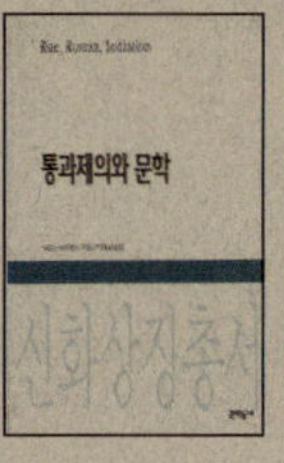

통과제의와 문학 시몬 비에른 · 이재실 옮김

현대문학을 여는 또하나의 열쇠! 현대까지 생활현장 곳곳에서 잠복되어 되풀이되고 있는 통과제의. 프랑스 그르노블 학파의 주요 일원인 비에른 교수는 현대생활과 문학작품, 영화, 만화에 통과제의가 어떻게 변형돼 숨어 있는지 체계적으로 분석한다.

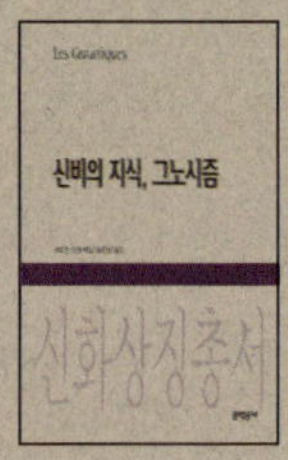

신비의 지식, 그노시즘 세르주 위탱 · 황준성 옮김

'동양적' 열망과 '서양적' 열망을 종합하는 특이한 종교성으로 주목받는 영지주의(그노시즘)의 입문서! 신비의 베일에 싸인 영지주의의 다양한 견해, 일반적인 특징 및 현대 영지주의의 출현에 이르기까지, 도도한 영지주의의 대역사를 탐험한다.

대장장이와 연금술사 미르치아 엘리아데 · 이재실 옮김

20세기의 가장 뛰어난 종교사가인 미르치아 엘리아데의 초기 대표 저작. 세계 각지의 원시사회 대장장이 업(業)과 연금술 특유의 신화, 의례, 상징 들을 심도 있게 고찰한 이 책은 수천 년 역사 속에 면면히 이어져 내려온 인간 존재의 신화적 밑그림을 황홀한 묘사와 체계적 논리로 그려낸다. 이 책을 통해 물질의 완성에 참여함으로써 인간 자신의 완성을 이루고자 한 연금술사의 꿈이 오늘날 다시 되살아난다.